唐宋词史论稿

王辉斌　著

WUHAN UNIVERSITY PRESS
武汉大学出版社

图书在版编目(CIP)数据

唐宋词史论稿/王辉斌著. —武汉：武汉大学出版社,2018.8
ISBN 978-7-307-20190-3

Ⅰ.唐… Ⅱ.王… Ⅲ.①词(文学)—词曲史—研究—中国—唐代 ②宋词—词曲史—研究—中国 Ⅳ.I207.23

中国版本图书馆 CIP 数据核字(2018)第 098205 号

责任编辑:白绍华　　责任校对:李孟潇　　版式设计:韩闻锦

出版发行:**武汉大学出版社**　(430072　武昌　珞珈山)
(电子邮件:cbs22@ whu. edu. cn　网址:www. wdp. com. cn)
印刷:武汉中科兴业印务有限公司
开本:720×1000　1/16　印张:22.5　字数:309 千字　插页:1
版次:2018 年 8 月第 1 版　2018 年 8 月第 1 次印刷
ISBN 978-7-307-20190-3　定价:69.00 元

修订本前言

12年前的2006年9月，吉林文史出版社出版了拙著《唐宋词史论稿》一书。当时，正处于我的“文学史研究打通关”阶段，因之，此书的出版，即成为了我向下拓展的一份“打通关”成果。当时之所以将其取名为《唐宋词史论稿》，主要是指全书着眼于“史”的角度，对存在于唐宋词史中的有关问题，提出了一些迥异于前人与时人的认识。这些认识，主要包括：词起源于“诗客”而非民间；严格意义上的词必须讲究四声平仄；“湖州词派”是文学史上的第一个词派；现存所有署名为李白的词均非李白作；被称为“宋词用典的第一人”为柳永而非苏轼；苏轼的豪放词与宋人的审美需求相去甚远；词至辛弃疾已成为了一种“案头文学”等。同时，还着眼于计量分析的角度，首次对宋代女性词进行了综合考察与观照；以文学史料学等为切入点，首次对辛弃疾词的“变调”进行了具体讨论，并对“稼轩体”与“稼轩风”进行了首次辨析；立足于宗唐与变唐的角度，首次对“宋词里的唐诗”进行了具有个案特点的剖析等。凡此，均为本书的核心所在与价值所在，而这两方面之所在，即是本书与同类之作大相区别的关键。自然，这一关键的存在，也就成为了我对“唐宋词史”研究的一份收获。

此次修订之重点，主要表现在三个方面。其一，对有关章节进行了重新撰写，如第二章第二节之《〈菩萨蛮〉考论》即是。此节之重新撰写，重在以文献学与版本学为切入点，使《菩萨蛮》（平林漠漠烟如织）一词非李白所作，更具有材料方面的确切证据。其二，对某些章节进行了增删处理，其中，增又为其中主要者，如第一章之论词与“曲子词”的区别；第三章第一节之对“花间派”词人“越界”认定的理由；第五章第三节之论苏轼的“艳科词”；第九章第三节之于梦窗词与梅溪词的比较等，即皆为其例。其三，改正了一些原校对方面的错误。其中较为严重者，是排版者在最后调版时所造成的错误，如《本书主要引用书目》之“范文公集，(宋)杨万里，四部丛刊初编本”一条，即属如此。实际上，这一条错误的产生，是调版者将两种书目合二为一所致，即原稿为：“范文正公集，(宋)范仲淹，四部丛刊初编本；诚斋集，(宋)杨万里，四部丛刊初编本。”此次在将其改正的同时，还将全部“引用书目”加上了书名号，使之更为清晰确切。

此外，还有几点也需在此加以说明。一是对全书中所引文献原缺作者名者，此次一律加署了作者之名，原本无作者之文献，则以“无名氏”待之。二是对原目录进行了适当调整，并略有增删，以使之更为醒目与整齐划一。三是在书末的附录之中，添加了一篇关于我研究唐宋词的体会之文：《破立结合为求是——我与唐宋词研究》，之所以如此，是意在有助于读者对《唐宋词史论稿》一书的具体认识，即“求是”为本书最为关键之追求目标。所以，不人人亦云，不承承相袭，而是在“破”与“立”中求唐宋词史之“是”，此即为本书最大、也是最鲜明的特点。

初版本《唐宋词史论稿》梓行后，称赞者有之，质疑者亦有之。就质疑者之质疑言，除少许可作参考外(此次修订已作处理)，余则全属自说自话，且不乏信口开河、率尔而为者，至于有质疑者连起码的文学史常识都未弄清楚，则其质疑就只能以一哂而为之。而此，即是我对质疑者之所质疑的全部回复。而当此修订版《唐宋词史论稿》问世后，我是极希望有学术眼光的质疑者，能着眼于文献学、文学史料学等学科的角度，对其进行令人信服而非不屑一顾之质疑的。所以，我期待着这样质疑的到来。

在修订本《唐宋词史论稿》即将付梓之际，特写此《修订本前言》，聊以为志。

竟陵居士王辉斌

于2018年2月25日于古隆中求是斋

初版本自序

唐诗与宋词，历来就是文学史上的一对姊妹花。她们血脉相连，根茎互关，并各以其黄河泰山般的成就，平分着中古时期华夏文学的秋色。

大约在20世纪70年代中期，因受郭沫若《李白与杜甫》一书的影响，我便开始介入唐诗研究，并将研究的对象选定为李白及其诗歌。之后，分别得到了西北大学安旗教授与郑州大学耿元瑞教授的精心指导。再之后，便有了《李白史迹考索》《李白求是录》《孟浩然研究》《杜甫研究丛稿》《唐人生卒年录》《唐代诗人婚姻研究》《唐代诗人探赜》《唐代诗人咏湖北》等著作的出版。尽管此间还出版了一本《四大奇书研究》，但我的主要研究对象，仍然是唐诗或者说唐代文学。如今屈指算来，已然有了近30年的历史！

但我与宋词从学术的角度正式打交道，则是因原湖北大学的王兆鹏教授而始，且时间是在十余年前的1993年。这年8月下旬，王兆鹏教授托我的一个学生给我带回一包材料，打开后，才知是邀请我参加《增订注释全宋词》的研撰工作，任务是对《全宋词》中“杨泽民至吴申”共51位词人的381首词进行注释，要求是当年10月底交稿。据我所知，这51位词人的381首词，从来无人涉笔，因此我所面对的完全是一片处女地，但我最终还是按时完成了任务(约20万字，排印在《增订注释全宋词》第四册第1页—第73页)。这之后，我便开始有点钟情于这“要眇宜修”的宋词了。再之后，我就系统地研读了《花间集》《乐章集》

《六一词》《小山词》《东坡乐府》《山谷词》《淮海词》《周邦彦集》《东山词》《漱玉词》《放翁词》《稼轩长短句》《白石词》《梅溪词》《梦窗词》等词集，并有意识地参加了几次关于宋词研讨的学术会议，如“上饶辛弃疾国际学术讨论会”“第三次唐宋诗词国际学术研讨会”等。就这样，研究了近30年唐代文学的我，即开始了对宋词的涉足，于是，也就有了这本《唐宋词史论稿》的问世。

撰写唐宋词史，首先所要解决的就是词的起源问题。词究竟是起源于民间抑或文人？这是一个争论已久的话题。迄今为止，争论的双方谁也无法让对方满意或者信服。因此，我在动笔之前，就这个问题考虑了很久，并将有关这方面的资料几乎一网打尽，然后逐一排比分析，最后得出如是结论：(1)词起源于中唐诗客；(2)戴叔伦的《调笑令》(边草)可能是现存最早的一首文人词；(3)初盛唐时期的所谓“词”，全部是一些声诗与乐歌。理由是：严格意义上的“词”必须具备两个条件，一是音律(音乐)，一是声律(平仄)。声律虽然兴起于齐梁时期且斯时还诞生了著名的“永明体”，但其真正为文学家们所掌握则是在初唐时期。因此，词的诞生既不可能是在此之前，也不可能是在民间。撇开音乐不论，词与近体诗的情况完全等同。众所周知，唐以前的“永明体”虽然也讲究平仄，且出现了所谓的“四声八病”之说，但其却不能称为近体诗，原因是“永明体”的平仄较之唐代近体诗的平仄相去甚远。而词也是这样。因此，不符合平仄声律要求的“词”，是不能称之为词的。或以为词的始名之所以称为“曲子词”者，主要是因其与音乐的关系而不是与平仄的关系云云，这其实是一种认识上的误区。首先，词的始名为“曲子词”者，并无理论上的依据，即是谁根据什么将其取名为“曲子词”的，迄今为止没有任何这方面的文献可征。因此，我们不能仅凭敦煌石窟中的那些民间材料，就将词的始名定性为“曲子词”。其次，在唐及唐以前的文学作品中，能配乐传唱者，并非仅为“曲子词”，而是品类甚多，如诗经、楚辞、汉魏乐府、南北朝乐府民歌，以及唐代的新乐府、声诗等。但我们并不能将这些能唱的作品都称之为词，原因即其都不符合词的平仄要求。这就是说，民间的“曲子词”虽然能唱，但因其不符合词的平仄要求(实际上是尚未定型)，因而也是不能称之为词的。再次，“曲子词”是民间词的产物，在各方面与具有严格词学意义的词相差甚远，因之不能与词并论者，也就不言而喻。所以，“曲子词”与词的关系，其实是和“永明体”与近体诗的关系完全相同的，即前者均属于四声平仄的未成熟阶段，而处于未成熟阶段的“永明体”不能称之为近体诗，已成为了文学史上的一种常识，而“曲子词”之于词者，则亦然。

以上便是本书第一章的基本内容。基于这种认识，本书自始至终所讨论与阐述的，都是文人词及其流变史，而不涉及民间词，也即“曲子词”之只字。

从第二章到第九章，是本书的核心部分。按照唐宋词史发展的脉络，本书分别选取了李白、柳永、苏轼、周邦彦、辛弃疾五家极具代表性的词人，以及花间南唐、两宋女性词人、南宋骚雅词派三个词人群体为研究对象，对存在于唐宋词史上的一些较为重要的问题进行了点面结合、纵横交错之剖析。在上述词人中，李白是戴着“百代词曲之祖”桂冠走进唐宋词史的艺术殿堂的，而据本书第一章“词起源于中唐诗客”的结论，李白的这顶桂冠就理所当然地被摘掉。为谨慎起见，本书特设专章首次对李白词进行了全面清理，结果表明，所谓李白的“词”，或系声诗乐歌，或为他人所托，李白生平从来没有进行过词的创作，因此，李白是诗人而不是词人。对于李白生平不曾作词，还有一个有力的旁证，这就是既精通音乐又精通声律且与李白同时的王维也不曾填词的史况。王维集中无词的事实表明，盛唐诗人们所热衷的乃是近体诗、歌行体、新旧乐府等，而不是长短句之属的词。而此，则为盛唐无文人词的一个最好例证。

已行世的各种文学史或者词史，几乎千篇一律地在弹唱着两首“老调老歌”，其一是柳永为俗词的代表，其二为苏轼是宋词用典的开创者或在词中大量用典的第一人。本书第四章之所以将章目即标题设计为

"化俗为雅：柳永词反正"，意在对存在于"词史乐章"中的这种"既传统又现代"的现象予以坚决抵制。因此，本章的第二节以大量的内外证材料证实：(1)宋词用典的开创者或在词中大量用典的第一人，不是苏轼而是柳永。(2)柳词用典以及后人将其与《离骚》、杜诗进行比附的事实，表明了柳永当时是在努力地将词化俗为雅。所以，本书自始至终认为：宋词的"雅化"始自柳永，而完成于吴文英。这就是有"浪子"之称的柳永的词史地位。与柳永同为北宋著名词人的周邦彦，本书第六章分别以"集大成"，"清真雅词"，"开南之功"为切入点，对其于词史上的贡献进行了多角度、多侧面的扫描，重在昭示其"结北开南"所造成的历史性影响。

苏轼与稼轩，是各类词史最为津津乐道的两位词坛风云人物。本书第五、第八两章，则立足于接受史的角度，对其"豪放词""爱国词"以及"苏辛词派""辛派词人"等进行了重新审视，重点则为苏轼豪放词与稼轩英雄词。作为词人，苏轼从骨子里就瞧不起词，因此，他对于豪放词的创作，也仅仅只是为了与"柳七郎风味"一争高下而已。同时，又由于苏轼豪放词违背了宋人的词学审美理念，因而在当时不仅难以为词文学消费市场所接受，而且最终连"苏门四学士""苏门六君子"也弃他而去。更有甚者，则是有学生公开批评其豪放词"虽极天下之工，要非本色"。而有意思的是，苏轼一方面挤压与反对柳永词的艳科，一方面却又创作了大量的"艳科词"，其中原因是很值得玩味的，因此第五章的第三节专门就此进行了讨论。辛弃疾的英雄词，就其题材内容与思想性而言，是堪称赵宋之第一的，但词作为一种专业性很强的艺术，并非仅靠思想性就能取胜。所以，辛弃疾的英雄词或曰爱国词或曰豪放词，在自宋迄今的八百年历史长河里，遭到了许许多多的非议与批评。大而言之，其主要表现在五个方面：一是虽豪放，但只是"长短句之诗"；二是"稼轩为词论"，过于散文化；三是硬语盘空，"最不工绮语"；四是率尔而为，不合格律音韵；五是"掉书袋"与协音律。正是因此，《四库全书总目》乃称辛词为"变调"。而此，也是本书称辛词为"阅读范本"

与“案头文学”的关键之所在。

在对三大词人群体的研究中，本书认为，以情胜理是花间词最富于挑战性的艺术精神。花间词在当时的发展，首先是于京师形成了以温庭筠为代表的长安花间派，然后是以韦庄为代表的西蜀花间派，最后则嬗变为以“二李一冯”为代表的南唐贵族词派。花间词无论如何发展与变化，女性美、情爱美、人体美始终为其终极的审美标志，这从贵为君主的李煜也喜欢以男女幽会偷情为创作题材的事实，即可获得明显的证实。这就是花间词的历史与现实。花间词的这一审美标准，基本上成为了长达500年之久的唐宋词的重要审美取向。所以，出身大家闺秀的李清照，也曾于其词中写她自己“眼波才动被人猜”“也曾春心动”等，仅此，即可见出《漱玉词》对花间词艺术精神接受之一斑。李清照是如此，以李清照为代表的两宋女词人亦无不如此，如朱淑真《清平乐》(恼烟撩露)一词，写她既在友人处“须臾住”，又“娇痴不怕人猜”，以致二人一道携手游湖，“和衣睡倒人怀”。如此等等，显然是对当时理学的一种反抗。两宋究竟有多少这样的女词人？其词的数量又究竟为多少？其题材内容、艺术风貌、审美趣味等又究竟如何？凡此种种，在长达千年的唐宋词研究史上，以笔者之孤陋寡闻，似从未有人涉笔，而本书第七章则首次以“巾帼词”为审视点，对上述诸问题进行了较全面观照，从而填补了这一空白。骚雅词派是唐宋词史上词人最多、阵营最大、成就最卓、持续最久的一个词派，其中的姜夔、史达祖、吴文英，曾被称为这一词派的“三大导师”，影响深远。因此，本书的第九章乃对骚雅词派进行了重点“概观”，举凡其名称由来，生成语境，创作分期，艺术特质，以及白石体、梅溪体、梦窗体的艺术精神，姜夔文化人格的特点等，都在本“概观”的范围之内。骚雅派词人是唐宋词史上的一个特殊词人群体，因为其大多为清客雅士，以布衣终生，其之于唐宋词史的最大贡献，主要在于各自以其不断的艺术实践，不仅使词在南渡后“回归音乐”，而且还使宋词的“雅化”在这一时期得以彻底完成。其中，成就最卓、贡献最大者为吴文英。

本书的最后一章，以“余论”的形式，对自赵宋至20世纪期间的“唐宋词分派研究”概况，进行了分阶段式的述评，有利于从接受史的角度对唐宋词的发展作进一步之把握。

以上所述，既为本书整十章的主要内容，也是我对500年间唐宋文人词所产生的一些具体认识。综而言之，其又大体表现在两条主线上，一是对传统认识的反叛，如“词起源于中唐诗客”说，柳永为宋词用典的开创者说等；二是对诸多新说的提出，如湖州词派，长安花间派，辛词为“案头文学”等，二者的融为一体，便构成了本书有别于同类著作的一个鲜明特色。同时，本书还针对王国维《人间词话》中的某些观点，进行了程度不同的或质疑或辨正，这些认识，分别散见于第三章至第九章的有关章节中。

文学史或者词史的撰写，历来形式多样，根本不存在着所谓的“范式”问题，如或侧重于对各类材料的排列，或擅长于对作品细密的分析，或从文化层面诠释若干文学现象等。如上所述，本书主要是立足于接受史的角度，采取以史为纲的形式，不作长篇通论，而是对柳永等五位词人及骚雅词派等三个词人群体，凭藉材料进行了多维立体的透视。我研究唐代文学，历来遵循的是“有一分材料说一分话”的学术原则，而这一原则，在本书中也得到了充分的落实与贯彻，这从书末所附《本书主要引用书目》即可准确获知。

本书中的绝大部分内容，都源自于我给学生上唐宋文学课时的讲义，即凡是听过我讲授该课的学生，几乎都会对本书的内容有一种“似曾相识”之感。其后，我又有意识地将部分讲义内容撰写成论文发表，社会反响令人欣慰与鼓舞。如关于词的起源问题，我在讲义的基础上，将其撰写成《论词起源于中唐诗客》一文，并在《贵州社会科学》上发表。翌年十月，该刊常务副主编张劲先生过襄时曾亲口告诉我，该刊为了显示拙文的重要性，竟打破“先现代文学后古代文学”的惯例，将拙文作为“文学研究”专栏的“头条”文章排印。并说，这是该刊自创刊以来从不曾有过的事。正因此，该文发表未久，即被《新华文摘》进行了转摘。

又如以讲义为基础形成的《论苏轼豪放词在北宋的尴尬》一文，作为我向“第三次唐宋诗词国际学术研讨会”提交的论文，不仅被收入大会论文集公开出版，被《甘肃社会科学》作为重点文章发表，而且其发表后，还被《中国诗词年鉴》全文转载。再如发表于《山东师范大学学报》上的《柳永乐章集用典说略》一文，曾为《词学》主编邓乔彬教授在来信中多所称道等。再其后，也就是2004年8月下旬，我便开始了对《唐宋词史论稿》的正式撰写，至2005年10月初，全书竣工，前后时间一年左右。

清初著名小说批评家张竹坡，在对《金瓶梅》进行评点时，曾经说过一句名言，这就是“我自作我的《金瓶梅》”，而我于《唐宋词史论稿》的撰写，亦如是。因主观与客观双方面的原因，本书一定会存在着这样或那样的问题，尚希大方之家教正之。

王辉斌

2005年农历9月14日于古隆中求是斋

目　录

第一章　导言：词起源于中唐诗客论

长期以来，人们由于受“文艺起源于民间”说的影响，“词起源于民间”的认识，便几乎成为了词学界与文学史家们的一种定论。所以，已行世的各种文学史在涉及词的起源问题时，几乎无一不是作如此认识。这种认识，直到20世纪90年代初期，才由李伯敬、朱洪敏合撰的《“词起源于民间”说质疑》(以下简称《质疑》))》①一文提出质疑。该文认为：“不论是说词起源于‘六朝民间小乐词’，还是说‘词起源于敦煌民间’，都是缺乏根据的。因此，在没有更新的资料可以确证之前，说‘词起源于民间’，是不可信的。”作者并据此提出了自己的看法：“比较严谨的说法是，词起源于六朝宫廷和文人乐府。”

《质疑》一文对“词起源于民间”说的质疑，无疑是值得肯定与赞许的，因为其不仅使“词起源于民间”这一传统的说法，受到了强有力的挑战与冲击，更重要的是反映了作者勇于辨明是非、弄清史实的学术勇气与学术胆识。但尽管如此，该文认为“词起源于六朝宫廷和文人乐府”的说法，却又是有悖于词的自身规律与特点的。即是说，该文所提出的“词起源于六朝宫廷和文人乐府”的说法，也是不符合词的生成史之历史真实的。这是因为，词作为一种新兴的诗体而被称为音乐文学，虽然与“六朝宫廷和文人乐府”有着许多相似之处，但其赖以生成的文化背景，以及其自身的文学特点等，都是与这类“乐府”不可相提并论

① 李伯敬：《“词起源于民间”说质疑》，《文学评论》1990年第10期。

且大有区别的。从词的生成史角度考察，可知词的真正的起源时间，乃是在中唐前期而非六朝，而生活在这一时期的文人作家，即被欧阳炯在《花间集序》中所称道的“诗客”，便是这一新兴诗体的真正创制者。所以，本书及本章的结论是：词起源于中唐诗客。

下面，我们将从三个方面对“词起源于中唐诗客”这一命题，进行具体考察与论述。

第一节 平仄声律与词体的形式特征

一般论词的起源之著述，大多着眼于音乐的角度，认为流行于隋唐时期的“新声”即燕乐，乃是导致词体诞生的关键之所在。认为词的诞生与音乐的关系密切，本无可非议，但这种认识并不全面，即其只能成为构成词诞生的必备条件之一。这是因为，在中国文学史上，先秦时期的“国风”与汉、魏六朝的乐府诗，亦均与音乐关系密切，即其亦可被称之为音乐文学。众所周知，《诗经》时代流行的是质朴庄严的雅乐，汉、魏六朝则以优美抒情的清商乐取而代之，至隋、唐时期，以西域音乐为主调的燕乐，又取代了清商乐，这就是中国古代音乐发展至唐王朝的基本概况。然而，这一音乐的发展史并不能导致词的诞生。即是说，同为音乐文学，词与乐府诗是具有本质上的区别的。这一本质上的区别，就是词十分讲究平仄声律，而乐府诗则不然。讲究平仄声律，实为构成词的又一个必备条件，而且，这一必备条件较之上一条件更为重要。我们之所以认为《“词起源于民间”说质疑》一文提出的“词起源于六朝宫廷和文人乐府”说不能成立，其核心即在于此。该文在引用了《隋书·音乐志》的一段记载后说：“一人造曲，群臣制词，这不正是典型的倚声填词格式吗？”继而，又举萧衍、萧纲、沈约等人的《江南弄》与徐陵、陆琼、江总等人的《长相思》为例，认为“这些在每一个同调名下的各首歌词，不但格式与句数字数并皆相同，而且均不是出于同一人之手，具有倚声填词的一切特征，自当属于曲子词的范畴”。

从词讲究平仄声律的本质特征言，沈约等人的《江南弄》与徐陵等人的《长相思》，都只能被目为六朝文人乐府，而不能称之为词。其原因在于，具有平仄特点的“永明体”虽然诞生于这一时期，且沈约等人为“永明体”这一新型诗体的重要开创者与艺术实践者，但这时诗歌中的平仄声律，与唐代近体诗和兴盛繁荣于唐、宋时期的词的平仄声律相比，仍具有很大的差异性。“永明体”的平仄声律，在中国韵文发展史上乃处于初期阶段，而唐诗宋词中的平仄声律，则为这一艺术王国里的一座高峰，其已达到了炉火纯青的艺术境地，二者显然是不可同日而语的。也就是说，“永明体”虽然讲究平仄，且沈约还因此而提出了著名的“四声八病”说，但这一时期的声律尚处于不成熟阶段，乃是众所公认的事实。更何况，当时还有不少文学家连平仄都未能掌握，如钟嵘即为其中之一①。为便于认识，我们不妨在这里举几首六朝文人的《江南弄》以为例证：

众花杂色满山林，舒芳耀绿垂轻阴。连手蹀躞舞春心。舞春心，临岁腴，中人望，独踟蹰。/仄平平仄仄平平，平平仄仄平平平。平仄平平仄平平。仄平平，平仄平，平平仄，平平平（梁武帝《江南弄》）。

江南稚女珠腕绳，金翠摇首红颜兴。桂棹容与歌采菱。歌采菱，心未怡，翳罗袖，望所思。/平平仄仄平仄平，平仄平仄平平平。仄仄平仄平仄平。平仄平，平仄平，仄平仄，仄仄平（梁武帝《采菱曲》）。

杨柳垂地燕差池，缄情忍思落容仪。弦伤曲怨心自知。心自

① 具体参见钟嵘《诗品·序》，《历代诗话》本，中华书局1981年版。

知，人不见，动罗袜，拂珠殿。/平仄平仄仄平平，平平仄平仄平平。平平仄仄平仄平。平仄平，平仄仄，仄平平，平平仄(沈约《阳春曲》)。

桂楫兰桡浮碧水，江花玉面两相似。莲疏藕折香风起。香风起，白日低，采莲曲，使君迷。/仄平平仄平仄仄，平平仄仄平平仄，平平仄平平平仄。平平仄，平仄平，仄平仄，仄平平(梁简文帝《采莲曲》)。①

这里所举四诗，虽然题目有别，实则为一，因为据郭茂倩《乐府诗集》引《古今乐录》之所载，知《阳春曲》《采莲曲》《采菱曲》等，“亦谓之《江南弄》”。即《阳春曲》等乐府诗的乐谱格式，与《江南弄》乃为相同。但从汉语格律学的角度讲，这四首“长短句”的乐府诗是平仄各别、极不规范的，而且其押韵也甚混乱。此则表明，作者们在对这些诗进行创作时，于平仄声律还处在一种探索的过程之中。由是而观，这些在字数上均为“七七七三三三三”式的长短句，是只能称为乐府诗而不能称为词的。

再从音乐学的角度讲，无论是乐府诗的乐谱抑或词的乐谱，即作为一种曲调而言，其所要求的乃为“节奏、音高以及旋律、和声”等诸要素②，而没有任何关于平仄声律方面的内容。此则表明，与音乐关系密切的词对于平仄声律的要求，并非音乐自身所为，而是填词者通过不断的艺术实践所总结、所认定的。填词者的这一“认定”，又是建立在平仄声律定型与成熟之后这一基础之上的，所以，词的产生，就只能是唐代近体诗定型之后，而非其前。而此，也是上举沈约等人的《江南弄》为什么不属于词的最好答案。

---

① 以上四诗，俱见郭茂倩《乐府诗集》卷五十，人民文学出版社 1979 年版，第 726 页、727 页、730 页、729 页。

② 秦序：《中国音乐史》，文化艺术出版社 1998 年版，第 1-5 页。

声律学在中国古代作为一门专门的学问，内容既丰富，理论亦高深，因此，若非学养深厚、才思敏锐并于其中下过很深功夫的人，是根本不可能对其熟练掌握的。正因为如此，在中国文学批评史上取得了很大成就的诗论家钟嵘，也不得不在《诗品序》中写下了“至平上去入，则余病未能”十字，以表示他对汉字的“四声”始终未能掌握。具有文学家兼学者双重身份的钟嵘尚且如此，那些被文学史家所称道的“民间文学家”又遑论之？这是因为，无论是从学识、修养、审美乃至艺术领悟力与鉴赏水平等方面言，民间文学家都是永远难以与士大夫文学家相提并论的。如此，则那些发现于敦煌石窟中的“曲子词”，也即为文学史家们所称道的民间词，显然就无以与具有严格词学意义的词相比了。而这种具有严格词学意义的词，其实就是文人词。简而言之，“曲子词”是不可与文人词相提并论、同日而语的。而此，也是自宋而后论词者所论之词，几乎均为文人词的关键之所在。

综上所论，是知词既不起源于民间，亦不起源于六朝宫廷与文人乐府，而是另有渊源。

第二节　现存“初盛唐词”均为乐歌

持“词起源于民间”说与“六朝宫廷与文人乐府”说者，在认识上虽然有着本质上的区别，但二说却又具有很强的一致性，这就是持说者均认为初盛唐诗人曾写过不少词。这种认识或说法，为不少文学史家所认同，但其实际上是有悖于词的生成史的历史真实的。

按清编《全唐诗》卷八八九至卷九〇〇，收唐五代文人词即“诗客词”共12卷，其中，属于初盛词者为一卷有余。具体为：唐玄宗1首（《好时光》）；李景伯1首（《回波光》）；沈佺期1首（《回波乐》），裴谈1首（《回波乐》）；张说6首（均《舞马词》）；崔液2首（均《踏歌词》）；李白14首（《桂殿秋》2首、《清平调》3首、《连理枝》2首、《菩萨蛮》1

首、《忆秦娥》1 首、《清平乐》5 首）；元结 5 首（均《欸乃曲》）；刘长卿 1 首（《谪仙怨》）。作者共 9 人，作品 32 首。对于这些“诗客词”，论唐五代词或唐宋词或李白词者，均认为其乃“长短句”之属，实则均误。这是因为，作为独立的词的平仄声律，在初盛唐时期还没有建立起来，因之，其与六朝宫廷和文人乐府诗一样，均属于“以诗被乐”的乐歌。即是说，这些所谓的“词”，虽然与音乐关系密切，且配乐后亦可吟唱，但其因不符合词调也即词牌的平仄声律规则，仍然只能被称为诗，而不能称之为词。为便于对此之认识，下面以《全唐诗》所著录的 32 首“诗客词”为例，对其进行逐一检验。

（一）唐玄宗《好时光》。据刘毓盘《词史》考证，《好时光》原为一首五言诗，后为歌女们在演唱时于“有声而少词处增添一些字”，即填了“散声”后而变为长短句。这就是说，这首《好时光》之所以为词，关键在于“歌者”们的二度创作，而非唐玄宗在当时所填之讲究声律的词。

（二）沈佺期、李景伯、裴谈的各 1 首《回波乐》。这是 3 首“被乐”而唱的齐言乐府，所以，其题目、句式、韵位、体制等均相同，但平仄却甚为混乱。具体为：

平平仄平平平，平仄仄仄平平。平平仄平仄仄，平仄仄仄平平（沈佺期）。

平平仄平仄平，平平平仄仄平。仄仄仄仄平平，平平仄仄平平（李景伯）。

平平仄平仄仄，仄仄仄仄仄仄。仄平仄仄平平，仄仄平仄仄仄（裴谈）。

在这 3 首《回波乐》中，如果着眼于律诗的“一三五不论，二四六分明”言，也只有李景伯《回波乐》的第四句、裴谈《回波乐》的第二句为律句，其余不仅全部不合平仄，而且还出现了整句的仄声字，如裴谈诗的第二句。

(三)张说《舞马词》6 首。这 6 首“词”，皆为齐言体的声诗，因歌女或乐工配乐以唱而使之成为了与音乐关系密切的乐歌。正因此，其平仄亦不谐和。这里兹举前 3 首以为例证。其具体为：

万玉朝宗凤扆，千金率领龙媒。眄鼓凝骄躞蹀，听歌弄影徘徊。其平仄为：仄仄平平仄仄，平平仄仄平平。仄仄平平平仄，平平仄仄平平(其一)。

天鹿遥征卫叔，日龙上借羲和。将共两骖争舞，来随八骏齐歌。其平仄为：平仄平平仄平，仄平仄仄仄平。平仄仄平平仄，平平平仄平平(其二)。

采旄八佾成行，时龙五色因方。屈膝衔杯赴节，倾心献寿无疆。其具体为：仄平平仄平平，平平仄仄平平。平平平平仄平，平平仄仄平平(其三)①。

以上的情况表明，第一、二两首为合律的六言绝句(第二首第一句的五、六两字本应为仄仄，但因“卫叔”是一个特定的名词，故可不论)，而第三首的平仄则较为混乱，因为只有第二、第四两句为律句。其所反映的是，作为“燕许大手笔”之一的张说，对近体诗中平仄的掌握，在当时还未能做到游刃有余。诗是如此，词则就更不足以言了。随着时间的推移，类似的情况在盛唐诗人的作品中则有了明显的变化，如王维集中有《田园乐》7 首，均六言，赵殿成《王右丞集注》将其以六言绝句待之而编入近体诗内，即可为证。此则表明，由张说始创的这种“六言四

① 张说：《舞马词》，彭定求等《全唐诗》卷八十九，中华书局 1960 年版，第 981 页。

句”体诗，在盛唐或者说在王维时期，已被诗人们定型为近体诗中的六言绝句，并在艺术上完全成熟。所以，张说的这 6 首诗，均不是词。

（四）崔液《踏歌行》2 首。《全唐诗》于《踏歌行》题下有注云：“此词五言六句。”按唐诗中的这种“五言六句”体，其例甚多。如张子容《春江花月夜》2 首；王维《扶南词》5 首、《陇西行》《送别》；祖咏《渡淮河寄平一》；李颀《湘夫人》《宋少府东溪泛舟》《题僧房双桐》《题合欢》；储光羲《献王威仪》《杂咏》5 首、《述华清宫》5 首、《题太玄观》《田家即事答崔二东皋作》4 首；王昌龄《古意》《裴六书堂》《太湖秋夕》《初日》《失题》；常建《秦词》2 首、《春词》；杜颀《少年行》3 首；李白《凤凰曲》《春思》《春歌》《夏歌》《秋歌》《冬歌》《秋浦歌》其十、《宿青溪主人》《游南阳清冷泉》《焦山望寥山》《下经县陵阳溪至涩滩》《下陵阳沿高溪三门六刺滩》《友人会宿》《送内寻庐山女道士李腾空》2 首、《上清宝鼎寺》2 首等。着眼于中国诗体演变的轨迹进行考察，可知这种“五言六句”体诗，乃为唐代诗人自创的一种新诗体，其先当因“被乐”吟唱而始，后来则逐渐脱离音乐而独立，并成为备受诗人们所喜爱的一种诗歌样式。

（五）李白词 14 首。对于李白的这 14 首词，可分为三类进行考察：一类为黄升在《花庵词选》中称誉为“百代词曲之祖”的《菩萨蛮》与《忆秦娥》；一类为《清平调》3 首；其余为第三类。对于第一类，本书第二章第一节已有具体翔实之考察，故在此不予讨论。第二类的《清平调》3 首，前人与今人均认为其乃七言绝句，故亦不予讨论（均可参见本书第二章第二节、第三节）。余下的《桂殿秋》《连理枝》《清平乐》共 3 题 9 “词”，其实均为乐府诗之属的乐歌。其中，值得注意的是《清平乐》5 首其四有“花貌些子时光”一句，据魏耕原《全唐诗语词通释》及其《后记》所言，“些子”一词，在“《全唐诗》凡 7 例，其余 6 例为白居易以降的诗词”①，则李白《清平乐》作为孤例出现于盛唐的现象，即可证明其乃后人伪托无疑。唐人词集如吕鹏《遏云集》虽曾著录其中四首，且欧

---

① 魏耕原：《全唐诗语词通释》，中国社会科学出版社 2001 年版，第 399-400 页。

阳炯《花间集序》亦曾提及，但其亦并不可靠，盖因唐人“依曲拍以为句”即“倚声填词”乃始于中唐故也。《桂殿秋》2 首为李德裕所撰，《步虚词》《连理枝》2 首系宋人托伪，这在学界已得到公认，兹罢论。

(六)元结《欸乃曲》5 首。此为 5 首七言绝句，前人已曾言之，如《万首唐人绝句》卷十二“七言二”将其列入“盛唐七言绝句”之中，即为其例。

(七)刘长卿《谪仙怨》。《全唐诗》于其题下注云：“集作律诗。题云《苕溪酬梁秋别后见寄》。”可见，将刘长卿这首六言律诗作“长短句”《谪仙怨》者，乃乐工或歌女所为。而据王灼《碧鸡漫志》卷一的记载，唐代乐工与歌女“取当时名士诗入歌曲，盖常俗也”，如王维的《送元二使安西》被乐工们进行“二度创作”后而成为著名的《阳关三叠》，即为典型的一例。又据郭茂倩《乐府诗集·近代曲辞》可知，唐代乐工除了对整首唐诗进行“二度创作”外，还多以“截取”之法使其入乐。以王维诗为例，其《从岐王过杨氏别业》被截取前四句而入《昆仑子》，故此诗在《乐府诗集》中被径直称为《昆仑子》。类似的例子，王维集中还有《奉和圣制幸玉真山庄因题石壁七韵之作应制》《观猎》等，均被截取前半分别入乐《昔昔盐》与《浑曲》。再如沈佺期《杂诗》第三首被截取前半入乐《伊州》歌等，亦为其例。

总体而言，初、盛唐时期有乐歌及声诗而无“长短句”，《全唐诗》编者将唐玄宗等人的一些歌诗作词看待，既不符合“依曲拍以为句”的填词规则，又违背了词的平仄声律要求，故实不足取。所以，初盛唐时期无文人词乃可肯定。

第三节　中唐诗客词与“湖州词派”

中国古代文学的发展史告诉我们，具有严格词学意义上的“词”，即符合词学要求与规则的词，乃诞生于中唐前期一批“诗客”的笔下。

因为这一时期的文人词，不仅是“依曲拍以为句”的产物，而且还具有明显的律化特征，如每一个词调的“片”是固定的，并有特定的句数、韵位、句式；平仄合律，对平上去入要求严格；不同的词调其用韵的情况也不相同等。被《全唐诗》卷八八九所收录的中唐 8 位诗人的 39 首词，就大多具有以上特点。这 8 位诗人分别为：张志和、张松龄、韩偓、韦应物、王建、戴叔伦、刘禹锡、白居易。其中，韩偓的《章台柳》可以不论，因为一则其出自晚唐人许尧佐所撰《柳氏传》，而《柳氏传》乃属传奇小说，即《章台柳》是否确为韩偓所作，尚难判定。另则即使其确实出自韩偓手笔，也只能与张说《舞马词》等一样，即乃属“被乐”以唱的乐府诗之类，而非长短句之属。

其余 7 人，除张松龄外，其生年与卒年，据拙著《唐人生卒年录》① 所载，依序为：戴叔伦开元二十年（公元 729 年）—贞元五年（公元 789 年）；韦应物开元二十五年（公元 734 年）—贞元七年（公元 791 年）；张志和天宝三年（公元 744 年）—大历八年（公元 773 年）；王建大历元年（公元 766 年）—大和四年（公元 830 年）；刘禹锡大历七年（公元 772 年）—大和八年（公元 834 年）；白居易大历七年（公元 772 年）—会昌六年（公元 846 年）。张松龄生卒年虽不可考，但其系张志和之兄，则其生年当在开元末年前后。

根据以上对 7 人生卒年之排列，戴叔伦的《调笑令》可定为文人词之滥觞，即其之问世，所标志的是词这种音乐文学样式得以独立于文体之林的肇端。其词全文为：

边草，边草，边草尽来兵老。山南山北雪晴，千里万里月明。明月，明月，胡笳一声愁绝②。

---

① 王辉斌：《唐人生卒年录》，贵州人民出版社 1998 年版，第 116-225 页。

② 戴叔伦此词，《全唐诗》卷八八九作《调笑令》，《全唐诗》卷二七四《戴叔伦诗集》作《转应词》，特此说明。

此词中间无换头，单调 32 字，三转其韵，韵律严密，完全具备“调有定句，句有定字，字有定声”的律词特点，因此，其为一首标准的律词。这首词还值得称道的是，其句式分别由二言与六言两种偶言句式交错组成，以成“二二六六六二二六”式，并且其中四个二字句皆叠字叠韵，而最后一次换韵，则是颠倒前韵脚二字另立新韵，极具特点。这样的富于变化，使其形体与声律极尽参差跌宕、回环婉转之美，增强了作品的艺术感染力。以题材内容言，其所写乃属于边塞的范畴，可称之为唐五代最早的边塞词。此词虽然没有盛唐边塞诗的苍凉豪迈风骨与理想主义热情，但词中关塞戍卒的浓浓乡愁，却与唐诗中大历时期萧飒沉咽的时代主调甚为吻合。仅此，即可证这首词并非为后人托名所作。

此词的作年，据傅璇琮《戴叔伦的事迹系年及作品真伪考辨》①所考，当写于戴叔伦 38 岁的唐代宗大历四年(公元 769 年)前。这是因为，傅文的考察表明，戴叔伦自是年后至病卒的贞元五年(公元 789 年)一直在地方任职，不曾到过边塞。但具体在何年，则不可考。又，《全唐诗·戴叔伦诗集》中有一首《边城曲》，其中有云：“人生莫作远行客，远行莫戍黄沙碛。黄沙碛下八月时，霜风裂肤百草衰。尘沙晴天迷道路，河水悠悠向东去。胡笳听彻双泪流，羁魂惨惨生边愁。”诗中所写边塞的季节和士兵远戍边城的艰苦等，与其《调笑令》完全一致，则二者为同时之作当无疑义。其后，韦应物填《调笑令》2 首，王建填《调笑令》4 首，当都是依戴叔伦《调笑令》的“曲拍”而为。于是，一种新的文学创作现象，便在中唐前期大历年间的诗人们之间，悄然兴起，并导致了中国文学史上第一个词派即“湖州词派”的诞生与形成。

所谓“湖州词派”，指的是唐代宗大历年间，以张志和、颜真卿为代表的一批诗人在湖州进行的词的创作与唱和。对此，《太平广记》卷二十七引南唐沈汾《续仙传》进行了较为详细的记载：

---

① 傅璇琮：《唐代诗人丛考》，中华书局 1981 年版，第 358-378 页。

真卿为湖州刺史，与门客会饮，乃唱和《渔父词》。其首唱即志和之词，曰："西塞山前白鹭飞，桃花流水鳜鱼肥。青箬笠，绿蓑衣，斜风细雨不须归。"真卿与陆鸿渐、徐士衡、李成矩共和25首，递相夸赏。①

此外，当时属于"湖州词派"的词人，应还有张志和之兄张松龄，黄庭坚《豫章黄先生词》中《鹧鸪天》之《序》载有张松龄(一作鹤龄)《渔父词》一首，《全唐诗》卷八九〇《词二》所录张松龄之《渔父词》，即系据此而为。据留元刚《颜鲁公年谱》可知，颜真卿为湖州刺史在大历七年，而张志和又卒于大历八年(详前)，则"湖州唱和"的时间在大历八年(公元773年)的春夏间，当可断定。张志和等人唱和的这25首《渔父词》，至南宋时，著名文学家陈振孙曾将其编为一集，并取名为《渔歌唱和集》。元季马端临《文献通考》卷二四九《元真子渔歌碑传集录》引陈振孙《解题》云："元真子渔歌，世止传诵其《西塞山前》一章而已，尝得其一时唱和诸贤之辞各五章，及南卓、柳宗元所赋，通为若干章，因以颜鲁公碑述、唐书本传，以至近世用其词入乐府者，集为一编，以备吴兴故事。"

"湖州词派"的诞生与形成，可称得上是中国词学史上的一件大事。词人们之间的"唱和"，既反映了他们乐于对"新声"进行切磋与追求的艺术个性，又揭示了他们包括审美趣味在内的艺术精神的一致性。而更为重要的是，其所代表的是一种时代的审美追求与文学思潮的嬗变，因而促进了中晚唐及五代文人词的发展与繁荣。一般而言，"湖州词派"的"唱和"之作，所表现的主要是当时士大夫隐逸生活的情趣，如人们所熟悉的张志和《渔父词》五首其一："西塞山前白鹭飞，桃花流水鳜鱼肥。青箬笠，绿蓑衣，斜风细雨不须归。"所歌咏的就是一种"烟波生活"。而这种生活，与当时广大"诗客"的社会心理和人生追求是相适应

---

① 李昉等：《太平广记》卷二十七，中华书局1961年版，第180页。

的。同时，这首词在艺术上独标高格，创立了一种物我两忘、人词合一、清朗淡爽的艺术精神。由于二者的互为融合与辉映，故而该词能引起一些士大夫如南卓、柳宗元等人的追和。从这个意义上讲，张志和“首唱”的《渔父词》，对后世特别是宋代“山水隐逸词”的影响，可以说是巨大而深远的。

正因为“湖州词派”的词适应了士大夫词人的审美需要，所以，在距张志和《渔父词》创作还不到50年的时间，该词便流传到了日本，并为日本天皇君臣所唱和。据日本学人神田喜一郎的考定，日本嵯峨天皇君臣唱和《渔父词》即《渔歌子》的时间为弘仁十四年(公元823年)，是年为唐朝穆宗长庆三年①。这一年，也是李德裕作《玄真子渔歌记》之时。这样看来，可知“湖州词派”不仅在中国词学史上具有重要的地位，而且对日本词学的产生与兴盛，亦有着决定性的作用和影响。大约在张志和死去40余年后的唐宪宗元和年间，也即日本君臣唱和《渔父词》的前后，中唐词坛上又活跃着两位词人的身影，这就是均以填《忆江南》词而闻名的著名诗人刘禹锡与白居易。他们对于词的介入，不仅扩大了词的题材范畴，而且令词在艺术上也更趋成熟，且风格各异。如刘禹锡《潇湘神》二首，哀婉幽怨、迷离惝恍，具有浓郁的楚辞风韵；而白居易《忆江南》三首，既深情贯注，又跌宕起伏，并且凸现出一种洒脱倜傥的士大夫风采神貌。这一时期参与到填词潮流中者，还有以写《宫词》而知名的诗人王建，其《调笑令》四首，“要眇宜修”②，如娇女步春般美妙，开南唐词风之先声。

总之，唐五代诗客的“曲子词”，自中唐前期戴叔伦的《调笑令》始，才成为真正词学意义上的词，而此前即初盛唐的文人词，则仍只能称之为“被乐”以唱的乐府或声诗。而此，即为词学史表现在有唐一代的一种历史真实。

---

① 陈耀东：《唐代文史考辨录》，团结出版社1990年版，第342-356页。
② 王国维：《人间词话》，人民文学出版社1982年版，第191-243页。

第二章　是耶非耶：李白词辨伪

第一节　《菩萨蛮》考论

被黄升《花庵词选》称为“百代词曲之祖”的李白《菩萨蛮》(平林漠漠烟如织)一词(以下凡只涉及此词者，皆简称为“李白《菩萨蛮》”)，其真伪问题，历代多有争议。如明人胡震亨《唐音癸签》、清人吴衡照《莲子居词话》、王琦注本《李太白全集》，以及今人詹锳《李白诗论丛》等，所持皆为“伪作说”，即其皆认为此词非李白所作。而持此词为李白“真作说”者，则主要认为无名氏《尊前集》、文莹《湘山野录》均载有《菩萨蛮》，且均明确署为李白作，而宋咸淳本《李翰林集》(以下简称“咸淳本李集”)著录此词，又可为之佐证。而持“真作说”之最有力者，则首推唐圭璋《论词之起源》一文。“真作说”与“伪作说”互为争辩，殆若聚讼。有鉴于此，本节特拟着眼于以下四个方面，对此词非李白作进行一次较为具体的辨伪考察。

一、今本《尊前集》并不可靠

首先所要说明的是，这里所要讨论的“今本《尊前集》”，乃是相对于宋本《尊前集》而言，即其所指，主要为明代以来的各种版本的《尊前集》，如吴讷《唐宋名贤百家词》本、毛晋《词苑英华》本、《四库全书》本、朱孝臧《彊村丛书》本，以及郑振铎《世界文库》本、唐圭璋《唐宋人选唐宋词》本等。这些不同时代的《尊前集》本，从版本学的角度讲，都属于重刻重印本，有的甚至还是重编重刻本，如顾梧芳万历本《尊前集》即属此类。毛晋《词苑英华》本《尊前集》卷首所附顾梧芳《尊前集引》载此云："联其所制，为上下二卷，名曰《尊前集》，梓传同好。"①又，是本卷末有毛晋《尊前集跋》云：

> 又有名《尊前集》者，殆亦类此，惜其本不传，嘉禾顾梧芳采录名篇，厘为二卷，仍其旧名②。

毛《跋》中的"惜其本不传"，所指即宋本《尊前集》，而"采录名篇，厘为二卷"云云，则是谓顾梧芳对《尊前集》之重编，而此，与顾《引》之"联其所制，为上下二卷"，正相扣合。此则表明，顾梧芳于万历年间是确曾重编重刻过一部《尊前集》。或有认为毛《跋》之载为误者，实属不的。毛晋既为明代著名的目录版本学家，又是《词苑英华·尊前集》的直接刻印者，其所言"嘉禾顾梧芳采录名篇，厘为二卷"者，其实是最为可信的。

在上述"今本《尊前集》"中，最早著录"李白《菩萨蛮》"者，乃为编刻于明英宗正统六年(公元1441年)的吴讷《唐宋名贤百家词》本。是本现藏天津图书馆，有商务印书馆1940年排印本，其虽曰"百家词"，实则只有89家，即缺11家，所收《尊前集》凡1卷，经与《四库全书》本《尊前集》(2卷)比勘，其作者、篇目、次第等，乃完全相同。《唐宋名贤百家词》本《尊前集》源出何籍，吴讷没有作只字交待，因而也就无以获知。但其与《四库全书》本相同的实况则可表明，现所存见之各种明、

① 顾梧芳：《尊前集引》，国家图书馆藏《词苑英华·尊前集》卷首。
② 毛晋：《尊前集跋》，国家图书馆藏《词苑英华·尊前集》卷末。

清刻本《尊前集》的1卷本与2卷本，卷数虽然有别，所收词人词作等却是并无区别的。

关于《尊前集》的编辑与刻印年代，论者多从朱彝尊《书尊前集后》之所言，而认为其乃“宋初人编集”。朱《书》有云：

> 《尊前集》二卷，不著编次人姓名，万历十年，嘉兴顾梧芳镂板以行，佥以谓顾书也。康熙辛酉（公元1681年）冬，予留白下，有持吴文定公（宽）手抄本告售。……取顾氏本勘之，词人之先后，文章之次第，靡有不同。始知是集为宋初人编集。①

按朱文此说，其实是大有问题的。首先，“顾氏本”与吴宽手抄本“词人之先后，文章之次第，靡有不同”者，并不能表明出现于康熙年间的这部手抄本《尊前集》，乃“为宋初人编集”，而只能证实其与“顾氏本”同出一源，否则，重编重刻于万历十年的“顾氏本”，也就成为了“宋初人编集”本了。其次，《四库全书总目》卷一九九为《尊前集》所撰之“提要”，对朱氏此说进行材料检验后，乃明确指出：“彝尊定为宋本，亦未可尽凭，疑以传疑，无庸强指。”②所以，《尊前集》虽然多为宋人书籍所载（如《金奁集》韦庄《菩萨蛮》注、欧阳修《近体乐府》罗泌校语、王灼《碧鸡漫志》卷五、张炎《词源》等），但其却并非“宋初人所编”。因之，朱彝尊《书尊前集后》所说不可相信，即乃甚为清楚。

吴熊和《唐宋词通论》通过考察后则认为，“《尊前集》结集不能早于仁宗”，“亦不能晚于神宗”。③ 吴著的这一认识，由于是建立在“王仲

---

① 朱彝尊：《书尊前集后》，蒋哲伦校《尊前集·资料汇编》，江西人民出版社1984年版，第144页。

② 永瑢等：《四库全书总目》卷一九九，中华书局1965年影印版，第1823页。

③ 吴熊和：《唐宋词通论》，浙江古籍出版社1989年版，第334页。

闻考证”的基础上的，因而基本上是可以相信的。吴著的认识表明，署名为李白作的这首《菩萨蛮》，最早乃出现于宋仁宗、宋神宗时期，也即公元 1023—1084 年的 60 年之间。是时，距李白之卒的宝应元年（公元 762 年）乃有整 300 年之隔。但令人遗憾的是，宋刻本《尊前集》早已佚亡，今所存见之各种《尊前集》刻本，收录之“李白《菩萨蛮》”是否据宋本《尊前集》所为，抑或宋本《尊前集》是否收录了李白的《菩萨蛮》等，因材料所限，均不得而知。尽管如此，但今本《尊前集》的问题相当多则为事实。以《四库全书》本《尊前集》为例，则有：

（1）卷上收李煜词 5 首，卷下又别收李煜词 8 首；

（2）卷上收冯延巳词 3 首，卷下则重出冯延巳词 7 首；

（3）卷上李煜《蝶恋花》、冯延巳《玉楼春》，皆为欧阳修词；

（4）欧阳修《近体乐府》罗泌校语谓宋本《尊前集》有无名氏《长相思》词 3 首，今本《尊前集》乃无；

（5）宋本《尊前集》有李煜《临江仙》1 首，今本《尊前集》乃无。①

仅就第（4）、（5）两条所载而言，今本《尊前集》之于宋本《尊前集》的收词之况，显然是有所区别或者改易的。以此推之，则今本《尊前集》将他人之《菩萨蛮》误编入李白名下，也就不无可能，而欧阳修《蝶恋花》《玉楼春》二词分别被误编入李煜、冯延巳名下的实况，又可为之佐证。

而实际上，今本《尊前集》所收录的李白《菩萨蛮》3 首，都是存在着问题的，即其都是值得怀疑的。如第一首为“游人尽道江南好”，其实是将韦庄《菩萨蛮》（人人尽说江南好）稍作改易所致；第三首“举头忽见衡阳雁”，朱德才主编《增订注释全宋词》第四册则将其著录于陈达叟名下，并有“说明”云：“以上二首（另一首为《更漏子》—引者注）杨金本《草堂诗余》前集卷下。案此首又别作李白词，见《尊前集》。别又误

---

① 王国维：《观堂集林·外二种》第四册，河北教育出版社 2001 年版。

作陈以庄词，见《历代诗余》卷九。”①这两首《菩萨蛮》既为他人之作②，则“平林漠漠烟如织”一词，亦可作如是观。这样看来，可知今本《尊前集》虽然收录了这首“李白《菩萨蛮》”，但其却并不能证实此《菩萨蛮》必为李白所作。

二、宋本李白集与此词关系

现所存见的宋本李白集，凡三种，即：(1)日本静嘉堂文库藏本《李太白文集》，台湾学生书局于 1967 年据之影印；(2)国家图书馆藏宋蜀刻本《李太白文集》(以下简称“蜀刻本李集”)，巴蜀书社、上海古籍出版社分别于 1986 年、1989 年据之影印；(3)景宋咸淳本《李翰林集》(又称“当涂本”，以下简称“咸淳本李集”)，黄山书社 2004 年据之影印。单就对这三种影印本的比勘而言，前二者实为一个版本系统，即其均属于宋敏求编辑、曾巩编次、晏处善付刻的李集本，而后者则在书名、版式、字体、行款、分类、作品数量等方面，皆与之存在着差异。更为重要的是，前二者均无《菩萨蛮》一词，后者则于卷四收录此词。

据王文才《跋影宋蜀刻本李太白文集》一文可知，“蜀刻本李集”乃系“北宋蜀刻”之本③，以此合勘巴蜀书社影印本《李太白文集》扉页所署之“宋敏求、曾巩等编”字样，则“蜀刻本李集”的编辑、刻印皆在北宋一代，即可论断。但郁贤皓《影印当涂本〈李翰林集〉序》一文则认为，“现能见到的李白诗文集最早刊本为南宋初蜀刻本《李太白文集》三十卷”④。二者一北宋、一南宋，年代相距甚远，仅就“蜀刻本李集”的编

---

① 朱德才主编：《增订注释全宋词》(第四册)，文化艺术出版社 1997 年版，第 264-265 页。

② 关于此二词之非为李白所作，具体参见本章第三节。

③ 王文才：《跋影宋蜀刻本李太白文集》，《李太白文集》书末附，巴蜀书社 1986 年影印版，第 21 页。

④ 郁贤皓：《影印当涂本〈李翰林集〉序》，《李翰林集》卷首，黄山书社 2004 年影印版，第 3 页。

刻而言，其在北宋曾巩(公元 1019—1083 年)所生活的后期或稍后，似无可怀疑，因为曾巩为《李太白文集》所写之序落款为元丰三年(公元 1080 年)。而是时，正是无名氏所编宋本《尊前集》风行之际，因之，“蜀刻本李集”无“李白《菩萨蛮》”的实况，所表明的是：(1)宋敏求、曾巩等人在编次李白集时，是决然不相信此词为李白所作的，否则，其焉有不将其编入之理？(2)宋本《尊前集》压根儿就没有收录“李白《菩萨蛮》”。对于前者，当然也可理解为宋敏求、曾巩等人在当时并没有见到《尊前集》，但作这样的认识却并无材料支撑，而且，与宋敏求、曾巩同时的崔公度在京师读过《尊前集》的事实，又可为之佐证。请看陈振孙《直斋书录解题》于《阳春录》下的一条注：

> 南唐冯延巳撰。高邮崔公度伯易题其后，称其家藏最为详确，而《尊前》《花间》诸集，往往谬其姓氏，近传欧阳永叔词亦多有之，皆失其真也。①

崔公度在“题《阳春录》后”中，既认为《阳春录》较“《尊前》《花间》诸集”为胜，则可推知其此前校读过《尊前》。崔公度，《宋史》卷三五三有传，为王安石变法的坚定支持者，与王安石、王令等人多有唱和。崔公度见到并读过《尊前集》的事实，可证宋敏求、曾巩等人在编次李白集时，也应是见到过《尊前集》的(崔、宋、曾三人当时均在京师)，因为二人当时都在不遗余力搜求李白遗作，其不将《菩萨蛮》编入李白集者，即为《菩萨蛮》非李白作的最好证明。

“咸淳本李集”之“咸淳”，为宋度宗年号，凡 9 年(公元 1265—1273 年)，其时距曾巩之卒已有近 200 年，则“蜀刻本李集”较“咸淳本李集”更具有版本学价值与权威性，也就自不待言。如此，即可确知，后问世

---

① 陈振孙：《直斋书录解题》卷二十一，上海古籍出版社 1987 年版，第 615 页。

于“蜀刻本李集”约 200 年的“咸淳本李集”，虽然收录了“李白《菩萨蛮》”一词，但其却并不能证实此词为李白所作。而此，只是问题的一个方面。问题的另一个方面是，唐人所编的各种“唐本李白集”，均没有收录“李白《菩萨蛮》”一词，这一实况表明，在由唐而宋“蜀刻本李集”之间的各种唐宋本李白集，原本就是没有这首《菩萨蛮》的。综勘“蜀刻本李集”卷首所附李阳冰《草堂集序》、魏颢《李翰林集》、乐史《李翰林别集序》、范传正《李公新墓碑并序》，以及宋敏求《李太白文集后序》、曾巩《李翰林集序》（王琦注本《李太白文集》附）等文，可知李白诗文在唐代曾三次编集。第一次为魏颢所编之《李翰林集》（凡二卷，44 篇），第二次为李阳冰所编之《草堂集》（十卷），第三次为范传正所编之“文集二十卷”。范传正新编的“文集二十卷”，是否包括前两种，因资料所限，不得而知。入宋，魏颢等人所编的这三种“唐本李集”，即先后成为了乐史编《李翰林集》，宋敏求、曾巩等人所编《李翰林集》底本的一部分。而曾巩的编次本《李翰林集》，实际上就是今所存见之“蜀刻本李集”，其中无《菩萨蛮》的事实表明，作为其“底本”之一部分的三种“唐本李集”，也是没有收录此词的。

据清人刘世珩《李集札记》可知，“咸淳本李集”的底本，乃为“淳熙本李集”，且刘世珩是见过“淳熙本李集”的。《札记》有云：

> ……与明人覆宋淳熙本《李翰林集》……悉同。唯此本行二十，淳熙本行十八字，少异耳。淳熙本自用乐子正、别集本刊行，至咸淳本而合之，犹不失宋次道与子正编离合之旧。及杨本与晏处善本或改诗为二十五卷，或二十四卷，而原第尽失，则此本固仍可贵也。①

其中的“乐子”即为乐史，而“宋次道”则为宋敏求，二人都是李白集在

---

① 刘世珩：《李集札记》，黄山书社 2004 年影印版宋咸淳本《李翰林集》附于书末，第 786 页。

宋代的最早编辑整理者。此则表明，“淳熙本李集”的底本，乃为乐史所编《李翰林集》二十卷、《李翰林别集》十卷本，且正、别集分刻。①“淳熙”为宋孝宗年号，凡 15 年(公元 1174—1188 年)，其时距乐史编辑“正、别集本”李白集的“咸平元年”(《李翰林别集序》)，乃有近 200 年之隔。由是而观，可知“咸淳本李集”的底本“淳熙本”原是没有《菩萨蛮》的，而“咸淳本李集”之所以载入者，显然是板刻者据《尊前集》或者《湘山野录》所擅为的结果。如此，就有必要对《湘山野录》之所载进行材料上的检验了。

三、关于《湘山野录》的记载

《湘山野录》一书，主要记载了北宋时期的一些“野录”，中华书局 1984 年排印出版，并将其收入了《唐宋史料笔记丛刊》。是书卷上“鼎州沧水驿楼李白诗”条，首次以随笔的形式，披露了题写于鼎州沧水驿楼上的“李白《菩萨蛮》”。其全文为：

> “平林漠漠烟如织，寒山一带伤心碧。暝色入高楼，有人楼上愁。玉阶空伫立，宿鸟归飞急。何处是归程，长亭更短亭。”止此词不知何人写在鼎州沧水驿楼，复不知何人所撰。魏道辅泰见而爱之。后至长沙，得古集于子宣内翰家，乃知李白所作。②

---

① 需加说明的是，“咸淳本李集”的底本虽然为“淳熙本”，也即乐史所编《李翰林集》《李翰林别集》的合刊本，但其与曾巩据宋敏求编辑本所编次之李集本(即“蜀刻本李集”)乃毫无关系，然则“咸淳本李集”卷首却附有曾巩《李翰林集序》一文，实则令人费解。而《李太白文集》则将宋敏求、曾巩、毛渐三序，皆作《李太白文集后序》附于后。经比勘，可知这两篇曾巩序，只是开头部分各不相同，余则全同。意者，“咸淳本李集”卷首所附之曾巩序，当为板刻者所擅为，其是耶非耶，兹拈出以俟淹贯者。

② 文莹：《湘山野录》卷上，中华书局 1984 年版，第 15 页。

此文又为南宋魏庆之《诗人玉屑》卷二十一所转载，只是文字稍有差异，如是文中的“古集”作“古风集”等。持《菩萨蛮》为李白“真作说”者，即大多以此为据，认为李白确是这首《菩萨蛮》的作者。《湘山野录》的这一记载，其实是无法接受材料的检验的，因而也是难以令人相信的。这具体表现在以下几个方面：

（一）据《四库全书总目》卷一四〇《湘山野录》“提要”所载，《湘山野录》为文莹撰著于“熙宁中”，“熙宁”为宋神宗年号，凡 10 年（公元 1068—1077 年），其时距李白之卒的宝应元年（公元 762 年），乃为 300 余年之隔，而与无名氏《尊前集》问世的时间，则基本相当。在如此之长的时间内，竟然无人发现“写在鼎州沧水驿楼”的这首《菩萨蛮》，这实在是令人不可思议。而且，《湘山野录》的这一记载，在现所存见的各种各类的唐宋文献中，乃是没有任何材料可以佐证的（转录该文者除外），即其纯为文莹的一家之言，属于典型的孤证，而孤证的可信度是较低的。

（二）文中所载“魏道辅泰见而爱之”一句，也是存在着问题的。据陆游《老学庵笔记》卷七、《四库全书总目》卷一四〇《东轩笔录》“提要”所载，魏泰字道辅，襄阳人，因“其姊嫁子宣”，而为“曾布之妇弟”，终身未仕。有《东轩笔录》《临汉隐居诗话》行世。文莹言魏泰“见而爱之”者，颇为模糊，因为其所见《菩萨蛮》是在鼎州抑或他地，均无只字交待。而据《东轩笔录》《临汉隐居诗话》《襄阳府志》可知，综魏泰一生，其不仅与文莹无任何交往关系，而且也没有到过鼎州。固然。《东轩笔录》卷二有“鼎州甘泉寺”一条，记载了寇准、丁谓、范讽等人被贬南下题诗甘泉寺之况（《临汉隐居诗话》亦原文抄载了此条），但此并不能证实魏泰曾到过鼎州沧水驿楼，原因是《东轩笔录》为魏泰“元祐中记少时所闻，而成此书”①。

① 永瑢等：《四库全书总目》卷一五〇，中华书局 1965 年影印版，第 1293 页。

（三）其中所言魏泰“后至长沙，得古集于子宣内翰家，乃知李白所作”云云，与实际的情况颇不相符。首先是“古集”之所指。此说有二：即“古风集”与“古本李白集”。持“古本李白集”者认为，此处“古集”所指为“咸淳本李集”，魏泰后来在潭州（今长沙）曾布家中即从此集中获知，题在鼎州沧水驿楼上的那首《菩萨蛮》，其作者就是李白。但持此说者不知，斯时距“咸淳本李集”刻印的“咸淳己巳”（公元1269年），尚有近200年之隔，魏泰又如何能在曾布家中看到“咸淳本李集”呢？仅此即可表明，“古本李白集”之说为误，已甚为清楚。但持“古风集”说者也有问题。所谓“古风集”，应是一部收录如陈子昂《感遇》、李白《古风》之类题材庄严而寓意深刻的五古诗总集，但这样的集子，是不可能将属于长短句的《菩萨蛮》收入其内的，可见，“古风集”之说也是不能成立的。再看魏泰到长沙（谭州）曾布家的时间。据《宋史·曾巩传》《曾布传》《续资治通鉴长编》《襄阳府志》等文献所载，宋神宗熙宁九年（公元1076年），曾巩由襄州改知洪州，曾布从饶州移牧潭州，曾肇则从京师请假回乡探母，兄弟三人，共游洪州滕王阁，相得甚欢，时随曾布移牧潭州的魏泰之妹魏玩，曾赋诗以纪。藉此，则魏泰到曾布家就必在此之后，也就是熙宁十年或元丰初年。而斯时，成书于“熙宁中”的《湘山野录》早已问世，文莹又如何能将魏泰至长沙“得古集于子宣内翰家”之事写进是书呢？更何况，魏泰在长沙“得古集于子宣内翰家”之所载，其本身就无法接受材料的检验。由是而观，此事之属乌有者，当无可疑。

综以上三者，可知文莹于《湘山野录》之所载，也是不能证实“李白《菩萨蛮》”的作者为李白的。既然今本《尊前集》、咸淳本《李翰林集》《湘山野录》之所载，都无以证实《菩萨蛮》为李白所作，则李白不是《菩萨蛮》的作者，也就甚为清楚。

四、后人对《菩萨蛮》的辨伪

正是由于《湘山野录》与《尊前集》所载之“李白《菩萨蛮》”令人疑窦

从生，不可相信，故后人即对其多所考辨，认为其属于一首伪作。而且，辨伪者由《菩萨蛮》而《忆秦娥》，再由《忆秦娥》而其他“李白词”，将现所存见的“李白词”进行了较全面之辨伪。

据现有材料可知，最早辨“李白《菩萨蛮》”之伪且又甚力者，乃首推明人胡应麟的《少室山房笔丛》，该书卷四十一《庄岳委谈》下有云：“今诗余名《望江南》外，《菩萨蛮》《忆秦娥》最称古，以草堂二词出太白也。近世文人学士，或以实然。余谓太白在当时，直以风雅自任，即近体盛行，七言律即不肯为，宁屑事此？且二词虽工丽而气衰飒，于太白飘然之致，不啻穹壤，藉令真出青莲，必不作如是语。评其意调，绝类温方城辈，盖晚唐人词，嫁名太白，若怀素草书、李赤姑熟耳。原二词嫁名太白有故。《草堂词》宋末人编，青莲诗集亦称《草堂集》，后世以二词出唐人而无名氏，故伪题太白，以冠斯编也。”又说：“《菩萨蛮》之名，当起于晚唐世。案《杜阳杂编》云：‘大中初，女蛮国贡双龙犀、明雾锦，其国人危髻金冠，璎珞被体，故谓之《菩萨蛮》。当时娼优遂制《菩萨蛮》曲，文士亦往往效其词。’《南部新书》亦载此事。则太白之世，唐尚未有斯题，何得预制其曲耶？”①胡应麟的辨伪，主要表现在四个方面：一是认为李白“直以风雅自任”，“宁屑事此”；二是着眼于《菩萨蛮》的“意调”，指出其为晚唐人所作而“嫁名太白”；三是后人误李白的《草堂集》为“草堂词”，而将《菩萨蛮》“伪题太白”；四是“《菩萨蛮》之名，当起于晚唐世”，生活于唐玄宗时期的李白不可能“预制其曲”。

胡应麟之后，以撰著《李诗通》《杜诗通》而知名当时的胡震亨，在其所著《唐音癸签》卷十三亦进行了质疑。认为：“《杜阳杂编》云：大中初，女蛮国入贡，其人危髻高冠，璎珞被体，人谓之《菩萨蛮》。当时娼优遂制《菩萨蛮》曲，文士亦往往声其词。《温庭筠传》亦有宣宗爱唱

---

① 胡应麟：《少室山房笔丛》卷四十一《庄岳委谈》下，中华书局 1958 年版，第 553-554 页。

《菩萨蛮》之说。今李太白集有其词，后人妄托也？”①所质疑者，与胡应麟之辨的第二部分基本相同。

二胡对“李白《菩萨蛮》”的质疑，直接影响着清代甚至是“民初”学者们对其之考辨。如以辑注李白集而著称的王琦于《李太白文集》卷五有云：“琦按：宋黄玉林《绝妙词选》以太白《菩萨蛮》《忆秦娥》二词为百代词曲之祖。然考古本李白集中，缺此二首。萧本乃有之，其真赝诚未易定决。《笔丛》所辨，未为无见，至谓其出自《草堂诗余》之伪题，则非也。盖《菩萨蛮》一词，自北宋时，已传为太白之作矣。”②在这里，王琦既称誉“《笔丛》所辨，未为无见”，又认为《菩萨蛮》“自北宋时，已传为太白之作矣”，实则是因了《湘山野录》记载之缘故，而未能作出最后的“定决”。吴衡照《莲子居词话》对于胡应麟《少室山房笔丛》也是深表赞同的，唯认为“非金荃手笔所能”，即其认为此词非出自温庭筠一类人的手笔。其实，只要能辨明“李白《菩萨蛮》”之真伪即可，至于托伪者为谁，已并不重要。

上述诸文之质疑，从总的方面讲，虽然各有所获，但由于其皆属于“读书札记”之类的辨析，因而或直接或间接影响了质疑的深度与广度。而真正从现代学术意义的角度对“李白《菩萨蛮》”予以辨伪者，发表于1924年《清华学报》第1卷2期上的胡适《词的起源》一文，则乃率先而为。胡文认为：(1)现存李白词都是“不可靠的传说”，其“皆是后人混入的作品”；(2)“《菩萨蛮》曲调作于大中初年”，天宝时期的李白不能以之填词；(3)《乐府诗集》独不收《菩萨蛮》《忆秦娥》诸词，“这是很强的证据”；(4)崔令钦《教坊记》中的《菩萨蛮》曲调，为后人所添入，不足为据。针对胡文之说，唐圭璋《论词之起源》以《云谣集》所收“曲子词”为据，对其进行了全面辩驳。认为“据敦煌所发现之唐词，足证《教坊记》之可信，据《教坊记》所载之词调，可证《乐府杂录》及《杜阳杂

① 胡震亨：《唐音癸签》卷十三，上海古籍出版社1981年版，第141页。

② 王琦注：《李太白全集》卷五，中华书局1977年版，第323页。

编》之误”。并认为词起源于隋。因而作结论说：“唐人无双调《望江南》之说，李白不能作《菩萨蛮》之说……皆可以不攻自破。”①詹锳《李白菩萨蛮忆秦娥辨伪》一文，在赞同胡文“伪作”说的同时，还兼对唐文的结论进行了驳论，认为“按唐人曲子词，近人谓多为晚唐五代物，唐氏谓其中曲词皆为中唐以前作品，不知有何证据？即以上虞罗氏所藏《菩萨蛮》词而论，况周颐谓写于咸通间，咸通接大中凡十三年，咸通凡十四年，宣宗既爱唱《菩萨蛮》词，而又作《菩萨蛮》队舞，一时朝野风行；以当时长安与西域之交通而论，则十数年或二十余年后，此调之得以流传于敦煌，固极可能之事也。若依唐氏之说，谓《菩萨蛮》为开元旧曲，开元去大中一百三十余年，何以其间竟无一人仿作，至大中咸通间忽而盛极一时耶？考诸文学演变之迹必无是理”②。

近年来，持《菩萨蛮》确为李白作之最力者，主要为葛景春《李白〈菩萨蛮〉词新证》《李白〈菩萨蛮〉词补证》③二文。葛文的所谓“新证”，其实是指“咸淳本李集”对《菩萨蛮》的收入。对于“咸淳本李集”所收《菩萨蛮》一词，以上已对其进行了考辨，此不赘述。但葛文在论及“咸淳本李集”时，却存在着多处失误，且皆与“李白《菩萨蛮》”有关，因此，有必要在此指出。其具体为：(1)由宋人乐史、宋敏求裒辑的李白集，现存有两个系统，一个是咸淳本(今传《影宋咸淳本李翰林集》即属此)系统，一个是晏处善(宋蜀本《李太白文集》即属此)系统。认为李白集存在着两个系统本为正确，但咸淳本系统却并非是“宋人乐史、宋敏求裒辑的”结果，而是据“淳熙本”所为，“淳熙本”所用底本则为乐史所编之《李翰林集》和《李翰林别集》，与“宋敏求裒辑”本毫无关系。对此，校刻“咸淳本李集”的刘世珩之《李集札记》(“咸淳本李集”附)已说

---

① 唐圭璋：《论词之起源》，《时事新报·学灯》，渝版第178期。

② 詹锳：《李白菩萨蛮忆秦娥辨伪》，《李白诗论丛》，人民文学出版社1984年版，第67页。

③ 皆收入作者《李白研究管窥》一书，河北大学出版社2002年版，第58-65页。

得非常清楚。(2)葛文据“咸淳本李集”卷首所附曾巩《李翰林集序》，而认为“曾巩初得到的乐史、宋敏求所裒辑的《李翰林集》，只有诗集二十卷，而没有文集”。这里存在着两个问题，一是乐史所编为《李翰林集》二十卷、《李翰林别集》十卷，后者为文集，这在乐史《李翰林别集序》已说得相当明白；二是曾巩所编次之《李太白文集》，是以宋敏求《李翰林集》为底本的，而与乐史《李翰林集》不存在任何瓜葛，对此，曾巩《李翰林集序》乃有非常清楚的记载。(3)《李太白文集》之《菩萨蛮》为曾巩“所删”说。葛文认为，宋蜀本《李太白文集》之所以没有“李白《菩萨蛮》”，“很可能是曾巩整理时所删”。曾巩为什么要删除此词？对此，葛文无只字交待。若实际的情况确如葛文所言，就表明曾巩也是不相信“菩萨蛮”的作者为李白的，如此，则《菩萨蛮》非李白所作，也就又多了一条证据。

第二节 《忆秦娥》质疑

在现存的唐五代文人词中，传为李白所作的《忆秦娥》一词，其实是一首托名之作，即其作者并非为李白，而是他人。对此，詹锳《李白菩萨蛮忆秦娥辨伪》一文早曾予以考辨，且其结论多为学界接受。① 但近十余年来，却有不少研究李白或有关唐宋词的著述，在涉及李白词时，仍有认为《忆秦娥》为李白之“真作”；更有甚者，则是据而称李白为“文人词的开山祖”。凡此种种，均表明对于《忆秦娥》之辨伪，仍有继续进行探讨之必要。有鉴于此，故本节特对“《忆秦娥》非李白作”这一文学史事实予以再考察，以证持“真作”说者乃非。

---

① 詹锳：《李白菩萨蛮忆秦娥辨伪》，《李白诗论丛》，人民文学出版社 1984 年版。

一、李之仪的“确证”诸问题

持《忆秦娥》为李白“真作”说的第一条证据，乃为李之仪《忆秦娥》题下的“用太白韵”四字。持说者认为，这条“自注”，是“可证北宋已确认此词(即《忆秦娥》——笔者注)”为李白作的。而实际的情况并非如此。

按，李之仪(公元1048—1117年)其人，《宋史》卷三三四有传，字端叔，号姑溪居士，今山东无棣(一作今河北献县)人，宋神宗元丰(公元1078—1084年)进士，曾从苏轼于定州幕府。徽宗朝初，坐为范纯仁遗表及行状，编管太平州。宋徽宗政和七年(公元1117年)，终朝请大夫，卒。有《姑溪居士文集》行世。考《姑溪居士文集》卷四十七著录《忆秦娥》一词，题下有自注云：“用太白韵。”其词之全文为：

> 清溪咽，霜风洗出山头月。山头月，迎得云归，还送云别。不知今是何时节，凌歊望断音尘绝。音尘绝，帆来帆去，天际双阙。①

据其中“凌歊”一词，知此词当为李之仪作于他在太平州编管之时。这是因为，据王存《元丰九域志》卷六可知，北宋太平州的治所在今安徽当涂县，陆游《入蜀记》载，凌歊台乃为当涂一胜迹。

李之仪既与苏轼同时，且又为元丰进士，则《忆秦娥》(箫声咽)一词在苏轼生活的北宋中期即已被他人托李白之名进行流传，乃殆无疑义。但在苏轼生活的北宋中期，正是曾巩对乐史、宋敏求所编辑的《李翰林集》(此之前的各种唐抄本李白集均已亡佚)进行考次之时，且稍后

---

① 李之仪：《姑溪居士文集》卷四十七，《四库全书》本，上海古籍出版社1987年影印版。

的元丰三年(公元 1080 年)，曾巩的“考次本”李集又为苏州太守晏处善交付给信安人毛渐校正刊行，存世的宋蜀刻本《李太白文集》即据其翻刻，然其中却没有《忆秦娥》一词。这一事实所表明的是：(1)曾巩、晏处善等人在编次与刊行《李太白文集》时，根本就没有见到流传于世且托名为李白的《忆秦娥》词，此即是各种宋刊本李集均未载是词的原因之所在。(2)上述诸人在考次、刊刻李白集时，均见到了该词，但因认为其乃伪作而未予以收录。将这两种情况进行比较并合勘李之仪的生平可知，其答案应是后者。这是因为，只有作如此认识，才能对李之仪“用太白韵”填《忆秦娥》而曾巩等所编李白集却无是词的事实，作出符合当时历史实况的合理解释。换言之，李之仪所用的“太白韵”即《忆秦娥》(箫声咽)一词之韵，乃为一首伪作之韵，因此，其并不能“确证”该词为李白所作。

那么，李之仪是在什么时间、什么地点读到托名为李白所作的《忆秦娥》的呢？考其生平行迹，应只有两种可能供选择：其一是在李之仪进士后任枢密院编修官时的京师汴京，其二为他晚年被贬编管太平州时的今安徽当涂。而以二者度之，又知应以后一种可能为非。固然，李之仪所编管的太平州即今安徽当涂，乃为李白的卒葬之地，且李阳冰替其所编《草堂集》亦成书于斯地，但此并不能证明北宋中期该地有《忆秦娥》一词流传。其原因在于，在李白集的版本源流史上虽有“当涂本”之载，但据洪迈《容斋随笔》、周必大《二老堂诗话》可知，“当涂本”李白集乃系南宋刻本。即是说，在李之仪供职太平州时的北宋末年，“当涂本”李白集尚未问世。而且，据陆游《渭南集》卷三十一《跋李太白诗》一文还可知，“当涂本虽字大可喜，然极多谬误”。或以为现藏复旦大学图书馆的影宋刻本《李翰林集》(与《杜工部集》合刻)之底本“咸淳本”李白集，乃系据“当涂本”而为，并以“咸淳当涂本”相称，但此亦不能证明李白乃为《忆秦娥》的作者，因为“咸淳本”李白集或“当涂本”李白集卷五尽管收有《忆秦娥》一词，但如上所言，其之问世，均在李之仪编管太平州的近百年之后。此则表明，“咸淳本”李白集或“当涂本”李白集中有《忆秦娥》一词，显系翻刻者或梓行者据流行于当时的托名李白之词所擅加，而使之成为一种有别于曾巩"考次"本的李白集。

而在北宋中期的京师汴京，当时不仅经济、文化等高度繁荣发达，而且作为音乐文学的词也进入了"寻常百姓家"，其他如瓦肆伎艺的小唱、说书、诸宫调、杂剧、傀儡戏等说唱艺术，亦相当火爆，从而迎来了中国市民文学的第一次高潮。① 由此看来，无论是李之仪抑或曾巩等人所见托名李白《忆秦娥》的地点，均应在繁华热闹的汴京，而非是远在京师之外如当涂这样的僻壤之地的。而《邵氏闻见录》卷十九之所载，又可对此佐证。其云："'箫声咽，秦娥梦断秦楼月。秦楼月，年年柳色，灞陵送别。乐游原上清秋节，咸阳古道音尘绝。音尘绝，西风残照，汉家陵阙。'李太白词也。予尝秋日饯客咸阳宝钗楼上，汉诸陵在晚照中，有歌此词者，一坐凄然而罢。"《邵氏闻见录》的作者邵伯温的生活时代虽较李之仪稍晚，但其载《忆秦娥》在北方咸阳为歌女传唱的事实，则可证词这种音乐文学与商业城市是具有密切的关系的。而当涂在北宋既为罪人的被贬之地，其各方面的条件显然是难以与咸阳、汴京这样的商业都市相提并论的。

李之仪编管太平州的宋徽宗初期（公元 1101—1110 年），距李白之卒的唐代宗宝应元年（公元 762 年）乃为 250 年之隔，斯时，托名李白作的《忆秦娥》在社会上流传已有数甲子之久，作为文学家而非学者的李之仪用其韵进行创作，本无可非议，但其却不知此举乃给研究李白词的真伪带来了诸多困惑，实属词学批评史上的一件憾事。

二、对"天宝乱后"说的辨析

《忆秦娥》不仅为现存的宋蜀刻本《李太白文集》所不收，而且专载盛唐宫中曲名的崔令钦《教坊记》也未予以录载，此为众所周知的事实。

---

① 谢桃坊：《中国市民文学史》，四川人民出版社 1997 年版。

对于后者，持“真作”说者则认为：《教坊记》成书在安禄山继陷两京之后，系作者崔令钦避乱润州(今江苏镇江)时所作，所载曲名本为盛唐乐府，而李白《忆秦娥》作于天宝乱后，故其未载者，实乃情理之必然。由是作结论说：《教坊记》中无《忆秦娥》曲调者，并不能证明《忆秦娥》(箫声咽)不是李白所作。持“真作”说者的这一认识，实际上是对持“伪作”说者所举证据(指《教坊记》中无《忆秦娥》曲调名—笔者注)的一种辩解。然而，这种辩解既不符合历史的真实，又显得极为勉强，因此根本难以令人信服。这具体表现在以下几个方面：

首先，《教坊记》所载324曲的调名(杂曲278，大曲46)，并非均为盛唐时期开元、天宝间的“乐府”曲目，如《渔歌子》为中唐前期诗人张志和所创制，即为其例。据陈耀东《张志和生卒年考补》①一文，知张志和生于唐玄宗天宝三载(公元744年)，卒于大历八年(公元773年)。其《渔歌子》(又名《渔父》或《渔父词》五首即写于大历八年，对此，南唐沈汾《续仙传》乃有载：“真卿为湖州刺史，与门客会饮，乃唱和为《渔父词》。其首唱即志和之词。”颜真卿牧守湖州，宋人留元刚《颜鲁公年谱》载为大历七年，故《渔歌子》曲调为张志和创制于大历八年或稍前，乃可邃断。而且，被《教坊记》所录载的曲调有许多并非可以作为词调填词的，如《水调歌》《伊州》《凉州》等，即皆为其例。对此，元稹《乐府古题序》早已指出。元稹在该文中认为：“因声以度词，审调以节唱，句度短长之数，声韵平上之差，莫不因之准度”者，乃为词，因其特点为“皆由乐以定词，非选词以配曲”。而“后审乐，往往采取其词，度为歌曲”，则为“声诗”，其特点是“盖选词以配乐，非由乐以定词也”。这就是说，《教坊记》中的很多盛唐曲名，在当时并非词调之属，如此，则《忆秦娥》即使被《教坊记》录载，其也是不一定就可直接“填词”的，这从《忆秦娥》一曲多名(如又名《秦楼月》《玉交枝》《碧云深》《双荷叶》等)，以及其谱式多种的情况，便可获得证实。退一步说，

---

① 陈耀东：《唐代文史考辨录》，团结出版社1990年版。

《忆秦娥》即使确为李白写于天宝乱后，该曲调也并非“自度曲”，即其并非为李白所创制，而是前此早有之，李白以之创作者，就自然属于“依曲拍以为句”，如此，《教坊记》又为何无其名呢？

其次，“安史乱期”之前的唐玄宗天宝十四载（公元755年）秋，李白在宣城写了《赵公西候新亭颂并序》①一文，其中有云：“长史齐公光乂，人伦之师表；司马武公幼成，衣冠之髦彦。录事参军吴镇、宣城令崔钦，令德之后，良材间生。”其中的“宣城令崔钦”，据陈尚君《李白、崔令钦交游发隐》②一文所考，其即为著《教坊记》的崔令钦。又，李白集中有《经乱后将避地剡中留赠崔宣城》《江上答崔宣城》二诗，均写于天宝十五载（公元756年）的夏秋之际，其中的“崔宣城”，陈文亦认为即崔令钦。李白与崔令钦既在天宝十四载至十五载期间于宣城有如此交往关系，崔令钦焉有不知道李白斯时写有《忆秦娥》一词而将其载入《教坊记》之理？换言之，如果从李白的行踪及其生平经历进行考察，并假定《忆秦娥》确为其所作，则该词就只能为李白写于安史之乱发生的天宝十五载秋以前，而不得在其后。这是因为，是年的秋后，李白即由宣城北上，之后又携宗氏夫人南下，并隐于庐山屏风叠，寻入永王幕府，系狱九江，判罪长流夜郎。而在天宝十五载秋前的天宝十三载五月，李白与魏万相会于今江苏南京，并将所作诗稿托其为之编集，其中无《忆秦娥》已为众所公认之事实。其后，李白即至宣城，与崔令钦等人以诗酒为乐。所以，李白若要写《忆秦娥》或者说《忆秦娥》确系李白所作，其地就只能在天宝十三载五月至天宝十五载秋前的宣城。而身在其地为县令且与李白终日相伴的崔令钦，于其所著《教坊记》中无《忆秦娥》的事实，所表明的是该词绝非出自李白的手笔。试想，《教坊记》连创制于大历八年前后的张志和《渔歌子》都收录其中，若当时有《忆秦娥》调名或者李白曾以之进行填词一首，崔令钦又为何不将其著载于《教坊

① 王琦注：《李太白全集》，中华书局1997年版。
② 陈尚君：《李白、崔令钦交游发隐》，《复旦学报》1980年第4期。

记》呢？

再次，崔令钦《教坊记序》有云：“今中原有事，漂寓江表，追思旧游，不可复得，粗有所识，即复疏之，作《教坊记》。”①这段文字表明，崔令钦在“中原有事，漂寓江表”撰写《教坊记》时，乃是曾“追思旧游”的。而如上所考述，李白于天宝十三载夏至天宝十五载秋乃在宣城与崔令钦过从，且二人关系笃密，李白若确曾写过《忆秦娥》一词，则其作为崔令钦的一位“旧游”，自然应是在崔令钦的“追思”之列的。而今所存《类说》《说郛》《古今说海》《古今逸史》《续百川学海》《五朝小说大观》《古今图书集成》《四库全书》《唐人说荟》等各种版本的《教坊记》，均无崔令钦在撰写该书时对李白这位“旧游”的“追思”，以及未著录《忆秦娥》曲调名的事实，即足以说明，李白生前是不曾作过《忆秦娥》一词的。

最后，明季王沂《三才图绘》引张綖《诗余图谱》曾录载是词，题下有“乐原”二字之注，表明《忆秦娥》乃为李白游长安近郊之乐游原而作。按，若以此注合勘持“真作”说者认为《忆秦娥》乃李白写于“天宝乱后”云云，即反映出李白在天宝十三载夏至十五载秋之间，曾由宣城西入长安一次，然则持说者无只字对李白的这一行踪进行考察，此为其一。其二，即使李白在此期间确曾到过一次长安，也不能证实他为《忆秦娥》的作者，原因是词中“年年柳色”之句，表明写该词的作者曾在长安至少度过了三个年头，否则，即与“年年”一词不符。而李白即使在“天宝乱后”到过一次长安，其行迹也是无法与“年年”一词相扣合的，这是因为，在李白的生平事迹中，是根本无“天宝乱后”在长安近郊有着“年年柳色”之行事的。

以上的考述表明，持《忆秦娥》为李白“真作”说者，认为《忆秦娥》系李白作于“天宝乱后”即天宝十五载（公元 756 年）前后而不曾为《教坊

---

① 崔令钦：《教坊记》，《中国古典戏曲论著集成》本，中国戏剧出版社 1959 年版。

记》所录载入的说法，其实是一种极不符合李白生平与创作实况的说辞。因之，其不能佐证李白为《忆秦娥》一词的作者，也就显而易见。

三、“秦娥”与《三五七言》诗

所谓“‘秦娥’与《三五七言》诗”，为持李白“真作”《忆秦娥》说者所依之两条重要依据，即其一为“秦娥”，其二是《三五七言》诗。为便于讨论，我们先看《三五七言》诗。清人王琦注本《李太白全集》卷二十五有《三五七言》诗一首，其全文为：

> 秋风清，秋月明。落叶聚还散，寒鸦栖复惊。相思相见知何日，此时此夜难为情。①

全诗6句，为“三三五五七七”式，故诗题为《三五七言》。元人杨齐贤注云：“古无此体，自太白始。”此则表明，这种具有“长短句”特点的“三五七言”诗，乃为李白在对古体诗的革新中所进行的尝试，其与杜甫的《曲江三章章五句》，均属于一种对形式成规的突破。② 因之，李白的这首《三五七言》诗即使可“被乐”吟唱，也只能以“声诗”目之，而不能将其当作具有严格的平仄声律要求的词。而此，亦是中国诗歌史上早期文人乐府如梁武帝《江南弄》、徐陵《长相思》(皆为长短句)等非词体之属的原因所在。由是观之，可知《忆秦娥》与《三五七言》诗的句式尽管“非常接近”，但《三五七言》诗自北宋初期即存在于李白集中的事实，却并不能证实《忆秦娥》乃出自李白的手笔。更何况，在形式上具有长短句特点的古体诗之于李白集中，也并非仅为这首《三五七言》诗，如被历代注家编入“乐府”内的《天马歌》《夷则格上白鸠拂舞辞》《鸣雁

---

① 李白：《三五七言》，王琦注本《李太白全集》卷二十五，中华书局1977年版。

② 萧涤非：《杜甫研究》，齐鲁书社1980年版。

行》等，即均由三言、五言、七言三种句式构成。由是而观，可知仅以形式上的“三五七言”句式为据，而认为《忆秦娥》乃李白“真作”的说法，其实是不堪一击的。

至于有人认为李白的这首《三五七言》诗“标志着盛唐诗体发展的最高阶段”，以及认为这首诗“既是最后的诗，又是最早的词”的认识，其实是忽视或者说未弄清词体的本质特征所致。众所周知，词在唐代作为一种新兴的文学样式，除了与音乐，即当时广为流行的燕乐密切相关外，还必须讲究严格的平仄声律。一般而言，前者为歌女或乐工而为，后者则为“诗客”所规范，二者的结合便构成了宋人王灼在《碧鸡漫志》中所说的“曲子词”。李白的《三五七言》诗，是否“标志着盛唐诗体发展的最高阶段”，尚可讨论，但其不具备词的平仄声律之要求，则是极为明显的，所以，称其为盛唐“最后的诗”与“最早的词”云云，显然是不可取的。否则，如上所列举的李白集中之《天马歌》等由“三五七”言句式构成的诸多乐府诗，就亦可称之为“盛唐最早的词”了。而实际的情况是，在由唐迄今的历代诗论著述中，是没有任何人将《天马歌》等称之为词的。

再来看“秦娥”。所谓“秦娥”云云，是持《忆秦娥》为李白“真作”说者所列举的又一条证据。其主要认为：“忆秦娥”曲调中的“秦娥”，与词句中“秦娥梦断秦楼月”之“秦娥”，所指均为秦穆公女弄玉，即《忆秦娥》词牌的命名，乃为李白取“秦穆公女弄玉”而成。但此说存在着诸多疑点：

（一）此词上片有云：“箫声咽，秦娥梦断秦楼月”，所写诚如詹锳《李白菩萨蛮忆秦娥辨伪》一文之所言，乃谓“秦娥”于秦楼月下怀其所爱，而不得题为“忆秦娥”也。即此词无论上片抑或下片之所写，均只有“秦娥”对其良人的“怀”，而无对其之“忆”。这一实况所反映的是，“忆秦娥”作为词牌名，与被称为“始辞”的《忆秦娥》(箫声咽)全词在内容上是迥然不同的。如果《忆秦娥》曲调与其“始辞”确属皆出自李白手笔，李白作为一位诗歌大家，又焉可让其“文不扣题”呢？

（二）据《列仙传》卷上所载，“秦穆公有女字弄玉……公遂以女妻焉。日教弄玉作凤鸣。居数年……公为作凤台，夫妻止其上不数年，一旦，皆随凤凰飞去”。这一记载表明，在弄玉对萧史的情爱之间，根本不存在弄玉对萧史相“忆”或相思数年之境况，因之，词中的“秦娥梦断秦楼月”“年年柳色”等句之所写，也就无以与之叩合了。

（三）李白虽然在《凤凰曲》《凤台曲》二诗中对弄玉与萧史的爱情故事进行了歌咏，但二诗自始至终都不曾出现“秦娥”一词，则《忆秦娥》所咏为秦穆公女弄玉的故事云云，也就成了缘木求鱼。即是说，在现存的李白之全部诗作中，除这首《忆秦娥》外，李白是不曾对“秦穆公女弄玉”及其与萧史的爱情故事予以咏写的，则《忆秦娥》非李白所作，即乃甚为清楚。

（四）另有论者认为，唐人以诗咏写秦穆公之女弄玉者，乃始自李白云云，其实为误。这是因为，与李白同时的诗人岑参就曾写过类似之作，如《全唐诗外编》所载其《凤女台》一诗，即为其例。《凤女台》为一首五言绝句：“秦女去已久，仙台在中峰。箫声不可闻，此地留遗迹。”诗中“秦女”“箫声”句，即是对传说中弄玉与箫史情爱的叙写。此则表明，首倡是说的日本学人儿岛献吉在其所著《中国文学通论·诗余三》中之所言，实际上是没有文献上的依据的，故其说之未可令人相信，也就自不待言。

至于有论者认为李白集中《寓言》三首其二有“以欢秦娥意”之句，乃可证实李白曾作过《忆秦娥》的说法，亦属不的。这是因为，此诗一则为三首“寓言”诗，即其所写具有明显的比兴之意，其中第二首诚如萧士赟所云，所刺乃“当时出入宫掖，取媚后妃、公主，以求爵位者……其意微而显矣”。另则诗中“以欢秦娥意”与“复得王母心”对举，可证此“秦娥”并非彼“秦娥”，故萧士赟认为：“秦娥，以比公主；王母，以比后妃。”所以，“以欢秦娥意”之“秦娥”，既非《列仙传》中所载之“成仙而去”的秦穆公女弄玉，亦非《忆秦娥》中那位在秦楼月下思念良人的“秦娥”。持说者为强成李白作《忆秦娥》之说，而将互不相干的三者牵强一处，并使之合而为一，实属不的之举。

以上，我们从三个方面，分别对持《忆秦娥》为李白“真作”说者的几种具有代表性的依据，进行了材料上的逐一检验。事实证明，传世的《忆秦娥》(箫声咽)一词，并非李白所作，而是他人托名的产物。至于有论者认为《忆秦娥》的作者有可能是温庭筠者，则可备一说。

第三节　李白其他词辨说

自北宋初以降，录载李白词的选集或总集甚多。其主要者有：(1)北宋无名氏编《尊前集》收李白词12首(其中《连理枝》1首、《清平乐》5首、《菩萨蛮》3首、《清平调》3首)；(2)南宋黄升编《花庵词选》收李白词7首(其中《菩萨蛮》1首、《忆秦娥》1首、《清平乐》2首、《清平调》3首)；(3)南宋无名氏编《草堂诗余》收李白词2首(《菩萨蛮》《忆秦娥》各1首)；(4)清人沈辰垣编《历代诗余》收李白词8首(其中《桂殿秋》1首、《清平调》1首、《秋风清》1首、《连理枝》1首、《清平乐》2首、《菩萨蛮》1首、《忆秦娥》1首)；(5)清编《全唐诗·词》收李白词14首(其中《桂殿秋》2首、《清平调》3首、《连理枝》2首、《菩萨蛮》1首、《忆秦娥》1首、《清平乐》5首)。上述诸书所收录之李白词，去其重者，得曲调即词牌7个，词17首。具体为：《桂殿秋》2首、《清平调》3首、《连理枝》2首、《菩萨蛮》3首、《忆秦娥》1首、《清平乐》5首、《秋风清》1首。在李白现存的这17首词中，除《菩萨蛮》(平林漠漠烟如织)、《忆秦娥》(箫声咽)在上两节中已进行了专题考辨外，本节拟对其余15首词的真伪问题，亦作一次较全面、具体之观照。

一、《桂殿秋》与《清平调》

清人王琦注本《李太白全集》(以下简称“王琦注本”)卷三十《诗文

拾遗》虽然著录《桂殿秋》2 首，但却将 2 首合为 1 首，使之成为双调。并引“吴虎臣曰”：“《邵氏闻见后录》以此词为李文饶《迎神》《送神》二曲。予游秦，尚有能宛转度之者。或并为一曲，谓太白作。《许彦周诗话》亦作李卫公《步虚词》。”按：王琦注本所引“吴虎臣曰”中的“李文饶”“李卫公”，所指均为中唐文学家李德裕，两《唐书》有传。又，胡仔《苕溪渔隐丛话·后集》卷十二著录此词，亦作双调，题则为《桂花曲》。并云：“此曲《许彦周诗话》谓是李卫公作，《桐江诗话》谓是均州武当山石壁上刻之，云神仙所作，未详孰是。”此外，范晞文《对床夜话》卷五录此词上片的五句为一阕(即《全唐诗》所录《桂殿秋》之二首其一)，题亦作《桂花曲》，唯认为作者乃李栖筠。合勘之，知《桂殿秋》2 首非为李白所作，而是李德裕之所为，且词牌为《桂花曲》，《历代诗余》《全唐诗》的编者不知，乃将其一分为二，并取名《桂殿秋》，实误。

宋蜀刻本《李太白文集》(以下简称“宋蜀本”)、王琦注本、瞿蜕园、朱金城《李白集校注》(以下简称“校注本”)，均著录了《清平调》3 首；而韦睿《松窗杂录》、乐史《杨太真外传》亦有载。由是观之，可知此 3 首《清平调》，当为李白所作。

按：这 3 首《清平调》就其体裁言，实乃 3 首七言绝句。因据杜祐《通典·音乐志》可知，古有平调、清调、瑟调，而无清平调；而《杨太真外传》载其配乐而为李龟年歌者，是知其为 3 首乐歌而非长短句之属。或据《松窗杂录》之“开元中”云云，认为李白待诏翰林的时间为天宝元年至天宝三年，杨玉环被封为贵妃的时间则在天宝四载八月，斯时李白已离长安一年有余，二人不可能相遇长安，即据此认为这 3 首绝句非为李白所作者，实则为误。其原因在于，据新旧《唐书·玄宗纪》《资治通鉴·唐纪》所载，杨玉环封贵妃的时间虽然在天宝四载八月，但乐史《杨太真外传》、钱易《南部新书》等均载杨玉环被度为道士的时间乃为开元二十八年十月，其后，杨玉环便被“潜纳入宫”，如此，则杨玉环进宫的时间就当在开元二十九年前后。又，陈寅恪《元白诗笺证稿》据唐玄宗册杨玉环为道士文中的“太后忌辰”四字，考证出杨玉环“潜纳入宫”的时间在开元二十九年正月二日前后，至天宝四载八月始被尊为贵妃，此一认识与上之所述正合。而李白待诏翰林亦正在此际。所以，作为“小说家言”的《松窗杂录》，所载李白为唐玄宗“对妃子、赏名花”而作了3首《清平调》之事况，乃属可信。而《尊前集》的编者将其当作词而收入者，则非。

综上可知，《桂殿秋》与《清平调》，一为中唐李德裕所作，一虽属于李白作，但其乃绝句而非词。

二、《连理枝》与《菩萨蛮》

《连理枝》凡2首，《尊前集》著录其一，《历代诗余》著录其二，《全唐诗·词》则据而载之。王琦注本、校注本均收入《诗文拾遗》(校注本作《诗文补遗》，为便于行文，均以《诗文拾遗》目之，特此说明)。按，《连理枝》2首乃宋人的托名之作，对此，施蛰存《读李白词札记》①一文，乃有详考，可参看，此不赘述。

据现有资料可知，最早将《菩萨蛮》作李白词者，为无名氏之《尊前集》。《尊前集》共录载李白《菩萨蛮》3首，其实均为后人所作伪。其中，《菩萨蛮》(平林漠漠烟如织)一首，本章第一节已对其进行了多方面质疑，以证其确非李白所作，所以，这里仅对“游人尽道江南好”与“举头忽见衡阳雁”两首略作辨说。

按：中华书局1992年版《全唐诗补编》上册所附《〈全唐诗外编〉修订说明》有云：“同人(指李白——引者注)《菩萨蛮》：‘游人尽道江南好，游人只合江南老。未老莫还乡，还乡空断肠。绣屏金屈曲，醉入花丛宿。春水碧于天，画船听雨眠。’录自《尊前集》。按此为并合韦庄同题词而成。韦词见《花间集》卷二，凡五阙。此词以韦词第二阙的首二句为首二句，末二句作三四两句，而以三四两句作末句，另以第三阙的

---

① 施蛰存：《读李白词札记》，《华东师范大学学报》1984年第1期。

五六两句植入，仅个别文字有所不同。显非李白词。韦词见《全唐诗》卷八九二。"甚是。《菩萨蛮》(举头忽见衡阳雁)一词，唐圭璋《全宋词》乃明确指出，《历代诗余》卷九载其为陈以庄词，杨金本《草堂诗余》卷下作陈达叟词。朱德才主编《增订注释全宋词》第四册，则将此词著录于陈达叟名下，并作"说明"说："以上二首(另一首为《更漏子》——引者注)杨金本《草堂诗余》前集卷下。案此首又别作李白词，见《尊前集》。别又误作陈以庄词，见《历代诗余》卷九。"①所言甚是。所以，被《尊前集》载为李白作的这两首《菩萨蛮》，实则均非李白所为。导致这种情况产生的原因，主要是由于《尊前集》的宋刻本已失，而现所存明刻本的编者对所收词又未进行考订之缘故。对此，吴熊和《唐宋词通论》引朱孝臧《尊前集跋》已曾言及，可参看，兹不具述。

所以，《连理枝》2 首，与《菩萨蛮》之"游人尽道江南好""举头忽见衡阳雁"2 首，乃均非李白所作。

三、《清平乐》与《秋风清》

《尊前集》还收录了李白的《清平乐》5 首。但这一数量，乃与欧阳炯《花间集序》之所言小异："在明皇朝，则有李太白应制《清平乐》词四首。"王琦注本、校注本李白集均将此 5 词收入《诗文拾遗》，题却为二，即一为《清平乐令》，2 首；一为《清平乐》，3 首。王琦注本并于《清平乐令》2 首有注云："右二首见《绝妙词选》。欧阳炯《花间集序》曰：'在明皇朝，则有李太白应制《清平乐》词四首。'《绝妙词选》曰：'唐吕鹏《遏云集》，载太白应制词四首，以后二首无清逸气韵，疑非太白所作，故只存其二。'胡应麟《笔丛》曰：'太白《清平乐》盖五代人伪作，因李白有《清平调》，故赝作此词传之。'"

按：《绝妙词选》的编者黄升与《少室山房笔丛》的作者胡应麟，均

---

① 朱德才主编：《增订注释全宋词》(第四册)，文化艺术出版社 1997 年版。

怀疑《清平乐》乃后人作伪，实属的见。其实，此5首词非李白所作，还有下列材料可证：

(一)宋蜀刻本《李太白文集》无此5首，表明将此5首作为李白词者，并无李集版本上的依据。《尊前集》编辑与梓行之时间虽然较宋蜀刻本李白集为早，但宋本《尊前集》今已不存，现流行的各种《尊前集》版本皆为明人辑录的结果，其误收他人词作甚多，对此，朱孝臧《尊前集跋》等已曾指出，故未可依以为据。

(二)《清平乐》5首其4有“花貌些子时光”一句，其中的“些子”一词，据魏耕原《全唐诗语词通释》可知，《全唐诗》用是词者，凡6例(不含李白此例)，皆出白居易以下，故其作结论说：“出现于中唐，流行晚唐末季。”并认为：“李词仅为孤例出现于盛唐，仅此一端，已很为可疑。此词王琦编入李集《诗文拾遗》，是否为李所作，还有待考察。《全唐诗》凡七例，兹补证。”①仅此即可表明，《清平乐》5首为白居易以后的“中唐”或“晚唐末季”人之所为，应是可以论断的。

《秋风清》全文为：“秋风清，秋月明。落叶聚还散，寒鸦栖复惊。相思相见知何日，此时此夜难为情。”《才调集》卷十“无名氏三十七首”录之，题作《三五七言诗》。严羽《沧浪诗话·诗体》于“三五七言”体云：“自三言而终以七言，隋郑世翼有此诗：秋风清，秋月明。落叶聚还散，寒鸦栖复惊。相思相见知何日，此时此夜难为情。”所以，詹锳认为是诗为一首伪作②。

按：此诗宋蜀刻本《李太白文集》卷二十三录载，而是集又是宋敏求、乐史、曾巩等人综合魏颢《李翰林集》、李阳冰《草堂集》，以及乐史“又别收诗歌十卷”而成，则这些北宋时期的李白诗编辑者，是断然不可能将一首伪作收入李白集的。而且，李集中以“三五七言”构成一诗者，尚有《天马歌》等。正因此，安旗主编《李白全集编年注释》即作

---

① 魏耕原：《全唐诗语词通释》，中国社会科学出版社2001年版。

② 詹锳：《李白诗论丛》，人民文学出版社1984年版。

了如是之认为："各家以为误，似无实据。"①所言甚是。至于此诗之演为词调，则当为后人所为，对此，《钦定词谱》乃有载："此本三五七言诗，后人采入词中，其平仄不拘。寇准词名《江南春》，刘是卿仄韵词名《新安路》。"（关于此诗之真伪及其演变之况，另可参见本章二节）

总括以上之所考察，可知在李白的这 15 首词中，主要存在着两种情况，其一是本为李白的诗，后人将其"被乐"以唱，演为词调，而遂成词体，如《清平调》3 首与《秋风清》。其二是既非李白的诗亦非其词，后人之所以将其作为李白之词者，盖乃受托名者即作伪者的影响所致。由是而观，可知传世的"李白词"，乃皆非李白所为。

---

① 安旗等：《李白全集编年注释》，巴蜀书社 1990 年版。

第三章　以情胜理：花间与南唐

第一节　花间始地在长安

在千年词学史上，后蜀赵崇祚编纂的《花间集》的问世，对于唐宋词体艺术的发展而言，乃是具有举足轻重之地位的。这是因为，由“花间”而导致的婉约词风，不仅成为了当时词文学的一种主体风格，而且还深得两宋词论家的青睐与好评。因此之故，“婉约词派”说也就随之诞生，并成为历代词派论的一项主要内容。而现当代许多讨论花间词的著述，则大都藉此而将西蜀即今四川成都，作为花间词的渊薮以待，即认为其乃花间词的肇始之地。于是，也就有了“西蜀花间词”“西蜀词派”“西蜀的花间词风”“花间词的发源地”等众多说法的出现。但尽管如此，持说者却未能就西蜀这一僻隅之地，在晚唐(含五代)时期为什么会成为当时中国“词学中心”的原因，进行符合历史事实的诠释。

而事实上，上述种种说法的提出，既与“长安为唐代诗国中心”的文学史事实大相违背，又和词体艺术发展的实况迥然不同。即是说，从词文学发展的角度讲，在当时只有京师长安才是花间词的真正发源地，而西蜀成都的花间词，只是受其影响的一种文学结果。长安的花间词创作，以温庭筠、裴諴等词人为代表，在前后长达 70 年左右的时间里，形成了中国文学史上的第一个花间词派，并对当时与后世词文学的繁荣与发展，产生着无可替代的作用和影响。作这样的认识，就得有必要对“花间派”，或者“花间词”“花间词人”等，作重新之把握与理解。

“花间词”因《花间集》而始名，乃人所共知，而这一词集之所以取名为《花间集》者，“花间”二字则为其关键所在。所谓“花间”，实则是指以词的形式，对男欢女爱、灯红酒绿生活的反映，对此，欧阳炯《花间集序》已交待得相当清楚。简言之，内容以男欢女爱、灯红酒绿为主的词，即为花间词。于是，便引出了一连串问题：(1)当时以这种内容填词而没有为《花间集》收录者，其作者是否为花间词人？(2)唐末五代之际写“花间词”的词人，是否只有《花间集》之所收录者？(3)将“花间派”诗人局限于《花间集》，是否符合词史发展的真实等。但遗憾的是，这些问题历来无人进行专题讨论。着眼于文学史的角度言，一个“派”或者说一个“派”的形成，主要指的是同一时期的作家作品风格相近与内容大抵相似，以诗歌为例，如“王孟诗派”“高岑诗派”“韩孟诗派”“元白诗派”“苏诗派”等，即无不如此。“花间派”亦然。所以，“花间派”虽以《花间集》而得名，实则与其中作家作品风格相近或内容相似者，是亦可称之为“花间派”词人的，这与形成于南宋时期的“江湖派”，在定义、命名等方面完全相同。江湖派”之始名，虽然主要为陈起刊刻之《江湖集》所始然，但当时于《江湖集》之外而风格又与之相近的诗人，也是可称之为“江湖派”诗人的，如“永嘉四灵”即为其一，对此，刘克庄在《中兴绝句续选序》中说四灵“鸣号于江湖”(《后村先生大全集》卷九十七)者，即足以为证。正因此，有研究者即将“四灵”与相关诗人皆归类于“江湖派”(参见张瑞君《南宋江湖派研究》)。有鉴于此，本章及本节以下在关涉“花间派”词人词作时，即不以《花间集》所收词人词作为限，特此说明。

一、唐词与长安文化的关系

在讨论这一命题时，首先需加说明的是，对于唐代词体艺术的认识，目前在学术界主要存在着两种意见，一种意见认为，对唐代的词应如同唐诗一般，即以“唐词”概称之；另一种意见则与之相反，认为其不能称之为“唐词”，甚至主张取消“唐词”之说。本章从前者。理由有三：其一是唐词虽然不如五代词及两宋词那样成熟，但其毕竟是有别于唐诗而自成一体的一种新文学样式。其二为唐词(含令词与长调)的形成、确立、传播，对五代词的繁荣与发展产生着明显的影响。其三即唐词的形式特质如平仄声律、与音乐的关系等，始终为五代及两宋词人所遵循，其间虽有所改制，但仍未能出其右。所以，我们认为，用“唐词”来概括有唐一代的各类词作，乃是极符合词文学在唐代发展的历史真实的。

对于唐词的兴起与发展，据拙作《词起源于中唐诗客论》①一文之考察，其开风气之先者，主要是生活在中唐时期的一批文人词作家，且其大多为当时诗界闻人，如戴叔伦、韦应物、王建、张志和、颜真卿、刘禹锡、白居易等。这些被欧阳炯在《花间集序》中称为“诗客”的词人们，对于词体艺术的创作，其初始者虽然大多是在京师以外，如张志和、颜真卿《渔父词》之于湖州，刘禹锡《杨柳枝》之于夔州，白居易《忆江南》之于杭州等，但他们在创作这些词之前，几乎无一例外地都在长安生活过一段时间。而绕梁于长安城里的音乐(燕乐)，传唱于长安城里的“新词”(主要指声诗、乐府、绝句等)，以及长安城歌儿舞女的身姿与歌喉(所谓“扇北里之倡风”)等，又几乎无一不对他们产生着影响。假如这些“诗客”们生前不曾到过长安，或者不曾感受过长安文化特别是长安的音乐文化，他们是很难创作出既符合音乐规律又符合平仄要求的词的。换言之，唐代长安的文化(重点是音乐文化)，不仅孕育出了如王维等精通音律的著名诗人，而且也是致使颜真卿、白居易等人，在京师以外创作《渔父词》《忆江南》诸词的最重要因素。

而唐人对于音乐的认识，我们从《隋书》这部官修史书中即可大体

---

① 王辉斌:《词起源于中唐诗客论》,《贵州社会科学》2003 年第 6 期。

获知，乃是仅次于“礼仪”而位居第二的。音乐在唐人心目中所具有的如此崇高地位，是导致词文学在当时应运而生的关键之所在。一般而言，唐代的音乐，虽然有胡与汉之分，民间和皇宫之别，但从总体上讲，朝廷钦定的“十部乐”，则是通行于全国的最重要音乐。而与词密切相关的燕乐，即为“十部乐”之一。从文学与音乐的演变关系以论，燕乐之于唐代，首先是与诗发生关系，其次乃为词，二者的区别主要在于，诗是“选词以配乐”，词则为“依曲拍为句”。

唐代音乐与诗歌的关系，重点表现在三个方面。其一是乐府诗。唐代的乐府诗，主要由旧题乐府与新题乐府两大类构成，且大多能配乐传唱，对此，拙作《论王维的乐府诗》①一文，已进行了颇为详细之考察，此不具述。其二即声诗。近体诗中的律诗、绝句配乐以唱者，是谓声诗。对于唐代的声诗，任二北《唐声诗》乃有专论，可参看。其三为乐歌。不符合上述两端，而可配乐传唱者，为乐歌(一说认为，凡可配乐而唱者，即为乐歌)。这三类诗歌，是唐代典型的音乐文学，且其特别盛行于长安。如王维集中可配乐传唱的各类乐府诗，其作地几乎全为长安的事实，即可佐证之。所以，当时长安城里的许多王室大臣、皇宫新宠，以及乐师伶人等，大多擅长于自制“新曲”“新词”或“新声”。郑处晦《明皇杂录·补遗》对此有所记载：“唐玄宗自蜀回，夜阑登勤政楼，凭栏南望，烟云满目，上因自歌……歌歇，上问‘有旧人乎？逮明为我访来。’翌日……上复与乘月登楼，唯力士及贵妃侍者红桃在焉。遂命歌《凉州词》，贵妃所制，上亲御玉笛为之倚曲。……今《凉州》传于人间者，益加怨切焉。”②段安节《乐府杂录·歌》亦云：“开元中，内人有许和子者……籍于宜春院。既美且慧，善歌，能变新声。”③又宋人袁文《瓮牖闲评》卷五有云：“曲名有《念奴娇》者，初谓爱念之念。是不然。

① 王辉斌：《论王维的乐府诗》，《山西大学学报》2005年第5期。

② 郑处晦：《明皇杂录》，上海古籍出版社1985年版。

③ 段安节：《乐府杂录》，《中国古典戏曲论著集成》本，中国戏剧出版社1959年版。

唐明皇时，宫中有念奴，善歌，未尝一日离帝之左右，其宠幸可知；能制新词，疑因此创名也。”①这三起材料的记载，虽然仅是唐代长安音乐文化高度繁荣的一个侧面，但它却极有利于我们对“词兴起于长安”这一命题的全面认识与把握。

由诗而词，首先是音乐的变化，其次为文字的变革。先看音乐的变化。这一变化是指词的音乐较诗更为严格，即其大都是经过音乐家或者乐工有意创制而成的。这种有意创制的音乐，就是词调(亦即词牌)，它是专门用来配词以唱的，如《菩萨蛮》《雨霖铃》等。即是说，并非所有的燕乐或者曲调，都是可以成为词调的。对此，吴熊和《唐宋词通论》②第一章，于唐人崔令钦《教坊记》所载曲调的考察，即足可帮助我们有所认识。据《教坊记》所载，仅在安史乱前的唐玄宗时期，盛行于宫中的曲调，就有 324 种之多。③ 吴著的考察则认为，在这 324 种曲调中，被演变为唐五代词调的有 79 种，入宋后转为词调的为 40 余曲，另有 30 种则是属于声诗范畴的。这一考察结果表明，演变为唐五代时期的 79 种词调，首先是在宫内传唱，其次才流行于宫外并为“诗客”们所选用的。而值得注意的是，为张志和、刘禹锡、白居易等人藉之以创作的《渔歌子》《杨柳枝》《忆江南》诸词调，又恰好在这 79 种词调之中。这种情况，绝非一种偶然的巧合，它是白居易等人在作词前，曾受到长安文化影响最为有力的证明。

再看文字的变革。词的文字变革，主要表现在这样几个方面：其一是所有词调的文字，都讲究平仄声律；其二是句式上以长短句为主；其三是“调有定句，句有定字，字有定声”。不符合此三个方面的要求者，即不能称之为词。正是由于词在音乐与文本方面，具有如此的变化与要求，所以，唐太宗的《好时光》一诗，在为歌者们演唱时，于“有声而少

① 袁文：《瓮牖闲评》，上海古籍出版社 1985 年版。

② 吴熊和：《唐宋词通论》，浙江古籍出版社 1989 年版。

③ 崔令钦：《教坊记》，《中国古典戏曲论著集成》本，中国戏剧出版社 1959 年版。

词处增添一些字”，也即填了“散声”后才使之变为一首词的①。歌者们的这种“填声”，从写作学的角度讲，就是二度创作。这种二度创作，虽然是为了适应词的音乐需要而为，且其大多出自歌者之手，但其于张志和、白居易等“诗客”而言，乃是不无启迪意义的。

上述种种情况表明，长安作为李唐时期全国文化的中心，于词的兴起与发展，乃是起到过巨大的作用、扮演过重要的角色的。

二、长安的花间词人与创作

孙光宪《北梦琐言》卷四云：“宣宗爱唱《菩萨蛮》词。令狐相国假其新撰密进之，戒令勿他泄，而遽言于人，由是疏之。”②与此相同者，另有张世南《乐府纪闻》与辛文房《唐才子传》等。如《乐府纪闻》即云：“宣宗爱唱《菩萨蛮》，令狐绹假温庭筠手撰二十阙以进，戒勿泄，而遽言于人。”这一记载的真实性如何，本文不予讨论，但其言温庭筠曾在长安代令狐绹作《菩萨蛮》20 首以进者，则是颇可注意的，这是因为，现存的一组《菩萨蛮》，系温庭筠花间词的代表作。

温庭筠(公元 801—866 年)，是晚唐著名的文学家，并以“能逐弦吹之音，为侧艳之词”③，而闻名于当时的长安。作为词人，温庭筠现存之词作，《全唐诗》卷八九一著录 59 首，《花间集》卷一、卷二共收 66 首，二者去其重者，计为 19 调 68 首。其中，《菩萨蛮》为 15 首，较《乐府纪闻》的记载少 5 首。如果《北梦琐言》《乐府纪闻》等的记载不误，则温庭筠现存的 15 首《菩萨蛮》均作于长安，即可遽断。而事实也正是如此。因为据《唐才子传校笺》卷八所载“温庭筠行年简表”④可知，温庭筠自少年游淮南与晚年被贬随州随县尉外，中间有 30 余年的时间全

① 刘毓盘：《词史》，上海书店 1985 年版。
② 孙光宪：《北梦琐言》，三秦出版社 2003 年版。
③ 刘昫等：《旧唐书 · 温庭筠传》，中华书局 1975 年版。
④ 傅璇琮主编：《唐才子传校笺》第三册，中华书局 1989 年版。

在长安度过。这一事实表明，温庭筠现存的68首词，有可能全部创作于长安，或者是大部分创作于长安。而温庭筠其人，又是被王士禛《花草蒙拾》称为“花间鼻祖”的一位词作家，则其词作的“花间性”艺术特质之鲜明与强烈，乃是不言而喻的。如被《花间集》收入的14首《菩萨蛮》，即为其代表：

小山重叠金明灭，鬓云欲度香腮雪。懒起画蛾眉，弄妆梳洗迟。照花前后镜，花面交相映。新帖绣罗襦，双双金鹧鸪。(其一)

牡丹花谢莺声歇，绿杨满院中庭月。相忆梦难成，背窗灯半明。　翠钿金压脸，寂寞香闺掩。人远泪阑干，燕飞春又残①。(其八)

这两首词均以闺中思妇为描写对象，前者重在写思妇独处的情怀，后者则以思妇忆念远人的悠悠情思为主，意象密集，色彩浓艳，为典型的花间之作。温庭筠在长安大量创作花间词的事实，一方面体现了词体艺术由中唐而晚唐的审美变化与发展趋势，一方面则是此类词在当时的京师极具读者(主要指歌者与听者)市场的最佳反映。而或此或彼，对于推动当时词文学的繁荣与发展，都是具有极其重要的作用的。而斯时，距西蜀花间词派的创作，至少也有数十年之隔。

除温庭筠外，晚唐时期在长安进行花间词创作的词人，还有唐昭宗李晔、裴诚、皇甫松、张曙、韩偓、薛昭纬等人，且其生活的年代，大多在唐宣宗、唐懿宗、唐僖宗、唐昭宗四朝皇帝执政(公元847—903年)的前后，时间则为50年左右。下面分别对其创作情况略作描述。

唐昭宗李晔(公元867—904年)，懿宗李漼之子，名杰，后改名

---

① 温庭筠:《菩萨蛮》其一、其八，李一氓《花间集校》卷一，人民文学出版社1958年版。

晔。《全唐诗》存其诗断句一联、词4首。在4首词中，最能代表其“花间”特色的，是《巫山一段云》。全词为：

蝶舞梨园雪，莺啼柳带烟。小池残日艳阳天，苎萝山又山。
青鸟不来愁绝，忍看鸳鸯双结。春风一等少年心，闲情恨不禁①。

词以白描的手法，写一位女子在明媚春天的相思情怀，表达了她对恋人的期盼与眷念。结拍用“春风”的轻柔温煦，比拟女子的多情敏感，既贴切新颖，又耐人寻味。

裴诚，生卒年不详。今山西闻喜人。历任职方郎中、太子中允等职。系唐穆宗时宰相裴度从子，与温庭筠交游甚密。范摅《云溪友议》卷下云：“(温庭筠与裴诚)好作歌曲，迄今饮席，多是其词焉。……二人又为新添声《杨柳枝》，饮筵竟唱其词而打令也。”②晚唐时期长安城里的“应歌”景况，仅此即可见其一斑。《全唐诗》卷五六三著录裴诚诗歌5首，全系词体，具体为：《南歌子》3首、《新添声杨柳枝》2首，皆为齐言。这5首词在内容上，所写全为男女相思，且艳情化、绮靡化的特点十分明显，与温庭筠的《菩萨蛮》等作如出一辙。如《新添声杨柳枝》其一：“思量大是恶婚缘，只得相看不得怜。愿作琵琶槽那畔，得他长抱在胸前。”最后一句，又一作“美人长抱在胸前”，其“花间”之意与旨趣，更为直率和显豁。

皇甫松(公元820？—900年？)，两《唐书》无传。计有功《唐诗纪事》卷五十二、洪迈《容斋三笔》卷七，以及《新唐书·艺文志》等，略载其事迹。综之为：字子奇，自号檀栾子，今浙江淳安人。为散文家皇甫湜之子，宰相牛僧孺表甥。举进士不第，以布衣终身。唐昭宗光化年间，经韦庄表奏，与李贺、陆龟蒙等被追赐为进士及第。有《醉乡日

---

① 李晔：《巫山一段云》，彭定求等《全唐诗》卷八八九，中华书局1960年版。
② 范摅：《云溪友议》，古典文学出版社1957年版。

月》三卷、《大隐赋》一卷传于世。《全唐诗》卷三六九著录其诗 13 首，其中属于词者有 9 首。《花间集》《尊前集》共收其词 22 首，王国维据之编成《檀栾子词》一卷。皇甫松虽生于江南，但因随父长期居于长安，故其词受京师“花间”词风的影响，乃甚为明显。如被《花间集》收入的两首《摘得新》即为其代表：

酌一卮，须教玉笛吹。锦筵红蜡烛，莫来迟。繁红一夜经风雨，是空枝。(其一)

摘得新，枝枝叶叶春。管弦兼美酒，最关人。平生都得几十度，展香茵①。(其二)

这是两首地道的“应歌”之作，为筵宴间侑酒佐欢时所唱。两首词都以慨叹人生苦短，应及时行乐为主调。所以，这两首词的前四句，均写足了男男女女在筵宴间及时行乐的情景，而后两句则均陡然翻转，惜时叹逝，以感伤人生短暂。再如《梦江南》其二：“楼上寝，残月下帘旌。梦见秣陵惆怅事，桃花柳絮满江城，双髻坐吹笙。”此词写相思忆念，婉转凄清，被后人称为“飞卿之流亚”，则其与温词艺术风貌大致相近，乃自不待言。

张曙，生卒年不详。今河南南阳人(《全唐诗》有两张曙，实为一人)。唐昭宗时兵部尚书张祎之侄(《唐文拾遗》卷三十三《南龛题名记》)，大顺二年与诗人杜荀鹤同榜进士(《登科记考》卷二十四)。官右补阙。《全唐诗》卷六九〇、卷八九一分别录其一诗一词。其词调寄《浣溪沙》：

---

① 皇甫松：《摘得新》二首，李一氓《花间集校》卷二，人民文学出版社 1958 年版。

枕障薰楼隔绣帷，二年终日苦相思。杏花明月尔应知。 天上人间何处去，旧欢新梦觉来时。黄昏微雨画帘垂①。

据孙光宪《北梦琐言》卷八载，此词系张曙为张祎亡姬所作，是否真实，另当别论。就词之所写以言，乃为一段缠绵悱恻的男女恋情。上片睹物思人，且时间为"二年"，足见用情之深之痴；下片"天上人间"，遍觅无着，最后以景结情，徒具哀伤。全词描写细腻，表情委婉，特色别具。

韩偓(公元842—915年?)，晚唐著名诗人。《新唐书》卷一八三、《十国春秋》卷九十五有其传。综之为：字致光，号玉山樵人，今陕西西安人。龙纪元年与吴融同榜进士。天复元年从唐昭宗至凤翔，拜翰林学士承旨，知制诰，两年后贬濮州官司马。未久弃官南行，至福建汀州隐居，"卒于南安龙兴寺"。韩偓现存词5首，以《生查子》《浣溪沙》最为知名。其《生查子》云：

侍女动妆奁，故故惊人睡。那知本未眠，背面偷垂泪。 懒卸凤凰钗，羞入鸳鸯被。时复见残灯，和烟坠金穗②。

又《浣溪沙》云：

拢鬓新收玉步摇，背灯初解绣裙腰。枕寒衾冷异香焦。 深院下关春寂寂，落花和雨夜迢迢。恨情残醉却无聊③。

这两首词在内容上，均以闺怨相思离愁为主，以重在表现男女之间的离愁别恨。艺术上则善于用精细之笔，对女性的容貌、服饰以及情态等进

① 张曙：《浣溪沙》，彭定求等《全唐诗》卷八九一，中华书局1960年版。
② 韩偓：《生查子》，彭定求等《全唐诗》卷八九二，中华书局1960年版。
③ 韩偓：《浣溪沙》，彭定求等《全唐诗》卷八九二，中华书局1960年版。

行刻画，且在绮丽浓艳方面，较之温词毫不逊色。

薛昭纬(公元 841？—945 年？)，传附两《唐书·薛存诚传》后。据《登科记考》卷二十四，薛昭纬先后在长安任过中书舍人、祠部员外郎、礼部侍郎等职，晚年坐事外贬。《花间集》有薛昭蕴而无薛昭纬，王国维《庚辛之间读书记·跋覆宋本花间集》认为，“蕴”乃“纬”之讹①，即二人实乃一人，且应以薛昭纬为是。从之者有龙榆生《唐宋名家词选》、华钟彦《花间集注》等。俞平伯《唐宋词选释》、缪钺《缪钺说词》等，认为王国维说不可信，理由是：“史载昭纬卒于唐末，而《花间集》列昭蕴于韦庄、牛峤之间，当为前蜀时人。”②按《花间集》的词人排列，并非是以严格意义上的词人齿序而为，如与欧阳炯生于同一年的孙光宪，却被排到了后晋词人和凝之后，即为其例。此外，据孙光宪《北梦琐言》卷四载，薛昭纬“好唱《浣溪沙》”，而《花间集》中录载“薛昭蕴”8 首《浣溪沙》的事实，又正与此扣合。所以，王国维说乃为可信。《花间集》共收薛昭纬词 19 首，属于男女恋情内容的则有 10 余首之多，如其最爱唱的 8 首《浣溪沙》，即均为典型的“艳科”之作。请看其《谒金门》：

春满院，叠损罗衣金线。睡觉水精帘未卷，檐前双语燕。斜掩金铺一扇，满地落花千片。早是相思肠欲断，忍交频梦见③。

写思妇睡起后的惆怅与苦苦相思情。上片总写睡起后的所见所闻，以映衬人情的难堪；下片由景及情，写相思使人肠断，而梦中频见更令人难堪。全词缠绵悱恻，深婉哀怨，足可与温庭筠、韦庄、韩偓等人的同类词媲美。

---

① 王国维：《王国维遗书》，上海书店 1998 年版。
② 俞平伯：《唐宋词选释》，人民文学出版社 1979 年版。
③ 薛昭纬：《谒金门》，彭定求等《全唐诗》卷八九二，中华书局 1960 年版。

三、长安花间词的词史意义

以上的考察表明，在温庭筠生活的晚唐中期至唐昭宗执政的晚唐末期，当时的长安城里确实活跃着一批花间词人。而且有些词人还生活于同一时期，并共同进行着花间词的创作，如温庭筠和裴诫，即为典型的一例。他们以其不断的艺术实践，所迎来的“饮筵竟唱其词”的热闹景观，既是盛唐“旗亭画壁”故事在晚唐时期的一种历史再现，又对北宋初期“凡有井水饮处，即能歌柳词”的社会审美需求不无影响。更何况，在这一创作队伍中，还有唐昭宗李晔这样的皇帝词人。这种君臣共为的创作盛况，对于改变当时人们的文学观念，繁荣词体艺术的创作，促进词文学的发展，显然都是具有不可低估的作用的。因此，着眼于词史的角度进行审视，长安花间词人的创作活动与所取得的文学成就，是颇值得我们予以特别关注和重视的。其中，最为重要者，主要表现在以下几个方面。

其一，开创了晚唐词史上的长安花间词派。自二十世纪初期以来，论词史或词派者，几乎众口一词、千篇一律地认为，花间词派于唐五代只有一个，就是“以《花间集》为代表的西蜀花间词派”。然而据本书以上的考察，或者说着眼于地域文化的角度以论，可知在晚唐时期的长安，确实活跃着另一个花间词派即长安花间词派的，且其创作时间是明显地较西蜀花间词派为早的。大致而言，长安花间词派文学活动的年代，上迄温庭筠自淮南入长安的唐穆宗长庆初年，下至唐昭宗执政的天复末年，前后共约 70 年的时间，代表词人则有温庭筠、裴诫、皇甫松、韩偓、薛昭纬，乃至唐昭宗等。据不完全统计，他们的词作总数为 150 首左右，较此前中唐文人词 117 首①的数量明显为多（此数量含有不少“声诗”与伪作，即中唐文人词的实际数量并没有这么多）。其中，温庭

---

① 林大椿：《唐五代词》，商务印书馆 1933 年版。

筠所创作的花间词不仅数量最多，而且因其题材内容与艺术质量的独特，还赢得了“花间鼻祖”的赞誉。这种赞誉，其实是对长安花间词派的一种最好肯定。在《论词起源于中唐诗客》一文中，我曾将大历时期颜真卿、张志和等人在湖州的“和词”创作，称之为湖州词派，并认为这是中国文学史上的第一个词派，而长安的花间词人们则紧随其后，使文学史上的第二个词派得以在晚唐时期诞生。中晚唐文人词的创作概况，以及词体艺术在这一时期的发展脉络，藉此即可见其大端。

其二，确立了以情胜理的词文学艺术精神。在中国文学史上，诗与词虽然同属于韵文的范畴，但二者表现在艺术精神上的区别，却是甚为明显的。诗因被汉儒列入“经”的行列，而被誉之为“庄”。所谓“诗庄”，是汉儒们对诗歌赋予的一种神圣的政治色彩，即认为其应以反映军国大事、记录社会现实为主。换言之，就是指诗歌应做到如孔子所说的“温柔敦厚”，“乐而不淫，哀而不伤”与“思无邪”。而温庭筠等人的花间词，则是属于一种明显的软性文学，一种娱宾遣兴、侑酒佐欢的产物，一种对传统诗教的反动，因之乃有“媚”之谓。从审美的角度讲，“词媚”包含着“香”“艳”“软”“俗”等诸多特征，并由“情”串穿其始终。这里的“情”，主要表现在两个方面，其一为男女恋情，其二即词人的情感，而此二者，均为对人类心灵历程的一种真实展示。其中，在长安花间派时期，则又以前者为主。所以，欧阳炯在《花间集序》中如是写道：“绮筵公子，绣幌佳人，递叶叶之花笺，文抽丽锦；举纤纤之玉指，拍按香檀。不无清绝之辞，用助娇娆之态。自南朝之宫体，扇北里之倡风。”①这既是对“词媚”之“媚”的最好诠释，又为“词为艳科”的理论依据。而以温庭筠等为代表的长安花间派词人，则是文学史上最早弃“诗庄”而崇“词媚”的一批文学家。他们的大胆举措，既使情理冲突、以情胜理的艺术精神在词体中得以确立，又由此导致了“词以婉约为

---

① 欧阳炯：《花间集序》，李一氓《花间集校》卷首附，人民文学出版社 1958 年版。

正”审美倾向的产生，以及对重柔轻刚艺术风格的追求。其影响所及，由五代而两宋，乃至整个词的发展历程，都非常深远。

其三，使词体艺术在形式上更趋成熟与完美。词作为一种新兴的文学样式，虽然肇始于中唐诗客们的创制，并能“依曲拍为句”，且出现了如戴叔伦《调笑令》、张志和《渔歌子》、刘禹锡《杨柳枝》、白居易《忆江南》《浪淘沙》等一批名作，但从总体上讲，这一时期的词在其发展史上，尚处于不够成熟的初始阶段。原因是这一时期的词人们，并非是将词的创作作为一种“专业”以待的，而是处于自发或者偶发状态，所以有些艺术技巧类的内容，在认识上还模糊不清，如词调的平仄声律等。然而到了长安花间词派时期，这种情况不仅有了明显的变化，而且还出现了若干方面的创新。首先，是词调即词牌的被定型。比如《菩萨蛮》《南歌子》《浣溪沙》《生查子》《清平乐》《更漏子》等词牌，经温庭筠等人或单用或共用后，直至五代、两宋词人所用时仍规整如一，即不曾作任何更改。而在声律方面，则严守平仄规范，并以精严见称。如温庭筠的《南歌子》7 首，不仅每首句式 皆为“五五五五三”式，首二句对起，协三平韵，而且各首平仄均符合律句规范。其次，是对旧有词调的改制。改制即为创新。如上引《云溪友议》载温庭筠与裴諴“好作歌曲”，“二人又为新添声《杨柳枝》”，即为其例。《杨柳枝》在中唐时为“七言四句”式，温庭筠与裴諴以之所作词(温存 8 首、裴存 3 首)亦均是如此，其所“新添声”者，主要是在音乐即乐谱方面。即是说，温、裴的《杨柳枝》与刘禹锡、白居易的《杨柳枝》在句式、平仄等方面虽然一致，但在唱法或者唱腔上则是大有区别的。而从“饮筵竞唱其词”的情况看来，这种“新添声”的《杨柳枝》，在当时显然是更受消费者们欢迎的。此外，温庭筠《南歌子》7 首皆为“五五五五三”式的情况，较之裴諴《南歌子》2 首均为“五言四句”式而言，亦属一种改制与创新。其三，为音韵的善于变化特征。如《酒泉子》双调 40 字，上下两阕，各协 8 韵，且平仄间协(温庭筠)；《清平乐》双调 46 字，上阕协 2 仄韵，下阕协 2 平韵(温庭筠)；《三字令》“前后段俱三字句”(《钦定词谱》卷七)，双调48字，各3平韵(欧阳炯)等。仅从这几例即可获知，长安花间词人们对于各种词调文字的协韵，是极为灵活而又善于变化的，这对于加强作品抑扬顿挫的音乐效果，显然是起到了很好的作用的。

第二节　西蜀的花间词派

西蜀花间词派，是晚唐五代词史上继长安花间词派后的又一个词人群体，且因《花间集》而得名。《花间集》共收18家词人的整500首词，是文学史上的第一部文人词总集。又因此集的编者、序者与词人大多为西蜀人，所以，大凡研究西蜀花间词及其词派者，一般都是将其作为重要的文献资料以待。然则据《花间集》而泛称其中词人为"西蜀词派""西蜀花间词派"或"西蜀花间群体"，并将西蜀目为当时全国花间词的创作中心者，则是明显地与词体艺术发展的历史真实不相契合的。而"花间词风"的形成，也并非仅是"与西蜀城市的繁华富丽和西蜀词人的城市游乐生活密切相关"，乃是另有其原因。凡此种种，均表明了持说者对花间词派与西蜀花间词派的认识，还存在着诸多需要讨论的问题。有鉴于此，本节特对西蜀花间词派的人员组成，形成原因，创作概况等问题，进行重新讨论与审视。

一、西蜀花间词人词作的界定

西蜀是五代时期前蜀(公元907—925年)与后蜀(公元934—965年)两个政权的合称。当历史在这一政权中行进到第35个年头时，后蜀文学家赵崇祚编辑的《花间集》问世。其中所收词人词作的具体情况为：温庭筠66首、皇甫松12首、韦庄48首、薛昭蕴(纬)19首、牛峤32首、张泌27首、毛文锡31首、牛希济11首、欧阳炯17首、和凝

20 首、顾夐 55 首、孙光宪 61 首、魏承班 15 首、鹿虔扆 6 首、阎选 8 首、尹鹗 6 首、毛熙震 29 首、李珣 37 首。晚唐五代时期的文人词，藉此即可见其大端。

在这 18 位词人中，温庭筠、皇甫松、薛昭蕴（纬）3 人，均为长安花间词派的重要成员，和凝为当时另一政权后晋的著名词人，此 4 人一生不曾到过西蜀，自与西蜀花间词派了不相涉。孙光宪虽然为陵州贵平（今四川仁寿）人，但李唐灭亡时他只有 12 岁左右，因此，其离蜀出川当在唐庄宗同光四年（公元 926 年），其后即供职荆南直至病卒黄州任上，为五代时期典型的荆南词人。因此，孙光宪也是不能算作西蜀花间词派的词人的。此外，张舍人张泌，一说为晚唐人，一说为南唐人，若依《花间集》以职官冠名的体例进行考察，其当为南唐张泌，因为此张泌在南唐后主朝曾历任监察御史、考功员外郎、中书舍人等职，正可称为张舍人。或以为《花间集》不收南唐词，而否认此张泌非南唐张泌，实乃不的。

除上述 6 人外，其他 12 位词人的生活与创作情况，也有值得注意者。如被称为“花间别调”词人代表的韦庄（公元 836—910 年），据夏承焘《唐宋词人年谱・韦端己年谱》①的考察可知，其 66 岁时始入川为王建掌书记，75 岁时卒于成都花林坊，前后在西蜀仅 10 年左右的时间，则《花间集》所收其 48 首词是否全部作于斯时，也就甚值怀疑。而 66 岁以前的韦庄，其生活地域主要是在长安与江南一带，斯时，正是温庭筠词风行全国之际，在这种情况下，如果说韦庄不曾受到温词或者长安花间词派的影响，显然是不可能的。

与韦庄的情况大致相同者，另有牛氏叔侄。先看牛峤。牛峤（公元 848？—？）为宰相牛僧孺之孙，计有功《唐诗纪事》卷七十三略载其事迹：“字松卿，一字延峰，陇西（今甘肃临洮）人，自云僧孺之后。乾符

---

① 夏承焘：《唐宋词人年谱》，上海古籍出版社 1979 年版。

五年进士，历拾遗，补尚书郎。王建镇蜀，辟判官。及僭位，为给事中。"①据吴廷燮《唐方镇年表》卷六，王建镇蜀始于大顺二年十月，则其自长安入川当在公元891年后之数年。由乾符五年至大顺二年，其间凡15个年头，表明牛峤在长安至少应生活了15年左右。而斯时，长安花间词派词人除温庭筠已卒外，其他如皇甫松、薛昭纬、张曙、韩偓、李晔等人，均先后健在于京师，则牛峤没有理由不受这一群体词人的影响，没有理由不加入到这一创作队伍的行列。而有论者认为其词风与温庭筠词较为相近，又可对此佐证。所以，在牛峤词体艺术的创作历程中，其首先应是一位长安花间词人，其次才是一位西蜀花间词人。牛峤是这样，其侄牛希济的情况也大致如此。牛希济(公元872—930年?)的生平事迹，略载于孙光宪《北梦琐言》、吴任臣《十国春秋》等书中，综之为：早年曾客寓山东，约35岁时入蜀投奔牛峤，45岁时为王建召为起居郎，继在后主朝累官翰林学士、御史中丞。同光三年北入洛阳，任后唐雍州节度副使。《花间集》收牛峤词32首、牛希济词11首，其是否皆作于西蜀，也是大可怀疑的。如在牛峤的32首词中，只有《女冠子》其二等少数词具有明显的西蜀特点，其余如《柳枝》《江城子》《定西番》《菩萨蛮》等，据其意旨，似均非西蜀所作。再如在牛希济的11首词中，其《临江仙》组词7首，分别咏写巫山神峰、谢家仙观、渭阙宫城、黄陵春庙、素洛春光、汉水江滨、洞庭波浪等景观，皆为作者游赏古迹时的产物，其不作于蜀中亦甚明显。

从以上的情况看来，被《花间集》所收入的18位词人的500首词中，温庭筠、皇甫松、薛昭纬、和凝、孙光宪、张泌6人的205首词，是理所当然地应排除在西蜀花间词之外的。此外，韦庄、牛峤、牛希济3人的91首词，也是不能全部计入的。这样，西蜀花间词派的词人，最多也只能是12人，其词作之数量，最多也只能是在250首左右。而在这12人中，也还有可值得商榷者，如毛文锡、顾夐即是。毛文锡

---

① 计有功：《唐诗纪事》，上海古籍出版社1965年版。

（公元872？—920年？）为今河南杞县人，生于唐懿宗咸通十三年前后，唐僖宗光启二年进士及第，以时乱流寓巴蜀，其后在前、后蜀任职终生。但毛文锡在以时乱流寓巴蜀前，乃生活于长安，且又系唐懿宗朝的进士，而稍后继唐懿宗皇帝位的昭宗李晔，又是一位专写花间词的皇帝词人，则《花间集》所收其31首词中，是否有斯时斯地之作，也就大可怀疑。顾夐是《花间集》收词数量（55首）仅次于温庭筠与孙光宪的一位词人，然而因其传记资料缺少的缘故，以致其究竟是西蜀籍词人抑或流寓西蜀者，至今仍是一个谜。因此，我们在论析西蜀花间词派时，对如毛文锡、顾夐这类词人的生平与创作情况，也是应加以考虑的。此外，只注重西蜀花间词派而不顾及长安花间词派的存在，这是视野与认识上的一种缺失，亦应加以注意。

二、西蜀花间词派形成的原因

在论及西蜀花间词派的创作概况特别是形成原因时，有不少研究者着眼于西蜀的文化背景，以及巴蜀地域文化的特殊情况等角度，对其进行多方面的认识与探讨。因而认为，西蜀城市的繁华富丽，西蜀文人的城市游乐生活，以及五代时期西蜀的文学、艺术、宗教、科技等，都是导致西蜀花间词派形成的重要原因。一般而言，作这样的理解，自是有其道理的，也是无可非议的。但问题是，与西蜀处于同一时期的其他政权所在地，以及一些在经济、文学、艺术、宗教、科技等方面和成都同样发达的商业城市，如南方的扬州、杭州、金陵等，为什么没有能够产生与形成一个个当地的花间词派呢？其中原因又何在呢？由此看来，可知仅着眼于地域文化的角度，阐释西蜀花间词派之所以在成都形成的原因，是无法解释清楚的。或者换而言之，五代时期地处西南的成都文化，只是促使西蜀花间词派在当时形成的一个极其有限的原因。而其最为关键的、也是至为重要的原因，则重点表现在这样的两个方面：其一是受长安花间词派的直接影响，其二为西蜀君臣对花间词的喜好与上行下效的创作时尚。二者的互为结合，才导致了西蜀花间词派的形成与繁荣。

据现有的资料记载可知，在西蜀地区所有的花间词人(指《花间集》中所著录者)尚未降生之前的晚唐中期，远在京师长安城里的花间词创作，因“应歌”的需要，已形成了一种极具时代气息的时尚。这是一种新的创作风气，由里巷而皇宫，又由皇宫而里巷，使得整个长安城到处都响彻着传唱“新词”的歌声。其中重要的词人，有温庭筠、皇甫松、裴诚、薛昭纬、张曙等，而被《花间集》收录的温庭筠的组词《菩萨蛮》14 首，即为当时的产物。据范摅《云溪友议》卷下记载，温庭筠在长安为举子时，与裴诚交游，因二人皆“好作歌曲，迄今饮席，多是其词焉”。不仅如此，二人还“又为添新声《杨柳枝》，饮筵竟唱其词而打令也”。① “迄今饮席，多是其词”与“饮筵竟唱其词”的社会消费需求，极大程度地激发了词人们的创作热情。在这种香风艳语与软性音乐的熏陶下，使得具有“严重寡言”(《旧唐书》语)之弊的唐宣宗，也竟然“爱唱《菩萨蛮》”了，于是，就又有了相国令狐绹请温庭筠代作 20 首《菩萨蛮》以献唐宣宗的故事②。盛行于长安城里的这种热闹非凡的词文学景观，与市场供需两旺的艺术消费行为，不仅有力地推动了花间词在长安日愈一日的繁荣与兴盛，而且对于当时的全国各地而言，也是产生着极其巨大的影响的。

这种影响，对于地处西南之隅的巴蜀而言，主要是通过两条渠道进行的，一是避乱西下的衣冠之族，二为流寓巴蜀的长安词人。先看前者。吴任臣《十国春秋》卷三十五《前蜀 · 高祖本纪》于天复七年内云：“秋九月……授唐室旧臣王进等三十二人官爵有差，又宋玭等百余人咸见信用。帝虽目不知书，而好与儒生谈论，颇解其理。是时衣冠之族多避乱在蜀，帝礼而用焉，使修举政事，故典章文物有唐之遗风。”③这条

---

① 范摅：《云溪友议》，古典文学出版社 1957 年版。

② 孙光宪：《北梦琐言》，三秦出版社 2003 年版。

③ 吴任臣：《十国春秋》，中华书局 1983 年版。

材料表明，李唐王朝在唐哀宗天祐四年（公元 907 年）灭亡后，不少皇室旧臣与衣冠之族均自长安入蜀，他们的到来，必然会带来长安的文化与士风，其中，自然包含着温庭筠等人的花间词。而此，仅为通过“避乱西下”渠道产生影响的一个方面。另一个方面则是，在唐王朝未灭亡前，长安与成都之间包括政府公干、商业往来、旅人互游等各方面的交往，也会使长安花间词派的作品得以在巴蜀传播。而欧阳炯《花间集序》之所言，又可对此佐证：“有唐以降，率土之滨。家家之香径春风，宁寻越绝；处处之红楼夜月，自锁嫦娥。在明皇朝，则有李太白应制《清平乐词》四首；近代温飞卿复有《金荃集》。”①这段文字，虽然述写的是帝都长安创作乐府与花间词的盛况，但身处巴蜀而从不曾到过长安的欧阳炯，却对其竟是如此的了如指掌，此则表明，欧阳炯在写是文之前，曾读到过温庭筠的《金荃集》。而《金荃集》正是温庭筠编辑于当时的一部花间词集。

再看后者。唐王朝灭亡后，一方面有许多衣冠之族自长安西入巴蜀避乱，另一方面则是有不少文学精英也流寓其地，如上所述之韦庄、牛峤、牛希济、毛文锡等词人，即为其代表。这些人在流寓巴蜀前，不仅皆曾供职于长安（牛希济或可除外），而且还曾不同程度地加入到长安花间词派的行列，并创作过数量不等的花间词。总之，他们一方面供职于长安，一方面则又以花间词人的身份出现于长安。这些词人们在当时，虽然都是从战乱的长安来到巴蜀的，但当他们一旦适应了蜀中的社会环境与政治环境后，他们就会重操旧业，再度从事花间词的创作，如《花间集》所收韦庄《怨王孙》《小重山》《谒金门》诸词，即为其典型的例子。据杨湜《古今词话》记载：“韦庄以才名寓蜀，王建割据，遂羁留之。庄有宠人，资质艳丽，兼善词翰。建闻之，托以教内人为词，强庄夺去。庄追念悒怏，作《小重山》及《空相忆》（即《谒金门》，其词略）。

---

① 欧阳炯：《花间集序》，李一氓《花间集校》卷首附，人民文学出版社 1958 年版。

情意凄怨，人相传播，盛行于时。姬后传闻之，遂不食而卒。”①这一“本事”是否可靠，自可另行讨论，但《小重山》与《谒金门》为韦庄作于成都，则乃殆无疑义。而韦庄词既是“人相传播，盛行于时”，可见其在当时的影响之大，乃不言而喻的。

强夺韦庄宠姬的王建，为前蜀的开国君王，他曾仿唐制把乐营升为教坊，专管配词以唱的俗乐（燕乐）。其子王衍继位后，据张唐英《蜀梼杌》卷上所载，不仅“好私行，往往宿于娼家”，而且喜唱艳曲，尝“自执板唱《霓裳羽衣》及《后庭花》《思越人》曲”，② 并曾作过《醉妆词》等艳词。后蜀主孟昶亦擅作艳词，据苏轼《洞仙歌·小序》的记载，其曾以花蕊夫人徐妃为描写的对象，作艳词进行歌咏。其名作《木兰花》，更是在宫中广为流传：“冰肌玉骨清无汗，水殿风来暗香满。绣帘一点月窥人，攲枕钗横云鬓乱。　起来琼户启无声，时见疏星渡河汉。屈指西风几时来，只恐流年暗中换。”前、后蜀君王对词体艺术的如此喜好，其实就是对花间词的一种大力推崇与提倡，因此，也就出现了专以小词为后主赏识的所谓“五鬼”，即有五位词人专以花间艳词去迎合孟昶的爱好与需求。“五鬼”所指，分别为五位词人，他们是：欧阳炯、韩琮、阎选、毛文锡、鹿虔扆。这是一批专门聚集在君王身边的“小词”作者，他们以满足后主对花间词的需要为能事。这种带有浓郁“时尚”色彩的创作风气，充分反映出西蜀君臣的放荡生活与享乐纵逸的思想，以及他们普遍崇尚香艳性、柔媚性、婉约性词风的审美理念。而他们的创作，对于花间词在西蜀的兴旺繁荣，以及西蜀花间词派的诞生与形成，显然都是起到了极具主体性的推动作用的。

三、西蜀花间词派的特色成就

据张唐英《蜀梼杌》、吴任臣《十国春秋》等书的记载，西蜀的花间

① 杨湜：《古今词话》，《词话丛编》本，中华书局 1986 年版。
② 张唐英：《蜀梼杌》，《四库全书》本，上海古籍出版社 1987 年影印版。

词人，较之长安花间词人而言，有着一个极为明显的特点，即其大多与皇宫关系密切，是典型的内廷词人。以欧阳炯为代表的“五鬼”自不待言（《花间集》无韩琮词），其他如李珣、顾夐、魏承班、尹鹗等，亦大多如此。李珣（公元 882？—？），字德润，今四川三台人，波斯后裔，因其妹李舜弦为王衍昭仪，而以秀才预宾贡，并“以小词为后主所赏”。顾夐在前蜀时“以小臣给事内廷”，后“累官至太尉”。尹鹗亦“累官至翰林、校书”。魏承班之父魏宏夫，为前蜀王建养子，赐姓王名宗弼，封齐王，承班因之拜驸马都尉，累迁太尉。此四人与内廷之关系密切，是并不亚于欧阳炯等“五鬼”的。在流寓巴蜀的三人中，韦庄辅佐王建称帝后，曾官至吏部侍郎、同平章事（宰相），品阶极高。牛峤、牛希济叔侄二人，一在前蜀开国后仕为秘书监，一事后主王衍官至御史中丞，以其职位论，是可经常进出皇宫而随从于王建、王衍父子左右的。由此可见，这三位客籍的西蜀词人，在与内廷的关系方面，和欧阳炯、魏承班等人相比，乃是毫无所别的。

以上的简略勾勒表明，形成于五代时期成都地区的西蜀花间词派，实际上是一个以宫廷为中心的词人群体。这些词人或于前蜀，或于后蜀，大多紧紧围绕在君王的周围，以花间词的创作投其所好。随着时间的推移，他们又于渐渐的角色转换中，成为了皇宫里的一批具有御用性质的词人，其中，尤以欧阳炯等人最具典型性，吴任臣《十国春秋·鹿虔扆传》中有“人忌之者号曰‘五鬼’”云云，即可见其端倪。这一擅长在香艳世界里讨生活的词人群体，表现在词文学方面的种种举措，如对词调的创制、音律的规范、香艳题材的开辟等，较之初唐时期以上官仪为代表的一批宫廷诗人而言，均是有过之而无不及的。

西蜀的花间词派，正是由于处在这样的一个以宫廷为中心的创作环境中，因而也就导致了另一个特点的明显存在，这就是对于性爱与色情的描写，较温庭筠等长安花间派词人更为大胆、更为直露。由于这类词在题材内容与艺术技巧方面均适应了士大夫感官享受的内在需要，因而在当时颇受欢迎，故参与创作的词人也就甚多，如毛文锡《恋情深》（滴滴铜壶寒漏咽）、李珣《虞美人》（金笼鹦报天将曙）、顾敻《甘州子》（一炉龙麝锦帷旁）等，即皆为这类词的代表作。这类词视传统禁区于不顾，所体现的是一种新的花间现象与艺术精神。请看欧阳炯的这首《浣溪沙》：

相见休言有泪珠，酒阑重得叙欢娱。凤屏鸳枕宿金铺。　兰麝细香闻喘息，绮罗纤缕见肌肤。此时还恨薄情无①。

周昂《十国春秋拾遗》认为，欧阳炯的艳词“淫靡甚于韩偓”，由此词看来，其所言非虚。在这首词中，作者以浓艳之笔，委婉而细腻地描绘了男女合欢之情事，逼真地表现了才子寻欢的生活经历，因而最大限度地满足了士大夫文人的感官享受与肉欲刺激。所以，况周颐《蕙风词话》卷二评此词云：“自有艳词以来，殆莫艳于此矣。”②除此词外，欧词如《贺明朝》（忆昔花间初识面）、《凤楼春》（凤髻绿云丛）、《浣溪沙》（落絮残莺半是天）、《定风波》（暖日闲窗映碧纱）等，亦皆以“淫靡”见称。再看牛峤的一首《菩萨蛮》：

玉楼冰簟鸳鸯锦，粉融香汗流山枕。帘外辘轳声，敛眉含笑惊。　柳阴烟漠漠，低鬓蝉钗落。须作一生拼，尽君今日欢③。

有论者认为，牛峤的词最善于进行“敏锐的感官捕捉”，这首《菩萨蛮》即为其代表。这是又一种类型的写男女合欢之情事的艳词。上阕写男女合欢正恰之际，帘外忽然传来一阵辘轳声，意味着天已快亮，敛眉含笑的抒情女主人公顿感惊诧：夜竟是如此之短！下阕写在即将临别之前，抒情女主人公因青春的冲动与激情的迸发，而显得毫无顾忌：

① 欧阳炯：《浣溪沙》，李一氓《花间集校》卷六，人民文学出版社 1958 年版。
② 况周颐：《蕙风词话》，人民文学出版社 1982 年版。
③ 牛峤：《菩萨蛮》，李一氓《花间集校》卷三，人民文学出版社 1958 年版。

“须作一生拼，尽君今日欢。”其描写上的大胆和直露，与欧阳炯《浣溪沙》简直难分伯仲，故彭孙遹《金粟词话》说：“牛峤‘须作一生拼，尽君今日欢’，是尽头语。作艳词者，无以复加。”①“无以复加”与“殆莫艳于此”，都是指词中之“艳”达到了极致，其所表明的，是西蜀花间派词人的这类词作，诚如李冰若《栩庄漫记》之所言，乃是“艳而近于靡”。②

西蜀花间词派的词作，除了具有“艳而近于靡”的特点之外，另有一类词则属于“花间别调”的范畴。所谓“别调”，是指在西蜀的花间词中，还有着“艳而质”的一面。一般而言，西蜀花间词的“艳而质”，大多能给人以情真意切、清新疏朗的审美感受，韦庄便是这方面的代表词人。如《思帝乡》二首其一：“春日游，杏花吹满头。陌上谁家年少，足风流。　妾拟将身嫁与，一生休。纵被无情弃，不能羞。”此词轻快爽隽，抒情真率热烈，颇具北朝乐府风调，故清季贺裳在《皱水轩词筌》中称其为“作决绝而妙者”③的典范。又如《荷叶杯》二首其二：“记得那年花下，深夜。初识谢娘时。水堂西面画帘垂，携手暗相期。　惆怅晓莺残月，相别。从此隔音尘。如今俱是异乡人，相见更无期。”此词重在写主人公的相思之苦，并于回忆中把男女双方相思的时间、地点、情事等都叙写得极为清楚具体。其中写离别情景的“惆怅”两句，李冰若《栩庄漫记》认为“足抵柳屯田‘杨柳岸，晓风残月’一阕”。韦庄集中这类具有“艳而质”特点的花间词，大多写于其漫游江南时期，且对南唐词人产生着较为明显的影响。韦庄之外，欧阳炯、李珣、鹿虔扆等人的花间词中，也都不同程度地存在着一些“别调”篇什。如欧阳炯《定风波》(暖日闲窗映碧纱)一词，即被况周颐誉为“艳而质”的代表作。西蜀花间词中这种“别调”现象的出现，一方面反映了其香艳世界并非铁板一块，另一方面则是其于发展中产生变化的绝好体现。

① 彭孙遹：《金粟词话》，《词话丛编》本，中华书局 1986 年版。
② 李冰若：《栩庄漫记》，《花间集评注》，人民文学出版社 1993 年版。
③ 贺裳：《皱水轩词筌》，《词话丛编》本，中华书局 1986 年版。

源于长安花间词派，又有着其自身的个性风采与艺术精神，这就是西蜀花间词派所表现出的最为显著的特色与成就。

第三节　花间余绪南唐词

五代时期，当孟知祥在成都建立后蜀政权三年后的公元 937 年，李昪则在金陵即皇帝位，建立了南唐政权，史称南唐烈祖。又三年后，李昪去世，其子李璟(公元 916—961 年)继位，是为南唐元宗。公元 958 年，南唐为后周战败，李璟改称国主(即中主)，享年 46 岁。其子李煜(公元 937—978 年)即位，称南唐后主。公元 975 年，南唐为赵宋所灭，李煜成为阶下囚，太平兴国三年农历七月初七，李煜被宋太宗用药酒毒死，享年 42 岁。在南唐享国的 39 年中，因其都城金陵及四周的商业城市如扬州、苏州等，在经济、文化、艺术等方面均相当繁荣发达，而成为当时江南的词文学中心，并与西蜀的花间词派互为辉映。南唐词人，学界或认为只有 5 人，或认为多至 10 人，认识颇不一致，但冯延巳、李璟、李煜三人为其代表，则均无疑义。在此三人中，冯延巳系宰相，李璟、李煜父子皆为帝王，因而又有称其为“南唐贵族词派”者。冯延巳等三人是否可称为南唐贵族词派，自可讨论，但就他们现存的约 150 首词来说，其皆为贵族词则可论断。这是因为，作为词人，南唐君臣在文化修养、艺术修养、闲雅风流、气质韵度等方面，均较西蜀君臣要高出许多。而西蜀君臣之词，之所以只能称为花间词而不能称为贵族词者，其原因即正在于此。所以，有论者认为，二者相比，“其间文野之分，粗细之分，就可立判”①云云，乃是极具见地的。

---

①　吴熊和：《唐宋词通论》，浙江古籍出版社 1989 年版。

一、花间余绪与花间别调

南唐词在创作队伍方面，既然是以二李一冯为主体的，则其创作背景主要是围绕在宫廷内外，也就甚为清楚。这种创作环境，与以宫廷为创作中心的西蜀花间词派同出一辙、别无二致。而斯时，不仅西蜀花间词派的创作乃处于高峰阶段，而且“花间鼻祖”温庭筠的《金荃集》已在社会上广为流传，这两股“花间潮流”对于地处江南的南唐君臣而言，应是不无影响的。更何况，冯延巳(公元903—960年)为宰相后，乃是终日生活在“俾歌者倚丝竹而歌之，所谓娱宾而遣兴”之中①，而李煜则是一位“性骄侈，好声色”②的国主，他们表现在生活方面的这种雅好，自然会决定其词在题材内容与艺术风格方面，不会逸出“花间”许多。所以，从总体风貌上讲，南唐词属于花间词的余绪，乃殆无疑义。王国维《人间词话》认为冯延巳词“不失五代风格”③云云，是极有助于我们对南唐贵族词的认识的。所谓“五代风格”，实质上就是花间风格，就是指冯词具有“词为艳科”的“五代”特点。冯延巳的词是如此，李氏二主的词也是这样。因之，男欢女爱、离愁别恨、春思秋怨等内容，就仍然如同西蜀花间词那样，而成为南唐贵族词的主要描写对象，故而在其风格的调色板上，香艳性、纤柔性、婉约性也就仍然占据着其重要的位置。如冯延巳《鹊踏枝》(谁道闲情抛弃久)、《采桑子》(笙歌放散人归后)，李璟《摊破浣溪沙》(手卷真珠上玉钩)，李煜《菩萨蛮》(花明月暗笼轻雾)、《一斛珠》(晓妆初过)等词，即无不具有明显的“五代风格”特征与“花间词”的审美意蕴。

但南唐词的“五代风格”，又毕竟有着其自身的特点，这就是对以

---

① 陈世修：《阳春集序》，金启华《唐宋词集序跋汇编》，江苏教育出版社1990年版。

② 欧阳修等：《新五代史·李煜传》，中华书局1974年版。

③ 王国维：《人间词话》，人民文学出版社1982年版。

韦庄为首的“花间别调”的继承与发展。“花间别调”在西蜀花间词中的存在，其所体现的是花间词坛中的一种“异化”趋势。而这种趋势在为南唐词人所接受后，又通过他们不断地艺术实践，使之发生了新的变化，其中的标志性特点之一，就是更多地涉及了作品中人物的心态及其变化过程，从而升华了文人词的艺术品位与审美情趣。如冯延巳的名作《谒金门》：

风乍起，吹皱一池春水。闲引鸳鸯香径里，手挼红杏蕊。　斗鸭阑干遍倚，碧玉搔头斜坠。终日望君君不至，举头闻雀喜①。

此词写闺情离思，清新秀美，一洗花间词的浓艳色泽。上片写荡漾的春风，既吹皱了一池春水，也吹皱了女主人公的心。面对这大好时光，女主人公一方面逗引鸳鸯消遣，一方面则由鸳鸯的成双成对，想到自己却是孤身一人，不由得将手中的红杏花蕊轻轻揉碎。下片写一切景物都难以引起这位女子的兴致，因此她将斗鸭栏杆都倚遍(“遍”一作“独”，当误)，但仍然没精打采，以致头上的碧玉搔头也斜倾地下。当她忽然听到头上的喜鹊鸣叫时，以为思念的人已来到身边，其愁苦的脸上顿时露出了喜悦的笑容。这最后两句，所采取的是以喜写悲的表现手法，其结果自然是其悲更悲。全词形象鲜明，言尽而意不尽，尤其是“风乍起，吹皱一池春水”句，写出了人物心理由静而动的细微变化过程，因而在当时就广为人们所传诵。据陆游《南唐书·冯延巳传》记载，时为南唐中主的李璟，就很喜欢这两句词：“元宗(即李煜)尝因曲宴内殿，从容谓曰：‘吹皱一池春水’，干卿何事？延巳对曰：安得陛下‘小楼吹彻玉笙寒’之句。”②如果将冯延巳此词与温庭筠词及西蜀花间词相比，其间的不同就十分明显，即温词等追求的大多为感官上的享受与刺激，而冯

① 冯延巳：《谒金门》，彭定求等《全唐诗》卷八九九，中华书局1960年版。
② 陆游：《南唐书》，《四库全书》本，上海古籍出版社1987年影印版。

词则重在开掘人物的内心感受。王国维《人间词话》称冯延巳词所谓“堂庑特大”者，所指当即此，或以为乃是就其题材内容而言，似不确。

“花间别调”在南唐的被拓展，还表现在情与景的互为融合方面，即使人物的心理活动因景而变化，从而呈现出艺术上的另一种风貌。上举冯词实际上已涉及了这一特点，下面再以李璟《浣溪沙》一词进行具体例说：

菡萏香消翠叶残，西风愁起绿波间。还与韶光共憔悴，不堪看。　细雨梦回鸡塞远，小楼吹彻玉笙寒。多少泪珠无限恨，倚阑干①。

这是李璟现存四首词中最负盛名的一首。此词在题材上虽仍属男女情思的范畴，但意境却较为阔大，景物的安排也极具特点，其中如“菡萏香销”“西风愁起”“细雨梦回”等秋景的描写，直可与曹丕的《燕歌行》比美。此外，这首词还有一个特别引人注目的特点，就是句句是景，又句句是情，且句句皆佳。正是因为如此，故后人在对这首词进行评价时，一般都难以在“句”上分甲乙。如《苕溪渔隐丛话》引《雪浪斋日记》云：“荆公问山谷：‘作小词，曾看李后主词否？’云：‘曾看。’荆公云：‘何处最好？’山谷以‘一江春水向东流’为对。荆公云：‘未若细雨梦回鸡塞远，小楼吹彻玉笙寒’最好。”②在荆公王安石看来，李璟词中写得最好的，是下片的“细雨梦回”两句。但王国维《人间词话》却认为，上片开首的两句，才是此词之最佳者，故其乃说：“南唐中主词‘菡萏香销翠叶残，西风愁起绿波间’，大有‘众芳芜秽，美人迟暮’之感。乃古今独赏其‘细雨梦回鸡塞远，小楼吹彻玉笙寒’，故知解人正不易得。”与王国维意见相左者，是叶嘉莹在《灵溪词说》中之所言，叶氏认为，此词

---

① 李璟：《浣溪沙》，彭定求等《全唐诗》卷八八九，中华书局 1960 年版。
② 胡仔：《苕溪渔隐丛话》，人民文学出版社 1982 年版。

之最佳者，是上下两片的各自结尾句："如就悲慨之沉郁及深挚而言，则自当推前后片两处结尾之句最为明白有力。"①三人认识上的不同，虽然有着切入点方面的区别，但李璟词所表现出的艺术个性与审美趣味，乃大异于温词与西蜀花间词，则是不言而喻的。

无可否认，南唐的贵族词人们，由于受长安花间词派（温庭筠等）、西蜀花间词派（韦庄等）以及其特定的生活环境等多方面因素的影响，而有着明显的"花间情结"，并将其尽量地反映于各自的词体创作之中。这是历史发展的必然，也是词史发展的必然。王国维《人间词话》评论南唐词（主要指二李一冯词），虽有许多精辟之论令人肯定，但其认为南唐词"皆在《花间》范围之外"的说法，却是不符合南唐词的历史真实的，对此，我们只要稍加检索《南唐二主词》，即可获得证实。至于冯延巳的《阳春集》中，此类例子就更多，如《鹊踏枝》（花处寒鸡天欲曙）、《采桑子》（酒阑睡觉天香暖）、《谒金门》（杨柳陌）、《南乡子》（细雨湿流光）、《菩萨蛮》（画堂昨夜西风过）等词，即使放在西蜀花间词中，也是难以分出轩轾的。但尽管如此，由于南唐词人们对花间词的接受，主要是侧重于以韦庄为代表的"花间别调"，且他们在不断地艺术实践中，又对这种"别调"进行了发展与开拓，因而也就呈现出如上所例析之与温、韦词大异其趣的艺术精神与个性风采。

二、感慨遂深的抒情特质

以冯延巳词为发端的南唐贵族词，在于"花间别调"中求发展的同时，还显示出了其创造性的另一面，这就是有意识地融入词人们的文人心态、感情色彩、思想理念、审美趣味等内容，从而加强了文人词的抒情深度与浓度，使"伶工之词"于渐变中开始走向"士大夫词"。对此，

---

① 缪钺、叶嘉莹：《灵溪词说》，上海古籍出版社 1987 年版。

我们从王国维《人间词话》对李煜词的评价中，乃略可管窥之："词至李后主而眼界大开，感慨遂深，遂变伶工之词而为士大夫之词。"王国维评论南唐词，因其特爱李煜词，故对其评价尤高。其实，在南唐词人中，除李煜词外，冯延巳、李璟二人词，亦具有"眼界大开，感慨遂深"的特点，所以此三人之词，都具有"遂变伶工之词而为士大夫之词"的嬗变轨迹可觅，只是程度不同而已。如冯延巳《采桑子》：

笙歌放散人归去，独宿江楼。月上云收，一半珠帘挂玉钩。起来点检经由地，处处新愁。凭仗东流，将取离心过橘洲①。

其中的"处处新愁"，杨海明《唐宋词史》认为是指作者所感受到的"'人生无常'的无限空虚"，② 堪称的见。李璟词如上举《浣溪沙》，王国维于《人间词话》中认为"菡萏香销"两句，大有"众芳芜秽，美人迟暮"之感云云，即为明证。而"眼界大开"，更是南唐词人表现在艺术审美方面之所共有，如冯延巳"风乍起，吹皱一池春水"、(《谒金门》)"坐对高楼千万山，雁飞秋色满阑干"(《抛球乐》)，李璟"细雨梦回鸡塞远，小楼吹彻玉笙寒"(《浣溪沙》)、"回首绿波三楚暮，接天流"(《摊破浣溪沙》)等，即都是"从宏大的畛域来审视"的代表作，其"眼界"之"大开"，自是十分明显。

李煜词的"感慨遂深"，因其生活经历的不同，所表现出的"感慨"内容自然不相同。未作赵宋降臣时的李煜，先后以太子、国主的身份终年生活在宫中，时刻与粉黛佳丽相欢娱，斯时所"感慨"者，与冯延巳大抵相同，即主要是汉魏六朝文人乐府中经常涉及的"人生苦短""韶光易逝""美人迟暮"之类的命题，因此而极力主张及时行乐。而此，当即为欧阳修在《新五代史》中载其"好声色"的重要原因。所以，此期李煜

---

① 冯延巳：《采桑子》，彭定求等《全唐诗》卷八九九，中华书局 1960 年版。
② 杨海明：《唐宋词史》，天津古籍出版社 1998 年版。

词的"花间"味道也特浓，这从他在《菩萨蛮》一词中，以男女偷情合欢之情事为描写的对象，即可得到印证。词云：

花明月暗笼轻雾，今宵好向郎边去。刬袜步香阶，手提金缕鞋。　画堂南畔见，一晌偎人颤。奴为出来难，教君恣意怜①。

有人认为，此词所写为李煜与小周后的一段恋情，是否确属如此，可另作讨论。全词虽艳但不俗，且描写生动，刻画细腻，使女主人公的真率与大胆得以充分表现，因之，从艺术品位的角度言，其较西蜀词人如欧阳炯、牛峤等的同类之作，自然是要优雅许多，所以，有论者乃将其以"佳品"称誉之。李煜宫中生活的奢华，是与皇家的气派互为交织的，其将此表现于词中者，乃以《玉楼春》一词最具代表性：

晚妆初了明肌雪，春殿嫔娥鱼贯。凤箫吹断水云间。重按霓裳歌遍彻。　临春谁更飘香屑，醉拍阑干情味切。归时休放烛花红，待踏马蹄清夜月②。

词中所描写的宫中歌宴生活，既豪华富丽，又气派非凡，以至作者"醉拍阑干情味切"，依依难舍。特别是下片的最后两句，写作者于酒阑舞散后从宫中出来，不让侍从持宫灯相随，而是独自骑马踏月，作清夜之游，逸兴颇具。终日生活在这样环境里的李煜，所追求者自然只是尽情享乐，而此，即成为了他常常感到人生苦短与无常的最重要原因。

后期李煜词的"感慨"，用黄升《唐宋诸贤绝妙词选》评李煜《乌夜啼》(无言独上西楼)的话来说，就是"所谓亡国之音哀以思"③。这一时期，因国破家亡，李煜一下子由座上皇沦为阶下囚，其于词的创作，也

① 李煜：《菩萨蛮》，彭定求等《全唐诗》卷八八九，中华书局1960年版。
② 李煜：《玉楼春》，彭定求等《全唐诗》卷八八九，中华书局1960年版。
③ 黄升：《唐宋诸贤绝妙词选》，中华书局1958年版。

因此而发生了重要变化，而“哀以思”，即为其主要特点。值得注意的是，这一特点在南唐的贵族词中，仅为后主李煜一家所独有，这是因为，冯延巳与李璟二人，均无李煜那样的阶下囚生活经历。李清照在《词论》中认为，冯延巳的“吹皱一池春水”(《谒金门》)与李璟的“小楼吹彻玉笙寒”(《浣溪沙》)，皆乃“亡国之音哀以思”之例者，实则为误。故而，杨海明《唐宋词史》在论及《词论》此时，曾特别指出：李清照“所举出的‘亡国之音’的例子中，却并没有一句李煜作于亡国以后的哀词”。这种认识，无疑是十分正确的。导致李清照造成此误之原因，应为其误记这两首词为李煜词所使然。李煜亡国以后的词作，如《浪淘沙》(帘外雨潺潺)、《虞美人》(春花秋月何时了)、《捣练子令》(深院静)、《望江南》(多少恨)等，均颇具“哀以思”的特点。如《相见欢》：

林花谢了春红，太匆匆。无奈朝来寒雨晚来风。　胭脂泪，相留醉，几时重？自是人生长恨水长东①。

此词写惜春伤离，别具一格，即乃由大自然的代谢消长现象，推衍到整个社会与人生，并由此揭示出人生的悲凉和苦难，从而使“要眇亦修”的词体盛载了更为广阔的包容性和哲理意义。这其实是一种深刻与博大。李煜写于北宋初始的这类具有“哀以思”特点的词，既是词人忧伤情感的一种升华，又是其艺术精神的一种升华，它充分表明了文人词的创作，在这一时期已进入到了一个新的艺术天地。

李煜后期的词，虽然具有“感慨遂深”与“哀以思”的特点，但并非每首词都如《相见欢》一般，令人称道与肯定，如《破阵子》一词，就颇有可訾议之处。词云：

四十年来家国，三千里地山河。凤阁龙楼连霄汉，玉树琼枝作

① 李煜：《相见欢》，彭定求等《全唐诗》卷八八九，中华书局1960年版。

烟萝，几曾识干戈？　一旦归为臣虏，沈腰潘鬓销磨。最是苍皇辞庙日，教坊犹奏别离歌，垂泪对宫娥①。

这是一首公认的国破家难时的悲歌。在这首悲歌中，尽管其中处处激荡盘旋着作者的感情波涛，但作者首先愧对与依依不舍的，不是故国，不是臣民，而是终日与他酣歌醉舞的宫娥。针对这种情况，苏轼在《书李主词》一文中批评道："后主既为樊若水所卖，举国与人，故当恸哭于九庙之外，谢其民而后行，顾乃挥泪宫娥，听教坊离曲哉？"②由此看来，李煜晚期的词，也是有"文野""粗细"之分的。

三、兴发寄譬的类型特征

除了抒情特质的加强之外，南唐词有别于长安词与西蜀词而自成特色者，还具体表现在对即物起兴表现手法的大量运用与清丽优雅的艺术风貌两个方面。

即物起兴，是中国古代诗歌的一种传统表现技法，至楚辞时代则发展到了极致，王逸在《楚辞章句》中对屈原《离骚》等诗中大量运用美人香草的评价，即有助于我们对此之认识。但南唐君臣之词，在这方面亦表现得甚为突出，且多为精彩与绝伦之作，以致形成了一种"兴发寄譬"的类型特征。如冯延巳《鹊踏枝》(梅落繁枝千万片)、又(秋入蛮蕉风半裂)、又(花外寒鸡天欲曙)、又(萧索清秋珠泪坠)、《谒金门》(杨柳陌)、《清平乐》(雨晴烟晚)、《醉花间》(晴雪小园春未到)，以及上所例举之李璟《浣溪沙》(菡萏香销翠叶残)、李煜《相见欢》(林花谢了春红)等，即都属于托物比兴的佳构。这些词作，在题材内容方面，虽然大多属于闺思愁怨、叹离恨别之作，但词人们却通过对一系列物象群

① 李煜：《破阵子》，彭定求等《全唐诗》卷八八九，中华书局 1960 年版。
② 苏轼：《书李主词》，《东坡题跋》卷三，《丛书集成初编》本。

体的反复描摹，融入其强烈的主观情感及对社会、对人生的某些认识，以使之表现出一种更为深刻、更为沉隐的思想内涵。如李煜的《相见欢》，以“林花”于“春红”之际，遭遇“寒雨晚来风”的摧残而行将被毁灭的自然现象，比喻“人生长恨”悲剧的无可挽回，读来令人甚感“别是一般滋味”。而还值得注意的是，此词的比喻不仅准确、生动，而且还有正比与反比之分。例如上片的“无奈朝来寒雨晚来风”一句，其中的“朝”与“晚”相对，虽表时间，但重点是形容寒雨凄风来得频繁，摧得春花凋零。这是正比。而“林花谢了春红”中的“林花”和“春红”，则是用以暗喻李煜被俘前的宫廷豪奢生活，这种生活对于李煜来说，乃好景不长，所以他才觉得“太匆匆”。与此相映成趣的，是下片“人生长恨水长东”一句。此句又采用正比，写出了人生的恨如同江水东去一般，长得没有尽头。这一明一暗，一长一短，互为照应，既深沉悲切，催人泪下，又具有一种感人的艺术力量，堪值称道。

将景物纳入词体的描写范畴，温庭筠等长安花间词人虽然已曾为之，但其大多是将物停留于内容的表层，而不曾与作者的主观情感相融合。即是说，在南唐以前的晚唐五代词人之作中，虽然也有各种物的描写，但其却不具备“兴发寄譬”的特点，这从温庭筠《菩萨蛮》(牡丹花谢莺歌声)、《更漏子》(柳丝长)、《清平乐》(洛阳愁绝)等词中，即可获得明显的证实。这是因为，这一时期的词，从总体上讲，词人们主要是停留在对作品中人物的描写或者对其心理活动进行描写，而很少有作者主观情感的介入。而南唐词则不然，因为如上所述，对词人自我抒情特质的增强，乃为南唐词有别于长安与西蜀花间词的重要标志之一。词人们在各自的词作中，或托物起兴，或因景托情，均使之具有“外简内繁”的特点。所谓“内繁”，是指凡采用即物比兴表现手法创作的词，在内容方面，皆有两层意义，如李煜《相见欢》上片首句“林花谢了春红”，即为其代表。所以，从晚唐五代词的发展角度言，“兴发寄譬”类型特征在南唐贵族词中的形成，乃为南唐词人对词文学所作出的一大贡献。

南唐词优雅清丽的艺术风貌，主要由内外两个方面的因素所构成。在“内”即主观方面，如前所述，是指南唐词人在文化修养、艺术品位等方面，均较西蜀君臣要高出许多。而其表现在词体艺术的具体创作方面，则重点是指一首词的语言、意象、境界等内容而言的。如冯延巳《鹊踏枝》一词：

几日行云何处去？忘却归来，不道春将暮。百草千花寒食路，香车系在谁家树？　泪眼倚楼频独语，双燕来时，陌上相逢否？撩乱春愁如柳絮，悠悠梦里无寻处①。

此词用语简洁浅近，而意旨尤深（参见《阳春集笺》对此词的笺释，不具引）。其中“百草”“千花”“双燕”“柳絮”等意象，纤柔而优美，并充溢着一种“书卷气”，而结构的精巧缜密，抒情的缠绵悱恻，都能给人以优雅的审美感受。类似的例子，在《阳春集》中还有很多。冯延巳追求词的雅化的举措，对于李璟、李煜父子来说，乃是产生着直接而明显的影响的，这从《南唐二主词》大多具有雅的特点，即可获得明证。所以，南唐君臣词的雅化，于整个晚唐五代的词坛而言，都是无可比拟的，因之，“雅”成为其优雅清丽艺术风貌的一个重要组成部分，也就势所必然。

而其优雅清丽艺术风貌的另外一个方面，即词风的清丽，则主要是来自于外部的因素。所谓外部因素，是指受韦庄词之影响的结果。作为西蜀花间词人的领袖人物，韦庄通过不断艺术实践所开创的“花间别调”，从审美特征的角度讲，其最大的特点就是“清”。因之，其词表现在这方面的特点，与盛唐孟浩然的诗歌简直就是一对孪生兄弟，因为孟诗也是以“清”著称的。前人对韦词“清”的评价，如“韦相清空善转，殆

---

① 冯延巳：《鹊踏枝》，彭定求等《全唐诗》卷八九九，中华书局 1960 年版。

与温尉异曲同工”①；“端己词清艳绝伦，初日芙蓉春月柳，使人想见风度”②等。“清空”“清艳”，均指的是韦庄词的“清美”特征。导致韦庄词“清美”特征的形成，应与其表现在诗歌美学方面的认识关系密切。韦庄的诗歌美学思想，简而言之，其核心乃为“清词丽句”四字，对此，我们可从其《又玄集序》中窥获之。是《序》有云：“自国朝大手名人，以至今之作者，或百篇之内，或全集之中，唯征数首，但掇其清词丽句，录在西斋。”③这段文字表明，韦庄选编《又玄集》时，“清词丽句”乃为其收诗的唯一标准。韦庄对诗歌“清词”的如此崇尚，自然会影响到他对词体的创作，因此，也就导致了其词“清美”风格的形成。而如上所述，南唐词人对西蜀花间词的接受，主要是韦庄等人的“花间别调”，而“花间别调”的创始者又乃为韦庄，因之，韦庄词的这种“清美”词风，就自然会对冯延巳、李煜等人产生影响。而此，也是古今词论家多喜用“清雅”“清丽”等语词来评价南唐词的关键之所在。

总体而言，南唐贵族词作为一种文学现象的存在，标志着这一时期的词体艺术在词人们的共同努力下，已达到了一个新的高度。而其于词境的拓展、词风的变更、词体的雅化等方面来说，作出了极具文学史意义的贡献。

---

① 吴衡照：《莲子居词话》，《词话丛编》本，中华书局 1986 年版。

② 周济：《介存斋论词杂著》，《词话丛编》本，中华书局 1986 年版。

③ 韦庄选：《又玄集序》，《又玄集》，《唐人选唐诗十种》本，上海古籍出版社 1958 年版。

第四章　化俗为雅：柳永词反正

第一节　柳永的生平辨正

在北宋词人中，“浪子词人”柳永的生平行迹，始终是词学界关注的一个热点。本节拟专就柳永的生年、及第时间、卒葬地等问题，进行一次重新考察与辨正，以还其生平的历史之真实。

一、生年与及第的时间

柳永由于《宋史》无传，因而其生年与及第时间，历来众说不一。以其生年为例，就分别有公元 971 年、公元 980 年、公元 984 年、公元 985 年、公元 995 年、公元 1004 年等多种说法。其及第时间则主要为两说：(1)景祐元年(公元 1034 年)；(2)景祐末年(公元 1037 年)。柳永的生年与及第关系甚为密切，因此，要探知柳永生年的历史真实，就必须从其及第时间着手。

按“景祐”为宋仁宗赵祯年号，宋仁宗以之纪年者凡四年，即公元 1034—1037 年。持景祐元年说者，宋人吴曾《能改斋漫录》卷十六乃肇其始：“(永)景祐元年方及第。后改为永，方得磨勘转官。”①其后的

---

① 吴曾：《能改斋漫录》卷十六，上海古籍出版社 1979 年版。

《宋诗纪事》卷十三、《四库全书总目》卷一九八，以及《建宁府志》《福建通志·文苑传》等，不但从是说，而且还对其进行了更为具体的记载，如《建宁府志》系柳永为"张唐卿榜"进士，《福建通志》则载柳永及其兄柳三接均"登景祐元年进士"，即皆为其例。首倡景祐年说者，为宋人王辟之《渑水燕谈录》卷八："柳三变景祐末登进士第，少有俊才，尤精乐章。"①

对于以上两种记载，唐圭璋《柳永事迹新证》②（以下简称"唐文"）一文，认为"《渑水燕谈录》所记柳永景祐末年登第之说，显然不可凭信"。即唐文认为，柳永登第的正确时间，应以《能改斋漫录》所载景祐元年为是。吴熊和《从宋代官制考证柳永的生平仕履》③（以下简称"吴文"）一文，在赞同景祐元年说的基础上，以"宋代官制"为切入点，对是说进行了史料上的检验。首先，吴文以宋仁宗24岁"始得亲政"的历史事实与欧阳修《归田录》之所载为据，认为柳永之所以在景祐元年"榜上有名"，是因为宋仁宗在这一年"不但扩大了进士及诸科的名额，而且特开'恩科'，推恩及于历年来于举场沉沦失意的士人，对他们格外放宽尺度"的结果。继而，依李焘《续资治通鉴长编》卷一一四的记载，指出柳永在这一年的及第属"特奏名"所致，也即柳永在这一年的及第属"进士五举年五十"的情况而被破例录取。最后，作者以柳永在景祐元年"年五十"相推，认为"他当生在雍熙四年之前的数年间"。

事实上，唐文与吴文都存在着问题，而二者相较，吴文的问题又尤甚。这是因为，吴文认为柳永在景祐元年的及第，主要是因他符合这一年"进士五举年五十"者可破例录取的缘故所致。按吴文此说，与柳永的生平实况乃大相违背。这具体表现在以下几个方面：

第一，据现存的各种有关柳永生平记载的材料可知，柳永一生在仕途上所遭受的打击凡两次：一为吴曾《能改斋漫录》卷十六所载柳永"尝

---

① 王辟之：《渑之燕淡录》，《四库全书》本，上海古籍出版社1987年影印版。

② 唐圭璋：《柳永事新证》，《文学研究》1957年第9期。

③ 吴熊和：《从宋代官制考证柳永的生平仕履》，《文学评论》1987年第3期。

有《鹤冲天》词”而在“临轩放榜”时被有司“特落之”；一为王辟之《渑水燕谈录》卷八所载柳永因《醉蓬莱》宫词而被宋仁宗“以无行绌之”。前者发生在柳永未解褐时期，后者则属“会改京官”之际。所以，连同进士及第的那一次在内，柳永一生实际上只参加了两次科举应试，而并非是“进士五举”未第。即是说，柳永的登进士第，应完全是靠他努力的结果，而非为宋仁宗的破例录取。

第二，据宋僧文莹《湘山野录》①卷中之所载，范仲淹景祐元年夏四月被贬睦州时，于当地已闻歌柳永在睦州任团练推官时所作《满红红》（暮雨初收）一词，而叶梦得《避暑录话》卷下有柳永“初举进士登科，为睦州缘”②即睦州团练推官的记载，表明其乃系柳永进士及第后之初官。以叶著合勘《湘山野录》，可知柳永登第的时间，是必在范仲淹被贬谪睦州的景祐元年四月之前的。

第三，《余杭县志》卷二十一有云：“柳永字耆卿，仁宗景祐间余杭令。长于词赋，为人风雅不羁，而抚民清静，安于无事。百姓爱之，建玩江楼于溪南，公余啸咏，有潘怀县风。”③而是书卷十九《职官表》，则明载柳永为余杭县令的时间乃在景祐元年。以宋代官制论，进士及第者是不能直接任县令之职的，此则可证，柳永的进士及第，是必在景祐元年之前的。而此，与上举文莹《湘山野录》之所载乃甚为叩合。

综合以上的考察，则柳永登第的时间非在景祐元年乃甚明。此则可证，吴文认为柳永登第属“恩科”所致，以及据而认为柳永是年“年龄实已届五十”的说法，都是不可取的。

但应指出的是，谢桃坊《柳永事迹考述》④一文，据宋人彭白川《太平治迹统类》卷二十九“仁宗景祐二年六月”的一条诏令，认为其所载与

---

①　文莹：《湘山野录》卷中，中华书局 1984 年版。

②　叶梦得：《避暑录话》卷下，《丛书集成初编》本，台湾新文丰出版公司 1992 年影印版。

③　《余杭县志》卷二十一，国家图书馆藏清嘉庆刻本。

④　谢桃坊：《柳永事迹考述》，《柳永词赏析集》附，巴蜀书社 1987 年版。

叶梦得《石林燕话》相合，而认定吴曾《能改斋漫录》所载柳永"景祐元年方及第"为确云云，亦属不的。这是因为，无论是《太平治迹统类》抑或《石林燕话》之载，均存在着与《湘山野录》《范仲淹年谱》合勘后的结论不相符合的问题。即是说，《湘山野录》等记载范仲淹景祐元年夏四月被贬睦州时已闻当地歌柳永《满江红》(暮雨初收)的事实，表明了《太平治迹统类》等之记载，乃为不可靠。又，《考述》在"关于柳永为余杭令"的考述中，引《余杭县志》卷三十九的一段"编者按"后说："可见，编者对柳永为余杭令也是持怀疑态度的。"即其认为柳永不可能在景祐元年任余杭令。按是说乃可商榷。首先，《余杭县志》的"编者按"，只是因为《宋诗纪事》引《艺苑雌黄》《独醒杂志》《方舆胜览》的文字未及柳永"宰余杭事"，而认为"此条或别一柳永"，即其虽提出了怀疑，但并没有断然否定柳永的"宰余杭事"。退一步说，即使其予以否定，也是难以令人信服的，因为《艺苑雌黄》等并非人物传记类的历史著作，其未载柳永事迹者甚多，我们不能因其未载而不予认定。其次，《考述》认为柳永不可能任余杭令的说法，主要是建立在柳永景祐元年及第的基础上的，而本文的重考则认为这一传统说法乃不可信。换言之，柳永景祐元年任余杭令，乃可与《湘山野录》等之所载及宋代"三任六考"的官制互为叩合。所以，柳永之任职余杭令，在没有确证的情况下是不容怀疑的，但这并不意味着柳永的及第时间也是在景祐元年。

那么，柳永登第的时间又究竟在哪一年呢？以《湘山野录》等书之所载合勘宋代官制可知，其必在宋仁宗天圣八年(公元 1030 年)前后。这是因为，《湘山野录》与《范仲淹年谱》的记载表明，范仲淹在景祐元年四月谪睦州时，柳永此前已离睦州而去，即柳永任睦州推官的"三年"期早此已满期而调任他处。而上引《余杭县志》载柳永景祐元年已为余杭县令者，则柳永离睦州后即被擢升为余杭县令乃甚明。由景祐元年四月上数为宋廷规定的地方官一任"三年"之期，其时乃为天圣九年的夏初，则柳永的登第之年即为斯年斯时，也即公元 1031 年。而此，又可证吴文据叶梦得《石林燕语》卷八、《宋史・仁宗纪》、李焘《续资治通鉴长编》之所载，认为柳永“景祐二年，以未成考不得举”云云，亦属不的。其原因在于，《续资治通鉴长篇》中的“睦州团练推官柳三变解褐到官才逾月，未有善状，而知州吕蔚邃荐之，善私之也”①的记载，表明柳永届时既然“解褐到官才逾月”，其时间是不可能如《宋史·仁宗纪》载为景祐二年的“六月丁巳”的，而应是在天圣九年的六月，才与实际的情况相符。

又，清人宋翔凤《乐府余论》有云：“耆卿蹉跎于仁宗朝，及第已老，其年辈实在东坡之前。”②此说是否有据或者说科学，学术界历来无人进行检验，而信之者则甚多，如蔡厚示、李国庭合撰之《柳永评传》③，即据此认为，柳永及第之龄至少应在55岁左右。若以蔡、李之说合勘本文上考柳永及第在天圣九年，则柳永的生年就应在宋太宗赵光义太平兴国二年(公元977年)。但实际的情况是，古人对“老”并没有进行过硬性的年龄规定(隋、唐、宋三朝对所征士兵以“六十为老”作为退役的年龄例外，具体参见《文献通考》卷十一)。如诗人杜甫之妻杨氏在天宝十四载仅33岁，正为青春年华之际，杜甫却在是年冬所写《自奉先县咏怀五百字》中，称其为“老妻寄异县”。再如白居易《琵琶行》：“门前冷落鞍马稀，老大嫁作商人妇。”这位“老大”的歌女，在“嫁作商人妇”时，其年龄肯定只在30岁左右，否则，即与其“歌女”的身份不符。又如苏轼出守密州时只有40岁，却于《江城子·密州出猎》中写下了众所周知的“老夫聊发少年狂”的名句。而唐人所谓“五十少进士，三十老明经”的说法，表明科举于30岁已算老了。凡此种种，均可表明，柳永“及第已老”的“老”当不会超过45岁。若以其为45岁相推，则其生年即乃在宋太宗雍熙四年(公元987年)，此则正与唐文所考叩合。而这一生年，又正“在东坡之前”，故柳永生于公元987年，当可论断

---

① 李焘：《续资治通鉴长篇》卷一一四，中华书局1963年版。

② 宋翔凤：《乐府余论》，《词话丛编》本，中华书局1986年版。

③ 蔡厚示、李国庭：《柳永评传》，《中国历代著名文学家评传》，山东教育出版社1984年版。

之。不过需加说明的是，唐文认为柳永生于公元 987 年者，乃属推算错误所致，即按其所言推算，柳永应乃生于公元 985 年，这从作者在另一篇文章《论柳永词》①中以公元 985 年为柳永的生年，即可佐证之。

二、柳永墓志的真与伪

柳永进士及第后的宦历如何？现可确定者有四职，即：睦州推官、余杭县令、盐场监官、屯田员外郎。吴文在此基础上，则以“柳永之侄所作《宋故郎中柳公墓志》”为据，认为柳永还先后任过泗州判官、著作佐郎、著作郎、渭南宰、太常博士等职。这样，柳永就至少任过九职，若以宋制规定的“三年”为一任期计，柳永及第后的官场生活就至少为 25 年左右，若其还曾任过其他职务，则宦龄就更长了。

柳永宦历的真实情况是否如此呢？为了弄清楚其历史的真实，我们还得从被吴文所征引的那篇《宋故郎中柳公墓志》（以下简称为《墓志》）说起。这一《墓志》系残文，原载《镇江府志》卷三十六《人物》。其残文全文为：

> 叔父讳永，博学，善属文，尤精于音律。为泗州判官，改著作郎。既至阙下，召见仁庙，宠进于庭，授西京灵台令，为太常博士。……归殡不复有日矣，叔父之卒，殆二十余年云②。

其中虽然没有“著作佐郎”一职，但吴文据《宋史·选举志·诠法上》记载淳化四年（公元 993 年）始定迁移之制中的“凡制举、进士、九经出身者……由著作佐郎转秘书郎……或著作郎”之载，而认为柳永“由著作佐郎迁著作郎，再迁太常博士，转屯田员外郎，循资而迁，一一符

---

① 唐圭璋：《论柳永词》，《词学丛书》，上海古籍出版社 1986 年版。
② 王应麟：《镇江府志》卷三十六，国家图书馆藏明万历刻本。

合”，因而断定柳永在迁著作郎之前，曾任过著作佐郎。

吴文依据宋代官制并结合《宋故郎中柳公墓志》对柳永上述宦历的考察，应该说是持之有据、言之有理的，其实不然。这是因为，被《镇江府志》所载入的那篇《宋故郎中柳公墓志》残文，实际上是一篇伪作。下面，我们将从四个方面对其进行具体考证。

（一）《宋故郎中柳公墓志》这一题目，本身就存在着问题，这是因为，《宋史·职官志三》明确写道：“郎官理郡守以上资任者为郎中，通判以下资任者为员外郎。”①柳永生前不曾“理郡守以上资任者”，即其只任过“通判以下资任者”的屯田员外郎，所以，其身份与《墓志》题目中的“郎中柳公”明显不符。但吴文则认为，其称“柳永为‘郎中’者”，“是朝廷于柳永卒后所赠”。检《宋史·仁宗纪》《英宗纪》《神宗纪》《哲宗纪》，以及有关柳永的各种传记资料，其中均无追赠柳永为“郎中”之记载，则吴文之说未可信，乃是十分清楚的。而事实上，柳永卒后也不可能获得宋廷的赠官，原因则诚如唐文所言，“（柳永）在皇祐间官屯田员外郎时，作了《醉蓬莱》词，忤旨不用，不久便死了”。即柳永晚年因填词而得罪了皇帝，被“忤旨不用”，其死后是根本不可能被追赠为“郎中”的。

（二）柳永在官屯田员外郎时所作《醉蓬莱》之史实，正好与《墓志》中“既至阙下，召见仁庙，宠进于庭”的记载相悖。关于柳永作《醉蓬莱》宫词事，上引王辟之《渑水燕谈录》《建宁府志》《福建通志·文苑传》，以及杨湜《古今词话》、陈师道《后山诗话》、叶梦得《避暑录话》等，乃均有记载。其大致的概况是：柳永在“皇祐中”久困选调，适逢教坊进新曲《醉蓬莱》，宋仁宗甚为高兴，“入内都知史某”以柳永应制，作《醉蓬莱》宫词，当仁宗读至“宸游凤辇何处”句时，认为其“乃与御制真宗挽词暗合”，颇不乐意；又读至“太液波翻”时，说：“何不言波澄？”于是，“乃以无行绌之”。这一实况表明，柳永“既至阙下”即入京

① 脱脱等：《宋史·职官志》三，中华书局1997年版。

后，并非是“宠进于庭”，而是被宋仁宗赶出了都城开封。

(三)《墓志》又说，柳永入京后曾“授西京灵台令，为太常博士”，实则亦与事实不符。首先，据乐史等《太平寰宇记》、王存《元丰九域志》与《新定九域志》等地理志书可知，有宋一代并无灵台县，吴文因对《墓志》信而不疑，故据《元丰九域志》卷三“华阴郡渭南县”下的“灵台山”之注，而认为此“灵台山”可简称为《墓志》中的“灵台”，并说：“或可以‘灵台’代称渭南”，即认为柳永尝宰渭南或华阴。按吴文是说亦不的。其原因在于，由秦汉至唐宋的地理志书，如郦道元《水经注》、李吉甫《元和郡县图志》、两《唐书·地理志》《宋史·地理志》等，均无用“灵台山”代指灵台县或华阴与渭南的先例。此为其一。其二是柳永生前并不曾供太常博士之职，因为现存各种关于柳永生平的材料均无此记载。而官是职者，乃柳永之兄柳三接，对此，与柳永同时代的文学家胡宿《文恭集》卷十五有《彭思永可都官员外郎……柳三接可太常博士制》①一文，即为确证。

(四)《墓志》云柳永曾任泗州判官，且时间在任著作郎等职之前，则其为柳永早期之任当无疑义。然据《湘山野录》中之“文莹游泗州昭信县”条可知，文莹在“宝元己卯岁”曾出游泗州一带，“宝元己卯岁”为公元 1038 年，距柳永入京诣“政府”即拜见晏殊的庆历三年(公元 1043 年)仅 5 年之隔。即是说，文莹出游泗州一带，乃在《墓志》载柳永任泗州判官之后，揆之常理，若柳永确曾在泗州任过判官，文莹于《湘山野录》中理应是有所涉笔的，而其无此记载者，所表明的是柳永并不曾在泗州任过此职。对此，上引《湘山野录》载柳永在睦州任团练推官的事实，又可反证之。

以上的情况表明，被《镇江府志》载入的那篇所谓《宋故郎中柳公墓志》一文，若非撰写《府志》的作者有意作伪，便为这篇《墓志》中的主人公不是柳永。而或彼或此，均证实了柳永生前不曾任泗州判官、著作

---

① 胡宿：《文恭集》，《四库全书》本，上海古籍出版社 1987 年影印版。

郎、太常博士等职。至若有论者据这篇《墓志》中的“西京灵台令”之载，认为其中“灵台”所指为“今甘肃灵台县”，即认为柳永曾至今甘肃一带任县令的说法，不仅十分牵强，而且甚为错误。这是因为，在现存的各种版本的《乐章集》中，无丝毫这方面的踪迹可寻。所以，《宋故郎中柳公墓志》为一篇伪作，也就不言而喻。

三、关于卒葬地等问题

柳永的卒葬地，自宋至清，计有四说，即：襄阳、枣阳、仪征、润州(镇江)。前两说的存在，表明柳永卒葬于今湖北；后两说则表明了柳永的卒葬地，乃在今江苏。祝穆《方舆胜览》卷十一《人物》云：

> 柳耆卿，崇安白水人，长于词。……仁宗尝曰：“此人任从风前月下浅斟低唱，岂可令仕宦？”遂流落不偶，卒于襄阳。死之日，家无余财，群妓合金葬于南门外。每春上冢，谓之“吊柳七”①。

这是襄阳说之始。其后主襄阳说者，有清人吴衡照《莲子居词话》等。持枣阳说者，虽始于宋人曾敏行《独醒杂志》卷四，但清人史策先于《枣阳县志》之所载，则可谓为是说之集大成。其于卷十四《陵墓》云：

> 柳墓相传在真州(即仪征——笔者注)，王阮亭尚书《真州诗》有“残月晓风仙掌路，何人为吊柳屯田”之句，而曾达臣《独醒志》载耆卿墓在枣阳花山，每岁清明词人集其下，为吊柳会，则墓不在真州也。赵云松观察《仙掌路诗》云：“一邱两地各争高，只为填词绝世豪。汉上有坟人吊柳，漳南多冢客疑曹。金茎名镜移沙洁，铁板声休唱浪淘。我趁晓风残月到，纵无魂在亦萧骚。”是柳永墓在

---

① 祝穆：《方舆胜览》卷十一，上海古籍出版社 1991 年版。

> 枣阳无疑①。

文中所言“赵云松观察”，即清代著名文学家赵翼，其《仙掌路诗》载《瓯北集》卷二十六。仪征即真州说，始于明人申嘉瑞所修《仪征县志》。从是说者，有王士禛《池北偶谈》等。王著卷二十一有云：

> 仪征县西地名仙人掌，有柳耆卿墓。按《避暑录话》：柳死旅，殡润州僧寺，王和甫为守，出钱葬之，真、润地相接，或即和甫所卜兆也②。

并作《真州诗》一首，认为柳永的卒葬之地乃在仪征“仙掌路”。叶梦得《避暑录话》首倡润州(镇江)说，《镇江府志》力从之。《府志》卷三十六《人物》有云：

> 永字耆卿，始名三变，好为淫冶曲。仁宗临轩放榜，特绌之，后易名永登第。文康葛胜仲《丹阳集·陈朝请墓志》：“王安礼守润，欲葬之，藁殡久无归者。朝请市高燥地，亲为处葬具，三变始就窀穸③。

唐文从此说。其理由为：“叶梦得曾在丹徒做过官，葛胜仲是丹阳人，他们都说王安礼守润州时葬柳永，这是比较可信的。”此后，学者们或从襄阳说，如王双喜《宋词精赏》；或持镇江说，如杨海明《唐宋词史》等，乃应有尽有，不一而足。

其实，在上述诸说中，只有润州即镇江说最为可靠，原因是此说可

---

① 史策先：《枣阳县志》，民国十二年本。
② 王士禛：《池北偶谈》卷二十一，中华书局 1982 年版。
③ 王应麟：《镇江府志》卷三十六，国有图书馆藏明万历刻本。

接受有关材料的检验，或者说有材料能支撑此说。据《镇江府志》引葛胜仲《陈朝请墓志》可知，葬柳永于润州者，为《墓志》的主人陈朝请。葛胜仲既写了《陈朝请墓志》，就表明他对陈朝请营葬柳永于润州的事实甚为清楚。葛胜仲其人，《宋史·文苑传》有传，生于宋神宗熙宁五年(公元1072年)，绍圣四年进士，宋高宗绍兴十四年(公元1144年)卒，享年73岁，死后谥曰“文康”。葛胜仲现存著作除《丹阳集》24卷外，另有《丹阳词》1卷①，内中多与叶梦得酬唱之作，如《临江仙》(小样洪河分九曲)、《定风波》(千叠云山万里流)、《浣溪沙》(今夜风光峦洁精)等。叶梦得与葛胜仲既有如许关系，则其于《避暑录话》中载柳永卒葬于镇江者，若非葛胜仲亲口告知，就必为叶梦得读了葛胜仲的《陈朝请墓志》后所致。即是说，尽管葛胜仲的《陈朝请墓志》未能流传于后，但我们从葛、叶二人的关系，以及叶梦得《避暑录话》之所载，可知陈朝请葬柳永于镇江者乃为事实。此为其一。其二，《镇江府志》所载对柳永“欲葬之”的王安礼其人，为政治家兼文学家王安石之弟，《宋史》有传。《四库全书总目》卷一五三《集部·别集类》有《王魏公集》8卷，撰“提要”云：“故其生平，一以知润、湖两州与倡女共饭论罢，一以贪论罢，屡踬屡起，盖亦……于法度之外者。”②王安礼在为润、湖二州太守时，既曾“与倡女共饭”，则其属于“柳永类”人物可知，因之，其在润州对柳永“欲葬之”，便完全为情理中事。以此合勘《陈朝请墓志》，可知真正营葬柳永于镇江者，乃为王安礼与陈朝请共同努力的结果，而非如叶梦得《避暑录话》所载仅为王安礼一人。

然则薛瑞生《柳永集校注·前言》却认为：“葛胜仲仅云王安礼守润时‘葬真殡久无归者’，不及柳永。至叶梦得，始据传闻而云王安礼葬柳，并谓‘求其后不得’，反倒露出破绽。”③薛文此说，一则系对“葬真

---

① 葛胜仲：《丹阳词》，朱德才主编《增订注释全宋词》(第一册)，文化艺术出版社1997年版。

② 永瑢等：《四库全书总目》卷一五三，中华书局1965年版。

③ 薛瑞生：《乐章集校注》，上海古籍出版社1994年版。

殡久无归者”七字进行了误解，另则乃为不知叶梦得与陈朝请的交往关系所致。试想，若王安礼所葬非柳永而为他人，王应麟等人在编撰《镇江府志》时，又何得将其载入该志书呢？仅此即可知，薛说之为误，乃不待辩。至于其认为“永即客死京都”并葬于汴（今河南开封）云云，乃无任何材料上的依据，纯属推测之辞，因而未可遽信。而谢桃坊《柳永事迹考述》认为“柳永也不葬于枣阳或开封附近”的结论，则又可为之佐证。

最后谈一谈柳永的卒年问题。唐文以《墓志》残文为据，认为其中有“叔父之卒，殆二十余年”云云，而王安礼牧润又在熙宁八年（公元1075年），故定柳永卒于宋仁宗皇祐五年（公元1053年）。唐文的这一结论，虽然多为词学界所引用，其实也是不无问题的，这是因为，所谓的《墓志》如本文所考，乃为一篇伪作。退一步说，即使《墓志》非为伪作，其结论也是难以成立的。这具体表现在：（1）据现有材料可知，柳永长兄柳三复无子，次兄柳三接有一子名淇，则撰写《墓志》的柳永之侄，是非柳淇莫属的。而据唐文，又知柳永之卒与柳淇进士及第的时间均在宋仁宗皇祐五年，如此，则可知柳淇在是年及第后是完全有能力将卒于润州的叔父柳永进行安葬的，那么，他又何得让其灵柩停放“润州僧寺”而使其“久无归”呢？（2）柳淇既在王安礼与陈朝请共同于熙宁八年安葬柳永时，替其写了一篇《墓志》并刻石以立，表明他在是年柳永被葬期间曾到过镇江一次，既然如此，他本人即可将柳永进行安葬，而不得让王安礼“出钱”与让陈朝请“市高燥地”并“亲为处葬具”的。（3）据《建宁县志》《京口耆旧传》《宋诗纪事补遗》等资料可知，柳永有子柳涚，庆历六年（公元1046年）贾黯榜进士，曾任著作郎、陕州司理参军、大理寺丞等职。此则表明，柳涚在庆历六年前后，也是完全有经济能力安葬其父于润州的，而无需让其灵柩待至皇祐五年。

上述这些疑点的存在，表明了所谓的“柳公墓志”之载，是不可相信的，唐文据之以推出的柳永卒年也就自然属于不实之词。但柳永究竟卒于何年，因材料所限，则只有待于淹贯者。总之，据本文的考察，柳永不卒于公元 1053 年，乃是可肯定的。

第二节　柳词的使事用典

在北宋词的王国里，耸立着两座耀人眼目的丰碑，一为柳永的《乐章集》，一为周邦彦的《清真词》。对于《乐章集》与《清真词》，研究者们虽然已进行了多种角度、多种层次的研究，且得出了一系列符合历史真实而又令人眼界大开的结论，但也存在着诸多尚待"开发"的问题，如本节所要讨论的柳词"使事用典"，即为其中之一。

据刘勰《文心雕龙·事类第三十八》记载，在文学作品中运用典故，最早乃首推西汉文学家贾谊，其所谓"惟贾谊《鵩赋》，始用《鹏冠》"之说云云，即是明证。此后典故便成为一种艺术，为文学家们所运用。

宋词用典始于何人？传统的说法大多认为是苏轼，故当今论苏轼词或宋词者，无不如斯而言，于是，认为苏轼为宋词用典的开创者，便成为了一种定论在词学界流传。如有人认为："苏轼之前，词中极少用事用典。……词人们都在维持着词的清纯少女的形象，保持着她含蓄蕴藉，要吵宜修的佳人气质，故只将学问典故倾注到诗文中去，写词时要放下学者身份，只是言情写景。苏轼'以诗为词'，存心要破坏这一传统，他的学者面目也就自然地引入到词的创作中。"①又说："山谷词还有一个特点，很少为前人所指出，这就是词中大量运用典故。这不是学柳，而是学苏。苏词中已开始有用典使事的成分。"事实上，这种说法乃是十分错误的，原因是宋词的用典，并非"开始"于苏轼词，即"存心要破坏"词"只是言情写景""这一传统"的文学家，既不是苏轼，也不是黄庭坚，而是有"浪子词人"之称的柳永。

---

① 木斋：《唐宋词流变》，京华出版社 1997 年版，第 118 页。

一、《乐章集》之事典实况

柳永词用典，主要表现在两个方面，即事典与语典。其中事典所指有三：一为历史人物的有关行事，一为神话与传说中的人物故事，一为文学作品中的人物言行。语典则包括化用前人诗句（含文句与赋句，下同）与一字不易地移用前人诗句两大类。为便于认识与讨论，兹将柳词中的典故，仿金启华《杜甫诗论丛》之《杜诗证经》《杜诗证史》《杜诗证子》三文例，按事典与语典两个部分予以条列，而后进行讨论。《乐章集》中的事典，共有 75 处，涉词整 50 首。其具体为：

1.《玉女摇仙佩》（佳人）上片："飞琼伴侣，偶别珠宫，未返神仙行缀。"用仙女许飞琼故事，载旧题班固撰《汉武帝内传》。

2.《斗百花》（飒飒霜飘鸳瓦）："应是帝王，当初怪妾辞辇。陡顿今来，宫中第一妖娆，却道昭阳飞燕。"其中的"应是帝王"句，用汉成帝与班捷妤故事，见《汉书·外戚传下·孝成班婕妤传》。后面诸句之所写，用汉成帝皇后赵飞燕故事，见《汉书·外戚传下·孝成赵皇后传》。

3.《斗百花》（煦色韶光明媚）下片："年少傅粉，依前醉眼何处。"用何平叔故事，见《世说新语·容止》。

4.《尽夜乐》（秀秀家住桃花径）上片："遏天边，乱云愁疑。"用薛潭抚节悲歌故事，见《列子·汤问》。

5.《柳腰轻》（英英妙舞腰肢软）上片："章台柳，昭阳燕。"前句"章台柳"，用韩翃与其姬柳氏故事，见孟棨《本事诗·情感》。后句"昭阳燕"，见《汉书·孝成赵皇后传》。

6.《西江月》（凤额绣帘高卷）："不成雨暮与云。"用楚王与巫山神女故事，见宋玉《高唐赋·序》。

7.《笛家弄》（花发西园）下片："岂知秦楼，玉箫声断，前事难重偶。"用萧史与秦穆公女弄玉故事，见《列仙传》卷上。

8.《迎新春》（嶰管变青律）下片："香径里、绝缨掷果无数。"后句中的“绝缨”，用楚庄王宴群臣时有人拉扯美人衣故事，见刘向《说苑·复恩》。“掷果”，用美人在洛阳对潘岳投之以果的故事，见《晋书·潘岳传》。

9.《曲玉管》(陇首云飞)上片：“别来锦字终难偶。”用窦滔妻苏蕙织锦故事，见《晋书·列女传·窦滔妻苏氏传》。

10.《满朝欢》(花隔铜壶)下片：“人面桃花，未知何处。”用唐代诗人崔护故事，见孟棨《本事诗·情感》。

11.《受恩深》(雅致装庭宇)下片：“待宴赏重阳，恁时尽把芳心吐，陶令轻回顾。”其中“待宴”句，用孟浩然故事，见《孟浩然集·过故人庄》。“陶令”，用陶渊明故事，见《陶渊明集·饮酒》其五。

12.《看花回》(玉城金阶舞舜干)下片：“任旗亭、斗酒十千。”用唐人王昌龄等旗亭画壁故事，见薛用弱《集异记·王之涣》。

13.《玉楼春》(阆风岐路连银阙)上片：“乌尤未睡定惊猜。”用晋人张然养狗的故事，见《搜神后记》卷九。

14.《惜春郎》(玉肌琼艳新妆饰)上片：“潘妃宝钏，阿娇金屋。”“潘妃宝钏”，用潘妃受宠于齐东昏侯萧宝卷故事，见《南史·东昏侯传》。“阿娇金屋”，用汉武帝与阿娇故事，见《汉武故事》。

15.《定风波》(伫立长堤)下片：“算孟光，争得知我，继日添憔悴。”用梁鸿与其妻孟光故事，见《后汉书·梁鸿传》。

16.《御街行》(燔柴烟断星河曙)下片：“椿龄无尽，萝图有庆。”“椿龄”句，用上古椿树八千年为春、秋故事，见《庄子·逍遥游》。“萝图”句，用古人席于萝图故事，见《淮南子·览冥训》。

17.《御街行》(前时小饮春庭院)上片：“虽看坠楼换马，争奈不是鸳鸯伴。”用三国魏曹彰以爱妾换马故事，见李冗《独异记》。

18.《巫山一段云》(六六真游洞)下片：“昨夜麻姑陪宴。”用仙人王方平召麻姑降于蔡侯家为美人故事，见葛洪《神仙传》。

19.《巫山一段云》(清旦朝金母)下片：“还去访三茅。”用咸阳三茅君得道句曲山故事，见《梁书·陶弘景传》。

20.《巫山一段云》(阆苑年华永)下片：“方朔教偷桃。”用东方朔故事，见《汉书·东方朔传》。

21.《巫山一段云》(萧氏贤夫妇)上片：“萧氏贤夫妇，茅家好弟兄。”“萧氏”句，用萧史与弄玉故事，出处见上。“茅家”句，用茅盈、茅固、茅衷三兄弟故事，见《史记集解》引《太原真人茅盈内纪》。

22.《法曲献清音》(追想秦楼心事)上片：“追想秦楼心事，当年便约，于飞比翼。”用萧史与弄玉故事，出处见上。

23.《西平乐》(尽日凭高目)下片：“秦楼风吹，楚馆云约。”前句用萧史与弄玉故事；后句用楚王与巫山神女故事。二典出处均见上。

24.《凤栖梧》(帘下清歌帘外晏)下片：“渐遏遥天，不放行云散。……玉山未倒肠先断。”“渐遏遥天”句，用秦青善歌故事，见《列子·天问》。“玉山”句，用嵇康醉倒故事，见《世说新语·容止》。

25 .《一寸金》(井络天开)下片：“梦应三刀，桥应万里。”前句用王浚夜梦故事，见《晋书·王浚传》；后句用诸葛亮成都送费伟故事，见《华阳国志》卷三。

26.《永遇乐》(天阁英游)上片：“方面凭心膂。”用诸葛谨称赞周瑜故事，见《三国志·吴书·周瑜传》。

27.《卜算子》(江枫渐老)下片：“望断翠峰十二。”用楚王与巫山神女故事，见宋玉《高唐赋·序》。

28.《浪淘沙令》(有个人人)上片：“飞燕精神。”又下片：“应西施娇困眉黛双肇。”“飞燕”句，用赵飞燕故事，出处见上。“应西施”句，用西施故事，见《庄子·天运》。

29.《双声子》(晚天萧索)上片：“夫差旧国，香径没，徒有荒丘。”又下片：“翻输范蠡扁舟。”上片的“夫差”句，用夫差误国事，见《吴越春秋》。下片的“范蠡”句，用范蠡佐越国灭吴后泛舟江湖事，见《史记·越王勾践世家》和《货殖列传》。

30.《二郎神》(炎光谢)下片：“钿合金钗私语处，算谁在、回廊影下。”用唐玄宗与杨贵妃故事，见白居易《长恨歌》。

31.《宣清》(残月朦胧)下片："念掷果朋济，绝缨宴会，当时曾痛饮。……玉钗乱横，任散见高阳。"其中的"掷果"句，用潘岳故事；"绝缨"句，用楚庄王故事。出处均见前。后面的"高阳"句，用高阳酒徒故事，见《史记·郦生列传》。

32.《思归乐》(天幕清和堪宴聚)上片："高阳祷侣。"用郦食其自号"高阳酒徒"故事，出处见上。

33.《应天长》(残蝉渐绝)上片："聚宴处，落帽风流，未饶前哲。"又下片："休效牛山，空对江天凝咽。"上片的"落帽"句，用孟嘉落帽故事，见《晋书·王嘉传》。下片的"牛山"句，用齐景公游牛山故事，见《晏子春秋·内篇·谏上》。

34.《合欢带》(身材儿)上片："便觉韩娥价减，飞燕声消。"又下片："檀郎幸有，凌云词赋，掷果风标。……凤楼深处吹箫。"上片的"韩娥"句之韩娥，战国时歌女，见《列子·汤问》；"飞燕"句之飞燕，汉成帝皇后，见《汉书·孝成赵皇后传》。下片的"檀郎"句，用潘岳故事，见《晋书·潘岳传》；"凌云"句，用司马相如故事，见《史记·司马相如列传》；"掷果"句，用潘岳故事，出处见前；"凤楼"句，用萧史与弄玉故事，出处见前。

35.《木兰花》(心娘自小能歌舞)上片："解教天上念奴休，不怕掌中飞燕妒。"前句中的念奴，唐玄宗时宫中歌女，见元稹《连昌宫词》。后句用赵飞燕故事，出处见前。

36.《击梧桐》(香靥深深)下片："见说兰台宋玉。"见宋玉《风赋·序》。

37.《轮台子》(雾敛澄江)上片："九疑山畔才雨过，班竹作、血痕添色。"又下片："正老松柏情如织。"上片的"九疑山"句，用舜与娥皇、女英二妃故事，见《述异记》。下片的"正老松柏"句，用桓温北征时叹其早年所栽树故事，见《世说新语·言语篇》。

38.《洞仙歌(佳景留心惯)下片："和鸣彩凤于飞燕。……暮云朝雨长相见。"前句用彭氏卜妻敬仲故事，见《左传·庄公二十二年》；后句用楚王与巫山神女故事，见宋玉《高唐赋》。

39.《戚氏》(晚秋天)："当时宋玉悲感。"宋玉《九辩》有"悲哉秋之为气也，萧瑟兮草木摇落而变衰"句，故后有"宋玉悲秋"之典故，本词之"宋玉悲感"即指此。

40.《玉蝴蝶》(误入平康小巷)上片："粉墙曾恁，窥宋三年。"用宋玉故事，见其《登徒子好色赋》。

41.《满江红》(暮雨初收)下片："归去来，一曲仲宣吟，从军乐。"其中的"归去来"句，用陶潜故事，见其《归去来辞》；而"仲宣吟"句，用王粲故事，见其《从军行》五首。

42.《望远行》(长空降瑞)下片："乘兴最宜访戴，泛小棹，越溪潇洒。"用王子猷雪夜访戴逵故事，见《世说新语・任诞》。

43.《玉山枕》(骤雨新霁)上片："当时是，河朔飞筋。"用刘松与袁绍子弟夜宴事，见《初学记》卷三引曹丕《典论》。

44.《女冠子》(淡烟飘薄)上片："陈王是日，嫩苔生阁。"用曹植故事，见谢庄《月赋》。

45.《木兰花慢》(古繁华茂苑)下片："继梦得文章，乐天惠爱。"前句用刘禹锡故事，后句用白居易故事，二典出处，分别见两《唐书》之《刘禹锡传》与《白居易传》。

46.《瑞鹧鸪》(天将奇艳与寒梅)下片："寿阳妆罢无端饮。"用宋武帝之女寿阳公主故事，见《宋书》本传。

47.《瑞鹧鸪》(金吴嘉会古风流)上片："西子方来、越相功成去，千里沧江一叶舟。"用西施与范蠡故事，见《国语・越语》《史记・越王勾践世家》《吴越春秋》。

48.《洞仙歌》(嘉景)上片："梦兰品雅。"用春秋时郑文公妾燕姞梦天使事，见《左传・宣公五年》。

49.《夜半乐》(艳阳天气)第三阙："念解佩、轻盈在何处？"用郑交甫在襄阳汉水边逢江妃二女事，见刘向《列仙传》卷上。

50.《引驾行》(红尘紫陌)上片："伤凤城仙子。"用秦穆公为其女筑丹凤城故事，见《列仙记》。

二、《乐章集》之语典实况

《乐章集》中的语典之用，较事典为少，表明了柳永词在典故的运用方面，是以事典为主的，此即成为了柳永词用典的一大特点。《乐章集》中的语典共有22处，涉及词18首。其具体为：

1.《笛家弄》(花发西园)上片："草薰南阳。"江淹《别赋》："陌上草薰。"

2.《曲玉管》(陇首云飞)上片："陇首云飞。"柳恽《捣衣诗》："亭皋木叶下，陇首秋云飞。"

3.《玉楼春》(皇都今夕知何夕)上片："皇都今夕知何夕。"《越人歌》："今夕何夕，搴中舟流，今日何日兮，得与王子同舟。"

4.《秋蕊香引》(留不得)上片："彩云易散琉璃脆。"白居易《简简吟》："大都好物不坚牢，彩云易散琉璃脆。"

5.《荔枝香》(甚处寻芳赏翠)上片："缓步罗袜生尘。"曹植《洛神赋》："凌波微步，罗袜生尘。"

6.《倾杯》(离宴殷勤)上片："梨花一枝春带雨。"又下片："共黯然销魂。"上片的"梨花"句，袭用白居易《长恨歌》："玉容寂寞泪阑干，梨花一枝春带雨。"下片的"黯然"句，出自江淹《别赋》："黯然销魂者，唯别而已矣。"

7.《望远行》(长空降瑞)上片："乱飘僧舍，密洒歌楼。……披得一蓑归去，江上晚来堪画。"又下片："皓鹤夺鲜，白鹇失素。"上片的"乱飘"四句，系对郑谷《雪中偶题》的化用："乱飘僧舍茶烟湿，密洒歌楼酒力微。江上晚来堪画处，渔人披得一蓑归。"下片的"皓鹤"二句出自谢惠连《雪赋》："皓鹤夺鲜，白鹇失素。"

8.《八声甘州》(对潇潇)下片："天际识归舟。"袭用谢朓《之宣城郡出新林浦向板桥》："天际识归舟，云中辨江树。"

9.《女冠子》(淡烟飘薄)上片："想端忧多暇，陈王是日，嫩苔生阁。"又下片："沉李浮瓜忍轻诺。"上片的"想端忧"三句，化用谢庄《月赋》："陈王初丧应、刘，端忧多暇，绿苔生阁。"下片的"沉李"句，语出曹丕《与朝歌令吴质书》："浮甘瓜于清泉，沉朱李于寒水。"

10.《倾杯乐》(楼琐轻烟)下片："看朱成碧。"南朝梁王僧孺《夜愁示诸宾》诗："谁知眼乱，看朱忽成碧。"

11.《凤栖梧》(伫倚危楼风细细)下片："对酒当歌，强乐还知味。衣带渐宽终不悔。""对酒"二句，语出曹操《短歌行》："对酒当歌，人生几何。""衣带"句，语出《古诗十九首·行行重行行》："相去日已远，衣带日已缓。"

12.《二郎神》(炎光谢)下片："钿合金钗私语处……年年今夜。"此处共六句，全系化用白居易《长恨歌》中"唯将旧物表深情，钿合金钗寄将去"诸句而成。

13.《少年游(佳人巧笑值千金)下片："孤棹烟波，小楼风月，两处一般心。"张若虚《春江花月夜》："谁家今夜扁舟子，何处相思月明楼。"

14.《尾犯》(晴烟幂幂)上片："咏新诗，手捻江梅，故人赠我春色。"陆凯《赠范晔》："折梅逢骚使，寄与陇头人。江南无所有，聊寄一枝春。"

15.《戚氏》(晚秋天)一叠："向此临水以登山。"宋玉《九辩》："僚僚兮若在远行，登山临水兮送将归。"

16.《彩云归》(蘅皋向晚)上片："雾色如晴昼，江练静。"谢朓《晚登三山还望京邑》："余霞散成绮，澄江静如练。"

17.《过涧歇近》(淮楚)上片："千里火云烧空。"岑参《送祁乐归河东》："五月火云屯，气烧天地红。"

18.《河传》(淮岸)下片："曲终人不见。"钱起《省试湘灵鼓瑟》："曲终人不见，江上数峰青。"

三、柳词用典的文学史意义

《乐章集》中如此众多的典故之用，不仅增强了其自身的文化底蕴，丰富了作品的表现领域，并且还充分显示了作者善于囊括古今的才华与驾驭语言的能力。而更重要的是，柳词中的这些“故实”，开启了中国文学史上文人词用典的先河。这是因为，在柳永之前的所有唐宋词作品中，几乎没有典故的运用。在“长短句”中用典，既是文人词与非文人词即民间词相区别的一道分水岭，又是词这种音乐文学由俗变雅的一个重要标志。

前人论柳永词，多以“俗词”相称，如徐度《却扫篇》卷三之“多杂以鄙语”①，黄升《花庵词选》之“然多近理俗”②，王灼《碧鸡漫志》卷二之“浅近卑俗”③，沈义父《乐府指迷》之“未免有鄙俗词”④等。而肇柳永词为“俗”之始者，从词论家的角度言，似当为对北宋词人词作大加批评的李清照，其于《词论》中曾如是写道：“逮至本朝，礼乐文武大备。又涵养百余年，始有柳屯田永者，变旧声，作新声，出《乐章集》，大得声称于世。虽协音律，而词语尘下。”⑤李清照撰写《词论》，本为词学批评史上的一件大事，堪值称道，但其对北宋词坛的种种批评，却并未中的，如其认为秦观词“少故实”即为其一。而事实上，秦观词并非“少故实”，而是李清照在写“词论”前，并没有通读《淮海词》⑥。李清照之于《乐章集》的批评，亦可作如是观。即是说，李清照在《词论》中认为柳永词“词语尘下”者，是有悖于《乐章集》的艺术真实的，因为如

---

① 徐度：《却扫篇》，《四库全书》本，上海古籍出版社 1987 年影印版。

② 黄升：《花庵词选》，中华书局 1958 年版。

③ 王灼：《碧鸡漫志》，《中国古典戏剧论著集成》本，中国戏剧出版社 1959 年版。

④ 沈义父：《乐府指迷》，《四库全书》本，上海古籍出版社 1987 年影印版。

⑤ 王仲闻：《李清照集校注》，人民文学出版社 1999 年版。

⑥ 王辉斌：《秦观词并非“少故实”》，《淮南师范学院学报》2001 年第 4 期。

上之考述表明，《乐章集》的语词非但不为“尘下”或“理俗”，而是具有丰厚的文化素养与广博的学识。

柳词的大量用典，既增强了作品的感染力，又加强了作品的典雅气，并起到了化“俗”为“雅”的艺术功能。对此，赵令畤《侯鲭录》卷七引苏轼的一段评语，已对此有所涉及，其云：“世言柳耆卿曲俗，非也。如《八声甘州》云‘霜风凄紧，关河冷落，残照当楼’，此语于诗句，不减唐人高处。”①周辉《清波杂志》卷八之所以认为柳词“脍炙人口”②，与此亦不无关系。苏轼对柳词虽有“柳七郎风味”之讥，但其对“世言柳耆卿曲俗”评价的辩驳，实又可以《乐章集》的知音目之。而无名氏在《甘露滴乔松》中将苏轼与柳永并称者，又可对此证实之：“谁与兼致，文章燕许，歌辞苏柳”③。此外，我们从王国维《人间词话·附录》中还可知，在词学接受史上，有人还曾将词中柳永比为诗界杜甫：“以宋词比唐诗，则东坡似太白，欧、秦似摩诘，耆卿似乐天……而词中老杜，则非先生（周邦彦——笔者注）不可，昔人以耆卿比少陵，犹为未当也。”④其中的“昔人以耆卿比少陵”一句，即为明证。而经考察，可知为王国维所指之“昔人”，当为宋人项安世，对此，张端义《贵耳集》卷上乃有记载，其引项安世语云：“学诗当学杜，学词当学柳。”⑤项安世的这种比附，虽然王国维于《附录》中认为“犹为未当也”，但其所反映的则是柳永词在词学批评家心目中所占之地位，以及后人对柳词的审美接受。

明清时期的一些词学批评家，不仅如项安世那样雅好柳词，而且还从审美的角度对柳词大加称道。如清人陈廷焯《白雨斋词话》卷一即云：

---

① 赵令畤：《侯鲭录》，《知不足斋丛书》本。

② 周辉：《清波杂志》，《四部丛刊续编》本。

③ 无名氏：《甘露滴乔松》，朱德才主编《增订注释全宋词》（第四册），文化艺术出版社 1997 年版。

④ 王国维：《人间词话·附录》，人民文学出版社 1960 年版。

⑤ 张端义：《贵耳集》，中华书局 1958 年版。

"词人变古，耆卿首作俑也。"①蔡嵩云《柯亭词论》则谓："柳词胜处，在气骨，不在字面。"而陈匪石于《声执》卷下所评则更为精彩："柳永(词)高浑处、清劲处、沉雄处，体会人微处，皆非他人屐齿所到。"②曰"变古"、曰"气骨"、曰"高浑"、曰"清劲"、曰"沉雄"，凡此种种，所云乃皆为杜诗之魂！而此，无不与柳永于词中的善用典与精用典相关。柳词的善用典，要而言之，主要表现在两个方面：其一是化前人诗意诗语入词，浑然无迹，如若己出；其二为信手拈来，运用妥帖，给人以形象感和典雅气。而精用典，则是指柳词中的典故，多选择的是一些扣合作品趣旨的事典，语典则次之；事典又多为人们所熟悉的历史人物与历史故事，语典则以化用六朝与唐代诗人的诗句为主。二者的互为结合，便构成了柳词用典的一道风景线。

由于柳永在词中用典的成功，不仅扭转了北宋初期词风之"俗"，而且对苏轼、秦观、黄庭坚、周邦彦等同时代的词人也产生了很大影响，从而使用典成为文人词中不可或缺的一门艺术。众所周知，北宋初期的诗坛，主要是由香山派、晚唐派，西昆派三足鼎立而平分天下的。其中，香山派是以师法中唐诗人白居易为中心而形成的一个诗歌流派，而白居易诗歌表现在艺术上最大的特点便是"俗"与"浅"，对此，与白居易同时代的元稹在《上令狐相公诗启》③一文中已曾指出，而李肇《唐国史补》卷下，则有"学浅切于白居易"④云云，可以为证。所以，苏轼在《祭柳子玉文》中，曾以"元轻白俗"⑤四字，对元稹、白居易的诗歌进行了切中肯綮的品评。这股"元轻白俗"的诗风，于北宋初期一变而为香山派，并由诗而及词，以致《乐章集》中的一些早期作品，也受到了其程度不同的影响。然而，被研究者称为"北宋初期第一位大量制作

① 陈廷焯：《白雨斋词话》，人民文学出版社 1959 年版。
② 引自姚学贤等：《柳永词详注及集评》，中州古籍出版社 1991 年版。
③ 元稹：《元稹集》，中华书局 1982 年版。
④ 李肇：《唐国史补》，上海古籍出版社 1983 年版。
⑤ 苏轼：《苏东坡集》，商务印书馆 1958 年版。

慢词的大词人”的柳永，随着其词艺的日趋成熟，于艺术实践中则开辟了一条由“俗”而“雅”的新路子，这便是有意识地化用前人诗语以熔铸己词。柳永的这一举措，不仅使词具有鲜明的文人本色，而且也增大了词的包容量，扩大了其语言的表现力，颇值称道。

毋庸置疑，柳永词的由“俗”而“雅”，是明显地影响了当时词坛及与柳永同时或稍后的大批词人的，我们从其词集中用典的实况，即可获得充分的证实。而且，即使如指责柳永“词语尘下”的李清照，于《词论》中也不得不对词中用典的词家及作品大加肯定。所以，综观整个赵宋词坛，自柳永开始，典故便成为了词人们所必用的一种艺术法门，且经久而不衰歇。换言之，柳永之后的两宋词人，几乎没有不在其词中运用典故的，而其中，又以黄庭坚、周邦彦、辛弃疾三人最具代表性与典型性。黄词用典的特点是语典多于事典，这显然与其所提倡的“点铁成金”“夺胎换骨”的诗学主张不无关系；周词则以化用唐人诗词为能事。而辛词中的用典，如果借用刘熙载《艺概》中的话来说，便是“任古书中的理语、瘦语，一经运用，便得风流”。

综上而观，柳永于词中用典的成功艺术实践，无论是就对文风的转变抑或宋词的发展等方面言，都是起到了极其重要的作用的。其贡献之大，是完全可以与其对慢词的开创相提并论，而平分北宋词坛之秋色的。

第三节　柳词的艺术成就

被称为开“中国歌楼妓院文学”先河“并具有了自己完全独立的特征”①的柳永词，是宋词艺术史上的一座高峰。这一高峰的形成，固然与柳永一生不懈的努力即艺术实践密不可分，但更重要的是与他乐于对

---

① 王富仁：《柳永词定风波赏析》，《名作欣赏》1996年第1期。

艺术创新的追求关系密切。柳永之于词，与杜甫之于诗歌、韩愈之于散文十分相似，即都视文学为事业、为生命，所以，词至柳永而大变。而此，也是王灼《碧鸡漫志》卷二载其“前辈”将柳词比作屈原《离骚》①的关键之所在。而张端义《贵耳集》卷三载项安世语“学诗当学杜，学词当学柳”②云云，不仅将柳词比附杜诗，而且还认为柳词于后人乃具有范本的作用与功能。凡此认识，均反映了柳词在中国词学史上的地位。有鉴于此，本节特着眼于柳词的艺术创新与艺术成就，以及其对当时文风的改变等问题，进行一番重新观照与审视。

一、开创铺叙与创制新声

从词的发展史角度看，柳永之前的长短句，主要为令词的天下，即很少有如毛先舒在《填词名解》中所划分的“九十一字以外”的长调。至柳永，这种情况则大为改变，《乐章集》现存长调即慢词 103 首的事实③，即雄辩地证实了这一点。《乐章集》中为什么会有如此之多的慢词呢？度其原因，应与柳永善于在词中大量使用铺叙的表现技法，乃密不可分。这是因为，令词体制短小，容量有限，且受字数的制约，无以铺叙，而长调则正好解决了这一问题。所以，长调的宜于铺叙，是导致柳永创制新声并大量发展慢词的主要原因。

铺叙虽然是宋词艺术的一种主要特征，但却始于柳永。在柳永之前的中国古代文学作品中，汉赋与六朝小品文多用此法，而柳永则首次将其运用到词的创作之中，致使词这种音乐文学具有了赋的特点。所以，铺叙或者铺陈，实际上就是采用赋的直言其事的手法去进行词的创作，也即“以赋为词”。这是柳永对于词学的一种贡献。对此，郑振铎《插图

① 王灼：《碧鸡漫志》，《中国古典戏曲论著集成》本，中国戏剧出版社 1959 年版。

② 张端义：《贵耳集》，中华书局 1958 年版。

③ 姚学贤等：《柳永词详注及集评》前言，中州古籍出版社 1991 年版。

本中国文学史》(第三册)曾进行了如是评价，认为："花间的好处，在于不尽，在于有余韵。耆卿的好处，却在于尽，在于铺叙展衍，备足无余。……北宋第二时期的词，其特点全在奔放铺叙四字，其词不得不繁词展衍，成为长篇大作。这个端开自柳永。"①

铺叙作为一种艺术手法，于词中主要具有两个方面的作用，其一是使所描绘的景物构成一个复杂而完整的画面，其二为将所描述的事件(或人物的活动，或故事之情节)构成一个具体而清晰的镜头。二者的互为结合，不仅能收到交相辉映、回环反复的艺术效果，而且还能为表现人物思想感情制造环境气氛，使词的抒情更加具体深入。下面举《锦堂春》一词以为例说：

> 坠髻慵梳，愁蛾懒画，心绪是事阑珊。觉新来憔悴，金缕衣宽。认得这疏狂意下，向人诮譬如闲。把芳容整顿，恁地轻孤，争忍心安。 依前过了旧约，甚当初赚我，偷剪云鬟。几时得归来，香阁深关。待伊要、尤云殢雨，缠绣衾，不与同欢。尽更深，款款问伊，今后敢更无端②。

清代词论家王又华《古今词论》云："长调如娇女步春，旁去扶持，独行芳径，徙倚而前，一步一态，一态一变。"③这首《锦堂春》便具有这样的特点。全词主要是运用铺叙的手法，向读者展现了一位女子对情郎思念的全过程，其感情既跌宕起伏，画面亦摇曳多姿。上片分四层铺叙：先写女子因相思之甚而懒得梳妆打扮，继写女子芳容憔悴、人瘦衣宽，再写女子对男方的失望，最后写女子欲以孤傲对付那位负心男子。下片继续对女子的心理活动进行描写，且由两层铺叙完成。第一层紧承上片

---

① 郑振铎：《插图本中国文学史》，人民文学出版社 1957 年版。

② 柳永：《锦堂春》，朱德才主编《增订注释全宋词》(第一册)，文化艺术出版社 1997 年版。

③ 王又华：《古今词论》，《四库全书》本，上海古籍出版社 1987 年影印版。

对男子的指责，写女子待男方再来向她求爱时，将不予理睬。第二层写夜深人静时男子果然又到女子处，女子则款款相问：“你今后还敢对我负心吗?”上下片共六层铺叙，三个转折，真可谓是“如娇女步春”，“一步一态，一态一变”。再如被王国维在《人间词话》中与苏轼《念奴娇·赤壁怀古》并论，认为二者皆“伫兴之作，格高千古，不能以常调论也”①的《八声甘州》一词：

> 对潇潇慕雨洒江天，一番洗清秋。渐霜风凄紧，关河冷落，残照当楼。是处红衰翠减，苒苒物华休。唯有长江水，无语东流。
> 不忍登高临远，望故乡渺邈，归思难收。叹年来踪迹，何事苦淹留？想佳人、妆楼颙望，误几回、天际识归舟。争知我、倚阑干处，正恁凝愁②。

这是柳永词中的一首名作。此词上片写景，下片抒情，上片的写景属寓情于景，下片的抒情为因景而情。上片写景，境界阔大，雄迈豪壮，气势不凡。作者运用铺叙艺术，将雨后的江天，清秋的萧索，群芳的凋谢，晚景的寂寥，进行层层渲染，极具特点。下片抒情，曲折委婉，跌宕多姿，波澜迭起。换头“不忍登高临远”六字，结上开下，亦承亦转，并加之以反笔提起，为全词增添了翻腾之势。接下来写“望乡”“思归”，并以乐府民歌中常用的“由己及彼”的铺叙之法，写出了作者的思乡之苦。结拍归句“倚阑”，又从对方回思自己，笔势先纵后收，回环往复，作者的思乡之苦，怀人之情，被表现得淋漓尽致。

柳永大力制作慢词，就其革新的内容言，主要表现在两个方面。其一是将令词衍为长调。如《长相思》本双调 36 字，柳永度为双调 103 字；《浪淘沙》本双调 54 字，柳永度为三叠 144 字，以及《安公子》《定

---

① 王国维：《人间词话》，齐鲁书社 1986 年版。

② 柳永：《八声甘州》，朱德才主编《增订注释全宋词》(第一册)，文化艺术出版社 1997 年版。

风波》等。这类长调，在《乐章集》中约有近 90 首之多。其二是柳永创制的新调慢词。据王奕清《钦定词谱》所载，柳永共创新调 18 个，其绝大多数为慢词，如《望海潮》《一寸金》《倾怀》等①。而尤值一提的是柳永的自度曲《戚氏》，此调在《乐章集》中入“中吕调”，共 212 字，是柳永词字数最多的一调。全词分三叠，第一叠九平韵、一仄韵，第二叠六平韵、三仄韵，第三叠六平韵、三仄韵。此长调的“自度”成功，充分反映了柳永在驾驭慢词长调方面，已达到了纯熟的艺术境地，而此，则与其善于运用“以赋为词”的表现手法乃不无关系。

二、升华点染与始用勾勒

在宋词艺术中，与铺叙相关的表现技法是点染。点染本是中国画的传统技法之一，词人们将其借用于词的创作之中，而使之成为了一种重要的填词之法。陶尔夫《北宋词坛》曾对“点染”进行了颇为精彩的阐述，认为：“词中所谓点染，就是根据表现主题的需要，有的地方应予点明，有的地方则需要加以渲染。点，就是中锋突破；染，就是侧翼包抄。这二者相互配合，里呼外应，便造成强大攻势，给读者留下深刻印象。点染，又很像是议论文中的总说和分说。点是总提，染是分说。”②

作为一种艺术手法，点染之于词中，既可让作品主题明晰，又能使其得到渲染烘托，而被表现得更加生动、更加多姿。点染的关键在于点、染结合，这是因为，一般说来，点往往是抽象的情，染则往往为形象的景。词中写事言情，以景物渲染，使点染结合，便可情景相生，化景物为情思，使心境物化，形象生动饱满。正因为点染具有如此之艺术功能，所以，词人们多以之进行创作。着眼于词学艺术史的角度言，点染肇始于五代而成熟于北宋，至南宋则得以完美的发展，并蔚为壮观。

① 王奕清等：《钦定词谱》，《四库全书》本，上海古籍出版社 1987 年影印版。

② 陶尔夫：《北宋词坛》，山西人民出版社 1986 年版。

唐五代词人于已作中的点染之用，如李煜《虞美人》中的“问君能有几多愁，恰似一江春水向东流”；《清平乐》中的“离愁渐远渐无穷，迢迢不断如春水”，以及温庭筠《梦江南》之“梳洗罢，独倚望江楼。过尽千帆皆不是，斜晖脉脉水悠悠，肠断白蘋洲”等，均颇具代表性。这些词中的点与染，或以景物做渲染烘托，使作者的愁情表达得更为形象；或点染交错变化，使人物的外在表现和内在的心理活动和谐统一，皆收到了很好的艺术效果。

然而，柳永词中的点染，则又较唐五代词中的点染内容更为丰富，手法更为灵活，审美也更具特色。为便于讨论与认识，先看刘熙载《艺概・词曲概》对柳永《雨霖铃》词中点染的评价：“词有点染、柳耆卿《雨霖铃》云：‘多情自古伤离别，更那堪、冷落清秋节。今宵酒醒何处？杨柳岸，晓风残月。’上二句点出离别，‘冷落’、‘今宵’二句，乃就上二句意染之。点染之间，不得有他语相隔，隔则警句亦成死灰矣。”①刘熙载虽然指出了《雨霖铃》中的点与染，但只是仅就此词的下片而言之，即本词并非只有这几句运用了点染之法，而是上下两片均为之。此外，其对此词下片点染句的例举，亦尚有不实之处。下面对此略作讨论。

《雨霖铃》一词，上下两片，在结构上共由六个层次即每片三层构成。上片三层，一层写景，一层写送别，一层写别后之景；下片三层，则为一层总括离别的感伤，一层写想象中的离别之忧愁，一层写遥想别后经年的哀思。此六层之间，层层生发，环环相扣，给人以强烈的艺术感染。全词点与染密切关联，上片开首即点，如用“寒蝉”点季节，“长亭”点地点，“晚”点时间等，但最具特色者则是“念去去、千里烟波，暮霭沉沉楚天阔”两句。在此两句中，“念去去”三字为点，点明作者从此一别，是去而又去，远而又远；而接下来则用“千里烟波”“暮霭沉沉”“楚天阔”三种景象加以渲染，以衬托出“去去”的山远水遥与情感的深沉浓重。下片“多情自古伤离别。更那堪、冷落清秋节”为点，“今宵

---

① 刘熙载：《艺概》，上海古籍出版社1961年版。

酒醒何处？杨柳岸，晓风残月”为染，特别是“杨柳岸”“晓风”“残月”三个具体意象，于“染”中构成了一幅幽美动人的凄清意境，很好地表现了作者伤秋惜别时的悠悠情怀。

以上的例子表明，柳词中的点染，由于是用在长调之中，因而较之温庭筠、李煜等唐五代词人中的点染，是具有更为丰富与更富于变化的特点的。如果换一句话说，就是指柳永通过不断的艺术实践，发展、丰富与升华了点染这一艺术技法。而此，即为柳永表现在词学艺术史上的又一贡献。《乐章集》中的此类点染之作，除《雨霖铃》外，尚有《玉蝴蝶》(望处雨收云断)、《戚氏》(晚晴天)、《少年游》(参差烟树霸陵桥)等。

与点染一样，勾勒也是中国画的一种传统技法，它指的是用墨线勾描物象，不着颜色的一种画法。勾勒在现代写作学中被称为“白描”或“简笔勾勒”。勾勒之于词的创作中，既可以对人物又可以对情事进行描摹。大致说来，在词中描摹出一组景物或人物的活动(含外在与心理两个方面)，即为“钩”；将这些景物或人物的活动进行有机连缀，就是“勒”。而词中的勾勒，一般又都是与铺叙互为关联的，即大凡运用铺叙艺术的词，同时也需运用勾勒之法。这种技法无论是着眼于词的发展史抑或艺术史而言，都极清楚地表明了其开创者乃为柳永，这是因为，勾勒之法主要是用于慢词，而柳永则是一位“北宋慢词的开山祖”①。即是说，柳永之前的令词是既无需也没有勾勒的。所以，铺叙始于柳永，勾勒也就自然为柳永所开创。

柳永词中的勾勒，一般而言，主要是对一组组景物与人物的活动进行描述，并以某种感情为线索或者以故事情节将其连缀，使之形成一个表达主题的景物整体或故事整体。请看下面的这首《竹马子》：

登孤垒荒凉，危亭旷望，静临烟渚。对雌霓挂雨，雄风拂槛，

① 周子瑜：《柳永周邦彦词选注·前言》，上海古籍出版社1990年版。

微收烦暑。渐觉一叶惊秋，残蝉噪晚，素商时序。览景想前欢，指神京，非雾非烟深处。　向此成追感，新愁易积，故人难聚。凭高尽日凝伫。赢得消魂无语。极目霁霭霏微，暝鸦零乱，萧索江城暮。南楼画角，又送残阳去①。

此词主要写在江城盛夏时节，作者登临高亭，因“一叶惊秋”而勾起对昔日友人的深切怀念。词中所描写的景物如孤垒昏鸦，与人物内心的寂寞，既陪衬得体，又铺叙曲尽。从勾勒的角度讲，此词上片中的四组景物(每一句为一组)，全用了勾勒之法，并分别用“登”“对”“渐”“览”四个领字，将其进行连缀，使之形成一幅萧瑟秋景图。下片最后的两组景物，也采用了勾勒之法，并将极目黄昏的景物，用来补充描绘上片的萧瑟秋景，以加强全词抒情的气氛。

在柳永现存的103首慢词中，运用勾勒之法者，还有《曲玉管》(陇曲云飞)、《八声甘州》(对潇潇暮雨洒江天)等。前者即《曲玉管》的勾勒，曾被冯平《冰簃词话》以“亦极浑厚”相称。后者即《八声甘州》的勾勒，则与上举《竹马子》的勾勒完全相同，此词上片的四句勾勒了四组景物，即每一句为一组，并用“对”“渐”“是处”“唯有”等相勒，从而亦使之组成了一幅寂寥冷落的秋景图。下片也是在最后两句中勾勒了两组景物，以对上片的秋景进行补充。全词通过因景而情的铺叙与勾勒，把作者长期漂泊、失意思归的生活感受，进行了很好地抒发与展现。

与铺叙和点染相比，柳永词中的勾勒还显得不够成熟，这主要表现在两个方面，其一为缺少变化，如上举《八声甘州》与《竹马子》的勾勒均为景物描写且完全相同的现象，就充分证实了这一点。其二是所勾勒者主要为景物描写，于人物活动则不多。但总体而言，勾勒作为柳永在慢词艺术实践中首创的一种技法，既丰富了填词艺术的内容，扩大了其

① 柳永：《竹马子》，朱德才主编《增订注释全宋词》(第一册)，文化艺术出版社1997年版。

技法的表现领域，又对当时与后世的词人如秦观、周邦彦、陆游、辛弃疾、吴文英等，产生了极大的影响，以致其纷纷仿效，而成为一种创作风气。

三、使事用典与化俗为雅

在千年的宋词研究史上，历代研究者都习惯性地承袭着一个极为错误的事实，即都认为苏轼乃是宋词用典的第一人。正因此，自 20 世纪初以来的各种文学史，以及一些研究宋词或苏词的著作，即无不认为苏轼是文人词用典的开创者，如新近出版的王兆鹏《唐宋词史论》①，即为其例。而事实上，苏轼在词中用典，乃是受柳永词的影响所致，即真正开宋词用典先河的词人，是柳永而不是苏轼。据我的手工检索可知，在《乐章集》所著录的 213 首词中，共用典故 97 处，其中，属事典的词有整 50 首，典 75 处；属语典的词有 18，典 22 处。这一用典数量，在《乐章集》中所占的比例之大，乃是甚为清楚的。而作者深厚的艺术功底，通过这一用典数量，也得到了极充分的反映。对于柳词用典的具体概况，以及其用典的文学史意义，拙作《柳永〈乐章集〉用典）说略》②一文，已进行了具体考察与论析，可参看，此不赘述。

词中用典，既是使词意含蓄委婉，具有文雅之美与典雅之气的一种重要艺术技巧，又是品评词的优劣的一个重要标志，故其多为词论家们所称道。如李清照在《词论》中就极力主张词要有“故实”；而沈祥龙于《论词随笔》中则认为，词中用典乃可使词具有“书卷之气味”，并说：“胸无书卷，襟怀必不高妙，意趣必不古雅，其词非俗即腐，非粗即纤。”③由是以观，柳永有意识地于《乐章集》中的大量用典，既增强了其作品的文雅之美与典雅之气，又能使之化俗为雅并雅俗共赏。而其用

① 王兆鹏：《唐宋词史论》，人民文学出版社 2000 年版。

② 王辉斌：《柳永乐章集用典说略》，《山东师范大学学报》2003 年第 1 期。

③ 沈祥龙：《论词随笔》，《词话丛编》本，中华书局 1986 年版。

典所导致的含蓄委婉，则又可使作品的思想内容显得更为深刻与丰厚，并可收到如刘勰在《文心雕龙》中所说的“以少总多”的艺术效果。柳词在当时之所以备受社会各阶层人士的欢迎，其因用典而产生的各种审美效应，应是其中的主要原因之一。而柳词化俗为雅的审美趋向，对于北宋初期文风的扭转，以及文人词在艺术方面的发展方向等，都是起到了积极的影响与作用的。

柳词既善于用典又精于用典，这里就其用典艺术作一简要讨论与剖析。综而言之，柳词中的用典艺术，主要表现在如下的三个方面：

（一）所用事典，多以人们所熟悉的历史人物或神幻人物为主，且重复运用数次。如被用两次以上的“人物典”，即有：娥皇、女英、巫山神女、萧史、弄玉、西施、范蠡、赵飞燕、潘岳、杨贵妃等。这些人物典或比兴或暗喻，皆增强了作品的抒情性与感染力。如《法典献清音》上片有云：“追想秦楼心事，当年便约，于飞比翼。”此三句为典故暗用，暗用的是《列仙传》卷上所载秦穆女弄玉与萧史的爱情故事。据该书所载，萧史善于吹箫，能作凤鸣，秦穆公以女弄玉妻之，并为之建造凤凰台。一夕，箫声引来凤凰，萧史与弄玉均乘之以升天而去。此典之用，既自然，又贴切，充分展现了女主人公昔年与其情郎的恩爱之情。又如《应天长》（残蝉渐绝）上片有云：“聚宴处，落帽风流，未饶前哲。”此三句为典故明用，用的是《晋书·孟嘉传》中孟嘉落帽的故事。据载，孟嘉九月九日在桓温的龙山宴会上，被风吹落了头上的帽子而不知，桓温便叫孙盛写文以嘲。孟嘉得知后，“即答之，其文甚美，四座磋叹”。① 这一典故，本来表现的是文人儒雅风流的盛事，柳永于此词中用以比喻女主人公心中所思念的那位情郎，也如孟嘉一般儒雅风流。此二典均运用得了无痕迹，如若己出，作者艺术功底的深厚，于此亦可窥其一斑。

（二）一词数典，既蕴藉风流，含蓄委婉，融典雅与书卷于一炉，

---

① 房玄龄等：《晋书·孟嘉传》，中华书局1974年版。

又章法谨严，条理连贯，让多个人物形象构成一个艺术整体。如《合欢带》(身材儿)一词的典故之用，即为这方面的代表。全词为：

身材儿，早是妖娆。算风措、实难描。一个肌肤浑似玉，更都来、占了千娇。妍歌艳舞，莺惭巧舌，柳妒纤腰。自相逢，便觉韩娥价减，飞燕声消。　桃花零落，溪水潺湲，重寻仙径非遥。莫道千金酬一笑，便明珠、万斛须邀。檀郎幸有，凌云词赋，掷果风标。况当年，便好相携，凤楼深处吹箫①。

此词共用了六个典故，即“韩娥”“飞燕”“檀郎”“凌云”“掷果”“凤楼”，其出处依次为《列子·汤问》《汉书·孝成赵皇后传》《晋书·潘岳传》《史记·司马相如列传》《晋书·潘岳传》《列仙传》卷上。这些典故，根据词的描写内容与抒情思路的展开，互为关联，不仅恰到好处地写出了“现在时”中女子对男子的思念之情，而且还将“当年”男女欢愉的境况进行了“全景式”的艺术再现。同时，也为作品中女主人公形象的塑造，起到了很好的陪衬与烘托作用。

(三)点化与引用前人诗文佳句，或袭用原句，变化其意：或改换字词，点铁成金：或只取一端，意蕴独具等，方式多种多样，既富于变化又贴切自然。如袭用原句，变化其意者，有《秋蕊香引》上片之“彩云易散琉璃脆”，《倾怀》(离宴殷勤)上片之“梨花一枝带春雨”，《八声甘州》(对潇潇暮雨洒江天)中之“天际识归舟”等，其所袭用者，依序为：白居易《简简吟》《长恨歌》、谢朓《之宣城郡出新林浦向板桥》。这类语典的引用，引用者与被引用者在内容、意境等方面虽然均有相通之处，但后者往往表现得更为精炼与深刻。如谢朓《之宣城郡出新林浦向板桥》中的“天际识归舟”五字，被柳永于《八声甘州》原文采来，并于其前

① 柳永：《合欢带》(身材儿)，朱德才主编《增订注释全宋词》(第一册)，文化艺术出版社 1997 年版。

加上“误几回”三字，既通俗精雅，又传神传情，因而显得格外熨贴与深沉，其所产生的艺术效果与审美效应，显然均较谢诗为佳。又如《八声甘州)》中的“唯有长江水，无语东流”，乃是点化李煜《虞美人》之“问君能有几多愁，恰似一江春水向东流”而成。李煜的词句，因运用比喻的手法，使无形的愁变为了看得见、摸得着的春江水，而成为人们所熟悉的名句。而柳永词句的点化，则采取的是“点铁成金”“化腐朽为神奇”的手段，即作者将江水拟人化，使之充满了感情，并于“东流”的“长江水”加“无语”二字，把春江当泪，其形象也甚为生动感人。这种点化，实际上是一种全新的艺术创造，所以，其意境乃较李煜词更为优美，更具美学价值。

总体而言，柳永词中大量的典故之用，既是《乐章集》中 200 余首词化俗为雅的一个重要标志，又反映了作者的艺术求新思想与“更上一层楼”的美学观念的升华。长期以来，人们由于受传统词学观念的影响，漠视柳永于艺术实践中以典故化俗为雅的词学贡献，实属词学研究史上的一大憾事。而柳永以后的苏轼、周邦彦、李清照、姜夔等人的词，之所以被研究者称为“豪放雅词”“清真雅词”“易安雅词”“清客雅词”，度其“雅”之渊源，即无不与柳永率先进行化俗为雅的艺术实践相关，无不受其创制新声、发展慢词，以及铺叙、点染、勾勒、用典等艺术的影响所致。

而此，才是中国文学史上词人柳永的文学真面目。

第五章　水落石现：苏轼词发覆

第一节　苏轼词学观述评

在诗歌、散文、赋等文学领域均取得了卓越成就的苏轼，于词体的创作，则为后人留下了一部《东坡乐府》。《东坡乐府》收词 300 余首，在题材内容方面，既有传统的闺情、伤春、别离等“艳科”词，亦有前人所无的农村、山水等作。但论苏轼词者，则多着眼于后者即苏词中的农村、山水等题材内容，而认为：“苏轼继柳永之后，对词体进行了全面的改革，最终突破了词为‘艳科’的传统格局，提高了词的文学地位，使词从音乐的附属品转变为一种独立抒情诗体，从根本上改变了词史的发展方向。”①这一评价，其实是难以符合苏轼词的历史真实的。这是因为：(1)《东坡乐府》中的“艳科”词几近半数(参见台湾学者王保珍《东坡词研究》)，其数量之多超过了柳永的《乐章集》。(2)现存的苏轼词大多属于“案头文学”的范畴，即其符合音律并能配乐以唱者并不多，所以，李清照在《词论》中批评其为“句读不葺之诗”，这种情况，显然是与“从根本上改变了词史的发展方向”难以扣合的。(3)苏轼重诗轻词，玩弄游戏文字，真正地偏离了词体的发展方向。

---

① 袁行霈主编：《中国文学史》第三卷，高等教育出版社 1999 年版。

对于苏轼的“艳科”词，本章第三节将进行专门讨论，此不赘述。而以上所言之其二、其三者，实际上涉及的是苏轼词学观的问题，故为本节所讨论的重点。苏轼的词学观，概而言之，主要表现在三个方面：其一是视词为“小道”；其二即主张“诗词合一”与“以诗为词”；其三为以“游戏作乐府”。下面结合有关材料，对此进行具体述评。

一、视词为“小道”与卑贱之物

在中国古代文学的发展史上，“厚人伦，美教化”是传统诗文的中心话语。而词体这种新兴的文学样式，因与称为“胡夷里巷之曲”①的燕乐关系密切，以致被北宋初期乃至中后期的一批士大夫文学家称之为“小道”。而词体最初赖以生成的社会环境与文化因素，又诚如欧阳炯在《花间集序》中之所言：

> 镂玉雕琼，拟化工而迥巧；裁花剪叶，夺春艳以争鲜。是以唱云谣则金母词清；挹霞醴则穆王心醉。名高白雪，声声而自合鸾歌；响遏行云，字字而偏谐凤律。杨柳堤之句，乐府相传；芙蓉曲渚之篇，豪家自制。莫不争高门下，三千玳瑁之簪；竞富樽前，数十珊瑚之树。则有绮筵公子，绣幌佳人，递叶叶之花笺，文抽丽锦；举纤纤之玉指，拍按香檀。不无清绝之词，用助娇娆之态。自南朝之宫体，扇北里之娼风②。

兴盛于这种文化背景下的花间词，在晚唐五代是颇受当时的一些知识精英与普通士人的欢迎的，但其于赵宋建国之初，则多为士大夫们所不屑。所以，宋真宗时期的西昆体诗人钱惟演就公然宣称：“平生唯好读

① 刘昫等：《旧唐书》卷三十《音乐三》，中华书局 1975 年版。
② 李一氓：《花间集校》卷首附，人民文学出版社 1958 年版。

书，坐则读经史，卧则读小说，上厕所则阅小辞。”①在钱惟演看来，词不仅“小”，无法与“大”的诗相比，而且只适合于“上厕所”阅读，词在北宋初期士大夫文学家心目中地位之低下，仅此即可见其端倪。也正因此，清代词论家沈曾植在《彊村校词图序》一文中，乃有“宋人(目)词为小道”②之载。词既为“小道”，自然就无法登大雅之堂。而无法登大雅之堂的词，显然是难以与诗歌、散文、赋等雅文学并论的，于是，“诗尊词卑”“诗大词小”的词学观，即因此而形成，并在整个北宋一代的士大夫文学家中间广为流行。请看下面的几起材料：

(一)欧阳修《六一词·采桑子》十首。这组词前有“西湖念语”云：“因翻旧阙之词，写以新声之调，敢陈薄伎，聊佐清欢。”③这段文学表明，作为副宰相的欧阳修，是把词当作“佐欢”劝酒的“薄伎”对待的。

(二)魏泰《东轩笔录》。该书卷五有云：“王荆公初为参政，闲日看晏元献(殊)小词而笑曰：‘为宰相而作小词，可乎？’”④宰相王安石是以“小”来认识词的。

(三)晏几道《小山词自序》。是《序》有云：“期以自娱，不独叙其所怀，兼写一时杯酒间闻见及同游者意中事……为一笑乐而已。”⑤在晏几道看来，词只配写“杯酒间闻见”与“同游者意中事”，且二者均因“笑乐”而使然。又据胡仔《苕溪渔隐丛话·前集》卷二十六引《诗眼》云：“晏叔原见蒲传正云：‘先公平日，小词虽多，然未尝作妇人语也。’”⑥晏几道的看法，基本是其父子的共同认识。

(四)胡仔《苕溪渔隐丛话·前集》卷四十二引《王直方诗话》云：

---

① 欧阳修：《归田录》卷二，三秦出版社2003年版。

② 沈曾植：《彊村校词图序》，施蛰存《词籍序跋萃编》，中国社会科学出版社1994年版。

③ 朱德才主编：《增订注释全宋词》(第一册)，文化艺术出版社1997年版。

④ 魏泰：《东轩笔录》，中华书局1997年版。

⑤ 晏几道：《小山词自序》，施蛰存《词籍序跋萃编》，中国社会科学出版社1994年版。

⑥ 胡仔：《苕溪渔隐丛话》前集卷二十六，人民文学出版社1962年版。

“东坡尝以所作小词示无咎、文潜，曰：‘何如少游？’二人皆对云：‘少游诗似小词，先生小词似诗。’”晁补之(无咎)是“苏门四学士”之一，其认识之具有代表性，乃是无需怀疑的。

欧阳修、王安石、晏几道、晁无咎等人对词的认识是如此，作为“豪放词派”开创者的苏轼，则是有过之而无不及。如其《与陈季常》一文有云：“又惠新词，句句警拔，此诗人之雄，非小词也。”又《与鲜于子骏》云：“近却颇作小词，虽无柳七郎风味，亦自是一家。”又《与李公择》云：“小词、墨竹之类，皆不复措思。”又《祭张子野文》云：“微词婉转，盖诗之裔。”(以上所引，均见中国书店1986年版《苏东坡全集》，以下所引，亦皆出此集，不另注)苏轼在其大量的书信体散文中，凡言词者，几乎均以“小词”“微词”相称。更有甚者，则是称词为“余技”“小技”等。如吴师道《吴礼部师话·词附》载苏轼评欧阳修词云：“散落樽酒间，盛为人所爱赏，犹小技，其上有取焉者。”①而苏轼在《题张子野诗集后》一文中，则直接认为张先词乃其诗之“余技”：“张子野诗笔老妙，歌词乃其余技耳。”凡此等等，不一而足，其所表明的是，作为文学家的苏轼，视词为“小道”，为卑贱之物。苏轼的这种“诗大词小”的认识，导致了填词在他全部的文学创作中，所占比例极其有限。对此，王灼《碧鸡漫志》卷二有载：“东坡先生以文章余事作诗，溢而作词曲。”②先文章而后诗歌，再后则为词曲，这样的写作时间分配，勾画出了苏轼对词体艺术创作所持态度的真面目。

苏轼的上述认识与其“溢而作词曲”的创作态度，实际上是对持苏轼“对词体进行了全面的改革”说者的一种否定，因为在苏轼的创作史上，他并不曾“全面改革词体”。对此，吴世昌《词林新话》等著述乃有专论，读者自可参看，兹不具引。苏轼的这种“词为小道”的词学观，

---

① 吴师道：《吴礼部诗话》，《历代诗话续编》本，北京中华书局1983年版。

② 王灼：《碧鸡漫志》，《中国古典戏曲论著集成》本，中国戏剧出版社1959年版。

虽然是受当时社会的影响所致，但与他在主观上瞧不起词的关系甚为密切。对此，我们从苏轼填词的时间即可窥其一斑。在苏轼现存的300多首词中，研究者们一般认为，其写作时间最早者为《华清引·感旧》，这是一首令词，写于作者罢凤翔签判至长安游骊山的治平元年(公元1064年)冬，是年，苏轼29岁。斯时，苏轼于诗文创作，已是名满京师，且佳作甚多，而于词则以此为始，这显然是“词为小道”思想的一种直接反映。还值得注意的是，苏轼自此词之后，直至熙宁六年(公元1073年)前后，才在杭州再事创作，其间一搁竟有近10年之久，这种情况，在所有唐宋词人的创作史上，也是极为罕见的。这一实况的存在，所表明的是苏轼于词文学创作，确实是在以“余事”而为。而在这一时期内，具有“柳七郎风味”的柳永乐章词，不仅在士大夫中间广为流传，而且是“凡有井水饮处，即能歌柳词”。苏轼与柳永之于词的认识，诚可谓是一在高峰，一在谷底。这就明确反映出了一个词学事实，即柳永是在大力反叛传统的诗歌，而尊重新兴的词体；苏轼则是在极度轻视新兴的词体，而维护着诗歌的传统。

二、“诗词合一”与“以诗为词”

主张“诗词合一”或者“诗词一体”，是苏轼表现在词学思想方面的又一项重要内容。但这一重要内容的形成，与苏轼在主观上未能正确把握词的审美特征及其存在的价值，乃是密切相关的。在苏轼看来，词体于北宋而言，虽然是一种新兴的文学样式，但与齐言体的诗相比，其只不过是协律的长短句诗而已，别无其他区别。所以，他在《祭张子野文》中说：“微词婉转，盖诗之裔。”又在《与蔡景繁》中认为：“频示新词，此古人长短句诗也。”在这种词学认识观的指导下，苏轼于词的创作，诚如龙建国《唐宋词艺术精神》之所言：“主要是“要求词和诗一样，应遵循‘言志’和‘思无邪’创作准则，必须‘温柔敦厚’‘发乎情，止乎礼义’，因而对抒写离情相思的本色词表示出深恶痛绝的态度。”①

正因为苏轼认为词与诗同出一源，于是，他便践行了一条“以诗为词”的创作路向，并以之标举其词是“古人长短句诗”的认识大旗。苏轼的这种认识与实践，其结果是使得词与诗在艺术技巧、题材内容等方面几乎完全等同，因为在苏轼看来，二者都是“无意不可入，无事不可言”的产物。针对这种不利于词体艺术发展的文学概况，作为“苏门六君子”之一的陈师道，不得不站出来对苏轼的“以诗为词”大加批评：“退之以文为诗，子瞻以诗为词，如教坊雷大使之舞，虽极天下之工，要非本色。”②学生对老师的批评，不仅毫无情面可言，而且斩钉截铁之极，苏轼的“以诗为词”在当时不受欢迎，仅此即可见其一斑。为便于对此之认识，下面拟就苏轼“以诗为词”的具体表现，以及其对词所产生的负面影响，略作论析与陈述。

其一，受“诗序合一”的影响而创作“词序合一”的词。中国古代诗歌的发展，由《诗经》时代而两汉，除了在句式上产生明显的变化外(由四言而五言)，另一较为突出的特点，就是在汉诗(主要指东汉诗)时期出现了一种前所未有的“诗序合一”现象。所谓“诗序合一”，是指诗人们在进行诗歌创作时，有意识地在诗歌前附上一篇序文。当历史发展到李唐王朝时，“诗序合一”不仅大为勃兴，成为当时的一种创作时尚，并且有唐一代的著名诗人如王勃、陈子昂、李白、杜甫、韩愈、柳宗元、白居易、李商隐等，均加入了这一创作行列③。宋词中的“词序合一”，论者或以为开其风气之先者为张先，此说是否正确，另当别论，但苏轼词中存在着明显的“词序合一”现象，则为事实。这种情况，应与唐诗中的“诗序合一”现象不无关系。据上海古籍出版社出版的《东坡乐府》统计，该书著录苏轼“词序合一”之作凡 38 首(词题未计其中)，

---

① 龙建国：《唐宋词艺术精神》第九章，山西高校联合出版社 1996 年版。

② 陈师道：《后山诗话》，《历代诗话》本，中华书局 1981 年版。

③ 王辉斌：《诗序合一：唐诗创作的新潮流》，《西南师范大学学报》1995 年第 2 期。

其中，序文最长者为《鹧鸪天》(笑撚红梅亸翠翘)一词，凡110字，简直就是一篇小品文。这种"词序合一"的词，显然是不利于配乐传唱的，因为歌者与听者，都必须在花大量的时间去弄懂序意之后，才可对词意有所理解。

其二，在对词体艺术的具体实践过程中，大量引入"诗人句法"。所谓"诗人句法"，实际上就是作诗的方法。苏轼以"诗人句法"填词，就是指他多用作诗的方法去进行词体的创作。苏轼的这种填词方法，对时人与后人影响甚大，以致成为一种风气。对此，汤衡《张紫微雅词序》一文乃有所载："其后元祐诸公，嬉弄乐府，寓以诗人句法，无一毫浮靡之气，实自东坡发之也。于湖紫微张公之词，同一关键……所谓骏发踔厉，寓以诗人句法者也。"①"张紫微"为南宋词人张孝祥，号于湖居士，有《于湖词》行世。汤衡为张孝祥门人，其于《序》中言张孝祥词"寓以诗人句法""实自东坡发之也"云云，便明确指出了开以"诗人句法"填词之先河的词人，不是别人，而为视词为"小道"的苏轼。在具体的创作实践中，如诗歌中的集句、隐括等形式，即皆被苏轼移入其《东坡乐府》的创作中，而使之成为一种"真真正正"的"诗词合一"的长短句诗。

其三，使词如同诗歌一般，"无意不可入，无事不可言"。清代文学批评家刘熙载在其所著《艺概・词曲概》中如是写道："东坡词颇似老杜诗，以其无意不可入，无事不可言也。"②在这里，刘熙载以杜诗比附苏词的举措，足以反映出苏词题材的多样性与丰富性。而事实也正是如此。我们只要打开《东坡乐府》，其中的伤春词、言志词、艳科词、农村词、山水词、咏物词、悼亡词、日常生活词，以及所谓的豪放词等，便会尽映眼帘。一言以蔽之，只要是诗歌所反映的内容，苏轼均尽量让其出现在词体中。苏轼此举，研究者多称之为是"对词境的扩大与

---

①　汤衡：《张紫微雅词序》，张惠民《宋代词学资料汇编》，汕头大学出版社1993年版。

②　刘熙载：《艺概》，上海古籍出版社1978年版。

提高”，更有甚者，则是以其纪实性与“自我”之强，而目之为一种“范式”。而实际上，这是对词体艺术的一种破坏，因为词之于诗而言，并非为“一家”，且“诗庄词媚”，为词人与词论家们所形成的共识。

尽管苏轼在词体的创作实践中，对“以诗为词”进行了如上所述之大量尝试，但从文体学的角度讲，其均属于不规范之作品，因为词与诗是大有区别的。对此，龙建国《唐宋词艺术精神》从三个方面进行了比较，认为：其一是音乐上的不同；其二是审美功能不同；其三是艺术精神不同①。这三个方面的不同，是导致历代词论家对苏轼“以诗为词”大加批评的原因之所在。前举陈师道称苏轼词“要非本色”，即为其例。而李清照在《词论》中，毫不客气地指斥苏轼词为“句读不葺之诗”②云云，又表明了“以诗为词”的苏词，在当时是不受社会所欢迎的。同时，李清照还在《词论》中针对苏轼“诗词合一”的词学观，公开提出了“词别是一家”的认识，以表明词这一新兴的文学样式，并非如苏轼所说为“古人长短句诗”，更不是“诗之裔”。所以，清季江顺诒《词学集成》卷一说：“词号称诗余，然而诗人为也。何者？其婉娈而近情，足以移情夺嗜。其柔靡而近俗，啴缓而就之，不知其下也。之诗而词，非词也。之词而诗，非诗也。”③其中的“之诗而词，非词也”，即是对苏轼“以诗为词”的当头棒喝。又，沈义父《乐府指迷》认为：“不着些艳语，又不似词家体例。”④沈义父是深得“风雅派导师”吴文英传授作词之法的一位词论家（详见本书第九章第三节），其与江顺诒的认识，是极有助于我们对苏轼词的“无意不可入，无事不可言”进行重新审视的。

由上而观，是知苏轼的“以诗为词”，并非如某些论者所言，是“推尊词体”的一种有效手段，而是于“诗庄词媚”“诗刚词柔”审美特征的一种破坏。此外，也诚如吴世昌《词学论丛》之所言，苏轼从来不曾改革

---

① 龙建国：《唐宋词艺术精神》第九章，山西高校联合出版社1996年版。
② 李清照：《词论》，王闻仲《李清照集校注》，人民文学出版社1979年版。
③ 江顺诒：《词学集成》，《词话丛编》本，中华书局1986年版。
④ 沈义父：《乐府指迷》，《词话丛编》本，中华书局1986年版。

过北宋词风。

三、游戏作“乐府”的具体表现

词作为一种新兴的文学样式，自问世以来，即深受文学家们的喜爱，以至于使得温庭筠成为了中国文学史上第一个“以词名掩盖其诗名的作家”①。这种实况的存在，至少可以说明，晚唐五代时期的词人们，对于词的创作是极为严肃认真的。由五代而北宋，词尽管为一批士大夫文学家所瞧不起，但他们对待词体的创作态度，却是与诗歌并无二致的，如欧阳修于《六一词》、晏殊于《珠玉词》、王安石于《临川先生歌曲》、晏几道于《小山词》等，即皆属如此。然而力主“诗词合一”的苏轼，创作的《东坡乐府》却是另一番面目。

苏轼由于在骨子里瞧不起词，而又“以诗为词”，故其对于词的创作，常常表现出一些与常人为异的面目来。对于苏轼于词体的创作态度，前引王灼《碧鸡漫志》卷二载其“以文章余事作诗，溢而作词曲”云云，已略涉及之。而以《东坡乐府》合勘有关材料，则可知苏轼表现在词体创作上的态度，于常人为异者，主要表现在两个方面，其一是欲压倒柳永的“功利性”创作；其二即以游戏笔墨作“乐府”。这两种创作态度，显然都是有悖于词体艺术的正常发展的，但苏轼却津津乐道而为之。苏轼的“功利性”(或称“赌气式”)词体创作，主要是因欲压倒柳永而导致。对此，苏轼写于密州时期的《与鲜于子骏》一文，以及陶宗仪《说郛》卷二十四引俞文豹《吹剑续录》，李之仪《姑溪居士文集》卷三十八《跋戚氏》一文等，均有记载，足资参考。此外，本章第二节《尴尬不已豪放词》，亦对其进行了专门的剖析，故在此不予赘述。

苏轼以游戏作“乐府”，前人言之亦甚多。如金人王若虚《滹南诗

---

① 莫砺锋：《论晚唐五代词风的转变》，《唐宋诗论稿》，辽海出版社2001年版。

话》卷二即载有多处："风韵如东坡……其溢为小词而间及脂粉之间，所谓滑稽玩戏，聊复尔尔者也。"又云："公雄文大手，乐府乃其游戏，顾岂与流俗争胜哉?"①曰"滑稽玩戏"、曰"游戏"，即是苏轼表现在词体创作中的一种真实反映。正因此，清季词论家沈雄在《古今词话·词品》中，即称"苏长公为游戏之圣。"而纵观两宋词人，能获"游戏之圣"的称谓者，也确实只有苏轼一人。苏轼的以"游戏作乐府"，主要表现在以下方面：

其一是回文词。《东坡乐府》卷下有《菩萨蛮》18 首，其中回文词 7 首，这 7 首中又有"回文四时闺怨"4 首。这 7 首回文词，上片下片都能随句反复，如：

落花闲院春衫薄，薄衫春院闲花落。迟日恨依依，依依恨日迟。梦回莺舌弄，弄舌莺回梦。邮便问人羞，羞人问便邮②。

苏轼的回文词之作，应是受其回文诗影响的结果。苏轼的回文诗，形式多样，如以"借字体"创作的《采莲》即为其一："赏花归去马如飞酒力微醒时已暮。"这 14 个字，因作者采用了"借字"之法，而使之成为了一首七言绝句："赏花归去马如飞，去马如飞酒力微。酒力微醒时已暮，醒时已暮赏花归。"自苏轼始，回文词这种"游戏"词，便为两宋词人多所仿效，如黄庭坚、王文甫等人，即都从事过此类词的创作。

其二为集句词。《东坡乐府》卷上有《定风波》9 首，其中《定风波》(雨洗娟娟嫩叶光)一首，有注云："元丰五年七月六日，王文甫家饮酿白酒，大醉，集古句作《墨竹词》。"其词为：

雨洗娟娟嫩叶光，风吹细细绿筠香。秀色乱侵书帙晚，帘卷，

① 王若虚：《滹南诗话》，《历代诗话续编》本，中华书局 1983 年版。

② 苏轼：《菩萨蛮》(落花闲院春衫薄)，《东坡乐府》卷下，上海古籍出版社 1979 年版。

> 清阴微过酒樽凉。 人画竹身肥拥肿，何用？先生落笔胜萧郎。记得小轩岑寂夜，廊下，月和疏影上东墙①。

此词上片，用杜甫五律《严郑公宅同咏竹得香字》诗中的二、三两联而略作变化："色侵书帙晚，阴过酒樽凉。雨洗娟娟净，风吹细细香。"下片化用白居易七言歌行《画竹歌》中的"人画竹身肥拥肿"等句而成。《东坡乐府》中的集句词，尚有一字不易者，如《南乡子》（寒玉细凝肤）即为其代表。其词为：

> 寒玉细凝肤（用吴融《即席十韵》句）。清歌一曲倒金壶（用郑谷《席上贻歌者》句）。冶叶倡条遍相识（用李商隐《燕台诗四首·春》句），争如。豆蔻花梢二月初（用杜牧《赠别》二首其一句）。少年即须臾（用白居易《东南行一百韵》句）。芳时偷得醉工夫（用白居易句，诗题未详）。罗帐细垂银烛背（用韩偓《闻雨》句），欢娱。豁得平生俊气无（用杜牧《寄杜子》二首其一句）②。

如此等等，完全是一种在故纸堆里讨生活的文字游戏，毫无文学价值、文学趣味可言。

其三为和韵词。和韵词是明显地受和韵诗的影响所致。据卞孝萱《元稹年谱》的考察结果表明，和韵诗始于中唐诗人元稹，其后即成为一种创作风气，并为北宋诗人所接受。《东坡乐府》中的和韵词有两种形式，一为和他人词之韵，如《青玉案·和贺方韵送伯固归吴中》即是。另一种则为和作者同词调之韵，如《东坡乐府》卷下43首《浣溪沙》中，此种和韵词就特多，兹不例举。

---

① 苏轼：《定风波》（雨洗娟娟嫩叶光），《东坡乐府》卷上，上海古籍出版社1979年版。

② 苏轼：《南乡子》（寒玉细凝肤），《东坡乐府》卷上，上海古籍出版社1979年版。

其四为隐括词。《东坡乐府》卷上《哨遍》(为米折腰)即为其例。是词有注云："陶渊明赋《归去来》，有其词而无其声。余既治东坡，筑雪堂于上，人俱笑其陋，独鄱阳董毅夫过而悦之，有卜邻之意。乃取《归去来》词，稍加隐括，使就声律，以遗毅夫，使家僮歌之，时相从于东坡。" 此外，《东坡乐府》中还有隐括韩愈《听颖师琴》而成的《水调歌头》(昵昵儿女语)等。

其五为嵌字词。《东坡乐府》卷下《减字木兰花》19 首中的第 2 首即为其例。此词有序云："赠润守许仲途，且以郑容落籍、高莹从良为句首。"其中的"郑容落籍、高莹从良"8 字，为苏轼将其"嵌"于《减字木兰花》中每句之首，而成为：

> 郑庄好客，容我樽先堕帻。落笔生风，籍籍声名不负公。高山白早，莹骨冰肤那解老。从此南徐，良夜清风月满湖①。

胡仔《苕溪渔隐丛话·后集》卷四十引《东皋杂录》云："东坡自钱塘被召，过京口，林子中作守，郡有会，坐中营妓出牒，郑容求落籍，高莹求从良，子中命呈东坡，坡索笔为《减字木兰花》书牒后云……暗用此八字于字端也。"据此，知为苏轼所嵌的郑容、高莹乃二营妓名，苏轼因于牒中准其落籍、从良，故乃将其名作为判词嵌入词中。

以上的例举，即足可使我们认清苏轼"以游戏作乐府"的真面目，但从另一个方面审视，苏轼的这些"率尔为之"之作，也是导致《东坡乐府》"不喜裁剪以就声律"的重要原因之一。换言之，苏轼的"不能唱曲"即不懂音乐，与他以"游戏作乐府"的举措，是"决定他不能成为一位优秀词人"的关键所在。所以，陈廷焯《白雨斋词话》乃特别指出："回文、集句、叠韵之类，皆是词中下乘，有志于古者，断不可以此眩奇，一染

---

① 《减字木兰花》(郑庄好客)，《东坡乐府》卷下，上海古籍出版社 1979 年版。

其习，终身不可语于大雅矣。”①苏轼的这类词，就是“终身不可语于大雅”的代表。至于宋人如刘辰翁《辛稼轩词序》认为“词至东坡……如天地奇观”，胡寅《题酒边词》认为苏轼词“一洗绮罗香泽之态，摆脱绸缪宛转之度”等，其实都是一些言过其实的评语，未可据信。这是因为，其之所言，主要是针对苏轼的《江城子》(老夫聊发少年狂)、《念奴娇》(大江东去)等豪放词所作之评价，因而也就自然是犯了以偏概全的错误。更何况，《东坡乐府》中的“艳科词”数量之多，是非几首豪放词(多数论者认为苏轼豪放词不及10首，更有认为只有2首者)可以相比的，所以，如胡寅等的“一洗绮罗香泽之态，摆脱绸缪宛转之度”云云，完全是一种不顾事实的称誉。

第二节　尴尬不已豪放词

一代文宗苏东坡，因创作了《念奴娇·赤壁怀古》等作，而为后人大加称道，并由此出现了所谓的“豪放体”与“豪放派”，使得宋代词苑蔚为壮观。如明代著名词学批评家张綖在其所著《诗余图谱》中，即如是写道：“词体大略有二，一体婉约，一体豪放。婉约者欲其词调蕴藉，豪放者欲其气象恢宏，然亦存乎其人。如秦少游之作，多是婉约；苏子瞻之作，多是豪放。”②这是以苏轼为代表的“豪放派”之说在词史上的首次出现。这里说的虽为“词体”，但所指乃为词风，故张氏之云，实乃开宋词流派论之先河，至为重要。此前，南宋词学家曾慥在《东坡词拾遗跋语》一文中，于苏轼的“乐府”最早使用了“豪放”一词进行评价：“豪放风流之不可及也。”其后，陆游于《老学庵笔记》卷五中，对苏

---

① 陈廷焯：《白雨斋词话》，人民文学出版社1959年版。
② 张綖：《诗余图谱》，国家图书馆藏汲古阁本。

轼词亦进行了如是评价："公非不能歌，但豪放，不喜裁剪以就声律耳。"①于是，苏轼为"豪放词"的开创者，"豪放"为苏轼词风的主要特色，苏轼的"豪放词"改变了当时的词风等，便成为了文学史家与词学界在言及"东坡乐府"时的经常性用语。因此之故，苏轼亦在文学史上成为了"豪放词"的代表。继之则导致了一种词学批评现象的历史存在，即凡言"豪放词"者，必及苏轼；凡及苏轼者，必言"豪放词"，于是，苏轼与豪放词便被紧紧的捆绑在一起。

然而，词的发展史和批评史告诉我们，苏轼的豪放词在当时即北宋时期，并非为社会所欢迎，而是境况极为尴尬。即是说，从接受美学的角度讲，生活在北宋时期各阶层的读者，并非如当代词学家那样，对苏轼豪放词给予了极高的文学史地位，而是连其是否为"词"都尚持怀疑态度。导致这一"词坛怪况"存在的历史原因、文化背景、审美观念，以及苏轼对豪放词的创作动机等，便成为了本节的主要讨论内容。

一、"自是一家"词产生的历史原因

众所周知，苏轼一生，先后经历了宋仁宗、宋英宗、宋哲宗等四朝皇帝，而这一时期的文坛，却表现出了一道既奇特又热闹的文化景观，这便是为后人所称道的"有井水处皆歌柳词"。所谓"柳词"，就是指被张端义《贵耳集》卷上记载可与杜甫诗歌齐名的柳永的词②。作为文学家，柳永可称得上是苏轼的前辈，因为从年龄上讲，柳永约长苏轼 45 岁，苏轼嘉祐二年(公元 1057 年)进士及第时，柳永于文学创作(主要是词)早已名倾天下，为词坛闻人。

柳永之前的北宋词坛，据朱德才《增订注释全宋词》③第一册的"目

---

① 陆游：《老学庵笔记》，中华书局 1979 年版。
② 张端义：《贵耳集》，中华书局 1958 年版。
③ 朱德才主编：《增订注释全宋词》(第一册)，文化艺术出版社 1997 年版。

录”可知，总共才有17位词人写了47首词，其中，还有不少是写在柳永的创作期之际，即真正属于柳永未降生之前的北宋词，实际上只有大约10首左右。由是而观，柳永之前的北宋词坛，几乎是处于一片沙漠地带。而从历史的角度看，大宋帝国自宋仁宗始，便呈上升趋势，这时经济发达，都市繁荣，市民文化悄然兴起，这一切，乃为词这种音乐文学提供了极为便利的发展机遇。柳永以其文学家敏锐的眼光，抓住这一机遇，并以其毕生的艺术实践，在“花间词”与北宋文学之间，架起了一座“长短句”的桥梁，从而产生了如叶梦得《避暑录话》所载之“凡有井水饮处，即能歌柳词”的文学社会效应。歌者争唱柳永词的这种社会现象，不仅反映了当时人们对这种音乐文学的需求心理与喜爱程度，而且也推动了词的兴盛与发展，扩大和提高了柳永的文学知名度。于是，柳永声名日隆，以致当时的皇帝都知道在京师有一个“填词”的“柳三变”，而且还“每对宴，必使侍从歌之(指柳词—笔者注)再三”①。而柳永因科举失意后，于《鹤冲天》(黄金榜上)一词里自称为“才子词人”中之“白衣卿相”的事实，又充分反映了他对自己文学才华的极度自负，大有“当今词坛，舍我其谁”之态势。总之，柳永表现于词体艺术这一领域的文学成就，在当时几乎是获得了社会各阶层普遍的认可的，以致在其之后，词坛形成了一股“柳永热”。对此，王灼《碧鸡漫志》卷二乃有载：“今少年妄谓东坡移诗律作长短句，十有八九不学柳耆卿，则学曹元宠。”②又，胡寅《酒边集序》亦云：“词曲者，古乐府之末造也……柳耆卿后出，掩众制而尽其妙，好之者以为不可复加。”这些记载，均充分表明了柳永词在当时是深受读者喜爱与欢迎的。

柳永在词的创作上所获得的巨大成功，既激发了当时大批文学青年的填词热情，又给许多具有一定文学成就的文学家以无限压力，后者如苏轼便是其中之一。苏轼从事填词艺术时，正当柳永词风靡一时之际。

---

① 陈师道：《后山诗话》，《历代诗话》本，中华书局1981年版。

② 王灼：《碧鸡漫志》卷二，《中国古典戏剧论著集成》本，中国戏剧出版社1959年版。

斯时前后，苏轼在传统的诗歌、散文方面，虽然已成就卓然，但于新兴的词这种音乐文学，却还未能与柳永相提并论。然而尽管如此，苏轼对于柳永词从内容到词风，都颇抱偏见，于是，便决定在北宋词坛上与柳永一试高低，并欲以“豪放词”抵制与压倒柳永的“婉约词”。对此，我们可从他在创作《江城子》(密州出猎)后，致书与友人鲜于侁所说的一番话，即可管窥其端倪。这番话见于苏轼集中《与鲜于子骏》一文：“近却颇作小词，虽无柳七郎风味，亦自是一家，呵呵！数日前，猎于郊外，所获颇多。作得一阙，令东州壮士抵掌顿足而歌之，吹笛击鼓以为节，颇壮观也。”①在这里，苏轼对他的《江城子》(密州出猎)之类的“豪放词”，明确地树起了“自是一家”的旗帜，并以此来区别于被王灼在《碧鸡漫志》卷二中所称道的“自是一体”的柳永词。同时，他在文中还将柳永词戏称为“柳七郎风味”。其后不久，苏轼在黄州又创作了《念奴娇·赤壁怀古》等“自是一家”的豪放词名作，以继续与柳永的“柳七郎风味”相抗衡。

关于苏轼不服柳永、并欲在词的创作上与之一比高低的事例，李之仪《姑溪居士文集》尚有载。据该书卷三十八《跋戚氏》一文，知在宋哲宗元祐八年(公元1093年)，苏轼为定州安抚使时，有歌者欲于席上唱柳永的名作《戚氏》，“意将索老人(指苏轼—笔者注)之才于仓卒，以验天下之所向慕者”。苏轼则就席间所谈周穆王、西王母故事，用《戚氏》词调当场填了一首词，其“随声随写，歌意篇就，才点定五、六字”。②《戚氏》为柳永晚年的自度曲，《乐章集》入中吕调，共212字，分三叠，第一叠九平韵，一仄韵，第三叠皆六平韵，三仄韵。苏轼于“席间”的短时间内以之填写一首词的举措，其目的很明显，就是要当众显露才华，以压倒柳永。类似的例子，还有俞文豹《吹剑录》中的一段记载。其云：“东坡在玉堂，有幕士善讴，因问：‘我词比柳词何如?’对曰：

---

① 苏轼：《与鲜于子骏》，《苏东坡全集》，中国书店1986年版。

② 李之仪：《姑溪居士文集》卷三十八，《四库全书》本，上海古籍出版社1987年影印版。

‘柳郎中词，只好十七八女孩儿，执红牙拍板，唱杨柳岸、晓风残月；学士词，须关西大汉，执铁板，唱大江东去。’公为之绝倒。”①

上述事例，很容易让人联想到发生于唐代中期诗坛的“韩白之争”。对于文学史上的这场“韩白之争”，朱琦《论韩愈与白居易》②一文，曾进行了具体而翔实的梳理。其大致的情况是：韩愈偕同柳宗元，在东都洛阳共同发起并倡导了著名的古文运动，影响巨大；而白居易与元稹等人，则于西京长安，掀起了一场轰动诗坛的新乐府运动。韩、柳的古文运动，对元、白散文并未形成冲击；而元、白由新乐府运动所形成的“元白诗派”，则直接影响着韩愈险怪硬涩的诗风。在这种情况下，韩愈即欲与白居易一争高下。于是，韩愈便有意识地与当时一些诗风相近的诗人如孟郊等频频交游赠和，并对他们大加称赞，很快，这些人便聚集在韩愈的周围，从而形成了一个足以与“元白诗派”（又称“浅切诗派”）相抗衡的“韩孟诗派”（又称“险怪诗派”）。这两个诗派于中唐诗坛崛起，其实代表的是当时诗人们两种不同的审美追求。而苏轼以其“自是一家”的“豪放词”，与柳永“自是一体”的“柳七郎风味”相抗衡者，亦属如此。换言之，苏轼对豪放词的创作，虽然具有革新北宋词风的一面，但从其主观方面讲，则主要在于欲压倒与超过柳永，他这种强烈的功利性文学目的，与韩愈因欲与白居易一比高低而导致“险怪诗派”的形成，具有极强的相似性。

二、苏门弟子的选择与“要非本色”

苏轼欲以“自是一家”的豪放词，压倒柳永“自是一体”的“柳七郎风味”的举措，如上所言，虽然与唐诗史上的“韩白之争”颇为类似，但二者的区别也是甚为明显的。其中最主要者，便是韩愈与白居易的抗衡，

---

① 俞文豹：《吹剑录》，《宋元词话》本，上海书店1999年版。

② 朱琦：《论韩愈与白居易》，《唐代文学研究》第四辑，广西师范大学出版社1993年版。

一开始就得到了很多人的支持，这固然与韩愈有意而为关系密切，但这些人最终在韩愈的率领下，形成了中唐诗坛上的一个重要诗派。而苏轼则不然，他自始至终，乃为一个人在孤军奋战，即苏轼于豪放词的创作，在当时不仅得不到人们的支持，而且还遭到了不少人的讽刺。即如“苏门四学士”“苏门六君子”这些苏轼的弟子也不例外，以致使得他成为了豪放词创作中的孤家寡人。这一文学史事实，是颇值得后人特别是对苏轼豪放词大加称道的研究者所“玩味”的。下面拟对此作一简要考察，并就某些问题略作辨析。

所谓“苏门四学士”，是指北宋时期的黄庭坚、秦观、晁补之与张耒，因四人皆出自苏轼门下，且并有文名，故《宋史·黄庭坚传》乃有黄庭坚“与张耒、晁补之、秦观俱游苏轼门，天下称为四学士”云云。而“苏门六君子”，则是于“四学士”外另增加了李廌与陈师道，且其乃因托名陈亮所编《苏门六君子文粹》一书而得名。

在“苏门六君子”中，文学成就最高者为黄庭坚。黄庭坚不仅是“江西诗派”的领袖人物，而且在文学史上与苏轼并称为“苏黄”。黄庭坚词行世者，主要有《汲古阁宋六词·山谷词》《强村丛书·山谷琴趣外篇》两种刻本，二者皆为一卷本，现存词 190 首。《山谷词》主要以师柳永、苏轼为能事，对于前者，自南宋以降的历代词论家，已多有指出，如刘载熙《艺概》、夏敬观《手批山谷词》等，并认为，《山谷词》学柳，主要是学柳词的“情调之俗”与“语言之俗”①。黄庭坚词学苏，论者大都认为与其“豪放旷达”相关，而有“豪放浩气近于苏轼”云云。而事实上，《山谷词》中只有极少数词如《念奴娇》(断虹霁雨)、《水调歌头》(瑶草一何碧)、《定风波》(万里黔中一漏天)等，虽受苏轼豪放词“气息”的影响，但其却并不能被称之为豪放词。也就是说，黄庭坚词虽学柳、苏，其重点则是学柳而非苏，这从程千帆、吴新雷《两宋文学史》认为

---

① 程千帆、吴新雷：《两宋文学史》，上海古籍出版社 1991 年版。

黄词只有某些作品“透露”着学苏的“气息”之结论①，即可获得明证。

作为文学家，秦观的诗、文、词、赋均很出色，但尤以词最为后世所称道。秦观的“淮海词”，旧存72首，龙榆生编《苏门四学士词》补辑28首。朱德才主编的《增订注释全宋词》收秦观词整90首。秦观虽为“苏门四学士”之一，但其词却是明显地受了柳永的影响，南宋词选家黄升于《花庵词选》卷一苏轼“永遇乐”所写的一条注释，即足以对此证实之。其云：

> 少游自会稽入京，见东坡。坡曰：“久别当作文甚胜，都下盛唱公‘山抹微云’之词。”秦逊谢。坡遽云：“不意别后，公却学柳七作词。”秦答曰：“某虽无识，亦不至是，先生之言，无乃过乎？”坡云：“销魂当此际，非柳词句法乎？”秦惭服，然已流传，不复可改矣②。

柳永是《花间集》后的第一位婉约词人，而秦观学柳，不仅已为苏轼的“公却学柳七作词”所肯定，并且因之而成为众所公认的婉约派词人。如夏敬观《手校〈淮海词〉跋》即云：“少游词清丽婉约，辞情相称，诵之回肠荡气，自是词中上品。”而明人张綎于所刻《淮海词》中，亦认为“少游多婉约，子瞻多豪放，当以婉约为主”。

张耒的词集名《柯山诗余》，有赵万里辑本，现存词10首，见龙榆生编《苏门四学士词》第三册。《增订注释宋词》著录张耒词9首。张耒虽师承苏轼，但从其现存的10首词看来，无一与苏轼豪放词相类。

晁补之的《晁无咎词》(又名《晁氏琴趣外篇》)，收词六卷。《增订注释全宋词》著录晁补之词167首。《两宋文学史》在论及晁补之词时，认为晁补之“是苏门中能够继承豪放风格的唯一作家”，理由是晁补之

---

① 程千帆、吴新雷：《两宋文学史》，上海古籍出版社1991年版。
② 黄升：《花庵词选》卷一，《四库全书》本，上海古籍出版社1987年影印版。

的《摸鱼儿·东皋寓居》是一首公认的代表作。但我们认为，晁补之的这首《摸鱼儿》，并非为豪放词之属。为便于讨论，兹录其全文如下：

买陂塘，旋栽杨柳，依稀淮岸湘浦。东皋嘉雨新痕涨，沙嘴鹭来鸥聚。堪爱处，最好是，一川夜月光流渚。无人独舞。任翠幄张天，柔茵藉地，酒尽未能去。　青绫被，莫忆金闺故步，儒冠曾把身误。弓刀千骑成何事？荒了邵平瓜圃。君试觑，满青镜、星星鬓影今如许。功名浪语。便似得班超，封侯万里，归计恐迟暮①。

就内容而言，此词主要反映的是作者对官场生活的厌弃与对田园生活的向往，表现出了其浓厚的隐居思想。从艺术风格方面看，此词虽如毛晋在《〈琴趣外篇〉跋》中之所云，乃“不作绮丽语”，但却与“豪放”相去甚远。刘熙载《艺概》卷四云：“无咎词，堂庑颇大。人知稼轩《摸鱼儿》(更能消几番风雨)一阙为后来名家所意放，其实所本即无咎《摸鱼儿》(买陂塘旋栽杨柳)之波澜也。”②刘熙载将辛弃疾的《摸鱼儿》(更能消几番风雨)与晁补之的这首《摸鱼儿》(买陂塘旋栽杨柳)进行了比较，认为晁词实即辛词之所本，甚是。这是因为，辛弃疾的《摸鱼儿》如同屈原的《离骚》一般，通篇以香草美人为比兴，哀怨温婉，情思缠绵，故清人冯煦于《宋六十一家词选·例言》中认为，其“与粗犷一派，判若秦越”。所谓“粗犷一派”，实即为“豪放派”，既与其“判若秦越”，则辛弃疾《摸鱼儿》非为豪放词乃甚为清楚。而辛词“所本”既为晁补之的《摸鱼儿》(买陂塘)，是晁词非为豪放词，亦可遽断。

陈师道有《后山词》一卷行世。陈师道作诗主张学杜甫，但又认为学杜必须从学黄庭坚入手。而其词，则以“花间”时期的令词为主，唯《满庭芳·咏茶》一首系长调。其词风虽出“花间”，但仍乃婉约之属，

---

① 晁补之：《摸鱼儿·东皋寓居》，朱德才主编《增订注释全宋词》(第一册)，文化艺术出版社1997年版。

② 刘熙载：《艺概》，上海古籍出版社1978年版。

而与豪放不沾边。

李廌为“苏门六君子”之一，仅存词4首，即：《菩萨蛮·双松庵朋下赏梅》《虞美人》(玉阑干外浦)、《品令》(唱歌须是)、《清平乐》(落梅呜咽)。其中，以《虞美人》一词最具代表性，被《两宋文学史》称之为“杰作”，并说：“一结清疏淡远，不为伤感之辞，耐人寻味。”可见，其亦非豪放词乃甚明。

除上述六人外，当时属于“苏轼派”即与苏轼关系密切的词人，还有李之仪、张舜民、毛滂等人，但这些人从词派的角度言，均属于婉约派而非豪放派。

以上的考察结果告诉我们，无论是与苏轼有师承关系的“苏门六君子”，还是与其过从甚密的文坛友好，虽然他们都团结在苏轼周围，并于政治、思想乃至诗文等受其程度不同之影响，但于词则无一人传其“豪放词”之衣钵。这一事实所表明的是，苏轼虽然以豪放词的创作在与柳永的“柳七郎风味”抗衡，实则只是他一人在孤军奋战，即一个人在进行豪放词的创作。这种情况，对于苏轼的豪放词而言，无疑是一种无声的反抗。更有甚者，则是对苏轼的豪放词予以公开指责，如被称为“苏门六君子”之一的陈师道，即属如此。其于《后山诗话》中说：“子瞻以诗为词，如教坊雷大使之舞，虽极天下之工，要非本色。”由此看来，苏轼对豪放词的创作，不仅是在孤军奋战，而且是“要非本色”。陈师道作为苏门弟子，他的这种意见，显然是具有一定的代表性的，即其代表的是上述诸人对苏轼豪放词的一种真实看法：这就是豪放词并非为本色”词。而此，也是上述诸人既不支持苏轼创作豪放词，又不对其师学的原因之所在。同时，也是导致苏轼豪放词在北宋词坛上出现“一花独放”尴尬局面的根本性原因。

三、豪放词与宋人词学审美的冲突

陈师道在《后山诗话》中所提出的“本色”词，究竟是一种什么样的词呢？或者换一句话说，什么样的词才可称之为“本色”词呢？所谓“本色”词，质而言之，就是指具有“柳七郎风味”之类的婉约词。“本色”词从审美特征方面讲，除了具有音乐性、抒情性两大特点外，还有着明显的娱乐性。对此，五代词学家欧阳炯在《花间集序》中已曾涉及：“则有绮筵公子，绣幌佳人，递叶叶之花笺，文抽丽锦；举纤纤之玉指，拍按香檀。不无清绝之辞，用助娇娆之态。自南朝之宫体，扇北里之介风，何止言之不文，所谓秀而不实。有唐已降，率土之滨，家家之香径春风，宁寻越绝；处处之红楼夜月，自锁嫦娥。”①这段文字所反复阐述的，即是“本色”词的生存环境，也即孕育“柳七郎风味”的一架温床。此则表明，词是一种市民意识兴起的产物。所以，所谓的“本色”词，实际上是一种以适应市井细民文化心理需求为特色的词，故其题材与内容，大多被定格在男欢女爱、离愁别恨等方面。而且，“本色”词还因与诗具有本质上的区别，因而才有“诗庄词媚”(清季王又华《古今词论》引明人李东琪语)之谓。换一句话说，为人们所熟悉的“诗庄词媚”，其中的“词”之所指，为“本色”词而非“豪放”词，乃殆无疑义。因为“词媚”之谓，借用王国维在“人间词话”中的话来说，就是“要眇宜修”，也即人们通常所说的“词为艳科”或“艳科词”。由是而观，是知“艳”与“媚”，乃为“本色”词的审美特质。

而苏轼的豪放词，恰恰与此相反。前引俞文豹《吹剑续录》载“善讴”之“幕士”，将柳永“杨柳岸晓风残月”(《雨霖铃》)与苏轼“大江东去”(《念奴娇》)所进行的比较，即足以说明这一点。在这位久于歌场讨生活的“幕士”看来，柳永的词，由于皆为“本色”词，故特别适合那些“执红牙柏板”的“十七八女孩儿”演唱，而苏轼的豪放词，则只适合于一些“执铁板”的“关西大汉”演唱。其中的“铁板”之讥，实际上是说苏轼的豪放词失去了词的“本色”，这与上引苏轼《与鲜于子骏》一文中的

① 欧阳炯：《花间集序》，李一氓《花间集校》卷首附，人民文学出版社 1958 年版。

“令东州壮士”“而歌之”云云，情况完全相同。这样的词，在当时灯红酒绿的都市生活中，显然是无法博得持“词以婉约为正宗”的消费群体的欢心的。因此，豪放词之不能与“柳七郎风味”相比，而被撵出“歌舞厅”，也就势所必然。而此，只是苏轼豪放词在当时不受人们欢迎的原因之一。

苏轼豪放词在北宋不受人们欢迎的另一个原因，就是苏轼“以诗为词”，即其将本属音乐文学的词，待之以“句读不葺之诗”（李清照《词论》），亦即王灼《碧鸡漫志》卷二所说的“移诗律作长短句”。这一原因，实际上是指苏轼不懂音乐。众所周知，词这种新兴的文学样式，之所以能在唐五代悄然兴起并兴盛，其中最重要者，就是与流行于这一时期的燕乐关系密切。而此，也是词被称为音乐文学的关键之所在。但苏轼的豪放词，一则由于苏轼本人不懂音乐，二则因其喜以“诗律作长短句”，因而违背了词的艺术规律与审美要求，而使之存在着种种弊端。苏轼不懂音乐，吴曾《能改斋漫录》卷十六引晁补之语乃可证之：“东坡，人谓多不谐音律。”①晁补之为“苏门四学士”之一，所言应是可以信实的。而谢元淮《填词浅说》则认为，失去音乐的词，是不符合词的“本色当行”的。其云：“词之为体，上不可入诗，下不可入曲，要于诗与曲之间，自成一境，守定词场疆界，方称本色当行。至其宫调，格律，平仄，阴阳尤当逐一进求，以期完美。”而词离开了音乐，在当时是不能唱的，对此，彭乘《墨客挥犀》卷四已曾言及：“子瞻之词虽工，而不入腔，正以不能唱曲耳。”彭乘与苏轼俱为北宋人，其言苏轼词“不能唱曲”者，与晁补之的“人谓多不谐音律”正互为叩合。

而王又华《古今词论》引毛先舒对苏轼《念奴娇·赤壁怀古》的具体批评，又对上述结论作了更进一步之证实。其云：

> 东坡“大江东去”词：“故垒西边人道是三国周郎赤壁”，论调

---

① 吴曾：《能改斋漫录》，上海古籍出版社1960年版。

则当“是”字读断，论意则于“边”字读断；“小乔初嫁了雄姿英发”，论调则“了”字属下句，论意则“了”字当属上句。“多情应笑我早生华发”，“我”字亦然①。

毛先舒为清代著名的文学批评家，著有《声韵丛说》《韵学通指》《韵白》等书，专门研究诗、词、曲的声韵、平仄、宫调等。其于苏轼《念奴娇》予以指责的同时，还对其《水龙吟》进行了同样的批评：“又《水龙吟》：‘细看来不是杨花点点是离人泪’，调则当是‘点’字断句，意则当‘花’字断句。”所言均矢矢中的。

以上之所论，均属苏轼主观方面的原因，从中不难看出，其与当时人们所崇尚的“以婉约为正宗”的词学观，是存在着巨大差异的。所以，张綖《诗余图谱》曾明确指出：“大抵词以婉约为正，故东坡称少游为‘今之词手’。后山评东坡‘如教坊雷大使舞，虽极天下之工，要非本色’。”而明人徐师曾《文体明辨序说·诗余》之所言，亦与此相同：“而词贵感人，要当婉约为宗。否则，虽极精工，终乖本色。”②或以为张、徐二氏，均为明人，其所言“词以婉约为正”的观点。并非能代表宋人的词学观，实则为误。这是因为，苏轼称秦观为“今之词手”云云，即足以表明，“词以婉约为正”，乃系北宋时期人们表现在文学上的一种审美需求。而与朱熹关系密切的王炎在《双溪诗余·自序》一文中之所云，又可对此佐证：“长短句命曰曲，取其曲尽人情，唯婉约转妩媚为善。”③“婉转妩媚”，正是婉约词的本质特征。

总体而言，苏轼的豪放词在北宋虽然对革新文风起到了一定的作用，但由于主观与客观方面的原因，而未能为当时的人们所接受。这是一个令人扼腕但又必须承认的文学史事实。它的存在，反映了当时人们对“本色”词的喜爱，以及追求“婉转妩媚”词风的审美时尚。而豪放词

---

① 王又华：《古今词论》，《词话丛编》本，中华书局1986年版。

② 徐师曾：《文体明辨序说》，人民文学出版社1962年版。

③ 王炎：《双溪诗余》，《四印斋刻宋元三十一家词》本。

与这一时尚显然是产生了审美上的冲突的，这就注定了豪放词必然会受到人们的冷落。至于豪放词在南宋辛弃疾时代的勃兴，则与当时的政治形势、文化背景，以及人们新的审美追求等因素密切相关，但其已非本节之所论了，故罢。

第三节 苏轼艳科词一瞥

据上海古籍出版社1979年版《东坡乐府》可知，在苏轼现所存见的近300首“长短句”中，具有“柳七郎风味”的“艳科词”，至少有60首左右，这一数量实况表明，苏轼虽然在大力批评柳永的“艳科词”，但他却又颇为雅好“艳科词”，以至于成为了北宋“艳科词”队伍中的一位重要成员。苏轼这种对“艳科词”既恨又爱的创作个性，在整个赵宋词坛上乃属绝无仅有之一例。所以，本节特对苏轼的“艳科词”作一鸟瞰式观照。

一、对苏轼“艳科词”的认定

众所周知，“艳科词”之于北宋，乃因柳永之“柳七郎风味”而使然，而柳永词则又与晚唐五代之“花间词”不无关系。这样看来，则“花间词”“柳七郎风味”“艳科词”即构成了婉约词这一链条上的三个闪光点，且各具个性与风采。虽然如此，但这三类具有婉约特点的词，由于其内容所反映的主要是男欢女爱，或者说是以女性为主要描写对象的，因而遭到了时人与后人的诸多非议，如苏轼之于北宋词坛，就是对“柳七郎风味”批评最力的一位词人。不独如此，苏轼对柳永《乐章集》中的某些“花间”词，还产生了明显的敌意，这从俞文豹《吹剑续录》载其问人“我词与柳词何如”?① 即可窥其一斑。更有甚者，苏轼则是当众训斥

---

① 俞文豹：《吹剑续录》，《说郛》本卷二十四，中国书店1986年影印版。

秦观的“却学柳七作词”及其词中的“柳七语”①。凡此种种，均表明了以女性为描写对象的“艳科词”，在苏轼眼里是难以容忍与接受的。然而值得注意的是，苏轼一方面在反对与非难以柳永为代表的“艳科词”，一方面却于艺术实践中又从事着“艳科词”的创作，且其数量不在少许。对于苏轼“艳科词”(或有称为“情词”“艳词”“女性词”者)的数量，研究者大多认识不一，如有认为近100首者，有认为在80首左右者，有认为在50—80首之间者等。此则表明，研究者们对于“艳科词”的把握与理解，还存在一定程度上的差距。

那么，对“艳科词”究竟当如何理解呢？所谓“艳科词”，实际上是“词为艳科”的另一种说法，或者说，“艳科词”因“词为艳科”而始然。“词为艳科”一语，出自胡云翼于1926年所出版的《宋词研究》一书中，其中说：“宋朝……既是国家平靖，人民自趋于享乐，词为艳科，故遭时尚。”“词为艳科”之说，即因此而始。但无论是“词为艳科”也好，抑或“艳科词”也罢，其关键则在于一个“艳”字，而“艳”又是与女性密切相关的，故而，“艳科词”又有“女性词”之说。从广义的角度审视，凡以女性为描写对象的词，都是可称之为“艳科词”的，而狭义的“艳科词”，则是专指“花间”一类的“艳”词的。这是二者的区别。以苏轼的“艳科词”而论，其理所当然地属于前者，即其虽以女性为描写对象，但却与“花间”一类专写男欢女爱、灯红酒绿之类的“艳词”，乃是大有区别的。所以，苏轼《东坡乐府》中那些以女性为描写对象的词作，要而言之，其乃“艳科词”而非“花间”一类的“艳词”。虽然如此，但《东坡乐府》中也不乏描写女性美与香艳性特征的“艳词”，且将其置放于《花间集》或者《乐章集》中，也是很难分辨的，如《菩萨蛮》(翠鬟斜慢云垂耳)一词，即为其例。这既是一种词史事实，也是论苏轼词者所无法回避的，因之，其作为认识词人苏轼的另一面，也就不无价值与意义。

① 曾慥：《高斋诗话》，郭绍虞《宋诗话辑佚》，中华书局1980年版。

从对《东坡乐府》检核的结果表明，苏轼的“艳科词”至少不低于60首，其中，最具代表性者，即具有“柳七郎风味”的“艳科词”，则为47首。为便于讨论，兹将其篇目依次排列如次：

(1)《水龙吟》(楚山修竹如云)；

(2)《贺新郎》(乳燕飞华屋)、又(睡起画堂)；

(3)《西江月》(闻道双衡凤带)、又(玉骨那愁瘴雾)；

(4)《鹧鸪天》(笑撚红梅亸翠翘)；

(5)《卜算子》(缺月挂疏桐)；

(6)《临江仙》(冬夜夜寒冰合井)；

(7)《南乡子》(寒天细凝肤)、又(冰雪透香肌)；

(8)《菩萨蛮》(绣帘高卷倾城出)、又(碧沙微露纤掺玉)、又(玉童西迎浮丘伯)、又(落花闲院春衫薄)、又(火云凝汗挥珠颗)、又(翠鬟斜慢云垂耳)、又(柳庭风静人眠昼)、又(井桐双照新妆冷)、又(雪花飞暖融香颊)；

(9)《浣溪沙》(缥缈红妆照浅溪)、又(傅粉郎君又粉奴)、又(轻汗微微绣碧纨)、又(道字娇讹语未成)、又(桃李溪边驻画轮)、又(风压轻云贴水飞)、又(学画鸦儿正妙年)、又(入袂轻风不破尘)、又(风卷珠帘自上钩)；

(10)《南歌子》(师唱谁家曲)、又(笑怕蔷薇罥)、又(绀绾双蟠髻)、又(琥珀装腰佩)、又(寸恨谁云短)、又(紫阳寻春去)；

(11)《江城子》(玉人家在凤凰山)、又(十年生死两茫茫)；

(12)《蝶恋花》(一颗樱桃樊素口)；

(13)《减字木兰花》(晚来风细)、又(云鬟倾倒)、又(琵琶绝意)；

(14)《点绛唇》(月转乌啼)；

(15)《虞美人》(冰肌自是生来瘦)；

(16)《双荷叶》(双溪月)；

(17)《殢人娇》(满院桃花)；

(18)《诉衷情》(小莲初上琵琶弦)；

(19)《翻香令》(金炉犹暖麝煤残);

(20)《荷花媚》(霞苞电荷碧)。

以上共计词牌20个,词47首。《东坡乐府》中的这些“艳科词”,在数量上占其收词总数(282首)的六分之一,了解这些“艳科词”,有助于我们对苏轼词的全面认识与把握。所以,以下将以这47首词为例,对苏轼“艳科词”的创作概况、创作动机,以及其真正的“艳科词”认识观等,作一简要阐述与论析。

二、苏轼“艳科词”分类鸟瞰

以上所列举的“艳科词”表明,作为审美主体的词人苏轼,对于词体香艳美的追求,乃是并不亚于柳永、晏几道、欧阳修等人的。而如上所言,苏轼的“艳科词”在内容方面,有些描写是可与花间词并论的,其所描写的女性类别,则又较柳永、欧阳修、二晏等人为多。综而言之,苏轼《东坡乐府》中的“艳科词”,若将其所描写的女性作为视点,则大致可分为三种类型,下面分而述之。

其一是侍儿词。“侍儿”即“妓儿”。有宋一代,其娼妓制度因于唐而略有变迁,故乃有“官妓”“营妓”“私妓”“家妓”等名目。王书奴《中国娼妓史》第五章第六节《南北宋娼妓之概况》引邓之诚《骨董琐记》云:“宋太宗灭北汉,夺其妇女随营,是为‘营妓’之始。后复设‘官妓’,以给事州郡官幕不携眷者。”①据此,知属“军营”者为“营妓”,属“州郡”者为“官妓”。而官妓一旦为州郡者即太守一类的官吏所属,便成为了苏轼词中的“侍儿”,如《鹧鸪天》(笑撚红梅亸翠翘)一词即为代表。是词有自序云:“陈公密出侍儿素姐,歌《紫玉箫》曲,劝老人酒,老人饮尽,为赋此词。”又《水龙吟》(楚山修竹如云)序云:“时太守闾丘公显已致仕居姑苏,后房懿卿者,甚有才色,因赋此词。”是序又一作“赠赵

---

① 王书奴:《中国娼妓史》,岳麓书社1998年版。

晦之吹笛侍儿。”这两首词中的“侍儿素姐”与“吹笛侍儿”，均为官妓之属。《东坡乐府》中的这类词，主要是着眼于“侍儿”的“才色”而为，故作者所写其才，或歌或舞，所写其色，则皆丽质天生。如《南歌子》一词：

> 绀绾双蟠髻，云欹小偃巾。轻盈红脸小腰身，叠鼓忽催花拍斗精神。　空阔轻红歇，风和约柳春。蓬山才调最清新，胜似缠头千锦共珍藏①。

此词题下有序云：“楚守周豫出舞鬟，因作二首赠之。”另一首即《南歌子》(琥珀装腰佩)。这两首词，总写“楚守周豫”所“出”舞妓的容貌、身姿、纤手、服饰、发式及其舞技的精湛等。《东坡乐府》中的这类“艳科词”，大多以比喻式的描写为主，而词人则是以第三者的身份，在对各类“侍儿”之美尽情欣赏。这种写法，是典型的“花间式”描述，故与温庭筠的《菩萨蛮》(小山重叠)别无二致。

其二是妻妾词。这是《东坡乐府》中写得最好的一类“艳科词”，其所写主要为苏轼与其妻妾的情爱。综苏轼一生，其除与王弗、王润之正式结为夫妻外，还纳妾数人，对此，《苏东坡轶事汇编》②引《耆旧续闻》乃有载：“东坡有妾，名曰朝云、榴花。”又，释惠洪《冷斋夜话》卷一有云：“东坡南迁……予家有数妾，四五年相继辞去，独朝云随予南迁。”③《东坡乐府》卷上有《卜算子》一词云：

> 缺月挂桐梧，漏断人初静。谁见幽人独往来？缥缈孤鸿影。

---

① 苏轼：《南歌子》(绀绾双蟠髻)，《东坡乐府》卷下，上海古籍出版社 1979 年版。

② 颜中其：《东坡轶事汇编》，岳麓书社 1984 年版。

③ 惠洪：《冷斋夜话》，《宋元词话》本，上海书店 1999 年版。

惊起却回头，有恨无人省。拣尽寒枝不肯栖，寂寞沙洲冷①。

吴曾《能改斋漫录》卷十六载云："东坡先生谪黄州，作《卜算子》云云，其属盖为王氏之女也。"②时苏轼原配王弗已卒，与苏轼同生活于黄州者为继室王润之，《能改斋漫录》中的"王氏之女"，所指当为王润之。对于此词，或有认为是词人自描的产物，或有认为乃作者托物言志云云，俱误，具体可参见龙建国《唐宋词艺术精神》第九章第三节，此不具述。又著名的《江城子》(十年生死两茫然)，所悼者亦为王弗。由此两首词即可窥知苏轼与王弗生前感情之一斑。另据陈鹄《耆旧续闻》《燕石斋补》等载，苏轼于王朝云、榴花，亦分别写有《西江月》(玉骨那愁瘴雾)与《贺新郎》(乳燕飞华屋)等词，或哀悼或思慕，皆感情浓烈而真挚。如《浣溪沙》一词：

轻汗微微透碧纨。明朝端午浴芳兰。流香涨腻满晴川。　彩线轻缠红玉臂。小符斜挂绿云鬟。佳人相见一千年③。

《增订注释全宋词》(第一册)于此词之词牌下有注云："此词写于绍圣二年(公元1095年)端午前一日。当是为朝云而作。"④绍圣二年为苏轼谪居惠州之时，王朝云翌年即死，故"当是为朝云而作"乃可信实。从词史的角度言，艳词自"花间"而柳永，乃介入了作者的"身世之感"，苏轼则在其"艳科词"中多以"我"为之。而《东坡乐府》中的"我"，又有"明我"与"暗我"两大类，上举《江城子》《浣溪沙》等词中的"我"，即属

---

① 苏轼：《卜算子》(缺月挂桐梧)，《东坡乐府》卷上，上海古籍出版社1979年版。

② 吴曾：《能改斋漫录》，上海古籍出版社1960年版。

③ 苏轼：《浣溪纱》(轻汗微微透碧纨)，《东坡乐府》卷下，上海古籍出版社1979年版。

④ 朱德才主编：《增订注释全宋词》(第一册)，文化艺术出版社1997年版。

于后者。

其三是歌妓词。这类“艳科词”，在《东坡乐府》中数量既多，内容亦颇为丰富，而且与上两类词相比有着一个明显的区别，即词中所描写的女主人公，大多具有“离恨别绪”式的相思之苦。而尤有甚者，是在部分词作中，还介入了作者“我”的情感。这一特点的存在，表明了这类词才是《东坡乐府》中真正意义上的艳词，因为其与《花间集》和柳永的《乐章集》一样，既具绮罗香泽之态，又不乏绸缪婉转之度，是具有香艳性审美特征的词文学的典型代表。且看下面的两首词：

翠鬟斜慢云垂耳，耳垂云慢斜鬟翠。春晚睡昏昏，昏昏睡晚春。细花梨雪坠，坠雪梨花细。颦浅念谁人，人谁念浅颦。（其一）

柳庭风静人眠昼，昼眠人静风庭柳。香汗薄衫凉，凉衫薄汗香。手红冰碗藕，藕碗冰红手。郎笑藕丝长，长丝藕笑郎①。（其二）

这是《东坡乐府》卷下四首《菩萨蛮》“回文四时闺怨”中的两首，即“春怨”与“夏怨”。这一组回文词《菩萨蛮》，就其题材内容言，为典型的“艳科词”殆无疑义，而且无论是将其放入《花间集》抑或《乐章集》中，读者都是很难分辨其甲乙的。类似的还有《菩萨蛮》（落花闲院春衫薄）、《浣溪沙》（傅粉郎君又粉奴）等。前词中的抒情主人公，虽然有可能不是一位歌女，但作者对其“邮便问人羞，羞人问便邮”的心理活动的展示，却与“春怨”中那位“颦浅念谁人，人谁念浅颦”的歌女是相同的，即二人都是在莺歌燕舞的春光时期，深深地思念着自己的“那一位”。此则表明，《东坡乐府》中的这类艳词，从其表现手法而言，无疑是《花间集》与《乐章集》中“男子而作闺音”的翻版。

---

① 苏轼：《菩萨蛮》（翠鬟斜慢云垂耳）、（柳庭风静人眠昼），《东坡乐府》卷下，上海古籍出版社1979年版。

除了上述三类外，《东坡乐府》之“艳科词”所描写者，还有一类“泛化”女性，也是值得注意的。所谓泛化女性，是指苏轼在以这些女性为创作对象时，没有对其身份等作具体交待，如《浣溪沙》(风卷珠帘自上钩)中的那位“纤手”即为其例。全词为：

风卷珠帘自上钩，萧萧乱叶报新秋。独携纤手上高楼。　缺月向人舒窈窕，三星当户照绸缪。香生雾縠见纤柔①。

谁“独携纤手”？这位被携的“纤手”又是谁？凡此等等，作者均未作具体交待与说明，而任由读者在阅读的“自由创作”空间中去领悟、去想象。又如属于“集句”范畴的《南乡子》一词：

寒玉细凝肤，清歌一曲倒金壶。冶叶倡条遍相识，争如？豆蔻花梢二月初。年少即须臾，芳时偷得醉工夫。罗帐细垂银烛背，欢娱，豁得平生俊气无②。

这位“寒玉细凝肤”的女子是否是一位歌妓呢？答案是否定的，因为上片中“冶叶倡条遍相识”所“集”者，乃为李商隐著名的《燕台四首》中的《春诗》之句，而李商隐这一组诗所描述者，乃“洛中里娘也”③，即诗人暗恋的一位洛阳邻里的女郎。很显然，苏轼“艳科词”中的这类女性，与曹植《燕歌行》中的那位“思妇”、李白《杨叛儿》中的那位“妾”一样，均属泛指，而其相思与相娱，自然也就属于泛化之思与泛化之娱了。

---

① 苏轼：《浣溪沙》(风卷珠帘自上钩)，《东坡乐府》卷下，上海古籍出版社1979年版。

② 苏轼：《南乡子》(寒玉细凝肤)，《东坡乐府》卷上，上海古籍出版社1979年版。

③ 李商隐：《燕台四首》，叶葱奇《李商隐诗集笺注》卷下，人民文学出版社1985年版。

三、苏轼作“艳科词”之原因

上述由几类女性所构成的苏轼的“艳科词”，从总体上讲，其为苏轼婉约词的重要组成部分，则乃甚为清楚。苏轼的婉约词数量既多，艺术上亦颇具特点，故后人多所称道。如陈廷焯《白雨斋词话》卷一有云：“词至东坡，一洗绮罗香泽之态，寄慨无端，别有天地。《水调歌头》《卜算子·雁》《贺新凉》《水龙吟》诸篇，尤为绝构。”①所举四词，皆为婉约词，即可见一斑。但自20世纪80年代以来，研究者们针对苏轼的婉约词则提出了两种完全不同的意见。如李从军《论苏轼的婉约词》一文，着眼于苏轼对婉约词的发展，对后世婉约词创作的影响等方面，进行了较为全面之论述，认为苏轼“完全可以置身于大家的行列而和第一流的婉约词人相抗衡”②。傅卓寰《〈论苏轼的婉约词〉之我见》一文，则不同意李文的看法，认为“苏轼于婉约词，有继承而无创新”，“苏轼婉约词瑕瑜互见”，所以，“宋人对苏轼词的评价”，“根本不以婉约词的标准要求苏词，而从苏轼创作新词——豪放词来评价他在词史上的地位”③。李、傅二文的看法孰是孰非，这里不予讨论，但傅文认为，评价苏轼在词史上的地位主要看其新词即豪放词的说法，却是与本节所论颇具关联的。即是说，若按照傅文的说法，苏轼既然是以豪放词来开创其词世界的，那么，他为什么又创作了大量的婉约词呢？为什么又居然有如本节所例举的近50首的“艳科词”呢？对此，傅文均只字未及。而此，只是问题的一方面。

问题的另一个方面则是，前人对于苏轼词的评价，曾明确指出不能以豪放词为评论标准。如清人冯煦在《六十一家词选例言》中就公然表

① 陈廷焯：《白雨斋词话》卷一，人民文学出版社1959年版。
② 李从军：《论苏轼的婉约词》，《贵州文史丛刊》1985年第1期。
③ 傅卓寰：《〈论苏轼的婉约词〉之我见》，《贵州文史丛刊》1986年第3期。

示："世第以豪放目之，非知苏辛者也。"①在冯煦看来，不但不能以"豪放"目苏轼词，而且对辛弃疾词的评价也属如此。又如清人周济《介存斋论词杂著》有云："人赏东坡粗豪，我赏东坡韶秀，韶秀是东坡佳处，粗豪则病也。"②"粗豪"为苏轼词之病的断语，是很能说明问题的。正因此，上引龙建国《唐宋词艺术精神》在第九章中曾这样写道："苏东坡的'豪放词'已失去了词的审美特征，根本不值得称道。其'以诗为词'，实质上是撤换词的艺术精神，改变词的本体特征，把词变为既符合儒家诗教准则，又符合士大夫文人的审美情趣的长短句诗。"所言甚是。

其实，苏轼对豪放词的创作，并非如文学史家们所言是为了"开豪放词一派"。对于这一问题的认识，我以为有三个方面的事实，是必须引起持说者的注意的。这三个方面的事实为：其一是据台湾学者王保珍《东坡词研究》的统计，苏轼创作的豪放词数量极其有限："综观全部东坡词，其豪放之作，不过二十至二十五首之谱，比例不大。"③其二是本章上节《尴尬不已豪放词》的考察结果表明，在北宋创作豪放词者仅苏轼一人（其门人均学"柳七郎风味"），根本无"派"可言。其三是苏轼创作豪放词的动机，主要是为了压倒具有"柳七郎风味"的柳永的一些"艳科词"，本文开首所引《吹剑续录》之所载，对此即已进行了雄辩的证实。综此三者而观，可知认为苏轼"开豪放词一派"的说法，实际上是不符合词史的真实的。

苏轼的豪放词在北宋既然处于无人喝彩、无人支持的尴尬境地，而当时的情况又是"凡有井水饮处，即能歌柳词"④，即那些被苏轼批评的具有"柳七郎风味"的柳永词，在社会上乃是大受各阶层人们的欢迎

① 冯煦在：《六十一家词选例言》，《蒿庵论词》，人民文学出版社 1959 年版。
② 周济：《介存斋论词杂著》，人民文学出版社 1959 年版。
③ 王保珍：《东坡词研究》，台湾长安出版社 1979 年版。
④ 叶梦得：《避署录话》卷下，《丛书集成初编》本，台湾新文丰出版公司 1992 影印版。

的。面对这种不以苏轼自己意志为转移的文学局面，苏轼不得不重新审视自己于豪放词的创作动机了，也不得不调整自己的审美追求与对词体艺术观念的认识了。于是，他即远豪放而近婉约，并在此基础上创作了如本节以上所例举的近47首“艳科词”。对于苏轼表现在词体艺术审美观念上的这一转变，我们可从以下几个方面窥获之。其具体为：

首先是苏轼创作历程上的变化。这一方面的内容，主要是依据苏轼创作豪放词的时间而言。综观苏轼词的创作史可知，苏轼的第一首“新词”即豪放词，乃为他写于密州太守任上的《江城子·密州出猎》，是年，苏轼40岁。而苏轼最后的一首豪放词，研究者们一般认为即写于黄州的《念奴娇·赤壁怀古》，是年，苏轼47岁。二者合勘，可知苏轼创作豪放词的时间实际上不足10年。换言之，苏轼于豪放词的创作，在他的词体创作史上，只是属于一种阶段性的创作，而非长期以为。黄州以后的苏轼为什么不创作豪放词了呢？度其原因，一则当与作者此期的贬谪心态相关，另则应和其门人皆“学柳不学苏”关系密切。苏门弟子学柳，以秦观为最，而此，也是苏轼当面斥责秦观“却学柳七作词”的关键之所在。秦观学柳，可以称得上是终身学柳，这从一部《淮海词》即可窥获之。但秦观学柳，乃于不断的艺术实践中建立起了自己的风格，并与柳永、晏几道、欧阳修等人平分着北宋婉约词的秋色。秦观执着走柳永词体之路而不与苏轼豪放词同途的举措，对于苏轼而言，肯定是有所触动甚至是倍受影响的。所以，虽然曾一度斥责过秦观“却学柳七作词”的苏轼，最后也因大量创作婉约词（含“艳科词”）而与柳永并称，对此，无名氏《甘露滴乔松》中的“文章燕许，歌辞苏柳”①，即可证之。

其次为苏轼对柳词的重新认识。如前所述，苏轼对于具有“柳七郎风味”的柳永词，本是抱着一定程度的敌意的，但他后来却一改这种态

---

① 无名氏：《甘露滴乔松》，朱德才主编《增订注释全宋词》（第四册），文化艺术出版社1997年版。

度，而是于柳词进行了首肯和称颂，如赵令畤《侯靖录》卷七引苏轼的一段评语，即可为证。其云："东坡云：'世言柳耆卿曲俗，非也。如《八声甘州》云："霜风凄紧，关河冷落，残照当楼。"此语于诗句，不减唐人高处。'"①这条材料表明，苏轼不仅认为柳永的词非"俗"，而且还对"世言柳耆卿曲俗"的现象进行了辩驳。同时，他又以《八声甘州》这一具体作品为例，对柳词进行了高度评价，认为其"不减唐人高处"。苏轼对柳词的这种认识，与他此前称柳永词为"柳七郎风味"的评价，乃大相径庭。这一实况足以表明，柳永词在苏轼的心目中，随着时间的推移与其审美趣味的转变，已逐渐由"恨"而变为爱了。而此，对于苏轼的婉约词及上述"艳科词"的创作而言，显然是起到了相当重要的作用的。

再次即苏轼对柳词艺术养份的汲取。如上所言，苏轼的弟子如"苏门四学士"等，在词体的创作方面，是皆学柳而不学苏的。而苏轼本人，则亦曾学柳，且不减秦观等人。苏轼学柳，最明显、最突出的事实就是于词中用典。对于宋词的用典，传统的说法，几乎千篇一律地认为乃始于苏轼，如新近出版的袁行霈主编的《中国文学史》第三卷即这样写道："在词中大量使事用典，也始于苏轼。"②实际上，这种说法是极为错误的，因为"在词中大量使事用典"，并非"始于苏轼"，而是始自柳永，对此，本书第四章第二节已进行了讨论，此不具述。柳词用典，以事典中的人物典为主，而苏词亦然。如柳永《合欢带》(身材儿)一词，共用了六个典故，其依序分别为："韩娥""飞燕""檀郎""凌云""掷果""凤楼"，皆为人物典。③ 其典故运用之多之精，简直可与后来的辛弃疾词媲美。苏轼词如《满江红》(忧喜相寻)一首，就分别用了"伯鸾携德耀""箪瓢未足""生兰玉""文君婿知否"四个典故，其所指则依序为梁鸿、孟光、颜回、谢安、司马相如、卓文君共六位历史人物。苏、柳词

---

① 赵令畤：《侯靖录》卷七，《宋元词话》本，中华书局1999年版。

② 袁行霈主编：《中国文学史》第三卷，高等教育出版社1999年版。

③ 参见拙作《柳永〈乐章集〉用典说略》，《山东师范大学学报》2003年第1期。

中这种在典故运用方面不相上下且极具相似性的实况，正为柳永词影响苏轼词、苏轼学柳词的极好例证。

总体而言，苏轼对“艳科词”创作的事实，一方面说明了“艳科词”在北宋时期的发展趋势，已到了无可阻挡的程度，另一方面则是苏轼对“柳七郎风味”由讥讽而喜爱的最佳见证。所以，从创作史的角度讲，苏轼远豪放而近婉约的举措，有力地证明了豪放词在北宋的不受欢迎，以及“词以婉约为正”的词学审美观在当时的深入人心。而此，所反映的即是北宋词坛上的一种历史真实。

第六章　结北开南：周邦彦词论

第一节　清真词的集大成

作为词人的周邦彦与作为诗人的杜甫，都曾被后人称为“集大成”的文学家，但二人的“集大成”却是颇具区别的。对于杜甫的“集大成”，元稹《杜君墓系铭并序》的记载为：“至于子美，盖所谓上薄风雅，下该沈宋，言夺苏李，气吞曹刘，掩颜谢之孤高，杂徐庾之流丽，尽得古今之体势，而兼文人之所独专矣。”①由初唐的“沈宋”而至“风雅”，皆有所涉。而周邦彦的“集大成”，除了周济在《宋四家词选目录序论》中以“清真集大成者也”的述说之辞相及外，具体以言者，乃推陈廷焯《白雨斋词话》卷一之所云：“词至美成，乃有大宗。前收苏、秦之终，后开姜、史之始。自有词以来，不得不推为巨擘。后之为词，亦难出其范围。”②其后，陈匪石《声执》卷上亦有载云：“周邦彦集词学之大成，前无古人，后无来者。凡两宋之千万门户，《清真》一集，几擅其全，世间早有定论矣。”③二陈所言表明，周邦彦的“集大成”，主要是表现在向北宋词人的学习方面。

---

① 元稹：《杜君墓系铭并序》，仇兆鳌《杜诗详注》附编，中华书局 1979 年版。

② 陈廷焯：《白雨斋词话》，人民文学出版社 1959 年版。

③ 陈匪石：《声执》，《词话丛编》本，中华书局 1986 年版。

综观周邦彦现存的186首词①以及有关资料，可知作为“词之圣者”的周邦彦，向北宋词人所学习的内容，主要表现为：其一是重在学习柳永词而却又胜于柳，并推进了由柳永倡导的“化俗为雅”②的词体雅化进程。其二是向有“贺梅子”之称的贺铸的《东山词》汲取艺术养分，重点则是学习其取唐诗之意“以诗为词”。其三是受秦观“语工而入律”的影响，使词的音律更为精细完美。其四是风格上兼收并蓄、博采众长而自成特色。所有这一切，是使周邦彦成为有宋一代“词之圣者”的标志。下面对此进行具体讨论。

一、清真词学柳永不学苏轼

在讨论之前，有必要对陈廷焯《白雨斋词话》“前收苏、秦之终”的说法，略作辨正，这是因为，周邦彦之于北宋词人，乃是学柳(永)而不学苏(轼)的，即其“前收苏、秦之终”，实际上应为“前收柳、秦之终”。柳永与苏轼，作为北宋词坛上的两位大家，从年龄的角度言，二人都为周邦彦的长辈。然而，周邦彦对于这两位词人在师学方面，却是近柳永而远苏轼的，即清真词所取得的艺术成就，无论从哪方面言，都是与苏轼及其《东坡乐府》相去甚远的。其原因在于：第一，苏、周政治思想方面存在着差异。众所周知，苏轼病卒于宋徽宗建中靖国元年(公元1101年)的常州时，周邦彦正为“弱冠”之年即整20岁，二人在年龄上虽为一代人之隔，但在政治上均经历了“元祐党争”这一特殊时代。斯时，苏轼为“新法”坚强的反对者，而周邦彦则始终与“新法”同命任，这从他28岁向宋神宗献《汴京赋》歌颂新法即可获知其大概。所以，有不少学者认为，周邦彦“与作为元祐党首的苏轼始终没有交往”，以及“周、苏二人终生不曾谋面”等说法，是颇为符合历史的真实的。

---

① 朱德才主编：《增订注释全宋词》(第一册)，文化艺术出版社1997年版。
② 王辉斌：《柳永乐章集用典说略》，《山东师范大学学报》2003年第1期。

第二，苏、周的词学审美趣味迥然有别。作为词人，苏轼在当时最不满意的词就是他所讥讽的“柳七郎风味”，因此，他在主观和客观上均欲另创“新格”以压倒柳永词。苏轼另创的“新格”，就是被后人所称道的“豪放词”。而周邦彦的清真词，无论是从思想内容、艺术精神方面言，抑或从情调品位、审美趣旨方面以论，都是与苏轼“豪放词”大相区别的，这从清人戈载《宋七家词选》、先著《词洁》均称清真词为“词家之正宗”，即可准确获知。第三，苏、周在音乐方面的分野。词体作为一种最具典型性的音乐文学，四声平仄与音律宫商乃为其关键之所在，但苏轼因为不懂音乐，而使得其“豪放词”不能入腔以唱，以致遭到时人与后人大量的批评与指斥。而周邦彦则不然，他不仅精通音律，并曾“提举大晟府”，为当时著名的音乐家与音乐理论家。所以，张炎于《词源》中曾这样写道：“迄于崇宁，成大晟府，合周美成诸人讨论古音，审定古调。……而美成诸人又复增演慢曲、引、近，或移宫换羽，为三犯、四犯之曲，按月律为云，其曲遂繁。”①而此，乃是周邦彦词被称为“清真雅词”的一个重要原因。

大体而言，苏轼词在北宋之当时，不仅未对其门下客如“苏门四学士”“苏门六君子”等人产生影响，而且于周邦彦等“苏门”之外的词人，也是了无关涉的。这是存在于宋词史上的一个不争的事实。对此，拙作《论苏轼豪放词在北宋的尴尬》②一文乃有详论，此不具述。

周邦彦词学柳永词，大而言之，主要表现在两个方面，其一是“屯田蹊径”，其二为“柳七郎风味”。所谓“屯田蹊径”，又称“屯田家法”，指的是柳永在慢词中“善于铺叙”而又“有过前人”之处的“以赋为词”。对于柳永所创制的这一“屯田家法”，周邦彦不仅予以全盘继承，而且还进行了变化与发展，并使之成为清真词的一大艺术法门。蔡嵩云《柯亭词论》在论及清真词与柳永词关系时，曾认为：“周词渊源，全自柳

① 张炎：《词源》，《词话丛编》本，中华书局1986年版。
② 王辉斌：《论苏轼豪放词在北宋的尴尬》，《甘肃社会科学》2004年第6期。

出。其写情用赋笔，纯是屯田家法。”①而夏敬观《手评乐章集》则云：“耆卿写景无不工，造句不事雕琢，清真效之。故学清真词者，不可不读柳词。耆卿多平铺直叙，清真特变其法，一篇之中，回环往复，一唱三叹。故慢词始盛于耆卿，大成于清真。”②蔡嵩云、夏敬观之所言，是颇具见地的。而夏敬观的“特变其法”“回环往复，一唱三叹”云云，更是具体指出了周邦彦表现在这一方面的创获。清真词的“以赋为词”，从技法的角度言，主要表现在三种类型的铺叙方面，对此，拙作《周邦彦“清真雅词”论》③一文乃进行了具体考察，此兹罢论。

所谓“柳七郎风味”，主要是指柳永《乐章集》中那些专写男女之情的“艳科词”。柳永的这类“风味”词，于男女情爱相思的描写中，既善于对创作主体独特的审美体验与心灵感受进行抒发，又能使“以情胜理”或“情理合一”的艺术精神得以完美表现，因此具有很高的艺术价值与审美价值。据朱德才主编《增订注释全宋词》中的周邦彦词（186 首）进行统计，周邦彦在仿学柳永这类“风味”词的方面，所占比例几为二分之一。其中，如《塞垣春》（暮色分平野）、《阮郎归》（冬衣初染远山表）、《忆旧游》（记愁横浅黛）、《西园竹》（秋怨）、《玉楼春》（玉奁收起新妆了）、《过秦楼》（水浴清蟾）、《浣溪沙》（争挽桐花两鬓垂）、《一落索》（眉共春山争秀）、《夜飞鹊》（河桥送人处）、《芳草渡·别恨》《夜游宫》（叶下斜阳照水）、《留客住》（嗟乌兔）、《解连环》（怨怀无托）等，乃皆为此类词之名作。况周颐《蕙风词话》卷二评周邦彦此类词说：“元人沈伯时作《乐府指迷》，于清真词推许甚至，唯以‘天便教人，霎时厮见何妨’，‘梦魂凝想鸳侣’等句为不可学，则非真能知词者也。清真又有句云：‘多少暗愁密意，唯有天知。’‘最苦梦魂，今宵不到伊行。’‘拌今生、对花对酒，为伊泪落。’此等语愈朴愈厚，愈厚愈雅，至

---

① 蔡嵩云：《柯亭词论》，《词话丛编》本，中华书局 1986 年版。

② 夏敬观：《手评乐章集》，《彊村丛书》本，1922 年归安朱氏刻本。

③ 王辉斌：《周邦彦“清真雅词”论》，《宁夏大学学报》2006 年第 3 期。

真之情，由性灵肺腑中流出，不妨说尽而愈尽。”①况周颐的这一评价，是对《清真词》中“艳科”词“情”的文学意义与“真”的美学价值的首肯，而成为周邦彦此类词的知音。

周邦彦的《清真集》学柳词，无论是“屯田家法”等技法方面的内容，还是“柳七郎风味”中的情爱与相思之描写，都具有青出于蓝而胜于蓝的特点。即是说，“周词渊源”，虽然“全自柳出”，但周词却较柳词则更胜一筹，比如同为“艳词”，周词则不像柳词那样一泻无余，而是含蓄蕴藉，缜密典雅，并将由柳永所躬行的“化俗为雅”的审美追求，向前大大地推进了一步。所以，沈义父《乐府指迷》有云：“凡作词，当以清真为主。盖清真最为知音，且无一点市井气，下字运意，皆有法度。”②所言极是。

二、对贺铸隐括唐诗的超越

从词体艺术的角度言，化用唐人诗句（即“诗典”），乃周邦彦清真词最重要的法门之一。而一部《清真集》，由于有了此一“法门”，即乃有如一位大家闺秀，其举手投足，颦笑之间，均透露出一种深厚的文化内蕴与强烈的风雅气息。请看《满廷芳·夏日溧水无想山作》一词：

风老莺雏，雨肥梅子，午阴嘉树清圆。地卑山近，衣润费炉烟。人静乌鸢自乐，小桥外、新绿溅溅。凭栏久，黄芦苦竹，疑泛九江船。年年。如社燕，飘流瀚海，来寄修椽。且莫思身外，长近尊前。憔悴江南倦客，不堪听、急管繁弦。歌筵畔，先安簟枕，容我醉时眠③。

① 况周颐：《蕙风词话》，人民文学出版社1960年版。

② 沈义父：《乐府指迷》，《词话丛编》本，中华书局1986年版。

③ 周邦彦：《满廷芳·夏日溧水无想山作》，朱德才主编《增订注释全宋词》（第一册），文化艺术出版社1997年版。

此词共用了五位唐代诗人的诗典，其中，杜甫与白居易各两次。具体为：杜牧（“风老莺雏”），杜甫（“雨肥梅子”），刘禹锡（“午阴嘉树”），白居易（“衣润费炉烟”）、白居易（“黄芦苦竹”），杜甫（“且莫思身外”两句），李白（“容我醉时眠”）。如此密集的唐人诗典之用，真可谓是琳琅满目，令人目不暇接，而又浑然天成，如若已出。

对于《清真集》中这一匠心独运的艺术特点，宋人已多所注意，如陈振孙《直斋书录解题》卷二十一即云：“（周词）多用唐人诗隐括入律，浑然天成。”①张炎《词源》卷下则说：“美成负一代词名，所作之词，浑厚和雅，善于融化诗句。……采唐诗，融化如自己者，乃其所长。”又，刘克庄《跋刘叔安感秋八词》亦云：“美成颇偷古诗句，温（庭筠）、李（贺）诸人，困于挦扯。”②陈振孙、张炎、刘克庄三人，虽然指出了清真词中的这一特点，但却未能就其渊源进行深入探讨。着眼于宋词艺术流变史的角度进行考察，可知周邦彦词中的此等法门，虽然与其“博涉百家之书”（《宋史·周邦彦传》）具有较为密切的关系，但重要的是其善于从柳永《乐章集》、贺铸《东山词》中进行借鉴，并加以苦心经营与大力发展。对于周、贺词表现在此一方面的关系，吴熊和《唐宋词通论》已曾指出：“（贺词）多从唐诗取其藻采与故实。这种词法就影响到周邦彦。而周邦彦后来在这方面还比贺铸运用得熟练和工巧，当时常以贺、周并称。”③

在宋代词人中，最早化用唐人诗句者，据我的考察，是有“浪子词人”之称的柳永④。贺铸继柳永之后，而成为“驱使”唐代诗人的一位重要倚声家，并使李商隐、杜牧等人“常奔命不暇”。贺铸是北宋时期一位在个性、词风方面均十分独特的词人，其《东山词》英雄豪气与儿女

---

① 陈振孙：《直斋书录解题》，中华书局 1987 年版。

② 刘克庄：《后村题跋》卷二，《丛书集成初编》本，台湾新文丰出版公司 1992 年影印版。

③ 吴熊和：《唐宋词通论》，浙江古籍出版社 1989 年版。

④ 王辉斌：《柳永词艺术成就新论》，《贵州社会科学》2003 年第 6 期。

柔情并存的文学境况，即构成了宋词史上一道亮丽的风景线。在艺术方面，《东山词》最引人注目者，即是善于从唐人诗句中吸取精华，以为已用。所以，《宋史·贺铸传》乃云："(铸)博学强记，工语言，深婉丽密，如次组绣。尤长于度曲，掇拾人所弃遗，少加隐括，皆为新奇。尝言：'吾笔端驱使李商隐、温庭筠，常奔命不暇。'"①对此，夏敬观《东山词补》卷末题记亦曾言之，云："(贺词)小令喜用前人成句，其造句亦恒类晚唐人诗。慢词命辞遣意，多自唐贤诗篇得来，不施破碎藻采，可谓无假脂粉，自然秾丽。"②据《宋史》贺铸本传的这一记载，知《东山词》最喜欢化用的唐人诗句，乃为晚唐时期的李商隐与温庭筠二人之诗，但实际的情况却并非如此。据我的手工检索，可知在《增订注释全宋词》所收贺铸的 283 首词作中，共化用了唐代 78 位诗人的 270 首诗。具体为：李商隐 31 首，杜牧 27 首，白居易 18 首，李白 17 首，杜甫 13 首，元稹 10 首；李益、刘禹锡、韦庄各 7 首；王维、韩偓各 6 首；柳宗元、温庭筠、李煜各 5 首；韦应物、薛能、顾况各 4 首；宋之问、李华、元结、岑参、王建、许浑、唐彦谦、李贺、韩愈、孟郊、赵嘏、冯延巳各 3 首；王勃、骆宾王、沈佺期、韩翃、卢仝、欧阳詹、方干、张祜各 2 首；卢照邻、孟浩然、高适、陆龟蒙等 40 人各 1 首。此则表明，贺铸在其词中常"驱使"的唐代诗人，并非为《宋史》所载是李商隐与温庭筠，而是被后人称为"小李杜"的李商隐与杜牧，以及白居易、李白等人。

而在宋代词人中，于"驱使"唐代诗人方面唯一能与贺铸比肩抗衡者，即乃周邦彦。而且，周邦彦《清真集》在此一方面，虽然是师法《东山词》(也应含柳永词)而为，但却较《东山词》更甚。对于清真词"驱使"唐代诗人的具体情况，我亦曾进行了手工检索，其结果表明，在周邦彦现存的 186 首(详前)词中，共化用了 56 位唐代诗人的 208 首诗。

① 脱脱等：《宋史·贺铸传》，中华书局 1985 年版。
② 夏敬观：《东山词补》，《彊村丛书》本，1922 年归安朱氏刻本。

如果以百分比计，周邦彦词在这方面是明显地高于贺铸词的。其具体情况为：杜甫 50 首，李贺 24 首，李商隐 18 首，杜牧 14 首，白居易 11 首，刘禹锡 9 首，李白 8 首，温庭筠 6 首，韩偓 4 首；王勃、王维、元稹、齐己、韩愈各 3 首；苏味道、许浑、贾岛、韩翃、李益、郑文宝、杨巨源各 2 首；骆宾王、贺知章、高适、钱起、罗隐、皮日休等 35 人各 1 首。在上述诗人中，诗圣杜甫可以称得上是周邦彦的最爱，因为其化用的杜甫诗歌整 50 首之数量，不仅居 56 位唐代诗人之冠，而且一首词化用几首杜诗的情况也并非为少许。明乎此，则我们对王国维《清真先生遗事》称“词中老杜，非先生不可”云云，也就有了更深一层的理解。

周邦彦受贺铸（也含柳永）的影响，于《清真集》词中将化用唐人诗句变化发展为一种作词的法门，既丰富与拓展了宋代词学的艺术领域，又使之成为其“集大成”的重要内容，堪值称道。对于清真词化用唐人诗句以为己用者，为便于把握，这里再举《霜叶飞》一词以为例说：

> 露迷衰草。疏星挂，凉蟾低下林表。素娥青女斗婵娟，正倍添凄悄。渐飒飒，丹枫撼晓。横天云浪鱼鳞小。似故人相看，又透入、清辉半晌，特地留照。　迢递望极关山，波穿千里，度日如岁难到。凤楼千夜听秋风，奈五更愁抱。想玉匣、哀弦闭了。无心重理相思调。见皓月、牵离恨，屏掩孤颦，泪流多少①。

此词共有三处化用了唐人的诗句，且其皆为李商隐之诗。具体为：（1）“素娥青女斗婵娟”：李商隐《霜月》诗：“青女素娥俱耐冷，月中霜里斗婵娟。”（2）“丹枫撼晓”：李商隐《柳》诗：“动春何限叶，撼晓几多枝。”

---

① 周邦彦：《霜叶飞》（露迷衰草），朱德才主编《增订注释全宋词》（第一册），文化艺术出版社 1997 年版。

(3)“屏掩孤颦”：李商隐《燕台诗·秋》：“云屏不动掩孤颦，西楼一夜风筝急。”此词所化用者，虽均为李商隐诗，但每一例却又各具特点：“素娥”句系合李诗两句而为，且分取这两句的一头一尾而“自铸伟辞”；“丹枫”句将李诗中的一春一柳变为一秋一枫，这种时间方面的变化，增强了叶的摇落感；“屏掩”句则取李诗一联中之出句稍加变化，作品中抒情主人公的孤独感即被和盘托出。

从以上的例举中，我们可以较准确之获知：其一是周邦彦《清真集》中的唐人“诗典”之用，其密集的程度，已远非柳永《乐章集》、贺铸《东山词》可比。其二是在一首词中，全部化用一位唐代诗人诗句的举措，周邦彦乃肇其始。其三是“诗典”在周邦彦词中，水乳交融，了无痕迹，几乎都成为了“天生好言语”,① 且于博学中见工巧，韵味无穷。其四是《东山词》与《清真集》均喜欢“隐括”李商隐诗的事例表明，贺、周词受李商隐诗的影响乃甚为明显。而在这四者中，前三者所涉内容，实际上是清真词对《东山词》表现在“诗典”方面的一种超越。

三、对秦观词体艺术的发展

在北宋词人中，秦观《淮海词》是明清词论家公认的婉约词的代表作，而他本人也被当代研究者认为是“最能体现当行本色的词手”。前者如张綖《诗余图谱》有云：“词体大略有二，一体婉约，一体豪放……如秦少游之作，多是婉约，苏子瞻之作，多是豪放。大约词体以婉约为正，故东坡称少游为‘今之词手’。”②作为“今之词手”的秦观，远绍花间、尊前，近学“柳七郎风味”而卓然名家，并于周邦彦清真词产生着明显的影响。对此，陈廷焯《白雨斋词话》卷一乃有载：“秦少游自是作手，近开美成，导其先路；远祖韦、温，取其神不袭其貌，词至是乃一

---

① 晁补之：《评本朝乐章》，《能改斋漫录》卷十一，上海古籍出版社 1960 年版。

② 张綖：《诗余图谱》，国家图书馆藏汲古阁本。

变焉。”在这里，陈廷焯虽然指出了秦观词“近开美成，导其先路”的文学史事实，然其于具体内容却只字未及。

比观《淮海词》与《清真集》，可知秦观在词体艺术上对周邦彦所产生的影响，其中最为关键者，即乃叶梦得在《避暑录话》卷三中所称道的“语工而入律”。所谓“语工而入律”，是指秦观《淮海词》的语言工丽淡雅，言律谐和，符合“当行本色”的词体审美要求，而周邦彦清真词则在此基础上，将其大加发展与变化，从而形成了一种精巧工丽的典雅风格。而此，即为周邦彦“集大成”的又一重要内容。

在北宋“元祐”词人中，秦观词的艺术成就是多方面的，而“语工”则为其一。《淮海词》以工丽见称，其中如《满庭芳》（山抹微云）、《望海潮》（梅英疏淡）、《梦扬州》（晚云收）、《八六子》（倚危亭）等，皆可为代表。这些词作，大多具有音和句炼而又清新淡雅的艺术特点，且虽经锤炼而又不失其本色。如《满庭芳》上片开首的“山抹微云，天粘衰草”八字，即被公认为“新奇别致”“精巧警策”的范例，特别是“抹”“粘”二字的运用，使秦观因此而获得了“山抹微云秦学士”的雅称。而作为本片歇拍的“斜阳外，归鸦万点，流水绕孤村”三句，更是境超情致，笔高韵美，而成为千古名句。秦观词表现在语言上“工”的这一艺术特点，不仅为周邦彦词所完全接受，并且还将其发展为典雅富丽之“工”。具体以言，周词的“语工”，主要表现在两个方面，其一是精雕细刻，锤炼有度；其二为征辞引类，使事用典，二者的结合，便构成了周词“缜密典丽”“富艳精工”的语言风格。如《六丑·蔷薇谢后作》一词，即为此之佳例。词云：

正单衣试酒，恨客里光阴虚掷。愿春暂留，春归如过翼，一去无迹。为问花何在？夜来风雨，葬楚宫倾国。钗钿堕处遗香泽，乱点桃蹊，轻翻柳陌。多情更谁追惜？但蜂媒蝶使，时叩窗槅。
东园岑寂，渐蒙笼暗碧。静绕珍丛底，成叹息。长条故惹行客，似牵衣待话，别情无极。残英小，强簪巾帻。终不似一朵钗头颤袅，向人欹侧。漂流处，莫趁潮汐。恐断红尚有相思字，何由见得①？

这是一首典型的“词人之词”。全词极尽工巧之能事，以一百四十字的长调，借花惜人惜时，且于铺叙中又以人喻花，层次翻转，典中用喻，喻中生象，象以传情，呈现出一种腾挪跌宕、深婉浑厚的法度规模。如“夜来风雨，葬楚宫倾国”之“葬”，“钗钿堕处遗香泽，乱点桃蹊，轻翻柳陌”之“堕”，以及“乱点”“轻翻”等词，就极具熔铸的特点。而这几句的典故之用，则更是显示出了周邦彦“博涉百家之书”的学者本色。首先，作者以韩偓《哭花》中的“若是有情争不哭，夜来风雨葬西施”之典，而成“夜来风雨，葬楚宫倾国”之句；继而以李延年《北方有佳人》中之“一顾倾人城，再顾倾人国”，以补足并变化“葬楚宫倾国”五字；之后，则于“钗钿堕处遗香泽”中，对白居易《长恨歌》中杨贵妃马嵬坡遭不测的凄美故事，进行了高度浓缩。用历史上三位美人作喻“谢后”之蔷薇，既联想丰富，又匠心独具，实堪称道。而周词工丽典雅的语言特点，也因此即可窥其一斑。

秦观词向来有“作家歌”之称。所谓“作家歌”，是指秦词因“知乐”而“入律”，即合乎音律的规范。而此，也是导致《淮海词》“天生好言语”的一个重要原因，故而，沈义父《乐府指迷》对其大加称道。秦观词所表现出来的这一特点，周邦彦在其《清真集》的艺术实践中发挥到了极致。下面举《南陵王·柳》一词以为例：

柳阴直，烟里丝丝弄碧。隋堤上，曾见几番，拂水飘绵送行色。登临望故国，谁识，京华倦客。长亭路，年去岁来，应折柔条过千尺。　闲寻旧踪迹，又酒趁哀弦，灯照离席。梨花榆火催寒食。愁一箭风快，半篙波暖，回头迢递便数驿，望人在天北。　凄

---

① 周邦彦：《六丑·蔷薇谢后作》，朱德才主编《增订注释全宋词》(第一册)，文化艺术出版社 1997 年版。

侧，恨堆积，惭别浦萦回，津堠岑寂，斜阳冉冉春无积。念月榭携手，露桥闻笛。沉思前事，似梦里，泪暗滴①。

此词上中下三阙，共有拗句近 20 句之多，于“律”而言，堪称独创。如“柳阴直”(仄平仄)，“拂水飘绵送行色”(平仄平平仄平仄)，“年去岁来”(平仄仄平)，“应折柔条过千尺”(平平平平仄平仄)，“灯照离席”(平仄平平)，“恨堆积”(仄平平)，“津堠岑寂”(平仄平仄)等。这些拗句，大多用“仄平仄”“平仄平仄”两种形式为之，极具特点，而最后以六仄声(“似梦里，泪暗滴” 六字均仄声)结尾，则更是“两宋之间，一人而已”②。在这首词里，长短句的文学美与音乐美，得到了完美统一。对于《清真词》中这种精湛的“律美”艺术，《四库全书总目》于《和清真词》的“提要”中曾进行了高度评价：“邦彦妙声律，为词家之冠。所制诸调，不独音之平仄宜遵，即仄声中上、去、入三声亦不容相混。所谓分寸节度，深契微茫。故(方)千里和词，字字奉为标准。”③清真词这种艺术成就的获得，一方面是周邦彦对秦观词“律”的继承与发展的必然结果，一方面则与周邦彦“最为知音”的音乐才能密切相关。二者的结合，而使得周邦彦成为了唐宋词史上第一位以四声入词的著名倚声家。

四、兼收并蓄的风格与特色

周邦彦清真词“集大成”的另一个方面的重要内容，就是风格上的兼收并蓄、博采众长，而自成特色。周邦彦以前的诸家词体风格，大致而言，虽以婉约为主，但却是异彩纷呈，各具特点。如温庭筠词之秾丽精美、香软绮靡，韦庄词之疏朗浅近、淡雅清秀，李煜词之含思凄婉、

① 周邦彦：《南陵王·柳》，朱德才主编《增订注释全宋词》(第一册)，文化艺术出版社 1997 年版。

② 王国维：《人间词话》，人民文学出版社 1982 年版。

③ 永瑢等：《四库全书总目》，中华书局 1965 年影印版。

清新自然，冯延巳词之缠绵深婉、曲雅秀美，晏殊词之风流蕴藉、温润秀洁，欧阳修词之清疏高洁、秀逸闲澹等，真可谓是姹紫嫣红，风骚各领。而在周邦彦的《清真集》中，我们对其均可窥知一二。为便于认识，我们不妨先看看以下的几条材料：

美成词于软媚中有气魄。

（张炎《词源》卷下）

美成词如十三女子，玉艳珠鲜，正未可以其软媚而少之也。

（彭孙遹《金粟词话》）

周清真婉蜒流美，而乏陡健。

（田同之《西圃词话》）

词之蕴藉，宜学少游、美成。

（沈祥龙《论词随笔》）

清真词，浑灏之中意无不达，字字有攫拿之势，所以独有千古。

（夏孙桐评《守白词》）

施朱傅粉，学步习容，如宫女题红，含情幽艳。

（郭麟《灵芬馆词话》卷一）

清真有时意较含蓄，辞较精工耳。……清真令词，闲婉似叔原，而沉著亦近之。慢词疏宕类耆卿，而精湛则过之。

（蔡嵩云《柯亭词论》）

（周词）婉媚清气，丽处能朗，得张先之意。

（钱基博《中国文学史》）

以上所列诸家评论清真词者，曰“软媚”、曰“气魄”、曰“流美”、曰“蕴藉”、曰“幽艳”、曰“浑灏”、曰“含蓄”、曰“精工”、曰“闲婉”、曰“疏宕”、曰“婉媚”等，是足可表明周邦彦清真词承继各家风格之所长的。其中，以沈祥龙《论词随笔》、蔡嵩云《柯亭词论》、钱基博《中国文学史》等之所言，尤为明显。但尽管如此，清真词在风格上之总流清源，兼收并蓄，并非为照搬与模拟，而是博采众长，于变化与发展中形成其鲜明特色。所以，清季戈载于《宋七家词选》评清真词说："清真之词，其意淡远，其气浑厚，其音乐又复妍和雅，最为词家之正宗。"①戈载从"意""气""音乐"三个方面，对周词进行了综合评价，并由此得出结论，认为其乃"词家之正宗"，实属的见。

而所谓"词家之正宗"，实际上指的是清真词为婉约词之"正宗"。在北宋词坛上，被后人称为婉约词之"正宗"者，另有秦观的《淮海词》，先著《词诘》之"词家正宗，则有秦少游、周美成"云云，即是明证。但据陈廷焯《白雨斋词话》卷一的记载，又知周邦彦和秦观的婉约词之"正宗"，乃是与"沉郁顿挫"的关系甚为密切的。其云："大抵北宋之词，周、秦两家皆极沉郁顿挫之妙。"并说："少游托兴尤深，美成规模较大，此周、秦之异同也。"所言甚是。

从总的方面讲，作为"词家之正宗"的周邦彦清真词，沉郁顿挫、富艳精工，而又平淡谐婉，乃其所独擅之风格特征。而导致这一风格特征形成的原因，虽然与周邦彦的学者身份、审美趣味、生活经历等方面关系密切，但重要的则为其"集大成"之必然结果。正是因为如此，故清真词深得当时与后世词人的赞赏，影响广泛，而且还因此获得了"词之圣者"②的高度称誉。

第二节 清真雅词纵横谈

宋词的由俗而雅，自柳永开其端后，中经苏轼、秦观、贺铸等的努力，已成效甚明，至周邦彦则尤为突出。后人所谓"缜密典丽""精巧宛曲"云云，所指即大多是就周词雅化所达到的艺术高度而言。而其对南

① 戈载：《宋七家词选》，孙虹《清真词校注》附录，中华书局2002年版。

② 蒋兆兰：《词论》，《词话丛编》本，中华书局1986年版。

宋末期“骚雅词派”的影响，则更是为明清词论家所称道。所以，周邦彦《清真集》在中国词体雅化的流变史上，是可称为一座艺术丰碑的。然而令人遗憾的是，在当代一些专论宋词“雅化”的著作中，竟有根本不涉笔周邦彦词者，如巴蜀书社 1999 年版赵雅兰《宋人雅词原论》一书，即为其一。我们认为，这种研究现象的存在，不仅有悖于对“清真雅词”的具体认识，而且于宋词“雅化史”进程的系统把握，也是极为不利的。有鉴于此，本节特以“清真雅词”为研究对象，分别从三个方面对其略作观照。

一、清真雅词的历代评价

着眼于词学批评史与词体接受史而言，在中国文学史上，最早将周邦彦《清真集》提到雅词的艺术层面上进行认识者，当首推沈义父的《乐府指迷》。其云：“凡作词，当以清真为主，盖清真最为知音，且无一点市井气，下字运意，皆有法度。”①周词既然是“且无一点市井气”，自然是与“俗”无关，即其为“雅”乃是显而易见的。而此，也是沈义父在《乐府指迷》中认为“清真词所以绝冠”的一个重要原因。沈义父的这一认识，对当时与后世的论词者有很大影响。

而在沈义父撰《乐府指迷》之前，词选家曾慥选编《乐府雅词》时，即选入了周邦彦的 29 首词。曾慥选本的名称既为“乐府雅词”，则周邦彦被选入的 29 首词为“雅词”，即可肯定。曾慥选词，以雅为尚，入选词家“凡三十有四家，虽女流亦不废”②。在所选的“三十有四家”中，入选篇目最多的前十家，依次为：欧阳修(83 首)、叶梦得(55 首)、舒亶(48 首)、贺铸(46 首)、陈克(36 首)、曹组(31 首)、周邦彦(29 首)、晁补之(28 首)、李清照(23 首)、赵令畤(22 首)。值得注意的

① 沈义父：《乐府指迷》，《词话丛编》本，中华书局 1986 年版。

② 曾慥：《乐府雅词引》，张惠民《宋代词学资料汇编》，汕头大学出版社 1993 年版。

是，《乐府雅词》虽然入选词人"凡三十四有家"，但却未选录苏轼、黄庭坚等人之作。这种情况似可表明，在曾慥看来，苏轼的《东坡乐府》等是非为雅词之属的。曾慥的这种看法是否正确，另当别论，但其不将苏轼、黄庭坚等人的词待之以雅词，则为事实。

宋季无名氏所编《草堂诗余》二卷，亦是值得注意的一个词选本。据浙江古籍出版社版《宋人选宋词十种》之《草堂诗余》本，知其所选唐宋词人凡"一百二十余家，三百六十余首"，其中，周邦彦词入选者有46首之多，这一数量居诸入选词人之冠。《草堂诗余》虽系"书坊编集者"所为，且具有较为明显的"便歌"特征，但却多为词论家们所称道，如况周颐即云："综观宋以前诸选本，《花间》未易遽学……唯《草堂诗余》《乐府雅词》《阳春白雪》较为淳雅。以格调气息言，似乎《草堂》更胜。"（《蓼园词选序》）况周颐既认为《草堂诗余》是一个"较为淳雅"的选本，且在"格调气息"方面又较《阳春白雪》等"更胜"，则《草堂诗余》收词以"雅"为取舍标准，乃可遽断。而周邦彦词入选者既居诸人之冠，则其词之为"雅"，也就不言而喻。

上述沈义父、曾慥与《草堂诗余》的编辑者，均为南宋人，他们的所言与认识，充分表明了清真词的"雅"，在当时已引起了社会较为广泛的注意。而其中，又尤以词学批评界为最。如当时著名的词论家王灼在其《碧鸡漫志》卷二中即云："柳何敢知世间有《离骚》，惟贺方回、周美成，时时得之。贺《六州歌头》《望湘人》《吴音子》诸曲，周《大酺》《兰陵王》诸曲，最奇崛。"①王灼不仅认为周词有"骚雅"之风，而且以"奇崛"相评，实独具只眼。而"骚雅""奇崛"，正是周词之"雅"所表现出的一种艺术内核。所以，张炎在《词源》卷下中，乃以"浑厚和雅"四字对周词进行了概括。

由宋而元，以"严辨雅俗"而著称的陆辅之，在其《词旨》中这样写

---

① 王灼：《碧鸡漫志》，《中国古典戏曲艺论著集成》本，中国戏剧出版社1959年版。

道："词不用雕刻，刻则伤气，务在自然。周清真之典丽，姜白石之骚雅，史梅溪之句法，吴梦窗之字面，取四家之所长，去四家之所短，此翁之要诀。"①陆氏的这段文字，虽然重在对雅词的创作规范进行归纳，但其以"典丽"称指周词者，实则与张炎《词源》之"浑厚和雅"相类，即二人均认为"雅"乃清真词的本质特征。

明代是词学批评史上的中衰期。这一时期的词学家，虽然没有对周邦彦雅词进行过具体评价，但杨慎《词品》卷四之"近日作词者，惟说周美成、姜尧章……此说固当"②云云，则反映了当时词坛对周邦彦《清真集》崇尚的大致概况，而且"此说固当"四字，也表明了杨慎对"清真雅词"的一种肯定。

清季以"雅"品评周邦彦词者，当首推戈载的《宋七家词选序》一文。其云："清真之词，其意淡远，甚气浑厚，其音节又复清妍和雅，最为词家之正宗，所选更极精粹无憾，故列为七家之首焉。"③戈载是清代著名的词学理论家，所著《词林正韵》，与朱竹垞《词综》、万红友《词律》合称为清代"词学三书"，影响甚大。其所选词，以"雅"为主，是典型的雅词论者。《宋七家词选》凡七卷，周邦彦词居其首。又郑文焯《清真词校后录要》有云："美成词切情附物，风力奇高，玉田（张炎）谓其取字'皆从唐之温、李及李长诗中来'，思过半矣。"④所谓"切情附物，风力奇高"，正是雅词的一种精神所在。

在近代词学家中，王国维于周邦彦其人其词，不仅用力最勤，而且评价极高。其所撰《清真先生遗事》一文，由"事迹""著述""尚论"三个部分构成，集历代研究周邦彦之大成，而"词中老杜，则非先生不可"之论，又可与蒋兆兰《词说》之"词中之圣"说，互为表里。

---

① 陆辅之：《词旨》，《词话丛编》本，中华书局 1986 年版。

② 杨慎：《词品》，《词话丛编》本，中华书局 1986 年版。

③ 戈载：《宋七家词选序》，孙虹《清真集校注》附录，中华书局 2002 年版。

④ 郑文焯：《清真词校后录要》，孙虹《清真集校注》附录，中华书局 2002 年版。

综上所述，是知周邦彦词为雅词，乃殆无疑义。

二、清真雅词的雅化原因

周邦彦生于北宋中后期之际，是唐宋词史上著名的学者型词人。《宋史·周邦彦传》云："周邦彦字美成，钱塘人。疏隽少检，不为州里推重，而博涉百家之书。元丰初，游京师，献《汴都赋》余万言，神宗异之……益尽力于词章。……邦彦好音乐，能自度曲，制乐府长短句，词韵清蔚，传于世。"①这段文字的记载，有两点值得注意，其一是"博涉百家之书"，其二为"好音乐，能自度曲"，二者合勘，可知周邦彦既是一位涉猎广泛、苦学博览的学者，又为一位精通音律声乐的音乐家。周邦彦所兼有的这两种身份，为他的雅词创作，提供了文化与文学上的坚实基础。以前者论，博学于词的创作，不仅可增加作品的典雅气，而且还能融才气与学问于一炉，使之蕴含着浓厚的学者意味。刘肃《片玉词序》有云："周美成以旁搜远绍之才，寄情长短句，缜密典丽，流风可仰。其征辞引类，推古夸今，或借字用意，言言皆有来历，真足冠冕词林。欢筵歌席，率知崇爱，知其故实者几何人斯？"②刘氏所言，即为周邦彦以学者身份填词的创获。而这一创获，从审美的角度讲，其提供给读者的，乃是一种具有高雅文化品位的艺术享受。

周邦彦以音乐家的身份写词，其词所呈现出来的特点，自是宫商谨守，音律精严，抑扬顿挫，无与伦比。对此，王国维《清真先生遗事》之"尚论"，乃有一段极精彩的评论，云："楼忠简谓先生妙解音律……故先生之词，文字之外，须兼味其音律。唯词中所注宫调，不出'教坊十八调'之外，则其音非大晟乐府之新声，而为隋唐以来之燕乐，固可知也。今其声虽亡，读其词者，犹觉拗怒之中，自饶和婉，曼声促节，

① 脱脱等：《宋史·周邦彦传》，中华书局1977年版。

② 刘肃：《片玉词序》，张惠民《宋代词学资料汇编》，汕头大学出版社1993年版。

繁会相宣；清浊抑扬，辘轳交往，两宋之间，一人而已。”①“两宋之间，一人而已”，堪称的见。周邦彦表现在这方面的艺术实践，不仅推动了词的雅化进程，而且还为词的格律化开辟了一条很好的路途，并直接影响着姜夔、吴文英等南宋词人。

除了以上所述主观方面的原因外，导致周邦彦雅词产生的原因，还表现在词与诗于北宋期间的流变这一客观现实方面。

我们先看词的流变。如本节开篇所言，词在北宋的雅化，乃始于有“浪子词人”之称的柳永。柳词之雅，主要表现在“化俗为雅”方面，具体则是指他对典故的大量运用。据拙作《柳永〈乐章集〉用典说略》②一文的考察与统计，柳永《乐章集》共用典 97 处，其中，50 首词用事典 75 处，18 首词用语典 22 处。所用典故涉及的载籍，除袭用与变化唐人诗句外，主要有《史记》《汉书》《后汉书》《晋书》《华阳国志》《旧唐书》《新唐书》，以及《庄子》《列子》《左传》《楚辞》《淮南子》《文选》《世说新语》《搜神后记》《集异记》《独异记》《本事诗》等。而典故于词中的运用，据杨海明《唐宋词史》第八章之所言，主要有三个方面的好处：“一是增强作品的‘书卷气’，增添其‘风雅相’。二是能够利用典故和成句中的历史积淀，以之调动读者的联想，从而增加作品的感染力。三是在语言色彩方面，又倍添其斑驳绚丽的光泽，显出‘富艳精工’的特色来。”③柳永于词的大量用典，直接开启了宋词由俗而雅的先声，之后，经过张先、苏轼、秦观、贺铸等人的努力，而使雅词的格局在北宋得以大体奠定。而此，也是曾慥“以雅正为旨趣”的《乐府雅词》，收录北宋词人如欧阳修、贺铸等人作品的关键之所在。即是说，词体这种新兴的文学样式，在由五代入宋而至周邦彦时期之际，其雅化的程度已达到了相当的高度。

---

① 王国维：《清真先生遗事》，孙虹《清真集校注》附录，中华书局 2002 年版。
② 王辉斌：《柳永乐章集用典说略》，《山东师范大学学报》2003 年第 1 期。
③ 杨海明：《唐宋词史》，天津古籍出版社 1998 年版。

词坛是如此，诗界则更为壮观。北宋初期的诗坛格局，虽然是“西昆”“晚唐”“白体”鼎足而三，但最终却以西昆体的“独上高楼”而广为诗人们所接受。大而言之，西昆诗人作诗，主要讲究对仗的工稳，用事的深密、文辞的华美等方面的内容，而与“晚唐”“白体”之主张要求颇具区别。西昆诗人们表现在诗歌创作上的这种审美追求，不仅为后来的梅尧臣、苏舜钦、欧阳修等诗人继承与发扬，而且还深受以黄庭坚为首的江西诗派所喜爱。值得注意的是，江西诗派在其艺术实践中，又以师法杜诗为能事，并对杜甫“三苦一神”的诗学法门倍加接受①，以致使“以学问为诗”在当时成为一种潮流。而二者的互为融合，即奠定了诗歌在北宋中后期“雅”的内核。黄庭坚还因此而提出了众所周知的“点铁成金”“脱胎换骨”“以俗为雅，以故为新”等诗学主张，并给当时及其后的诗坛以很大影响。

诗与词在北宋中后期的争相雅化，促使了宋代雅文化格局的确立，作为文学的载体，它们深刻地表现出了丰富的文人审美情趣。而此，对于“博涉百家之书”与雅“好音乐”的周邦彦来说，自然是深受其影响的。而事实也正是如此，前引沈义父《乐府指迷》称清真词“无一点市井气，下字运意，皆有法度”云云，即足可证实之。又，庞元英《谈数》有云：“本朝词人罕用此事，唯周清真乐府两用之。……脱胎换骨之妙极矣。”②其中的“脱胎换骨之妙”云云，即是受黄庭坚诗学主张影响的明证。所以，一部《清真集》，因雅致、雅趣、雅格以及雅语、雅意、雅境的大量存在，而成为了唐宋词史上雅词的一座高标。

三、清真雅词的雅化特点

从词体艺术的角度言，清真雅词之“雅”，要而言之，主要是由几

---

① 王辉斌：《杜甫研究丛稿》下卷，中国文联出版社 1999 年版。

② 庞元英：《谈数》，《词话丛编》本，中华书局 1986 年版。

个颇具创获性的特点所构成，下面综而述之。

一曰沉郁顿挫。清代陈廷焯《白雨斋词话》卷一云：“词至美成，乃有大宗……后之为词者，亦难出其范围。然其妙处，亦不外沉郁顿挫。顿挫则有姿态，沉郁则极深厚。既有姿态，又极深厚，词之三昧，亦尽于此乎。”①在这里，陈廷焯对清真词之“沉郁顿挫”，进行了反复品味，认为其“既有姿态，又极深厚”，乃“词之三昧”也。“沉郁顿挫”，本为杜甫在《进雕赋表》中对其“述作”所进行的自我评价，陈廷焯以之论清真词者，则表明了杜诗、周词在艺术风格方面，具有某种程度的相似性。对于“沉郁顿挫”的认识，清人吴瞻泰《杜诗提要》说：“沉郁者，意也，顿挫者，法也。”②吴氏的所谓“意”，主要是指作品的思想情感而言，而“法”，则谓其跌宕起伏与转折迂曲的表达方式。又，陈廷焯《白雨斋词话》于同卷亦有云：“所谓沉郁者，意在笔先，神余言外。……美成词，有前后若不相蒙者，正是顿挫之妙。”综之以言，“沉郁顿挫”于周词，主要是指作者以婉曲含蓄的表现手法，去营造创作主体独特的审美体验与心灵感受，以获得的一种哀怨感伤情调的艺术境界。对此，陈氏于周词《兰陵王·柳》所作的笺释，又可佐证。其云：

“登临望故国，谁识京华倦客”，二语是一篇之主。上有“隋堤上，曾见几番，拂水飘绵送行色”之句，暗伏倦客之根，是其法密处。故下接云：“长亭路，年去岁来，应折柔条过千尺”，久客淹留之感，和盘托出。他手至此，此下便直抒愤懑矣，美成则不然，“闲寻旧踪迹”二叠，无一语不吞吐，只就眼前景物，约略点缀，更不写淹留之苦。直至收笔云：“沉思前事，似梦里，泪暗滴”，摇摇挽合，妙在才欲说破，便自咽住，其味正自无穷。

---

① 陈廷焯：《白雨斋词话》，人民文学出版社 1963 年版。
② 吴瞻泰：《杜诗提要》，《杜诗丛刊》本，台湾大通书局 1982 年版。

并说，《兰陵王》为“美成词，极其感慨，而无处不郁”的佳例。同时，陈氏还针对“顿挫”，举周词《满庭芳》(夏日溧水无想山作)进行了例说，认为这首词“但说得虽哀怨，却不激烈，沉郁顿挫中，别饶蕴藉。后人为词，好作尽头语，令人一览无余，有何趣味”？陈廷焯以“沉郁顿挫”言清真词者，与吴梅《词学论》认为周词的铺叙，“不外沉郁顿挫四字而已”云云，又互可印证。可见，“沉郁顿挫”乃周词中的一大特色，而《兰陵王·柳》《六丑》(蔷薇谢后作)、《满庭芳》(夏日溧水无想山作)等词，即乃为具有此等特色之代表作。

二曰工于体物。王国维《人间词话》云：“(周词)唯言情体物，穷极工巧，故不失为第一流之作者。”①王国维以“言情体物，穷极工巧”八字来评价清真词的体物写志之妙，实为的见。清真词写物，往往与写情相结合，使物与人相得益彰。如《清真集》中大量的咏物词，即都具有物、情互关的特点，作者或以物写人，或以人比物，不仅使所咏之物形神兼备，而且还与人打成一片。其典型的例子，有《六丑》(蔷薇谢后作)、《水龙吟·梨花》《花犯·梅花》等。如在《六丑》一词中，作者以细腻的笔触，形象地描绘了蔷薇花落的种种情态与遭遇，以表达出其“无可奈何花落去”的哀伤情怀。在手法上，勾勒、比拟互为关联，状物、寓人恰到好处。“夜来风雨，葬楚宫倾国。钗钿堕处遗香泽，乱点桃蹊，轻柳陌。多情为谁追惜？但蜂媒蝶使，时叩窗槅。”先以美人喻花，写足落红的缤纷与凋零，而花和人相依恋的缠绵之情，也因此而被和盘托出。“残英小，强簪巾帻。终不似，一朵钗头颤袅，向人欹侧。”再行勾勒，叹惜残英娇小，盛美难再，既充分反映了作者对落花的追惜之情，又衬托出作者为落花的唯一知音。再如《花犯·梅花》：

粉墙低，梅花照眼，依然旧风味。露痕轻缀。疑净洗铅华，无限佳丽。去年胜赏曾孤倚。冰盘共燕喜。更可惜，雪中高树，香篝

① 王国维：《人间词话》，人民文学出版社1960年版。

熏素被。　今年对花最匆匆，相逢似有恨，依依愁悴。吟望久，青苔上，旋看飞坠。相将见、脆丸荐酒，人正在，空江浪烟里。但梦想、一枝潇洒，黄昏斜照水①。

在此词中，作者首先将梅花人格化，继而向其倾诉了自己的离合悲欢和身世漂泊的情怀，物人互关，层层折转，前后照应，极尽工巧之能事。陈廷焯《云韶集·宋词选》评周邦彦此词说："非专咏梅花，以寄身世之感耳。"所言甚是。

三曰以赋为词。"以赋为词"的关键在于铺叙，而铺叙乃始于柳永，故后人多称其为"屯田蹊径"。周邦彦对于柳永的"屯田蹊径"，不仅曾专心仿学，而且还特变其法。对此，夏敬观《手评乐章集》已曾指出："耆卿写景无不工，造句不事雕琢，清真效之。故学清真词者，不可不读柳词。耆卿多平铺直叙，清真特变其法，一笔之中，回环往复，一唱三叹。故慢词始于耆卿，大成于清真。"②由是而观，可知"回环往复，一唱三叹"，乃清真词铺叙有别于柳词铺叙最为明显的特点。周词铺叙，以类别言，主要有环状式、立体式、多幅式三种。所谓环状式铺叙，是指一首词中的结构首尾相联，环环相扣，即由写景而叙事，再由抒情而写景，以形成一个环状结构。如著名的《瑞龙吟》(章台路)所用铺叙，即属此类。此词凡三片，上片写景，中片叙事，下片则由抒情与写景共同完成，从而"构成了一个反复折转、跌宕回环的情感流程"，③并将作者寻人未着的惆怅之情，进行了很好的抒发。立体式铺叙，则是指作者于词中或对人或对物进行铺叙后，使之具有一种较强的立体感。《清真集》中，《意难忘》(衣染莺黄)一词，即为此种铺叙之代表。全词

---

①　周邦彦：《花犯·梅花》，朱德才主编《增订注释全宋词》(第一册)，文化艺术出版社 1997 年版。

②　夏敬观：《手评乐章集》，龙榆生《唐宋名家词选》，上海古籍出版社 1980 年版。

③　龙建国：《唐宋词艺术精神》第八章，山西高校联合出版社 1996 年版。

通过对人物行为的层层铺叙，勾画出了一位美丽、大胆、多情而又开放的女子形象。而多幅式铺叙，所指乃是一首词中的人物或景物描写，大多是通过三个或三个以上的画面去完成的。其中，既有时间、地点的不同，也有生活场景的不同，如《兰陵王·柳》，即采用的是此一铺叙手法。这首词在写送别情景时，于现在、过去、未来三个画面中反复铺叙，而作者的情感，也因这种反复铺叙而变得起伏跌宕、腾挪转折。三种铺叙，全用赋笔，其叙事艺术之高超绝伦，写作技巧之繁富错综，均为清真词之“雅”，平添了几分春色。

而富艳精工与音律精严，也是清真词“雅”的重要内容。所谓“富艳精工”，主要指的是周邦彦词典雅工丽的语言风格。导致周词这一语言风格的形成，乃主要源于两个方面，其一为点化前人诗句，其二即锤炼有度。对于点化前人诗句，宋人如陈振孙《直斋书录解题》、沈义父《乐府指迷》、张炎《词源》等，均曾注意之。如《直斋书录解题》卷二十一有云：“周美成多用唐人诗句，隐括入律，浑然天成。长调尤善铺叙，富艳精工，词中之甲乙也。”①而《词源》卷下则说：“美成负一代词名，所作之词深厚和雅，善于融化词句。”②点化前人诗(或词)句，实际上是属于典故中语典运用的范畴，而使事用典，不仅可增强词体语言的典雅性，而且还能使其呈现出一种深婉浑厚的法度规模。周词语言的锤炼，也是颇见功力的，如《六丑》(正单衣试酒)一词，即是公认的句炼范例。其他如《瑞龙吟》(章台路)、《兰陵王·柳》《双头莲》(一抹残霞)、《过秦楼》(水浴清蟾)、《菩萨蛮》(银河宛转三千曲)等，无论令词慢词，或字炼或句炼，都自成特点。清真词的音律精严，在整个北宋词坛乃无与匹敌者，主要在于，周邦彦是第一个以四声入词的词人。上引王国维《清真先生遗事》之所言，即可帮助我们窥其大概。周词表现在音律方面的精严程度，《四库全书总目》曾以“即仄声中上、去、入三声不相

---

① 陈振孙：《直斋书录解题》，上海古籍出版社 1987 年版。

② 张炎：《词源》，《词话丛编》本，中华书局 1986 年版。

混"相称许，而夏承焘《唐宋词字句之演变》一文则认为，周词除少数几首小令外，其工拗句，严上、去者十居七八。并说："四声词，至清真而极变化；唯其知乐，故能神明于矩矱之中。"①而此，则乃为沈义父《乐府指迷》强调"凡作词，当以清真为主，盖清真最为知音"的最好注脚。周邦彦之所以能在词体艺术的世界中获得如此成就，一方面是他精通音乐的必然结果，一方面也与他受秦观词"语工而入律"的影响不无关系。

综上，可知"雅"乃清真词之精灵，之灵魂！

第三节　开南之功面面观

"结北开南"是周邦彦表现在唐宋词艺术流变史上的一大贡献。所以，叶嘉莹《唐宋词十七讲》(以下简称"叶《讲》")第十讲《周邦彦》认为："周邦彦是个结北开南的人物，他集结了北宋的大成，而开拓了南宋的先声的人物。"②但遗憾的是，长期以来，词学界对于周邦彦"开南"的具体内容，却论之甚少，如已行世的一些词史类著作，以及如《周邦彦研究》③等专著，或蜻蜓点水，或浅尝辄止，或根本不及。这种现象的存在，对于全面、系统地评论周邦彦其人其词，显然是有所阻碍的。从总的方面讲，清真词的"开南"之功，主要表现在对词体艺术雅化进程的推动上，即开启了雅词在南宋繁荣与发展的先河。具体以言，则重点为以下诸端，兹作述论如次。

一、"后开姜、史之始"

陈廷焯《白雨斋词话》卷一云："词至美成，乃有大宗。前收苏、秦

① 夏承焘：《月轮山词论集》，中华书局1979年版。
② 叶嘉莹：《唐宋词十七讲》，岳麓书社1989年版。
③ 钱鸿瑛：《周邦彦研究》，广东人民出版社1992年版。

之终，后开姜、史始。”①又其《词坛丛话》有云：“美成乐府，开阖动荡，独有千古，南宋白石、梅溪，皆祖清真，而能出入变化者。”②所谓“后开姜、史之始”“皆祖清真”，是指南宋受周邦彦词影响最大的词人乃为姜夔与史达祖。姜、史二人，为南宋“骚雅词派”的代表人物。“骚雅词派”，又称“格律词派”，“雅正词派”等。一般而言，此派词人大多具有精通音乐，善于用典，讲究句炼等特点，而其中，又尤以姜夔、史达祖等人最具典型性。

姜夔词学周邦彦《清真集》，以“雅”为其核心。张炎《词源》卷下云：“白石词如《疏影》《暗香》《扬州慢》《一萼红》《琵琶仙》《探春》《八归》《淡黄柳》等曲，不惟清空，又且骚雅，读之使人神观飞越。”③又，严沆《古今词选序》有云：“故论词于北宋自当以美成为最醇。……由是尧章(姜夔)、邦卿(史达祖)别裁风格，极其爽逸芊绝；宗瑞(张辑)、宾王(高观国)、几叔(黄机)、胜欲(蒋捷)、碧山(王沂孙)，叔夏(张炎)继之。要其原皆自美成出。”④张炎与严沆文中所言“骚雅”“最醇”云云，即乃指白石词皆为受周邦彦“清真雅词”影响的结果，并由此开宗立派，将清真词之“雅”推向极致。所以，杨慎《词品》卷四认为：“姜夔……南渡词家名流，词极精妙，不减清真，其间高处有美成所不能及者。”⑤其中的“不减清真”“有美成所不能及者”，乃指姜夔词不仅受清真词的影响，而且还于发展变化中有所超越。

要而言之，清真词于姜夔白石词的影响，重点表现在两个方面。其一是对词句的千锤百炼。前引陈廷焯《词坛丛话》有云：“美成词，镕化成句，工炼无比。”镕化他人诗词之句而反复烹炼，是清真词表现在语

---

① 陈廷焯：《白雨斋词话》，人民文学出版社 1959 年版。

② 陈廷焯：《词坛丛话》，《词话丛编》本，中华书局 1986 年版。

③ 张炎：《词源》，《词话丛编》本，中华书书局 1986 年版。

④ 严沆：《古今词选序》，施蛰存《词籍序跋萃编》，中国社会科学出版社 1994 年版。

⑤ 杨慎：《词品》，《词话丛编》本，中华书局 1986 年版。

言上的一大特色，陈振孙《直斋书录解题》卷二十一以“富艳精工”称誉清真词者，其“精工”即是指此而言。因此，“镕化成句，工炼无比”，实际上是清真词艺术上的一大法门，如著名的《兰陵王·柳》，即是此一方面的代表作。而白石词也正擅长于此道。对此，汪森《词综序》乃有记载：“鄱阳姜夔出，句琢字炼，归于醇雅。”①其《白石道人歌曲》中之《齐天乐》(庾郎先自)、《暗香》(旧时月色)、《扬州慢》(淮左名都)等，即皆为“句琢字炼”的精品。其二为对音律的精益求精。周邦彦与姜夔，均为唐宋词史上的音乐天才。《宋史·周邦彦传》云：“邦彦好音乐，能自度曲，制乐府长短句，词韵清蔚，传于世。”②而姜夔则为南宋乐律名家，曾著《大乐议》《琴瑟考古图》各一卷，并献给朝廷。《宋六十名家词》著录黄升《题白石词》对此有载：“姜夔字尧章……善吹箫，自制曲，初则率意长短句，然后协以音律云。居鄱阳，进乐书，免解，不第而卒。”③而陈模《怀古录》卷中之“美成、尧章，以其晓音律，自能撰词调，故人尤服之”云云，更是道出了二人表现在音乐方面的共性特点。所以，白石词严于音律、音调谐婉、辞句精美等特点的产生及形成，与周邦彦清真词关系密切。

清真词对史达祖梅溪词的影响，也是较为明显的。清人戈载《宋七家词选》评史词说：“予尝谓梅溪乃清真之附庸。”又，陈廷焯《白雨斋词话》卷二云：“梅溪全祖清真，高者几于具体而微。”综而言之，史达祖词学周词，语言的富丽秾艳与咏物词的工于体物，为其关键之所在。从总体上讲，“富艳精工”，是清真词表现在语言方面最为突出的特点，而此，也是清真词给人以典雅工丽审美感受的最直接原因。梅溪词于语言上追求富丽秾艳，在很大程度上乃是师学清真词的必然结果，这从张

---

① 汪森：《词综序》，《词综》卷首附，上海古籍出版社1978年版。

② 脱脱等：《宋史·周邦彦传》，中华书局1985年版。

③ 毛晋：《宋六十名家词》，上海古籍出版社1989年版。

镃在《梅溪词序》中用“瑰奇警迈”“辉华绚丽”①等语进行评价，即可窥其一斑。不过应指出的是，梅溪词在语言上虽然追随清真词，但其毕竟又有着自家的特点，这就是如龙建国《唐宋词艺术精神》②之所言，“像一位衣饰华丽的冰美人”那样，“外表妩媚”，而“内心则冰寒冷峭”，即于富丽秾艳之外，尚具有一种香寒艳冷的韵致。如其著名的《双双燕》(过春社了)、《燕归梁》(楚梦吹成树外云)、《绮罗香》(做冷欺花)、《恋绣衾》(吴梅初试涧谷春)等，即均为这方面之佳例。

薛砺若《宋词通论》曾称姜夔、吴文英与史达祖，为“风雅派三大导师”③，而咏物词，则为这“三大导师”之所共擅。其中，史达祖咏物词的最大特点，就是工于体物而自成特色。工于体物，是王国维《人间词话》对清真词的艺术总结：“唯言情体物，穷极工巧，故不失为第一流作者。”④清真词工于体物的特点，大而言之，是能使所咏之物形神兼备，并让人与物融为一体。而梅溪词也是如此。梅溪词于咏物方面，在对事物外形姿态进行逼真描摹的同时，还重在以工笔的技法，极力刻画吟咏物象的内在精神，而这种精神，实质上就是作者精神的显现与反映。此外，史达祖的咏物词，还善于化用前人诗句以为已用，如《绮罗香·咏春雨》有云：“记当日，门掩梨花，剪灯深夜语。”这十二个字，共化用了两位前人的名句：其一是“记当日，门掩梨花”，出自李煜《忆王孙》中的“雨打梨花深闭门”；其二是“剪灯深夜雨”，乃取李商隐《夜雨寄北》之“何当共剪西窗烛，却话巴山夜雨时”而化之。而此等技法，也是对清真词师法与继承的结果。

---

① 张镃：《梅溪词序》，张惠民《宋代词学资料汇编》，汕头大学出版社 1993 年版。

② 龙建国：《唐宋词艺术精神》第八章，山西高校联合出版社 1996 年版。

③ 薛砺若：《宋词通论》，上海书店 1989 年版。

④ 王国维：《人间词话》，人民文学出版社 1982 年版。

二、以思力开南宋之词风

周邦彦词有别于北宋诸词人词作的一个最为明显的特点，就是周词以思力取胜，诸人之作则以感发擅长。不独如此，周词的以思力取胜，还影响了南宋的许多词人，以致在当时形成了一股创作潮流。而此，则为周邦彦"开南"的又一词史功绩。周邦彦表现在词史上的这一"开南"功绩，曾为叶《讲》第十讲之《周邦彦》所言及。叶嘉莹说："(周邦彦)以思力取胜的学风，在南宋成了一种风气。……像姜白石、史达祖、吴文英、王沂孙，甚至周密、张炎，他们都是在周邦彦的思力取胜的影响之下的。"

所谓以"思力取胜"，实际上就是以"学力取胜"，也即以"学力"为词，且其源于诗人杜甫。对于杜甫的"思力"及其以"思力"或者说以"学力"为诗，拙著《杜甫研究丛稿》下卷《三苦一神——杜甫的创作法门》①一文乃进行了具体考察，此不具述。周邦彦的"以思力为词"，要而言之，乃是指其于词的创作，有如诗人杜甫那样以严肃认真的创作态度，对其进行反复烹炼、精心营构，而不是"以表现直接的感发取胜"。如此，则王国维《清真先生遗事》一文认为，"词中老杜，非先生不可"云云②，又可藉此得到有力佐证。

对于周邦彦以"思力"为词的具体作法，叶《讲》在第十三讲《姜夔(上)》一文中，乃进行了具体介绍，认为主要者有三：其一为"安排勾勒"；其二"是不平铺直叙"；其三即"有心用意的托意"。综而观之，可知周邦彦以"思力"为词的这些具体作法，又是与《乐章集》关系密切的。这是因为，"勾勒"乃首创于柳永，已为文学史上的不争之事实，而"不平铺直叙"，则是对柳词"以赋为词"的变化所致。对于周邦彦词的"以

① 王辉斌：《杜甫研究丛稿》，中国文联出版社1999年版。

② 王国维：《清真先生遗事》，孙虹《清真集校注》附录，中华书局2002年版。

赋为词”及其艺术成就，拙作《周邦彦“清真雅词”论》①一文乃有较详细之论述，读者自可参看，故这里不再作申引。至于“有心用意的托意”，也即寄托问题，更是受柳词影响的结果。一般而言，北宋前期的词是少有寄托的，但柳永词则不然。在现存的柳永的《乐章集》中，有一类词是很少为研究者所注意的，此即数量较多的登临词，如《卜算子》(江枫渐老)、《雪梅香》(景萧索)、《戚氏》(晚秋天)、《木兰花慢》(倚危楼伫立)、《玉蝴蝶》(淡荡素商行暮)等。这些登临词，在内容上都有一个共同点，即其均与宋玉密切关联。以“浪子词人”而闻名的柳永，为什么会在其词中让宋玉频繁出现？其中的答案只有一个，即作者旨在借宋玉以“托意”。而周邦彦词之“渊源”，又恰如蔡嵩云《柯亭词论》之所云，乃“全自柳出”②，则柳词之“托意”，就自然会影响到周词。不过需加指出的是，周词之“托意”，较之柳词而言，虽出于蓝，但却更胜于蓝，也即较柳词更为明显与强烈。或者说，柳词中的“托意”，已为清真词发展到了极致，如其著名的《渡江云》，即属此之佳例。是词云：

晴岚低楚甸，暖回雁翼，陈势起平沙。骤惊春在眼，借问何时，委曲到山家。涂香晕色，盛粉饰、争作妍华。千丝、陌头杨柳，渐渐可藏鸦。 堪嗟。清江东注，画舸西流，指长安日下。愁宴阑。风翻旗尾，潮溅乌纱。今宵正对初弦月，傍水驿，深舣蒹葭。沉恨处，时时自剔灯花③。

这是一首“政治性托意”很强的词。词的上阕开头部分写春，写“暖回雁翼”，写“骤惊春在眼”，以至于“委曲到山家”，是指当时宋哲宗亲政，又行新法，不仅起用了一批拥护新政新法的大臣，而且连像作者这

① 王辉斌：《周邦彦“清真雅词”论》，《宁夏大学学报》2006 年第 2 期。
② 蔡嵩云：《柯亭词论》，《词话丛编》本，中华书局 1986 年版。
③ 周邦彦：《渡江云》(晴岚低楚甸)，朱德才主编《增订注释全宋词》(第一册)，文化艺术出版社 1997 年版。

样卑微的人也被召返朝廷。但尽管如此，作者却并不高兴，而是感到十分忧愁，因为他认为，政海波澜时时都在变化，所以下阕的开头部分，也就有了“愁宴阑、风翻旗尾，潮溅乌沙”的词句，以述写其心理与思想上的担忧。由是而观，可知有论者认为“千万丝，陌头杨柳，渐渐可藏鸦”一句，乃“以柳为喻，有所指刺”的认识，乃不无见地，而中华书局版《清真集校注》认为此词中的“日下”指长安，“清江”指“渭水”云云，盖乃为其未明清真词“有心用意的托意”之作法而致误。

包括寄托在内的周邦彦之以“思力”为词，其作法既是如此的特色独具，自然就会受到南宋如“风雅三导师”姜夔、史达祖、吴文英等词人的注意与仿学。而此，也是以姜夔、史达祖等为首的骚雅词派之作均具有较为明显的“以学力为词”的原因之所在。由是，以“思力取胜”的创作方法，即乃构成了南宋中晚期词坛的一大特色。其实，就整个南宋词坛而言，受周邦彦“思力”之影响者，并非仅为姜夔等骚雅派词人，而是如辛弃疾及辛派词人等，乃是皆与其不无关系的。仅从方法以论，张孝祥、陈亮等人词中之“有心用意的寄托”，就颇引人注目，如张孝祥的名作《念奴娇》(洞庭青草)一词，胡念贻《肝胆皆冰雪，表里俱澄澈》①一文认为其有“寄托”，即为其例。而夏敬观《蕙风词话诠评》，则从勾勒的角度就周邦彦与南宋词人所作的比论，亦是有助于我们对周邦彦“思力”影响之认识的。

三、清真词与梦窗词比观

清真词之于南宋骚雅词人的影响，吴文英乃其最。关于吴文英与清真词的关系，最早予以关注者，首推沈义父的《乐府指迷》：“梦窗深得清真之妙。”②而叶《讲》第十四讲之《吴文英》，则从词体艺术的发展史

---

① 胡念贻：《肝胆皆冰雪，表里俱澄澈》，《唐宋词鉴赏集》，人民文学出版社 1983 年版。

② 沈义父：《乐府指迷》，《词话丛编》本，中华书局 1986 年版。

角度，对周邦彦词与吴文英词进行了比较，并于比较中指出了二者的关系。叶《讲》说："从词的发展历史上来看，周邦彦是由北开南的词人，吴文英是由南追北的词人，这是非常值得注意的。周邦彦由北宋开了南宋的风气，而到了吴文英又由南宋追回到北宋去了，就是说他把北宋的强大的感发力量，放到他的词里边去了。他一方面有南宋的那种安排、勾勒，时间与空间错综的跳接，有这些周邦彦开出来的南宋的手法，另一方面又保存了北宋的强大的感发力量。"这段文字表明，作为词人的吴文英，乃是十分善于向北宋词人学习的，而以"开南"著称的周邦彦，自然就成为了他学习的重要对象。一个是"开南"，一个是"追北"，这一开一追，一南一北，使得二人表现在词学上的承继关系，也就较他人更为密切了。大体而言，吴文英梦窗词受周邦彦清真词的影响，主要是表现在用典、词法、音律三个方面。

词中用典，在北宋词坛上，自柳永开其端后，便先后为张先、苏轼、秦观、黄庭坚、贺铸等人所效仿①，至周邦彦则蔚为大观。柳永《乐章集》用典，以事典为主，语典次之，而周邦彦的清真词则刚好与柳词相反，即其乃是以语典为主，事典次之。清真词的语典，又以融化唐人诗句为能事，对此，陈振孙《直斋书录解题》、张炎《词源》等已多所言及，兹不具引。梦窗词因为"深得清真之妙"，故在典故运用方面，亦与清真词关系密切。晚清词学家王运鹏在其《梦窗甲乙丙丁稿跋》中，曾对梦窗词的用典作了如此评价："梦窗以空灵奇幻之笔，运沉博绝丽之才，几如韩文、杜诗，无一字无来历。"②这一评价表明，梦窗词的用典，与清真词的善隐括唐诗，"推古夸今，借字用意，言言皆有来历"(刘肃《片玉词序》)，乃别无二致。对于梦窗词的用典，其如清真词一样，即有不少是对唐诗的化用，且以中晚唐诗人诗作为主，不仅如此，吴文英对周邦彦、姜夔等人的词艺词法，也是有所借鉴的。又，前人如

---

① 王辉斌：《柳永〈乐章集〉用典说略》，《山东师范大学学报》2003年第1期。

② 王运鹏：《梦窗甲乙丙丁稿跋》，《梦窗词》，国家图书馆藏四印斋本。

沈义父《乐府指迷》等，曾认为梦窗词在用典方面，具有“用事下语太晦处，人不可晓”之病云云，刘永济《微睇室说词》针对这一批评，则提出了不同看法，认为：“不能专责备作者太艰深，必须提高自己识照的能力。”刘说所言良是。

戈载《宋七家词选·评梦窗词》有云：“以绵丽为尚，运意深运，用笔深邃，炼字炼句，迥不犹人。”其中的“炼字炼句”，即属于词法的范畴。而词法则为清真词艺术的又一重要法门。陈廷焯《白雨斋词话》卷二云：“词法之密，无过清真”，“词法莫密于清真”。陈氏之“密”，乃源于刘肃《片玉集序》之所言：“周美成以旁搜远绍之才，寄情长短句，缜密典丽，流风可仰。”①其中的“缜密典丽”，有论者据以称吴文英为“密丽派”；有论者则认为“缜密”乃作法，“典丽”为风格，并认为“密”即密实，与属于“清空”范畴的“疏”相对。以后者论，“密”实乃词法之谓。但也有将“密”与“丽”合而为一作词法者，如清季张祥龄《词论》乃有云：“至梦窗而密丽又尽矣。……况人之才质限于天，能疏宕者不能密丽，能密丽者不能疏宕者。”②清真词“密实”的词法，于吴文英梦窗词的影响亦甚大，对此，朱祖谋“评清真词”已有所及：“两宋词人，约可分为疏、密两派，清真介在疏、密之间，与东坡、梦窗，分鼎三足。”③而况周颐《蕙风词话》卷二，则专就梦窗词的“密”进行了讨论，认为：“梦窗密处，能令无数丽字，一一生动飞舞，如万花为春。”又说：“（梦窗词）即其芬菲铿丽之作，中间隽句艳字，莫不有沉挚之思，灏瀚之气，挟之以流转，令人玩索而不能尽。”④在现存的340首梦窗词中，最能代表其“密实”特点的是《莺啼序》（残寒正欺病酒）一词。此词为梦窗词中调之最长者，全词分四阕，计240字。第一阕以伤春起兴，

---

① 刘肃：《片玉集》，张惠民《宋代词学资料汇编》，汕头大学出版社1993年版。

② 张祥龄：《词论》，《词话丛编》本，中华书局1986年版。

③ 朱祖谋：《疆村老人评词》，《词话丛编》本，中华书局1986年版。

④ 况周颐：《蕙风词话》，人民文学出版社1982年版。

写游湖之所见；第二阕重在回忆，属怀旧的范畴；第三阕主要写作者与所怀人别后的惆怅；第四阕写悼亡，兼抒发作者的身世之感。全词层次分明，章法浑成，意象密集，极尽吞吐之能事，深得清真词法之妙而又有所变化。所以，陈洵《海绡说词》评此词云："通体离合变幻，一片凄迷，细绎之，正字字有脉络，然得其门者寡矣。"①陈氏此言，乃道出了梦窗词法的精髓。

吴文英生当南宋中期，与辛弃疾、沈义父均具交谊。沈义父《乐府指迷》曾记其与吴文英交游说："余自幼好吟诗。壬寅秋，始识静翁于泽滨。癸卯，识梦窗。暇日相与酬唱，率多填词。因讲论作词之法，然后知词之作难于诗。"继而，沈氏又全文记载了吴文英向其所授的作词之法，为：

> 盖音律欲其协，不协则成长短之诗；下字欲其雅，不雅则近乎缠令之体；用字不可太露，露则直突而无深长之味；发意不可太高，高则狂怪而失柔婉之意。思此，则知其所以难②。

这就是所谓的"论词四标准"，其中"音律欲其协"则乃居其首。在吴文英看来，作词而不协音律，是无异于长短句的诗的。即其认为，作为词人，首先必须知音，然后才可作词。此则表明，吴文英不仅精通音乐，而且对于词体的音律还有着相当高的要求。沈义父在《乐府指迷》中同时又说："凡作词，当以清真为主，盖清真最为知音。"而"深得清真之妙"的吴文英，对于周邦彦的"最为知音"，无论从何种角度讲，都是会以之为取法对象的。而事实也正是如此。对此，这从梦窗词几乎遍用清真词词调的事实，即可证实之。正因此，尹焕《梦窗词序》说："求词于

① 陈洵：《海绡说词》，《词话丛编》本，中华书局1986年版。
② 沈义父：《乐府指迷》，《词话丛编》本，中华书局1986年版。

吾宋者，前有清真，后有梦窗，此非焕之言，四海之公言也。”①这一评价，是否符合历史的真实，另可讨论，但“四海之公言”将清真词与梦窗词互为关联的举措，已是将周邦彦与吴文英之间的承继关系，揭示得甚为清楚。

四、南宋的和清真词现象

受唐人“和诗”的影响，宋人的“和诗”“和词”之风，不仅特别兴盛，而且形式繁多，典型者如存在于南宋词坛上的“和清真词”现象，即构成了唐宋词史上一道耀眼的风景线。这是一种较为特殊的文学现象，它的存在，是周邦彦词表现在“开南”方面的又一重要内容。一般而言，“和”某人之诗或某人之词者，所表明的是“和”者与被“和”者之间的关系，或过从甚密，或景仰之甚。而存在于南宋时期的“和清真词”，则显然是属于后者的，此则表明，这些“和”词作者受清真词的影响之明显，乃不言而喻。

现可确知的“和清真词”之词人，主要为浙江方千里、乐安杨泽民，以及四平陈允平（王兆鹏《唐宋词史论》第二章第三节专论“周邦彦的追随者”，却未及陈允平，实属遗憾）。方千里，今浙江衢州人，曾官舒州签判。其《和清真词》一卷，《四库全书总目》卷一九八“词曲类一”著录之，并撰“提要”云：“此集皆和周邦彦词。邦彦妙解声律，为词家之冠，所制诸调，不独音之平仄互遵，即仄字中上去入三音亦不容相混。所谓分刌节度，深契微茫。故千里和词，字字奉为标准。今以两集相校，中有调名相异者……盖皆传刻之伪，非千里之旧。……据毛晋跋，乐安杨泽民亦有《和清真词》，或合为《三英集》刊行。然晋所刻六十一

① 尹焕：《梦窗词序》，张惠民《宋代词学资料汇编》，汕头大学出版社 1993 年版。

家之内无泽民词，又不知何以云然矣。”①据此，知方千里所“和”清真词者，主要在于其“音之平仄互遵，即仄字中上去入去三音亦不相混”。这说明，清真词精严的音律对方千里之影响，乃是甚大的。方千里的《和清真词》，唐圭璋《全宋词》、朱德才主编《增订注释全宋词》均著录，凡词93首，调76个。

杨泽民的《和清真词》亦为一卷，词92首，调75个。此集历来无人笺注。1993年8月，笔者应邀参加由朱德才教授主编的《增订注释全宋词》的研撰工作，首次对杨泽民《和清真词》进行了注释。与方千里的《和清真词》一样，杨泽民的《和清真词》亦全部依周邦彦词的原韵而作，其四声平仄，也一一以之为准绳。中华书局2002年版孙虹《清真集校注》，收清真词“可确考者”185首，调113个，以此较之方、杨各自的《和清真词》，可知二人所“和”之调，几占清真词的四分之三。这一比例，与吴文英《梦窗词》所用清真词之调数，大体近似。

陈允平字君衡，号西麓，今浙江宁波人。陈允平生活于宋元之际，宋亡后，曾被人诬陷入狱，后释放，应征至大都。陈允平作词崇尚周邦彦，因此有《西麓继周集》一卷行世，该集收词129首，调86个，较方千里、杨泽民各自的《和清真词》均要多。但从次序的角度看，陈允平之“和”词，与方、杨二人的同类之作是大体相符的。

方千里、杨泽民、陈允平三人的“和”清真词，从总体上讲，其重点都是以清真词的原韵及四声平仄为主的。这说明，三人在词艺特别是声律音韵方面，均为周邦彦的追随者与崇拜者。他们的先后唱和，既是南宋词人对清真词极为热衷的一种具体反映，又表明了清真词在“开南”方面内容的丰富性与形式的多样性。而或此或彼，其所突显的，是清真词在南宋的被接受与被喜爱的一种文学实况。而且，这种“和词”的形式，在当时由于大受词人们的欢迎，而形成了一种创作时尚，如陈三聘《和石湖词》等，即均创作于这一时期。

---

① 永瑢等：《四库全书总目》卷一九八，中华书局1965年影印版。

汪东《唐宋词选》曾说：“词至清真犹文家有马扬，诗家有杜甫，吐纳众流，范围百族，古今作者，莫之与竞”。而清真词于南宋词坛所产生的影响，藉以上所述论其“开南”之成就，即可见其大概。

第七章　比肩须眉：巾帼词扫描

第一节　宋代女性词鸟瞰

在浩浩荡荡的宋代词人队伍中，以性别言，男性词人以绝对多数而成为这一队伍的主流，乃为众所公认之史实。这种实况的存在，与《全唐诗》整900卷中只有9卷女诗人之作的比例，乃是别无二致的。这是一种值得重视的文学现象，其之存在，表明了在诗词极度繁荣兴旺的唐宋之际，生活在这一时期的女性诗人与女性词人们，扮演的仍然只是当时文学世界中的一种配角。因此，她们既不能、也无法与男性诗人或词人们去平分文学的秋色。但尽管如此，她们却以自己的艺术才华，在男性世界的文学天国里，硬是撑起了一片女性诗词文学的绿洲，并使之成为一道亮丽的风景线。如活跃于赵宋词坛上数以十计的女词人，即以敢与须眉争高下的文学胆识与文学才华，创作出了一批属于精品文学系列的长短句，而使得宋词的星空更加耀眼与辉煌。

然而长期以来，词学界与文学史家们，却很少有对两宋时期的女性词人词作进行整体审视与观照者，以致人们对两宋期间究竟有多少女词人，她们的作品对于宋词的发展又究竟起到了什么样的作用，对于男性词人又究竟产生了怎样的影响等，至今都无法准确获知。因此，着眼于对两宋词史的全面把握，本节特对宋代女性词人的人员构成，创作概况，所获成就，艺术精神，审美追求等问题，进行一番鸟瞰式的扫描与观照。

一、女性词人队伍概观

要把握宋代女词人创作队伍的基本概况，首先得对活跃于这一时期的女词人在数量上进行较为具体的了解。据朱德才主编《增订注释全宋词》进行统计，可知在宋代从事词体艺术创作的女词人，共计为 118 人(无性别标明者及无名氏未计)，词 260 首，其中，“宋人话本小说人物词”40 首，作者 27 人；“元明小说依托宋人词”40 首，作者 13 人。若除去此二者，则我们已知的两宋女词人实际为 78 人，词 180 首。其具体为：陈凤仪(1 首)、卢氏(1 首)、苏氏(4 首)、韩缜姬(1 首)、阮逸女(1 首)、吴氏(1 首)、魏夫人(14 首)、舒氏(1 首)、琴操(1 首)、太尉夫人(1 首)、盼盼(1 首)、苏琼(1 首)、哑女(1 首)、青幕子妇(1 首)、美奴(2 首)、慕容嵓卿妻(1 首)、李清照(52 首)、幼卿(1 首)、蒋氏女(1 首)、吴淑姬(4 首)、李氏(1 首)、花仲胤妻(2 首)、乐婉(1 首)、聂胜琼(2 首)、赵才卿(1 首)、都下妓(1 首)、杜大中妾(1 首)、吴淑姬(南宋人，1 首)、朱淑真(25 首)、洪惠英(1 首)、仪珏(1 首)、张珍奴(1 首)、唐婉(1 首)、陆游妾(1 首)、蜀妓(1 首)、严蕊(1 首)、韩仙姑(1 首)、易祓妻(1 首)、戴复古妻(1 首)、平江妓(1 首)、淮上女(1 首)、鄱阳女(1 首)、王氏(1 首)、蜀中妓(1 首)、王清惠(1 首)、章丽贞(1 首)、袁正真(1 首)、金德淑(1 首)、连妙淑(1 首)、黄静淑(1 首)、陶明淑(1 首)、杨华淑(1 首)、杨慧淑(1 首)、华清淑(1 首)、梅顺淑(1 首)、吴昭淑(1 首)、周容淑(1 首)、吴淑真(1 首)、张琼英(1 首)、徐君宝妻(1 首)、刘氏(1 首)、杨氏(2 首)、张淑芳(3 首)、某邑妓(1 首)、孙夫人(1 首)、陈章彦妻(1 首)、郑文妻(1 首)、刘鼎臣妻(1 首)、吴氏(1 首)、草夫人(1 首)、易少夫人(2 首)、苏小小(1 首)、李秀兰(1 首)、胡夫人(1 首)、窦夫人(1 首)、王娇姿(1 首)、洛阳女(1 首)、陶氏(1 首)。

根据以上之所载，我们从中可以较为准确获知，在 78 位女词人中，作者的身份大致是由下列六种类型构成的：

(1)出身大家闺秀或为贵夫人者，如魏夫人(宰相曾布之妻，散文家曾巩之弟媳)、吴夫人(王安石妻)、李清照等；

(2)出身一般官宦家庭且丈夫多为地方官者，如李淑真(《四库全书总目》)卷一七四言其"嫁为市井民妻"，误，详见况周颐《蕙风词话》卷四)、戴复古妻、李秀兰、苏氏(苏颂之妹)等；

(3)普通家庭女子，如卢氏、郑文妻、聂胜琼等；

(4)隐士或佛道之流，如孙夫人(名道绚，号冲虚居士，隐士黄铢之母。见《词苑丛谈校笺》卷三)、韩仙姑等；

(5)宫女，如金德淑、黄静淑、杨慧淑等；

(6)歌妓，如乐婉、苏小小、琴操、盼盼等。

此则表明，78 位女词人是生活在两宋社会的各个阶层的。她们中虽然有不少人是有家庭、有爱情、有幸福的，但更多的人则是只有愁苦与忧伤，因之，迥然有别于男性词人的生活环境与生活经历，便往往为她们的词作打上了一道深深的情感烙印。

从作品的角度言，在 78 位词人的 180 首词作中，数量最多的有三人，她们依次为：李清照(52 首)、朱淑真(25 首)、魏夫人(14 首)。余者最多的为一人 4 首，一般则为一人 1 首。又，在 180 首词作中，共用了 78 个词牌，其中，小令、中调 68 个，长调为整 10 个。10 个长调依次为：《花心动》《满庭芳》《凤凰台上忆吹箫》《念奴娇》《声声慢》《永遇乐》《贺新郎》《望海潮》《满江红》《沁园春》。其中，《满庭芳》《念奴娇》《满江红》三个词牌，各填词 3 首，为诸词牌之最。在 78 个词牌中，使用频率最高的有 20 个，其分别为：《减字木兰花》《菩萨蛮》《望江南》《浣溪沙》《临江仙》《蝶恋花》《卜算子》《点绛唇》《江城子》《满庭芳》《鹊桥仙》《好事近》《鹧鸪天》《清平乐》《念奴娇》《渔家傲》《满江红》《沁园春》《生查子》《西江月》。

由是而观，可知女词人们在词牌的选用方面，虽然是以令词为主，但于长调慢词也是善于接纳的。这一概况表明，女词人们在选用词牌时，其审美心理与词体艺术的发展，乃是互为关联、同步而行的。即是说，这些女性词人虽然生活在闺阁或者酒肆乃至里巷之中，但她们对于当时词坛的发展与变化，却掌握得十分清楚。因此，从这一意义上讲，生活在两宋时期的女性词人们，并非一般的文学赏玩者，而是和文学与时俱进的词体同路人。正因此，才在两宋文学史的国度里，涌现出了如李清照、魏夫人、朱淑真这些“比肩须眉”的词坛大家与名家。

二、女性词的题材内容

着眼于中国女性文学史的角度讲，两宋时期的女性词文学，乃历史地成为了这一史的王国里的一个里程碑。其原因在于，我们已知的宋代女词人之数量，不仅较唐代的女诗人为多(据《全唐诗》统计，唐代女诗人计 110 人，除去各种笔记、小说中的诗作者，实际只有 70 人左右)，而且其词作题材的广泛，内容的丰富，成就的非凡，以及对后世文学的影响，均为唐代的女性诗歌所不及。所以，一部唐代诗歌史，实际上就是一部男性诗歌史。而两宋的词体艺术则不然。在这一新兴的词文学世界里，如上所言，乃涌现出了如李清照、朱淑真、魏夫人这样的一些大家与名家，她们的词作，要眇宜修，就有如她们的人一样，举手投足，颦笑之间，所透出的是一种文化内蕴，一种大家风范。

两宋时期的女性词人，虽然各以其不同的艺术才华，共同装扮着词文学世界里的美好春天，但她们同时又是人妻或者情人，甚至是母亲，因此，她们的情感世界，往往就会比男性词人更为丰富与更为细腻。而此，也是导致描写男女恋情的作品，在宋代女性词中占了很大比例的原因之所在。其中，既有一见钟情式的难分难舍，也有对往昔相聚时柔情蜜意的回忆，而更多的则是男女双方身处异地的苦苦相思。在这一类题材的作品中，其数量又尤以怨词为最，且有不少优秀之作为历代人们所传诵，如唐婉《钗头凤》(世情薄)、阮逸女《花心动》(仙苑春浓)、朱淑真《减字木兰花》(独行独坐)等。一般而言，对怨词的创作，其实是女性词人们对自我情感的一种宣泄，因之，其既缠绵悱恻，又哀婉动人。如署名为戴复古妻的《祝英台近》：

> 惜多才，怜薄命，无计可留汝。揉碎花笺，忍写断肠句。道傍杨柳依依，千丝万缕，抵不住，一分愁绪。 如何诉。便教缘尽今生，此身已轻许。捉月盟言，不是梦中语。后回君若重来，不相忘处，把杯酒，浇奴坟土①。

戴复古是陆游的学生，一生“性好游”，据毛晋《石屏词跋》的记载，他曾“南适瓯闽，北窥吴越，上会稽，绝重江，浮彭蠡，泛洞庭”②。而陶宗仪《辍耕录》③，则记载了戴复古游历至江西武宁时，有富翁爱其才，以女妻之，三年后，欲返故里，乃言家中已有妻室，翁之女欲留而不能，乃作这首《祝英台近》与之诀别，未久投江而死云云。由是而观，可知这是一首典型的断肠词。全词主要着笔于“翁之女”，写她在获知戴复古既有妻室且欲回归的消息后，悔恨交加，身心俱寒。这位翁之女先是“留汝”而不成，继则“揉碎花笺，忍写断肠句”，最后是深悔“此生已轻许”，只得一死了其生。词人笔下一个负义的戴复古形象，已被清晰勾勒，而作者之爱、之怨、之悔、之恨，亦皆寓其中。

除了大量的对两性相恋相思乃至相恨的情感描写之外，宋代女性词

---

① 戴复古妻：《祝英台近》(惜多才)，朱德才主编《增订注释全宋词》(第三册)，文化艺术出版社 1997 年版。

② 毛晋：《石屏词跋》，施蛰存《词籍序跋萃编》，中国社会科学出版社 1994 年版。

③ 陶宗仪：《南村辍耕录》，《宋元词话》本，上海书店出版社 1999 年版。

中反映歌妓与宫女自身生活的作品也很多。据王书奴《中国娼妓史》①，知宋代的歌妓，乃有官妓、家妓、私妓等多种类别。这些歌妓虽然大多生活在社会的底层，但由于她们职业的缘故，与词体艺术产生着密切的关系，而更多的则是直接介入了词人队伍的行列。据统计，在已知的近80位女词人中，属于歌妓与宫女身份的作者，有整40人之多，刚好占其总数的一半。这是一支不可忽视的词人队伍。歌妓类词人的词作，就其内容言，主要表现在四个方面：其一是感叹韶光易逝、青春难再，如盼盼《惜花容》(少年看花双鬓绿)；其二为与意中人离别时的愁苦，如平江妓《贺新郎》(春色元无主)；其三即对异性友人的思念，如苏小小《减字木兰花》(别离情绪)；其四是从良后的心迹自陈，如严蕊《卜算子》(不是爱风尘)。这类词作，或情真意切，或迟暮伤感，或含蓄蕴藉，或直抒心曲等，均具有较高的艺术价值与审美价值。

而宫女类作者的词，则重在表达对故国的怀念。如金德淑、黄静淑、陶明淑、杨华淑、杨慧淑、华清淑、梅顺淑、吴昭淑、周容淑、连妙淑10位宫女的《望江南》，即是这方面最具典型意义的作品。这10首《望江南》，皆系宫女们为送琴师汪水云而作。对此，《词苑丛谈校笺》卷六乃有专载："章邱李生至燕都……夜静，闻邻妇有倚楼而泣者，明日访之，则宋宫人金德淑也。询李曰：'客非昨暮悲歌乎？'李曰：'歌非己作，有舟人自杭来，吟此句，故记之耳。'金泣曰：'此亡宋昭仪王清惠所寄汪水云诗。当时吾辈数人皆有诗赠汪。'举其《望江南》词曰：'春睡起，积雪满燕山。万里长城横缟素，六街灯火已阑珊，人立玉楼间。'后遂委身于李云。"②这段文字所表明的是，因"靖康耻"而流落至金国燕都的一批北宋宫女，终日眷念故国而不得返，当乐工汪水云在获准由北还南时，她们遂各赋《望江南》以送。这些"亡宋"宫女，身处异地他乡，无时无刻不在思念自己的家乡与亲人，以至于"六街灯火

---

①　王书奴：《中国娼妓史》，岳麓书社1998年版。

②　王百里：《词苑丛谈校笺》，人民文学出版社1988年版。

已阑珊”时，仍“人立玉楼间”。更何况，当时乃是“积雪满燕山”的寒冬季节！从思想内容的角度讲，这10首《望江南》，是直可与杜甫的《佳人》等诗并读的。其他如章丽贞、袁正真各自的《长相思》、张琼英的《满江红·题南京夷山驿》等，或眷念故国，或慨叹现实，皆多风云之气而少儿女之情，特点别具。这是南北宋交替之际，宫女词人词作所特有的一种精神面貌。

在国破家难的社会现实中，深受其害的女词人，不仅有宫女，而且还有一些出自官宦之家，如李清照即是其中之一。众所周知，“南渡”后的李清照，终日生活在国破、家亡、夫死的悲痛之中，并且孤身一人经常性地辗转于杭州、衢州、绍兴、金华等地。而李清照创作于这一时期的词作，其政治性、思想性虽然没有诗歌那样强烈，但题材内容乃至艺术风格已与此前迥然不同。如《永遇乐》(落日镕金)一词，怀念京洛旧事，追记中州盛日，并将其与“如今憔悴”相比，以形成鲜明对照，扣人心弦，感人至深。据传，刘辰翁在吟诵这首词时，不仅“为之涕下”，并且还“依其声”填了一首《永遇乐》。另据《词苑丛谈校笺》卷七载，在宋钦宗靖康年间，金兵南下时，武阳令蒋兴祖战死城中，其“方笄”之女被虏去，于雄州驿中，题写了一首颇具名气的《减字木兰花》：

朝云横度，辘辘车声如水去。白草黄沙，月照孤村三两家。飞鸿过也，百结愁肠无昼夜。渐近燕山，回首乡关归路难①。

这首词简直就是对蔡琰《悲愤诗》前半部分的缩写。况周颐《蕙风词话》之《续篇》卷一评此词说：“寥寥数十字，写出步步留恋，步步凄恻。”②所言甚是。从总体上言，这类词悲戚哀婉，朴实无华，是宋代女性词表现在思想内容方面的最强音。

① 蒋兴祖女：《减字木兰花》(朝云横度)，王百里《词苑丛谈校笺》卷七，人民文学出版社1988年版。

② 况周颐：《蕙风词话》，人民文学出版社1960年版。

除了以上几个方面的内容外，宋代女性词中的咏物词，也是值得注意的。一般认为，宋代的咏物词乃肇始于北宋初年，林逋的《点绛唇》(金谷年年)为其首，之后，柳永、张先、欧阳修、苏轼、周邦彦均参与创作，其中又以周邦彦词为最。至南宋，咏物词不仅蔚为大观，而且在艺术上更为成熟，所以，谢章铤《赌棋山庄词话》卷七认为："咏物南宋最盛，亦南宋最工。"①女性词中的咏物词，大抵也是如此。北宋的女性咏物词人，朱淑真为其代表。朱淑真现存词 25 首，咏物词有 6 首，其所咏之物，主要为"雪""梅""梨花"，藉此可见作者心性高洁之一斑。在南宋的女词人中，李清照的咏物词成就最高。李清照现存咏物词 9 首，其中咏梅花的有 7 首。梅花具有斗雪傲霜、冰肌玉骨、贞洁自守等特点，成为有宋一代词人们人格精神的象征，所以，朱淑真、李清照都特别喜欢咏写梅花。如李清照《孤雁儿》：

藤床纸帐朝眠起，说不尽无佳思。沉香断续玉炉寒，伴我情怀如水。笛声三弄，梅心惊破，多少春情意。　小风疏雨萧萧地，又催下千行泪。吹箫人去玉楼空，肠断与谁同倚。一枝折得，人间天上，没个人堪寄②。

作者咏梅，其笔触并没有停留在对梅花之形的描写上，而是物我相融、情景合一，并因梅而引发了对亡夫赵明诚的思念之情，以致"催下千行泪"。正因为如此，所以"一枝折得，人间天上，没个人堪寄"。全词虽"作梅词"(此词小序语)，但实质上融注的却是作者的孤戚与悲哀，寄托遥深，含蓄蕴藉，堪称宋人咏梅词中的上乘之作。

① 谢章铤：《睹棋山庄词话》，《词话丛编》本，中华书局 1986 年版。
② 李清照：《孤雁儿》(藤床纸帐朝眠起)，朱德才主编《增订注释全宋词》(第一册)，文化艺术出版社 1997 年版。

三、女性词的艺术精神

女性词在两宋的勃兴，对于繁荣当时及其后的词文学创作，推动词体艺术的长足发展，显然是起到了较为重要的作用的。而且从言情的角度审视，“自言式”在她们词作中的大量出现，不仅改变了自花间以来“男子而作闺音”的传统惯用手法，而且使“代言式”永远地退出了词体艺术的历史舞台。由是，创作主体“我”便大量地存在于两宋词作之中。这种新兴的词体文学景观的出现，固然与男性词人们的不懈努力关系密切，但重要的是女性词人们对自我的大胆表现，以及她们对本真情感的抒发毫无顾忌等因素，才导致了这一极具变革色彩的文学现象的产生。而这一切，又无不丰富与发展了词体的艺术精神。从总的方面讲，宋代的男性词与女性词的艺术精神，虽有所共，但更多的则是各有所别。具体来说，宋代女性词的艺术精神，主要是表现在以下几个方面。

其一是直抒胸臆的言情范式。一般而言，在情感的表现方面，赵宋以前的文学作品中的艺术精神，主要是以美善合一、以理胜情为其标志的。这是因为，这一时期的文学家们，所遵循的创作原则，乃是“乐而不淫，哀而不伤”，以及“思无邪”等传统诗教。所以，白居易在《策林》其六十四中说：“乐者本于声，声者发于情，情者系于政。盖政和则情和，情和则声和，而安乐之音，由是作焉。政失则情失，情失则声失，而哀淫之音，由是作焉。”①将情感与政治紧密相连，使本来属于非理性的“情”，受到了“理”的极大束缚与制约。这种现象或者说文学局面，直到花间词的问世，才得以基本扭转，代之而起者则乃为“男子而作闺音”。作为词体艺术中的一种“代言式”，“男子而作闺音”从某种程度上讲，虽然触及与揭示到了女性内心世界的某些“隐秘”，但综而观之，委婉含蓄、欲说还休，乃为其总的特点。而两宋期间的女性词则不然。

① 白居易：《策林》六十四，《白居易集》卷六十五，中华书局1979年版。

180首女性词告诉我们，这一时期的女性词人们，在对自我情感进行抒发时，不仅跳出了“闺怨”“室思”的传统圈子，而且也使流行于当时的“男子而作闺音”得到了彻底性改变。她们大多以直抒胸臆的抒情方式，对自我情感进行了大胆表现，并由此形成了一种全新的言情范式，即直抒胸臆的言情范式。如陈凤仪《一络索》(蜀江春色浓如雾)、阮逸女《花心动》(仙苑春浓)、魏夫人《临江仙》(庭院深深深几许)、琴操《卜算子》(欲整离别情)、幼卿《浪淘沙》(月送楚云空)、吴淑姬《小重山》(谢了荼蘼春事休)、唐婉《钗头凤》(世情薄)、洪惠英《减字木兰花》(梅花似雪)等，即都是毫无隐讳地直接抒发着作者对异性的思念与渴慕。她们既不含蓄，也不委婉，而是将潜藏于心灵深处的思、想、恋、爱等诸种情感和盘托出。在这种言情范式的影响下，当时如李清照那样的大家闺秀，在言及其情感时，也是毫无顾忌，直裸自己的心曲。《漱玉集》中如“已觉春心动”(《蝶恋花》)、“多情自是多沾惹”(《怨王孙》)、“眼波才动被人猜”(《浣溪沙》)，以及“笑语檀郎，今情纱窗枕簟凉”(《丑奴儿》)等词句，或写其少女时期的青春躁动，或写婚后夫妻的幽情欢爱，均可称得上是“古今第一”。其所体现的，乃是一种对传统道德观念的抗衡，一种以情胜理的艺术精神。

因此，我们透过上述作品所看到的是，封建伦理道德在宋代女词人们的身上，几乎已荡然无存。她们热爱生活，毫无拘束地追求着自己的理想爱情，并在爱情的天地里寻觅着生命的美好意义。

其二为贵得其真的审美特征。“真”，既是唐宋词的生命力之所在，又为其艺术美的灵魂。所以，清代词家沈祥龙在《论词随笔》中认为：“词之言情，贵得其真。”①其实，不独“词之言情，贵得其真”，而是在词中叙事、抒怀、写景等，皆需以“贵得其真”为是。故而，况周颐《蕙风词话》卷七乃云：“真字是词骨。情真、景真，所作必佳，且易脱稿。”从文艺美学的角度讲，“求真”“纯真”乃至于“真心”等，都是文学

---

① 沈祥龙：《论词随笔》，《词话丛编》本，中华书局1986年版。

作品所追求的一种艺术境界。正因此，“情真”与“景真”在宋代的女性词中，乃显得特别明显与突出。如张淑芳的《更漏子》一词：

> 墨痕香，红烛泪。点点愁人离思。桐叶落，蓼花残，雁声天外寒。 五云岭，九溪坞。待到秋来更苦。风淅淅，水淙淙。不教蓬径通①。

据《词苑谈丛校笺》卷六的记载，张淑芳本为西湖“樵家女，宋理宗选宫嫔，贾似道见其美，匿为妾。似道败，芳遂削发为尼。结庵九溪，栽花种草以老”②。此词即写于张淑芳“结庵九溪”期间。词之开首“墨痕香，红烛泪”，所写虽为物，实则以物喻人，以与“点点愁人离思”互为映衬，构成烘托之势。即在作者看来，其房中的“墨痕香，红烛泪”，是无时无刻不在引起“愁人”的“离思”之悲之痛的。则全词之“情真”，仅此即可见其一斑。而下阕的“秋”“风”“水”等景物，又与上阕之“墨痕”“红烛”“桐叶”“蓼花”“雁声”配合紧密，并由此营造出一种凄凉的艺术氛围，为作者的“愁思”作了进一步烘托。全词不仅景真情真，凄婉动人，而且使人于意象的密集之中，深切地感受到“情真”与“景真”在这首令词中的高度统一。又如朱淑真的《生查子》词：

> 寒食不多时，几日东风恶。无绪倦寻芳，闲却秋千索。 玉减翠裙交，病怯罗衣薄。不忍卷帘看，寂寞梨花落③。

朱淑真的诗、词均以“断肠”而闻名，故其诗、词集分别被名为《断肠诗

---

① 张淑芳：《更漏子》（墨痕香），王百里《词苑丛谈校笺》卷六，人民文学出版社1988年版。

② 王士禛：《花草蒙拾》，《词话丛编》本，中华书局1986年版。

③ 朱淑真：《生查子》（寒食不多时），王百里《词苑丛谈校笺》卷六，人民文学出版社1988年版。

集》与《断肠词》。而这首《生查子》，即为朱淑真“断肠词”的代表作。全词写在“无绪倦寻芳”的春天，作者因思念之苦，而“玉减翠裙交，病怯罗衣薄”，以致“不忍卷帘看”，原因则是“寂寞梨花落”。在这里，作者将自己的真情实感与审美体验相互融合，很好地展现了其因怀人而产生的生理与心灵上的痛苦。在宋代女性词中，类似的作品还有很多，且其大多以敢于与善于剖白作者内心的真情实感见长，因而具有丰富而深邃的审美意蕴。

其三即重柔轻刚的艺术追求。如果说，明人张綖《诗余图谱》将宋词分为“婉约”与“豪放”两派，乃可成立的话，那么，宋代的女性词，便理所当然地属于婉约词了。这是因为，重柔轻刚，是女性词表现在艺术上的又一个鲜明性标志。一般而言，花间词以前的唐人诗歌，其风格或豪迈雄壮，或雄浑壮丽，或清峻劲健，或险怪艰涩等，虽各具特点，但从审美的角度言，其均属于阳刚美的范畴。这种境况，直至花间词的问世，才得以被阴柔美所替代。花间词开婉约一派，在唐宋词史上具有举足轻重的地位，宋代的女性词人们，则继花间而将婉约词发展到了极致，如李清照便是历代公认的“本色当行”词人，并被王士禛在《花草蒙拾》中称为“婉约之宗”①。

宋代女性词的阴柔美，要而言之，意象的纤丽雅致、形式的娇小玲珑、语言的清新流丽，乃为其关键者。意象之于词体艺术中，既是创作主体思维活动与内在生命意蕴的一种表现，又为创造意境、表达作者情感最为重要的因素，因此，无论是男性词人抑或女性词人，其词作都是离不开意象的组合的。而女性词中的意象，则以纤丽雅致见长。如李秀兰《减字木兰花》(自从君去)中的“秋雁”，陶氏《苏幕遮》(与君别)中的“梅花”，张淑芳《浣溪沙》(散步山前春草香)中的“江上柳”，陈章彦妻《沁园春》(记得爷爷)中的“孤灯只砚”，陆游妾《生查子》(只知愁上眉)中的“芭蕉”，吴淑姬《祝英台近》(粉痕销)中的“杨花飞絮”等。这些纤

---

① 王国维：《人间词话》，人民文学出版社1960年版。

丽雅致的意象，不仅完全符合“要眇宜修”的词体艺术规则，而且也是构成女性词婉约词风的关键性因素。女性词的形式即词牌，如上所述，是以娇小玲珑的令词为主的，而令词，则诚如刘熙载《艺概》之所言，乃是“虽小却好”①。这种“虽小却好”的艺术形式，犹似一位轻盈妩媚的南国佳丽，本身就极具阴柔美的艺术特征。而女性词中的长调，若着眼于沈雄《古今词话》“词之为体如美人”②的认识，其实也是具有娇小玲珑的可人风范的。女性词语言的清新流丽，实际上就是陈廷焯《白雨斋词话》卷一所称道的“绮语”。这种“绮语”，是“本色当行”派词人词作的重要标志，它有别于“豪放派”词人如苏轼、辛弃疾等词中的“粗鲁”“粗豪”“豪壮语”，乃是无须辩说的。所以，宋代女性词中的“绮语”，奉献给当时及后世读者的，其实就是一种阴柔美的审美享受。而这种语言，对于婉约词风在两宋的确立，以及艺术上的升华等，都是不无影响与推动作用的。

第二节　魏玩与朱淑真词

在北宋词文学的百花园里，魏夫人(玩)的《鲁国夫人词》与朱淑真的《断肠词》，如同含苞待放的两束奇葩，分外惹人注目。二人表现在词体艺术上的成就，不仅可以与后来的李清照并论，而且于当时的男性词人而言，也是毫不逊色的。对此，明、清时期的一些词论家，已多有所评。如沈雄《古今词话·词评卷上》引黄玉林语云：“李易安、魏夫人，使在衣冠之列，当与秦七(观)、黄九(庭坚)争雄，不徒擅名于闺阁也。”③陈廷焯《白雨斋词话》卷二云：“魏夫人词笔颇有超迈处，虽非易安之敌，亦未易才也。朱淑真词不逮易安，然规模唐五代不失分寸。

---

① 刘熙载：《艺概·词概》卷四，人民文学出版社 1980 年版。
② 沈雄：《古今词话》，《词话丛编》本，中华书局 1986 年版。
③ 沈雄：《古今词话》，《词话丛编》本，中华书局 1986 年版。

如‘年年玉镜台’，及‘春已半’诸篇，殊不让和凝、李珣辈。”①又，陈廷焯《词坛丛话》亦有云：“李易安词风神气格，完绝一时，直欲与白石老仙(姜夔)相鼓吹。妇人能词者，代有其人，未有如易安之空前绝后者。朱淑真风致之佳，情词之妙，真可亚于李易安。宋妇人能讲词者不少，易安为冠，次则朱淑真，次则魏夫人也。”②

上述这些评价，或有不当，但从总的方面讲，表明了魏夫人与朱淑真二人，不仅均具非凡的文学才华，而且在词体艺术方面所取得的成就，乃是可与当时的一些须眉“争雄”的。这种认识，其实是对魏夫人与朱淑真文学史地位的一种肯定。

一、二人的生平简况

魏夫人是宋代文学史上第一位著名的女作家，诗、词、文均擅长，其中，尤以“能词”而闻名，并为时人将其与李清照并论。如理学家朱熹即认为：“本朝妇人能文，只有李易安与魏夫人。”③朱熹的“能文”，后来被沈雄在《古今词话·词评卷上》中改为了“能词”。沈雄将“能文”改为“能词”者，度其原因，当因魏夫人诗文湮没而只有词流传于世的缘故所致。但尽管如此，《鲁国夫人词》一卷，已足可使作者被载誉史册。

魏夫人，《乾隆襄阳府志》、陆游《老学庵笔记》、况周颐《蕙风词话》等，均略载其生平。综之为：魏夫人名玩，字玉汝，襄州襄阳(今湖北襄阳)人。生于宋仁宗宝元三年(公元 1040 年)，卒于宋徽宗崇宁二年(公元 1103 年)，享年 64 岁。其弟魏泰，字道辅，因场屋事终生不得志，有《东轩笔录》《临汉诗话》等著作传世。魏玩为宰相曾布之妻、

① 陈廷焯：《白雨斋词话》，人民文学出版社 1959 年版。
② 陈廷焯：《词坛丛话》，《词话丛编》本，中华书局 1986 年版。
③ 黎靖德：《朱子语类》卷一四〇，中华书局 1994 年版。

文学家曾巩的弟媳。曾布外任，魏玩常从之。宋神宗熙宁九年(公元1076年)，曾巩由襄州改知洪州，曾布则从饶州移牧潭州，途经洪州，其弟曾肇从京师汴京请假还乡探母，亦取道洪州，兄弟三人，共游滕王阁，相得甚欢。时魏玩也与之游，并口占一联云："金马并游三学士，朱幡相对两诸侯。"①"三学士"，指兄弟三人都是进士；"两诸侯"，谓曾巩、曾布所任皆地方长官。兄弟三人听后，兴致愈高，于是争相吟诗作对，而成为一时美谈。元丰年间，曾布奉调庆州，"未至，召还；至陕府，复还庆州，往来潼关"。对于曾布的"往来潼关"，魏玩尝作诗以戏之，曰："使君自为君恩厚，不是区区爱华山。"②夫妻关系，藉此即可见其一斑。

宋徽宗赵佶执政，曾布拜相，魏玩受封为鲁国夫人。此后，魏玩即因此而被时人与后人称为魏夫人，其词集也因之被名为《鲁国夫人词》。

据王明清《挥麈三录》③卷二的记载，宋神宗熙宁初年，海州怀仁监酒使张某之女，时年约七岁，尝师从魏玩习学诗书。宋哲宗年间，张女被选入宫中，"靖康之变，从昭慈圣献南渡钱塘"，寓居临安。其闻魏玩卒后，作《哭魏夫人》一诗以悼之："香散帘帷寂，尘生翰墨闲。空传三壶誉，无复内朝班。"

朱淑真，号幽栖居士，杭州钱塘(今浙江杭州)人。其生平事迹，各书所载不仅甚微，而且多有错误。如《增订注释全宋词》(第二册)所撰朱淑真小传云："幼聪慧，善读书。早岁不幸，父母失审，嫁为市井民家妻。一生抑郁不得志，抱恨而终。"④此小传所用材料，最早出自南宋魏仲恭的《断肠诗集序》："蚤岁父母失审，嫁为市井民妻，一生抑郁

---

① 王辉斌：《李白〈菩萨蛮〉辨伪》，《乐山师范学院学报》2003年第8期。

② 陆游：《老学庵笔记》，中华书局1979年版。

③ 王明清：《挥麈三录》，《丛书集成初编》本，台湾新文丰出版公司1992年影印版。

④ 朱德才主编：《增订注释全宋词》(第二册)，文化艺术出版社1997年版。

不得志。”①其后，杨慎《词品》、永瑢等《四库全书总目》等，亦均从魏序之说。对此，清末著名词学家况周颐，在其所著《蕙风词话》卷四中，以《断肠诗集》《古今女史》《历代诗余》《西湖游览志》《全浙诗话》《池北偶谈》等十余种资料为据，进行了全面辨说，认为“旧说悠谬”，乃不可信。并对朱淑真的生平事迹，作了如下的重新勾勒：

> 淑真号幽栖居士，钱塘人。或曰海宁人，文公侄女，居宝康巷。或曰钱塘下里人，世居桃村。幼警慧，善读书。文章幽艳，工绘事，晓音律。父官浙西。绍定三年二月，淑真作《璇玑图记》，有云：“家君宦浙西，好拾清玩。凡可人意者，虽重购不惜也。”其家有东园、西楼、水阁、桂堂、依绿亭诸胜。夫家姓氏无考。似初应礼部试，其后官江南者。淑真从宦常往来吴、越、荆、楚间。与曾布妻魏氏为词友。尝会魏席上，赋小环妙舞，以飞雪满群山为韵，作五绝句。又宴谢夫人堂有诗，今并载集中。淑真生平大略如此。②

这是我们目前所能见到的最为详尽的朱淑真生平小传。其中，有几点值得注意。第一，朱淑真“文章幽艳，工绘事，晓音律”，表明其不仅多才多艺，而且其之“晓音律”，乃是导致《断肠词》属于雅词范畴的一个重要条件。第二，朱淑真“家君”既曾“宦浙西”，而家中又有“东园、西楼、水阁、桂堂、依绿堂诸胜”，则其为大家闺秀，乃殆无疑义。第三，朱淑真与魏玩、谢夫人均具交谊，反映了她所结交的巾帼类人物，皆为擅长诗词者。这三个方面的内容，应是使朱淑真成为北宋词坛名家的重要因由。

另据《断肠词》中的有关词作如《减字木兰花》《清平乐》等可知，朱

---

① 魏仲恭：《断肠诗集序》，《四库全书》本，上海古籍出版社 1987 年影印版。
② 况周颐：《蕙风词话》，人民文学出版社 1960 年版。

淑真的婚姻当确系所嫁非人，以致最终抑郁抱恨而死。但其并非为“市井民家妻”，则可肯定，盖因如上所言，《蕙风词话》已进行了辨正。朱淑真死后，其诗文遗稿，均被父母付之一炬。南宋淳熙九年，魏仲恭始为之辑，并编成《断肠诗集》二卷，之后，又有《断肠词》行世。

二、魏夫人雅词原论

从词史的角度言，魏玩生于晏殊父子、欧阳修、张先、苏轼之后，而与秦观、黄庭坚等“元祐词人”同时。斯时，词作为一种新兴的文学样式，不仅因上述诸人的努力而为社会各阶层所接受，而且还进入了成熟精美的发展阶段，并呈现出一种欲与传统诗文一比高下的态势，这从北宋诸多别集中只有词之一体或者以词为主的情况，即可准确获知。而魏玩的《鲁国夫人词》，即是在这一文化背景下进行创作并完成的。

要论及《鲁国夫人词》，首先得对其中《临江仙》(庭院深深深几许)一词的真伪进行辨证。宋人黄大舆《梅苑》卷九最先收录此词，作者为魏玩，明季陈耀文《花草粹编》卷九亦收录之，作者则作李清照。赵万里辑《漱玉词》时将其收入，理由是：“案《梅苑》九引作曾子宣妻词，《乐府雅词》下魏夫人词不收。以《草堂》所载前阙自序证之，自是李作无疑。”赵氏所言《草堂》之“自序”，乃为其所收李清照另一首《临江仙》的小序，其云：“欧阳公作《蝶恋花》，有‘深深深几许’之语，予酷爱之。用其语作‘庭院深深’数阙。其声即旧《临江仙》也。”但这条小序之所言，并不能证实上述那首《临江仙》乃为李清照所作，这是因为，一则魏玩与欧阳修为同时代人，她对欧词《蝶恋花》亦可“酷爱之”；另则附有小序的《临江仙》一词中，有“人客建安”一句，其中的“建安”，或作“远安”，或作“建康”，均难与李清照行踪扣合。即是说，附有小序的《临江仙》一词，是否为李清照作，其本身就值得怀疑，而以其相证另一首《临江仙》作者亦为李清照，就更是值得怀疑了。而王仲闻《李清照集校注》①将其作“存疑”者，又可佐证之。所以，被《梅苑》录载的那首《临江仙》，其作者是可肯定为魏玩而非李清照的。

现存的《鲁国夫人词》，为周泳先所辑，收词 14 首，在题材内容方面，全为闺情词。值得注意的是，在这 14 首词中，有 10 首被南宋词选家曾慥的《乐府雅词》选入。这一收录事实表明，魏玩的《鲁国夫人词》为一部雅词集，乃可肯定。词之为雅，或者说词之由俗变雅，乃始于柳永，对此，拙作《柳永〈乐章集〉用典说略》②、《柳永词艺术成就新论》③，以及赵晓兰《柳永与宋词的雅化》④等文，均已论之甚祥，读者自可参看。要而言之，柳永词的雅化，主要表现在四个方面：其一是首创并大量在词中用典；其二为“于诗句不减唐人高处”；其三即“变旧声，作新声”；其四是“以赋为词”。柳永词的这些雅化特点，为后来的张先、贺铸、秦观等人大量借鉴与仿学，至周邦彦则发展到了极致。而仅比周邦彦大 16 岁的魏玩，作为词人，她受当时词体雅化风气的影响，自然就十分明显了。请看下面的这首《菩萨蛮》：

溪山掩映斜阳时。楼台影动鸳鸯里。隔岸两三家，出墙红杏花。　绿杨堤下路，早晚溪边去。三见柳绵飞，离人犹未归⑤。

就内容言，这是一首典型的“闺秀”词。词中的抒情主人公，因良人外出未归，而“早有溪边去”，以致“三见柳绵飞，离人犹未归”。全词风调谐婉，语言清新，并以雅正见长，故清人张宗橚《词林纪事》卷十引《词评》云：“其尤雅正者，则《菩萨蛮》。”⑥

---

① 王仲闻：《李清照集校注》，人民文学出版社 1979 年版。

② 王辉斌：《柳永乐章集用典说略》，《山东师范大学学报》2003 年第 1 期。

③ 王辉斌：《柳永词艺术成就新论》，《贵州社会科学》2004 年第 5 期。

④ 赵晓兰：《宋人雅词原论》，巴蜀书社 1999 年版。

⑤ 魏玩：《菩萨蛮》（溪山掩映斜阳时），朱德才主编《增订注释全宋词》（第一册），文化艺术出版社 1997 年版。

⑥ 张宗橚：《词林纪事》，国家图书馆藏清道光刻本。

其实，除了风调谐婉与语言清新外，魏玩《鲁国夫人词》“雅正”的艺术特征，还重点表现在以下几个方面。其具体为：

其一是化唐人诗句以为己用。据我的粗略检核与统计，《鲁国夫人词》中的14首词，共化用唐人诗句者有20余例，且不乏对原诗句一字不易者。如《菩萨蛮》三首其二中的“东风已绿瀛洲草”一句，即乃援用李白《侍从宜春苑奉诏赋龙池柳色初青听新莺百啭歌》诗之原句：“东风已绿瀛洲草，紫殿红楼觉春好。”这些语典，也即诗典的运用，不仅有助于造成《鲁国夫人词》的“书卷”词风，而且也能使其在语言上倍添“典雅”的色彩。

其二是以“自言体”取代“代言体”，开用词体抒自我之情的先河。这一特点，在《鲁国夫人词》中显得尤为突出，因为其中的14首词均属于“自言体”范畴。从词体艺术发展的角度讲，魏玩乃是唐宋词史上第一位以词抒自我之情的作者，她的这一大胆举措，不仅打破了此前“男子而作闺音”的一统局面，并且使“代言体”从此退出了词体艺术的历史舞台。而此，也是导致北宋中后期词中抒情主人公多为“我”的原因之所在。这是对词体艺术的一大贡献，其实也是对词文学的一场革命，因为它既拓展了词体言情的表现领域与表现手法，又深化了词的境界，促进了词的雅化进程。

其三是抒情形式的转换。这里所说的“抒情形式”，是指魏玩词中的抒情角度与抒情方式等内容。一般而言，花间词与北宋初期的词，在抒情形式方面，大多是以“即事言情”为主的。而综观魏玩的全部词作，却采用的是“情以物兴”的审美视角与表现方式，即其词中抒情主人公之“情”与“物”互为关联，从而达到了一种情景交融、水乳难分的艺术境界。如其《系君腰》一词：

灯花耿耿漏迟迟。人别后，夜凉时。西风潇洒梦初回。谁念我，就单枕，皱双眉。 锦屏绣幌与秋期。肠欲断、泪偷垂。月明还到小窗西。我恨你，我忆你，你争知①。

在这首词中，抒情主人公“我”的“肠欲断、泪偷垂”，以及“恨你”与“忆你”，皆因“灯花”“夜凉”“西风”乃至“月明”等审美意象所引发。全词以女性特有的细腻和敏感，将“我”对“你”的思恋之情，和盘托出，直可与曹丕的名作《燕歌行》媲美。

《鲁国夫人词》中所呈现出来的如上所述之雅化特点，一方面虽然是受时代风气使然的结果，但重要的则是与作为词人的魏玩不断地艺术实践，以及其表现在词学审美观念上的转变等因素关系密切。而这一切所表明的是，在词体艺术雅化的进程中，魏玩是作出过较为重要贡献的一位词人。因此，从这个角度讲，无论是中国文学史抑或唐宋词史，都是应该给魏玩其人其词以一定的地位的。

三、朱淑真与断肠词

《增订注释全宋词》(第二册)著录朱淑真词25首，其中一首失调名，且仅存“王孙去后无芳草”一句，因此，实际上只有24首。就题材内容言，这24首词大致可分为两类，一为闺思，二为咏物。闺思词是朱淑真词的主体部分，其所反映的大多为作者终日的孤独寂寞，以及由此所引发的种种忧愁与嗟怨。而此，也是朱淑真词集被取名为《断肠词》的关键性原因。请看其《生查子》二首其一：

寒食不多时，几日东风恶。无绪倦寻芳，闲却秋千索。　玉减翠裙交，病怯罗衣薄。不忍卷帘看，寂寞梨花落②。

---

①　魏玩：《系君腰》(灯花耿耿漏迟迟)，朱德才主编《增订注释全宋词》(第一册)，文化艺术出版社1997年版。

②　朱淑真：《生查子》(寒食不多时)，朱德才主编《增订注释全宋词》(第二册)，文化艺术出版社1997年版。

其中的“玉减翠裙交，病怯罗衣薄”两句，写作者对意中人的思念之情，简直就是柳永“衣带渐宽终不悔，为伊消得人憔悴”(《凤栖梧》)的再版。二者的不同点，仅仅在于，柳词所言为“男子而作闺音”，而朱词则为直抒胸臆式的自我裸露。而其中，呈现给读者的，则乃抒情主人公“我”的孤独、寂寞、忧愁与嗟怨。再看下面的这首《减字木兰花》：

独行独坐，独唱独酬还独卧。伫立伤神，无奈春寒着摸人。此情谁见，泪洗残妆无一半。愁病相仍，剔尽寒灯梦不成①。

上片开首，连用五个“独”字，不仅确切地表现出了作者孤独感的深沉，而且也充分展示了作者那“冷冷清清”的寂寞心境。下片中的“愁病相仍，剔尽寒灯梦不成”，又与这五个“独”字互为呼应，将作者的孤独与寂寞，推向了“断肠”的极致！

是什么原因使得朱淑真在其词中如此的“断肠”呢？对此，《断肠词》中的《清平乐·夏日游湖》一词，为我们提供了最为准确的答案。此词写作者在夏天的某日，于友人处“须臾住”后，一道携手游湖，“暂遣愁怀”，兴尽始归。词云：

恼烟撩露。留我须臾住。携手藕花湖上路。一霎黄梅细雨。娇痴不怕人猜。随群暂遣愁怀。最是分携时候，归来懒傍妆台②。

全词画面清新谐美，风格柔婉明净，充满了审美的愉悦与快感。其中的“随群暂遣愁怀”，一本作“和衣睡倒人怀”，若以此为准，则可知作者

① 朱淑真：《减字木兰花》(独行独坐)，朱德才主编《增订注释全宋词》(第二册)，文化艺术出版社 1997 年版。

② 朱淑真：《清平乐·夏日游湖》，朱德才主编《增订注释全宋词》(第二册)，文化艺术出版社 1997 年版。

在写这首词的前后，既曾于友人处“须臾住”，又曾在游湖时“和衣睡倒人怀”，其对爱情追求的大胆与毫无顾忌，在理学盛行的当时，是堪可称为北宋第一的。此后，朱淑真即为此付出了极为沉重的代价：首先是父母反对，社会指责；继之为婚姻包办，所嫁非人；最后则抱恨而死，且“不能埋骨于地下”。

朱淑真的咏物词，在北宋女性词人的同类之作中，乃无可与之比肩者。这具体表现在三个方面：其一是数量居北宋女词人之首(6 首)；其二为“并情于物”，物我合一；其三即多用慢词长调。朱淑真咏物词所表现出来的这些特点，充分反映了作者对“物”的喜好，以及其善于借物拟人与赋物以人性情感的艺术个性。如《月华清·梨花》：

> 雪压庭春，香浮花月，揽衣还觉单薄。攲枕裴回，又听一声干鹊。粉泪共、宿雨阑干，清梦与、寒云寂寞。除却。是江梅曾许，诗人吟作。　长恨晓风漂泊。且莫遣香肌，瘦减如削。深杏夭桃，端的为谁零落。况天气、妆点清明，对美景，不妨行乐。拌著。向花时取，一杯独酌①。

在宋代女词人中，以慢词咏物，朱淑真乃开其先。此词虽然咏写的是“雪压庭春，香浮花月”的梨花，但作者却以花拟人，直抒心曲，“且莫遣香肌，瘦减如削”，以致不得不发出感慨：“深杏夭桃，端的为谁零落”！这是作者真情的一种自然外露。这种外露，既增强了作品的感情色彩，又传达出了抒情主人公的精神意蕴，使得所咏物被人格化与情感化，即无知的被咏物梨花，在作者的笔下成为了一种“有情”物。类似的例子还有《菩萨蛮·咏梅》《念奴娇·雪》《菩萨蛮·木樨》等。此外，朱淑真的咏物词，还有重铺写的艺术特点，这也是值得注意的。如《念

---

① 朱淑真：《月华清·梨花》，朱德才主编《增订注释全宋词》(第二册)，文化艺术出版社 1997 年版。

奴娇》二首其二《催雪》的上片：“鹅毛细剪，是琼珠密洒，一时堆积。斜倚东风浑漫漫，顷刻也须盈尺。玉作楼台，铅熔天地，不风遥岑碧。佳人作戏，碎揉些子抛掷。”以种种比喻进行铺叙，笔触精细，层次分明，并寓女性的细腻、敏感与多情于其中，更容易引起读者的联想。

从审美风貌与艺术精神的角度看，朱淑真的《断肠词》与魏玩的《鲁国夫人词》，均属于婉约雅词的范畴，且均以婉丽之风见长。但朱词又毕竟有着其自身的艺术特点，且这些特点又极为明显。其具体如下：

首先是意象的纤柔细弱。在朱淑真的《断肠词》中，无论是闺思词还是咏物词，作者都擅长通过对意象的安排，进行情感的抒发与对事物的描绘。但其中的意象，大多较为纤柔细弱，颇具特点。如《鹧鸪天》(独倚阑干昼日长)中的“阑干”“蜂蝶”“桃花”“芳草”“海棠”，《鹊桥仙》(巧云妆晚)中的“巧云”“小雨”，《浣溪沙》(春巷夭桃吐绛英)中的“夭桃”“绛英”“春衣”“燕巢”“小院”等。这些纤丽柔弱的意象，与女性特有的细腻和敏感互为融合，相互交织，既易于表情达意，剖白作者的“心机”，增强作品的艺术感染力量，又能永葆词体艺术“当行”“本色”的特质，并具有加强其抒情主体的雅化，以及对婉约词风的营造等作用。一鸟多石，至为重要。

其次是比喻的别出心裁。比喻虽然是一种传统的表现手法，但好的比喻却可收到“言有尽而意无穷”的艺术效果，故唐宋词人在填词时多以比喻而为之。《断肠词》中的比喻不仅为数甚多，而且具有生动鲜明、激人联想、耐人回味等特点。如《生查子》(寒食不多时)：“玉减翠裙交，病怯罗衣薄。”以衣宽体瘦，比喻对对方的思念之深与对情爱的专一，既新颖大胆，又生动传神，真可谓匠心独具。而在中国女性文学史上，作如此比喻者，朱淑真乃为第一人。又如《念奴娇》二首其二《催雪》以“鹅毛细剪”“琼珠密洒”喻雪花飞舞，《忆秦娥》(弯弯曲)用“烛龙火树争驰逐”比节日灯火之盛等，亦皆具特点。这些比喻，或形象鲜明，或自然贴切，均增强了作品的感染力，并给读者以种种联想与美感上的享受。

再次是赋物以人格化。朱淑真的《断肠词》，无论是就其咏物词还是非咏物词以论，作者都善于将其中的“物”进行人格化，即赋物以生命与情感，从而构成一种意境浑成、物我合一的审美境界。对于朱淑真的咏物词，前面已曾专论之，兹罢，这里仅就其非咏物词略作例说。《断肠词》中除6首咏物词外，其非咏物词均表现出一种值得注意的现象，这就是几乎每首词都与物相关，且其物大多被拟人化、情感化，使之具有了情感和生命，而与人水乳难分。如《蝶恋花·送春》下片：“绿满山川闻杜宇。便做无情，莫也愁人苦。把酒送春春不语。黄昏却不潇潇雨。”在这里，作者将春完全人格化了，故其乃有“把酒送春”的举措，但春却“不语”。又如《菩萨蛮》(山亭水榭秋方半)下片的歇拍：“多谢月相怜。今宵不忍圆。”在这两句中，宇宙中的月亮，不仅能对作者“相怜”，而且还能因作者的“寂寞”与“愁闷”而“不忍圆”。作者与“月”的情感，仅此乃可见其一斑。再如《清平乐》(风光紧急)中的“倩谁寄语春宵”，亦属如此。在这些非咏物词中，人与物已完全融为一体了。

朱淑真《断肠词》所呈现出来的上述特点，不仅是其词体艺术技巧高度成熟的重要标志，而且也是其文学创造力的最佳体现。同时，朱淑真又以其非凡的艺术才华，与魏夫人一道，共同谱写出了北宋女性词最光辉的篇章!

第三节 “易安体”的独创性

被清代学者尊誉为“词家一大宗”①的李清照，其《漱玉词》曾一度被后人称之为“易安体”。李清照词之被称为“体”，从现存的资料看，当肇始于南宋初中期之际，如约卒于宋孝宗乾道、淳熙年间的词人侯

---

① 永瑢等:《四库全书总目》卷一九八，中华书局1965年版。

寘，在其《眼儿媚》一词中，就用了“效易安体”四字以为其词之题①，而为人们所熟悉的辛弃疾《奴儿近》一词，其题目即为“博山道中效李易安体”。这是一种值得注意与重视的文学现象，其之存在，充分反映了《漱玉词》在艺术精神与美学风貌方面的独特性。而这种独特性，实际上就是“易安体”表现在艺术特质方面的独创性，其中，既含蕴着作者非凡的文学才华与人生体验，又包含了词人于词体艺术所作出的种种成就和贡献。而或此或彼，对于宋代词学特别是南宋雅词的繁荣与发展，乃是有着不可低估的作用的。所以，本节特着眼于艺术精神的角度，对“易安体”中的一些独创性特点略作观照。

一、时代精神与艺术精神的有机统一

词自“花间”以来，就一直于歌舞升平的北宋社会中，遵循着“诗庄词媚”“要眇宜修”、“重柔轻刚”“词贵含蓄”等艺术规律，在其发展的轨道上顺利行进。但是，当“靖康之乱”如渔阳鼙鼓般的到来后，整个中原大地陷入一片灾难与哀痛的汪洋之中，随之是宋室南移，南宋小王朝在临安(今杭州)的建立。当时，一些富有民族气节的仁人志士，或揭竿而起，或上书朝廷，均强烈要求驱逐金人，收复失地。于是，山河之痛，家国之恨，便骤然成为了一种激越悲壮的时代精神。这种时代精神，其实也是一种民族情绪的升华，它反映和发展到传统的诗歌之中，便铸成了一部优秀的爱国诗卷或者说一部“诗史”。但当其反映和发展到词文学之中时，就必然会使词的艺术精神与审美趣味发生巨大变化，这是因为，“诗庄词媚”会因此而变为“诗庄词豪”，或者诗与词皆“庄”而不“媚”了。而值得注意的是，具有强烈阳刚色彩的豪放词，在当时并不为人们所欢迎②。即是说，在这种时代精神的影响下，词的本体特

① 朱德才主编：《增订注释全宋词》(第二册)，文化艺术出版社 1997 年版。

② 王辉斌：《论苏轼豪放词在北宋的尴尬》，《甘肃社会科学》2004 年第 6 期。

征乃因之而被“异化”，并成为一种徒具“呐喊”性质的长短句诗。其语虽豪壮或者“粗豪”，内容虽多英雄之气或者干云之情，但词体的审美特征如音乐美、阴柔美，以及香艳性、抒情性、娱乐性等，则渐渐远离乃至脱离。有鉴于此，南宋词学家沈义父在其《乐府指迷》乃有云：“不着些艳语，又不似词家体例。”并提出了众所周知的“作词四标准”：协律、典雅、含蓄、柔婉①。而明代王士贞在《与友人论文书》中则认为：“词须宛转绵丽，浅至儇俏，挟春月烟花，于闺帷内奏之。一语之艳……乃为贵耳。至于慷慨磊落，横纵豪爽，抑亦其次，不可作耳。作则宁为大雅罪人。”②

因此，如何将词体艺术的本体特征与时代精神相统一，便成为了当时词人们反复思考的一道文学难题。而南渡后的李清照，虽然终日生活在国破、家亡、夫死的不幸中，却以其非凡的艺术才华与敏睿的思致能力，为这道难题寻找到了一个最佳的答案。而这一答案，实际上就是一条避免词体向“异化”发展的有效途径。

李清照的所谓“有效途径”，主要是指她在“易安体”中，“创造性地将时代精神熔铸于词的艺术精神之中，使词既保持它固有的审美特征，又与时代脉搏一起跳动”。③ 这是李清照文学创造力的一种最佳体现，它的存在，有效地避免了一场词体的“诗化”危机。请看其著名的《永遇乐》一词：

落日熔金，暮云合璧，人在何处？染柳烟浓，吹梅笛怨，春意知几许？元宵佳节，融和天气，次第岂无风雨？来相召，香车宝马，谢他酒朋诗侣。　中州盛日，闺门多暇，记得偏重三五。铺翠冠儿，捻金雪柳，簇带争济楚。如今憔悴，风鬟霜鬓，怕见夜间出

---

① 沈义父：《乐府指迷》，《词话丛编》本，上海古籍出版社 1986 年版。

② 王世贞：《弇州山人四部稿》，《四库全书》本，上海古籍出版社 1987 年影印版。

③ 龙建国：《唐宋词艺术精神》第八章，山西高校联合出版社 1996 年版。

去。不如向，帘儿底下，听人笑语①。

此词意象柔美，境界阔大，情感真挚，堪称《漱玉词》后期的代表作。张端义《贵耳集》卷上有云："易安居士李氏，赵明诚之妻。《金石录》亦笔削其间。南渡以来，常怀京洛旧事，晚年赋元宵《永遇乐》词。"②在这首词中，作者以无比沉痛的心情，将萦绕她多年的故国之思，借"赋元宵"以和盘托出，因之，作者的国破家亡之痛，山河破碎之恨，身世飘零之叹，故里乡关之思，种种情感，皆寓其中。同时，作者还在这首词中，将南宋临安与北宋汴京两座都城的元宵佳节进行了对比，以表达出她对北宋京师生活的无限怀念，以及对南宋求和偏安政治现状的极度不满。在表现手法方面，作者以形如熔金的夕阳，状似合璧的暮云，元宵佳节的欢声笑语等乐景，与其孤寂凄苦的哀情互为映衬，形成强烈的反差。下片最后的几句，直接涉笔作者晚年的凄惨心境，尤为悲凉凄楚。沈祖棻《宋词赏析》评这几句说："'向帘儿底下，听人笑语'，这绝不是住在深宅大院，有重重门户的大户人家所可能，也绝不是上层妇女的行为。只有一般市民，居室浅狭，开门见街，妇女才有垂下帘子看街上动静和听行人说话的习惯。而她竟然也如此，则其生活的潦倒，就更可想见了。"③所言极是。另据刘辰翁《须溪词》卷二所载，刘辰翁尝"诵李易安《永遇乐》，为之涕下。……每闻此词，辄不自堪"，因而"遂依其声"，两度创作《永遇乐》词④。李清照此词对南宋爱国文人的影响之大，仅此即可见其一斑。

抒写国破家亡之痛，慨叹孤独流离之苦，是南渡后《漱玉词》反复吟唱的一个主题。因此，李清照这一时期的词作，不仅爱国之情强烈，

---

① 李清照：《永遇乐》(落日熔金)，朱德才《增订注释全宋词》(第一册)，文化艺术出版社 1997 年版。

② 张端义：《贵耳集》，《宋元词话》本，上海书店出版社 1999 年版。

③ 沈祖棻：《宋词赏析》，上海书店出版社 1982 年版。

④ 刘辰翁：《须溪词》(吴企明校注)，上海古籍出版社 1998 年版。

乡关之思沉痛，而且在艺术上也独辟门径，富于创造，二者的有机结合，既增强了词的表现功能，又丰富了词的艺术精神。如《声声慢》一词，即是这方面的代表作：

寻寻觅觅，冷冷清清，凄凄惨惨戚戚。乍暖还寒时候，最难将息，三杯两盏淡酒，怎敌他，晚来风急？雁过也，正伤心，却是旧时相识。　满地黄花堆积，憔悴损，如今有谁堪摘？守著窗儿，独自怎生得黑？梧桐更兼细雨，到黄昏、点点滴滴。这次第，怎一个愁字了得①。

罗大经《鹤林玉露》卷十二云：“近时李易安词云：‘寻寻觅觅，冷冷清清，凄凄惨惨戚戚。’起头连叠七字，以一妇人乃能创意出奇如此。”②开首十四个叠词的运用，不仅极为细致地反映了作者哀怨凄苦的心灵世界，而且还将其冷清悲戚的心理变化，也和盘托出。接下来，又采用铺叙的手法，在秋风、秋雁、秋花、秋雨等意象的烘托中，把作者自南渡以来的丧夫之痛，漂泊之感，以及憔悴孤寂的心境，进行了委婉而细腻的表达。全词层层递进，步步深入，前后相连，首尾呼应，将眼前景与身边事一一说来，既沉痛感人，又长歌当哭，确乃“天下至文”之谓也！

二、艺术实践与理论倡说的完美结合

李清照既是一位著名的词人，又是一位著名的词学理论家。其《词论》一文，不仅从理论的角度提出了词“别是一家”的主张，而且还着眼于词体艺术的创作，提出了以下几个方面的内容，亦即作词的一些标准。其具体为：（1）应歌性；（2）讲平仄；（3）协音律；（4）主情致；

---

① 李清照：《声声慢》（寻寻觅觅），朱德才主编《增订注释全宋词》（第一册），文化艺术出版社 1997 年版。

② 罗大经：《鹤林玉露》，中华书局 1983 年版。

(5)尚故实；(6)重铺叙；(7)崇典重；(8)尚文雅。这些规则性很强的内容，既是词与诗相区别即词“别是一家”的重要依据，又是促使词体雅化的一些必备手段。而值得注意的是，“易安体”在实际操作即艺术实践中，对其均一一遵守，从而使理论倡说与艺术实践完美结合，并为词的规范化发展与艺术上的全面成熟，奠定了坚实的基础。为便于认识，下面主要对《漱玉词》中的“应歌性”“协音律”“尚故实”“重铺叙”等内容，略作检验，以证实其理论与实践的有机统一。

首先看应歌性。应歌性即“可歌性”，是指词的本体特征所呈现出来的一种原生态面目。这种“原生态面目”的特质，主要表现为：(1)词是音乐的而非文学的；(2)词是供人歌唱而非诵读的；(3)词重音律而轻文采；(4)词近欢娱而远教化。词的这种原生态特质，在赵宋以前表现得尤为明显，所以，任二北《敦煌曲初探》认为，唐五代只有属于音乐范畴的“曲子”，而没有属于文学范畴的“词”①。但当词体艺术发展的步伐行进到北宋中后期时，以苏轼为代表的“以诗为词”现象的出现，不仅极大程度地削弱了词的可歌性，而且诗与词在这一时期几乎合而为一。针对这种情况，李清照乃在其《词论》中明确指出，苏轼的那些“以诗为词”的词，并非为词，而是一些“句读不葺之诗”。李清照一方面批评苏轼等人之词“应歌性”的丧失，一方面则在词的创作之中，尽量采用种种技法以加强其“可歌性”，即保持其“原生态面目”的特质。而此，也就导致了《漱玉词》全部可配乐传唱的事实的存在。

其次看协音律。《词论》在批评苏轼等人词的同时，还对词的“应歌性”提出了具体要求：“又往往不协音律者，何耶？盖诗文分平仄，而歌分五音，又分五声，又分六律，又分清浊轻重。”在李清照看来，词与诗的区别主要在于，词不仅如诗那样讲究平仄，而且还讲究五音(宫、商、角、徵、羽)、五声(唇、齿、喉、舌、鼻)、六律(黄钟、太簇、姑洗、蕤宾、夷则、无射)，以及“清”(阴)、“浊”(阳)之声。而

① 任二北：《敦煌词初探》，上海文艺出版社1954年版。

所有这些，均是保证词能入腔以唱的重要依据。李清照既是这样说的，也是这样作词的，如上引《声声慢》一词，即是这方面的杰出代表。对于这首词的音律特点，夏承焘《李清照词的艺术特色》一文曾进行过细致而精到的分析。文章说：“(全词)用舌声的共十五个字(例字略，下同)，用齿声的四十二个字(略)，全词九十七字，而这两声却多至五十七字，占了半数以上；尤其是末了几句：‘梧桐更兼细雨，到黄昏，点点滴滴，这次第，怎一个愁字了得’，二十多字里舌齿两声交加重叠，这应是有意用啮齿叮咛的口吻，写自己忧郁惝恍的心情。不断读来明白如话，听来也有明显的声调美，充分表现乐章的特色。……宋人只惊奇它开头敢用十四个叠字，还不曾注意到它全首声调的美妙。”①不独《声声慢》如此，《漱玉词》中如《行香子》(草际鸣蛩)、《一剪梅》(红藕香残玉簟秋)、《诉衷情》(夜来沉醉卸妆迟)等，亦皆具有这样的音律特点。这些“音”“声”“律”的精细而准确之运用，既加强了作品回环往复、抑扬顿挫、流动起伏的节奏感与音乐美，又为作者情感的抒发起到了很好的烘托作用，李清照有意而为的创作心理，仅此即可窥其一斑。而在“骚雅词派”以前的所有宋代词人中，如此讲究音律的精严与细微者，除周邦彦外，也只有李清照一人。

再次看尚故实。在词体艺术中“尚故实”，乃肇始于柳永②，其后，经过张先、晏殊父子、欧阳修、苏轼、贺铸、周邦彦等人的努力，而蔚为大观。李清照受其影响，故亦主张词中要有“故实”。不过值得指出的是，李清照在《词论》中批评秦观词“少故实”者，其实为误，因为《淮海词》中所用典故者甚多，如《千秋岁》(水边沙外)一词即用了九处语典，对此，拙作《秦观词并非“少典故”》③一文，乃进行过具体考察，

---

① 夏承焘：《李清照词的艺术特色》，《月轮山词论集》，中华书局1979年版。

② 王辉斌：《柳永乐章集用典说略》，《山东师范大学学报》2003年第1期。

③ 王辉斌：《秦观词并非“少故实”——以《千秋岁》(水边沙外)为例》，《淮南师范学院学报》2001年第4期。

此不具述。对于《漱玉词》中“尚故实”的情况，可以其《多丽》一词进行例说：

> 小楼寒，夜长帘幕低垂。恨萧萧、无情风雨，夜来揉损琼肌。也不是、贵妃醉脸，也不是、孙寿愁眉。韩令偷香，徐娘傅粉，莫将比拟未新奇。细看取，屈平陶令，风韵正相宜。微风起，清芬酝藉，不减酴醾。　渐秋兰、雪清玉瘦，向人无限依依。似愁凝、汉皋解佩，似泪洒、纨扇题诗。浓朗月清风，浓烟暗雨，天教憔悴度芳姿。纵爱惜，不知从此，留得几多时。人情好，何须更忆，泽畔东篱①。

这是一首咏物词，作者所咏者为白菊。在这首词中，李清照共用了“贵妃醉脸”“孙寿愁眉”“韩令偷香”“徐娘傅粉”“屈平”“陶令”“汉皋解佩”“纨扇题诗”“泽畔东篱”等九个典故，以突显菊花的高洁品格。值得注意的是，这些典故还有着一个极为明显的特点，即其不仅全为事典，而且乃以人物典居多。再如上所例举之《永遇乐》，上片开首三句(落日熔金，暮云合璧，人在何处)，系隐括江淹《休上人怨别》诗中的“日暮碧云合，佳人殊未来”而成；继之“吹梅笛怨”四字，是对李白《与史郎中饮听黄鹤楼上吹笛》之“黄鹤楼中吹玉笛，江城五月落梅花”句的化用；而“香车宝马”一句，则是“截取”王维《同比部杨员外十五夜游有怀静者季》中“香车宝马共喧阗”之前半所致。这是一首运用语典(或称为诗典)的佳例。两首词，一事典，一语典，匠心独运，特色各具，充分体现了作者渊博的学识和丰厚的文化素养，以及其驾驭各类典故的艺术能力。

最后看重铺叙。铺叙亦肇始于柳永，但《漱玉词》中的铺叙则因技法成熟，特点独具，而自成新格。《漱玉词》铺叙的所谓“新格”，要而

① 李清照：《多丽》(小楼寒)，朱德才主编《增订注释全宋词》(第一册)，文化艺术出版社 1997 年版。

言之，是指其于铺叙中主张有情节，且无论令词与慢词，均属如此。令词如下面的这首《如梦令》：

常记溪亭日暮，沉醉不知归路。兴尽晚回舟，误入藕花深处。争渡，争渡，惊起一滩鸥鹭①。

这是李清照的一首早期之作。词中写作者在“日暮”时分归舟之所遇，全为铺叙，字里行间，洋溢着抒情主人公抑制不住的青春活力。而令人感到诧异的是，少年时期的大家闺秀李清照，竟然可以外出游玩直到天黑，且是喝得酩酊大醉，以致“不知归路”而“误入藕花深处”。此词寥寥数笔，一个活泼、愉快、逞强好胜的少女形象，乃跃然纸上。同时，青少年时期李清照的任性、真率与大胆，我们藉此亦可窥其大概。

以慢词论，上所举《永遇乐》《声声慢》《多丽》三词，即均可为其代表。如《声声慢》一词，上下两阙，共由八层构成，且中间六层全部采用的是“情景俱出”的表现手法，反复渲染，层层深入，将作者内心强烈而又复杂的情感世界，表达得淋漓尽致。而作者的过去、现在与将来，读者亦皆可从中窥获之。从铺叙的类别言，《声声慢》运用的乃为最具典型性的块状铺叙法。作为一种艺术技法，块状铺叙法相对于线状铺叙法与环状铺叙法而言，其最明显的特点，主要在于情景俱出，时空皆现，并能使创作主体丰富而深沉的情感世界与生命体验，得以最大程度的“情节”展现。正是因为如此，故南宋末期词人如姜夔、史达祖、吴文英等，大多学习“易安体”的此种铺叙之法以进行创作。

三、“发清新之思”的“铸语”特点

如果撇开音乐不论，词便是一种纯粹的语言艺术，而李清照，则是

---

① 李清照：《如梦令》（常记溪亭日暮），朱德才主编《增订注释全宋词》（第一册），文化艺术出版社 1997 年版。

一位善于“铸语”的语言大师。《漱玉词》中的“铸语”，最值得注意者，乃为清季彭孙遹《金粟词话》之所言：“以浅俗之语，发清新之思，词意并工。”①“浅俗”与“清新”，一俗一雅，是两个不同的审美概念，而《漱玉词》却能将其互为融合，并于写景言情之中，化俗为雅。宋人张端义在《贵耳集》卷上中，称李清照善于“以寻常语度入音律”者，所指即为此意。《漱玉词》中的“寻常语”，也即“浅俗之语”，分别由俚语、口语、方言、日常语等构成，且皆脱口而出，使人读来朗朗上口而又自然晓畅，别具韵味，如果将其放在某一具体词作中去把玩与品味，不仅能给人一种清新雅致的审美享受，而且更能见出作者炉火纯青的语言功力。所谓“发清新之思”者，此之谓也。如《凤凰台上忆吹箫》一词：

> 香冷金猊，被翻红浪，起来慵自梳头。任宝奁尘满，日上帘钩。生怕离怀别苦，多少事、欲说还休。新秋瘦，非干病酒，不是悲秋。 休休。这回去也，千万遍阳关，也则难留。念武陵人远，烟锁秦楼。惟有楼前流水，应念我、终日凝眸。凝眸处，从今又添，一段新愁②。

与《漱玉词》中的《一剪梅》(红藕香残玉簟秋)、《醉花阴》(薄雾浓云愁永昼)、《念奴娇》(萧条庭院)等词不同，这首词并非专抒别后相思之情，而是诚如南宋何士信《草堂诗余》之所言，主要写的是作者的“一腔临别心神”。其中的“生怕离怀别苦，多少事，欲说还休。新秋瘦，非干病酒，不是悲秋”，“这回去也，千万遍阳关，也则难留”等语，就是一组组典型的“寻常语”。而“生怕离怀别苦”的“生”，作为用“寻常语”“铸”成的副词，在这里既起到了加重语气的作用，又较好地反映出了抒情主人公隐藏在内心深处的复杂情感，堪值称道。其他如“旧时天气

---

① 彭孙遹：《金粟词话》，《词话丛编》本，上海古籍出版社 1986 年版。

② 李清照：《凤凰台上忆吹箫》(香冷金猊)，朱德才主编《增订注释全宋词》(第一册)，文化艺术出版社 1997 年版。

旧时衣。只有情怀，不似旧家时”(《南歌子》)，“物是人非事事休，欲语泪先流”(《武陵春》)，“一枝折得，人间天上，没个人堪寄”(《孤雁儿》)，“故乡何处是，忘了除非醉”(《菩萨蛮》)等，即乃皆属于“以浅俗之语，发清新之思”所构成的词句精品。这些打上了“寻常语”烙印的词句精品，或自然，或清新，或质朴，或晓畅，均显示出一种超逸脱俗的审美特质与风采独具的艺术精神。

《漱玉词》不避俗语、撷日常口语以入词的语言特点，还表现在善用“寻常语”进行比喻方面。与北宋诸家词人词作相比，在比喻方面，《漱玉词》显然是要更胜一筹的。如《如梦令》中的“绿肥红瘦”，《醉花阴》中的“人比黄花瘦”，《念奴娇》中的“宠柳娇花寒食近”，《蝶恋花》中的“柳眼梅腮”，以及“这次第，怎一个愁字了得”(《声声慢》)，“只想双溪舴艋舟，载不动许多愁”(《武陵春》)，“才下眉头，却上心头”(《一剪梅》)等。这些词句中的比喻，几乎无一不是以俗字俗词而为之，但读来却是令人感到那样的亲切、新鲜与奇特。而在语词的铸造上，又极具省俭、简洁、生动、形象等特点，足见作者刻意求新而不露雕琢痕迹的艺术匠心与功力。

正是由于《漱玉词》在语言上具有如此的特点，所以，清代词论家陈廷焯在其所著《白雨斋词话》中认为：“李易安词独辟门径，居然可观，其源自从淮海、大晟来，而铸语则多生造，妇人有此，可谓奇矣！”①其中的“铸语则多生造”，即是对《漱玉词》“以浅俗之语，发清新之思”语言特点的最好评价。

① 陈廷焯：《白雨斋词话》，人民文学出版社1959年版。

第八章　阅读范本：稼轩长短句

第一节　稼轩词訾议述评

活跃于南宋词坛上的辛弃疾，是一位“以气节自负，以功业自诩”的英雄词人，所以，王士禛在《倚声集序》中称其词为“英雄之词”。作为英雄，辛弃疾一生不仅充满了传奇色彩，而且还有着一种豪迈刚毅、壮怀激烈的气概。作为词人，其词作虽然有“爱国词”“豪放词”“英雄词”等众多称誉，但论之者却认为其“乃是抒写功业气节之工具，极具功利色彩”。而在属于艺术范畴的词文学世界里，辛弃疾词更是遭到了自宋迄今的众多词论家的非议，甚至是一针见血式的批评。这是一种值得注意的文学现象，它的存在，实际上涉及了辛弃疾对词体这一新兴文学样式的认识，以及其所持之创作态度诸问题。对这些非议与批评，进行一次较为系统的归纳和总结，有助于从另外的角度对辛弃疾其人其词作全面的认识与把握。因此，本节特从四个方面，对其作一鸟瞰式述评。

一、虽豪放，只是“长短句之诗”

论辛弃疾词者，无论古今，大多喜将其以“豪放”相称，更有甚者，则是将其与苏轼关联，而称之为“豪放派”或“苏辛词派”。“豪放”是否可称为词之一派，自可讨论，但苏轼豪放词在北宋不受欢迎，则是无可争辩的事实，对此，拙作《论苏轼豪放词在北宋的尴尬》①一文，已述之颇详，可参看，此不具述。而辛弃疾词之豪放或者说其之豪放词，从词史的角度讲，虽然具有推动词体艺术发展与改革词风的重要作用，且为范开《稼轩词序》、刘克庄《辛稼轩集序》、刘辰翁《辛稼轩词序》大加称颂，但其在当时及其后，却亦如苏轼豪放词那样遭到了众多词论家的非议。如詹傅《笑笑词序》云：“近世词人，如康伯可，非不足取，然其失也诙谐。如辛稼轩，非不可喜，然其失也粗豪。”②所谓“粗豪”，即因辛词的“豪放”而言。在詹傅看来，“粗豪”乃为辛弃疾词最大的“失”，也即最为严重的弊端。正因此，陈模《怀古录》卷中《论稼轩词》一文认为：“近世作词者，只说周美成、姜尧章等，而以稼轩词为豪迈，非词家本色。”③因为“豪迈”，而失去了“词家本色”，这就是时人对辛弃疾词的看法与认识。失去了“词家本色”的词，是否仍可称之为词呢？张炎《词源·杂论》对此有所回答：“辛稼轩、刘改之作豪气词，非雅词也，于文章余暇，戏弄笔墨以为长短句之诗耳。”④刘改之即词人刘过，其词因“多壮语”(黄升《中兴以来绝妙词选》卷五评语)，而被称为“辛派词人”。张炎认为，作为“辛派词人”领袖的辛弃疾，与“多壮语”的“辛派词人”刘过，他们创作的所谓“豪气词”，不仅“非雅词”之属，而且只是一些“长短句之诗”。辛弃疾的豪放词，在张炎看来，其竟然连“词”都算不上，而只能以“诗”目之。张炎的这一认识，与李清照在《词论》中批评苏轼(豪放)词为“句读不葺之诗”，乃是何等的相

---

① 王辉斌：《苏轼豪放词在北宋的尴尬》，《甘肃社会科学》，2004年第6期。

② 詹傅：《笑笑词序》，张惠民《宋代词学资料汇编》，汕头大学出版社1993年版。

③ 陈模：《怀古录》，转引自谢桃坊《宋词概论》，四川人民出版社1992年版。

④ 张炎：《词源》，《词话丛编》本，中华书局1986年版。

似！一“长短句之诗”，一“句读不葺之诗”，这正是两位“豪放派”词人的极相同之处，则其词耶诗耶，已是甚为清楚。

以上情况表明，无论是在北宋时期(《词论》为李清照在北宋时所撰)抑或南宋之际，词人或词论家们对于以苏轼、辛弃疾为代表的豪放词，大多是以批评的态度待之的。其中原因何在？王炎《双溪诗余自序》中的一段文字，似有助于我们对其进行具体把握与了解。其云：

> 今之为长短句者，字字言闺阃事，故语纤而意卑。或者欲为豪壮语以矫之。夫古律诗且不以豪壮语为贵，长短句名曰曲，取其曲尽人情，惟婉转妩媚为善，豪壮语何贵焉。①

王炎的这一认识，在当时是颇具代表性的，其重点主要表现在两个方面：一是着重指出“豪壮语”即豪放词之所以问世于当时词坛的原因，主要是有词人欲藉之以矫正“言闺阃事”的婉约词所导致。而苏轼创作豪放词的动机与目的，则正是如此，即其主要在于欲与柳永的具有“柳七郎风味”词一决高下(具体参见拙文《论苏轼豪放词在北宋的尴尬》第一节)。二是立足于“长短句名曲”即词与音乐关系的角度，主张词的审美趣味与艺术价值应以“婉转妩媚为善”。王炎的这一词学审美主张，其实就是倡行于当时的“词以婉约为正”的另一种说法。对此，明人张綖《诗余图谱》乃有载：“大抵词以婉约为正，故东坡称少游为‘今之词手’。”②“词以婉约为正”为宋人所崇尚，故曾经在《辛稼轩集序》中对辛弃疾豪放词大加称道的刘克庄，于《刘澜乐府跋》一文中，也不得不承认豪放词确实有其不足之处：“词当协律，使雪儿、春莺辈可歌，不可

① 王炎：《双溪诗余自序》，张惠民《宋代词学资料汇编》，汕头大学出版社1993年版。

② 张綖：《诗余图谱》，国家图书馆藏汲古阁本。

以气为色。"①"以气为色"，即"以气为词"，其最大的弊端，就在于与"婉转妩媚"的美感特质相违背，也即失去了词体的艺术精神与审美价值，故而，刘克庄在此文中乃特地指出，词人是"不可以气为色"的。由是而观，可知苏轼、辛弃疾乃至刘过等"辛派词人"的"豪壮语"词，与两宋时期人们的词学审美是产生了明显的冲突的，而此，即是致使苏、辛豪放词在当时不受社会欢迎的一个关键性原因。其中，刘克庄既称道豪放词又非议豪放词的举措，是很值得当代论辛弃疾词者所注意的。这是因为，刘克庄为《辛稼轩集》写序在前，而跋《刘澜乐府》则在后，这一前一后的时间差与写作概况表明，晚年或者说后期的刘克庄对于豪放词的认识，在文学思想方面是更为成熟与更趋于理性的。

詹傅、陈模、张炎、王炎等南宋词人对辛弃疾豪放词的批评，一方面反映了豪放词在南宋社会上的不受欢迎，一方面则对后世词论家以很大影响。如清代陈廷焯于所著《白雨斋词话》卷一中，就针对辛弃疾《永遇乐》(京口北固亭怀古)、《南乡子》(登京口北固亭)、《浪淘沙》(山寺夜作)、《水龙吟·过南剑双溪楼》等豪放词名作，进行了如是评价："才气虽雄，不免粗鲁。世人多好读之，无怪稼轩为后世叫嚣者作俑矣。"②既曰"粗鲁"，又称为"后世叫嚣者作俑"，则辛弃疾豪放词的词史地位于陈廷焯而言，已是荡然无存。又，周济《介存斋论词杂著》中亦有"粗豪则病也"云云，表明"粗鲁"与"粗豪"，在清代词论家的心目中，乃皆被目为辛弃疾豪放词之病。而"辛派词人"在继承与仿学辛弃疾的豪放词时，不仅受其"粗豪"的影响甚深，致使"豪壮语"变成了一种"狂呼叫嚣"(《白雨斋词话》卷八)的"粗语"，而且极大程度地破坏了词的艺术精神与审美特质，使词开始走向衰落和颓萎。对于后者，陈廷焯《白雨斋词话》卷一亦有所载："刘改之、蒋竹山皆学稼轩者，然仅得

---

① 刘克庄：《刘澜乐府跋》，《后村大全集》卷一〇九，《四库全书》本，上海古籍出版社 1987 年影印版。

② 陈廷焯：《白雨斋词话》，人民文学出版社 1959 年版。

稼轩之糟粕，既不沉郁，又多枝蔓。词之衰，刘、蒋为之也。”所论或许有失偏颇，但从总的方面讲，应是不无道理的。

二、“稼轩为词论”，过于散文化

在中国词学批评史上，与苏轼“以诗为词”并论者，为辛弃疾的“以词为论”，亦即“以词为文”（或曰“以文为词”，又曰“以论为词”等，所称虽有别，但均指辛词与文之关系）。对于苏轼的“以诗为词”，时人曾多予批评与指责，如被称为“苏门六君子”之一的陈师道，于其《后山诗话》中即如是写道：“东坡以诗为词，如教场雷大使舞，虽极天下之工，要非本色。”①以“要非本色”相责，是对苏轼“以诗为词”最为严厉的一种批评。

而辛弃疾的“以词为论”，虽为当今论词者所津津乐道，并认为是对词体的“一种突破与解放”，但历代的词论家却并不作如此认识，且对其之批评较苏轼的“以诗为词”而言，是一点也不逊色的。这是因为，在这些词论家们看来，“以词为论”的最大弊端，就是议论过多，使词具有了明显的散文化倾向，而与真正意义上的“词”不相契合。如毛晋《稼轩词跋》即云：“宋人以东坡为词诗，稼轩为词论，善评也。”②这里的“善评”，是指毛晋认为宋人“稼轩为词论”的认识，乃为的见，即其抓住了导致辛词过于散文化倾向的根本性原因。而杨慎《词品》卷四于“评稼轩词”条中之所言，又可对此佐证。其在引辛弃疾的《贺新郎》（绿树听鹈鴂）、《沁园春》（杯汝前来）、《赋筑偃湖》（叠嶂西驰）等词为例后，说：“近日作词者，唯说周美成、姜尧章，而以东坡为词诗，稼轩为词论，此说固当。盖曲者曲也，固当以委曲为体。”③被杨慎所例举的

① 陈师道：《后山诗话》，《历代诗话》本，中华书局1981年版。

② 毛晋：《稼轩词跋》，施蛰存《词籍序跋萃编》，中国社会科学出版社1994年版。

③ 杨慎：《词品》，《词话丛编》本，中华书局1986年版。

《贺新郎》等词，皆为其认为乃辛集中“以词为论”的代表作，因而其于《贺新郎》所写评语为：“此词尽集许多怨事，全与李太白《拟恨赋》手段相似。”于《沁园春》则云：“此又如《宾戏》(班固)、《解嘲》(扬雄)等作，乃是把古文手段寓之于词。”又于《赋筑偃湖》(即《沁园春》)有云：“且说松，而之谢家、相如、太史公，自非脱落故常者，未易闯其堂奥。”这些评语，所指即皆属是对“稼轩为词论”的批评。而在杨慎之前，对辛词的过于散文化倾向进行批评者，则有南宋陈模的《论稼轩词》等。这些人对辛词的批评，既中肯，又中的，实堪称道。

若着眼于表现手法的角度言，可知在辛弃疾现存的全部词作中，并非仅为陈模、杨慎之所云，“把古文手段寓之于词”的，而是经史诗赋以及小说等，皆寓于其中。请看辛弃疾仿“《离骚》体”所作的《醉翁操》一词：

> 长松，之风。如公，肯余从，山中。人心与吾兮谁同？湛湛千里之江，上有枫。噫送子于东，望君之门兮九重。女无悦己，谁适为容？　不龟手药，或一朝兮取封。昔与游兮皆童，我独穷兮今翁。一鱼兮一龙，劳民兮忡忡。噫命与时逢。子取之食兮万钟①。

在这首词中，作者除了大量使用《楚辞》中的“兮”字及其句法外，还先后使用了《孟子》《庄子》《诗经》《史记》《世说新语》等典籍中的语句，使之成为一篇典型的小品文，而可与唐代皮日休的《鹿门隐书》并读。再如《沁园春·将止酒戒酒杯使勿近》：

> 杯汝来前，老子今朝，点检形骸。甚长年抱渴，咽如焦釜；于今喜睡，气似奔雷。汝说“刘伶，古今达者，醉后何妨死便于工作

① 辛弃疾：《醉翁操》(长松)，朱德才主编《增订注释全宋词》(第二册)，文化艺术出版社 1997 年版。

埋”。浑如此，叹汝于知己，真少恩哉！ 更凭歌舞为媒。算合作、人间鸩毒猜。况怨无大小，生于所爱；物无美恶，过则为灾。与汝成言：“勿留亟退，吾力犹能肆汝杯。”杯再拜，道“麾之即去，招则须来”。①

上引杨慎《词品》言辛词“把古文手段寓之于词”者，所例即为此词。这首词不仅大量地使用了“古文手段”，而且还以杂文的笔调，冷嘲热讽，夹叙夹议，并穿插人物对话于其中，所以，刘体仁在《七颂堂词绎》中，批评此词乃“非词家本色”。上引陈模《论稼轩词》有“以稼轩词为豪迈，非词家本色”云云，此则因“以词为论”而又有“非词家本色”之责，由此看来，辛词之“非词家本色”，在词论家们的心目中，是较苏轼词之“非词家本色”要严重许多的。

以上之例举，虽然只有两首词，但“稼轩为词论”已是甚明，其诚如吴衡照《莲子居词话》卷一之所云，乃是“《论》《孟》《诗小序》《左氏春秋》《南华》《离骚》《史》《汉》《世说》《选》学、李杜诗，拉杂运用”的②。从学识的角度讲，作者的博学乃尽寓其中，但着眼于词体艺术以论，句读不葺，枯燥乏味，则为这类词的通病。其原因在于，“以词为论”的“古文手段”之用，不仅破坏了词的音节与结构，而且几乎通篇说理议论，缺乏形象思维，不符合“词之为体，要眇宜修”的审美规范。谢章铤《赌棋山庄词话》卷七引黄鸥语云：“词体如美人含娇掩媚，秋波微转，正视之一态，旁视之又一态，近窥之一态，远窥之又一态。”③以此勘辛弃疾的“以词为论”之作，可知二者的区别，是犹如一在天上、一在地下的。

---

① 辛弃疾：《沁园春·将止酒戒酒杯使勿近》，《增订注释全宋词》(第二册)，文化艺术出版社 1997 年版。

② 吴衡照：《莲子居词话》，《词话丛编》本，中华书局 1986 年版。

③ 谢章铤：《赌棋山庄词话》，《词话丛编》本，中华书局 1986 年版。

三、硬语与盘空，“最不工绮语”

在清代词论家中，陈廷焯《白雨斋词话》之于辛弃疾词的评价，既指出了其豪放词如上所述之诸种弊端，又针对辛词的语言问题进行了批评，认为其因“最不工绮语”，而使得不少词“了无余味”。是书卷一载此云：

> 稼轩最不工绮语，《寻芳草》一章固属笑柄，即“蓦然回首，那人却在，灯火阑珊处”及“玉觞泪满却停觞，怕酒似，郎情薄”亦了无余味。唯“尺书如今何处也，绿云依旧无踪迹”，又“芳草不迷行客路，垂杨只碍离人目”，为婉妙。然可作无题，亦不定是绮语也①。

这段文字，共涉及了辛集中的5首词，其分别为：《寻芳草》(有得许多泪)、《青玉案》(东风夜放花千树)、《一落索》(羞见鉴鸾孤却)、《满江红》(敲碎离愁)、又(家住江南)。在这5首词中，陈廷焯认为前3首不仅是“最不工绮语”的代表作，而且俱为“了无余味”之属，而后2首《满江红》，若“然可作无题，亦不定是绮语也”。即在陈廷焯看来，辛弃疾的这5首词在语言方面，是都与“绮语”相去甚远的。

陈廷焯所指“绮语”又究竟为何呢？从其所举属于“了无余味”的前3首词以观，可知当为沈义父在《乐府指迷》中所称道的“艳语”之属。对于“艳语”，陈廷焯于《白雨斋词话》卷五中亦有较细之论述：“盖摹声绘声绘色，碍难着笔。第言姚冶，易近纤佻。兼写幽贞，又病迂腐。然则何为而可？曰：‘根柢于风骚，涵泳于温、韦，以之作正声也可，以之作艳体亦无不可。’”这段文字表明，陈廷焯对于“艳语”的认识，主

---

① 陈廷焯：《白雨斋词话》，人民文学出版社1959年版。

要是要求以“风骚”为基础，以温庭筠、韦庄词(实即“花间词”)为榜样，进行“艳体”或非“艳体”的创作，从而达到婉约缠绵、丽而有则的审美效应。与“豪壮语”相比，“艳语”显然是更符合词体的艺术特点的，对此，王世贞于《与友人论文书》中乃有着一段极精辟的见解。其云：

> 词须宛转绵丽，浅至儇俏，挟春月烟花，于闺襜内奏之。一语之艳，令人魂绝，一字之工……乃为贵耳。至于慷慨磊落，横纵豪爽，抑亦其次，不作可耳。作则宁为大雅罪人，勿儒冠而胡服也①。

其中的“一语之艳，令人魂绝”，所指即“绮语”在词体中的艺术魅力；而“至于慷慨磊落，横纵豪爽”的“豪壮语”，则乃“不作可耳”，因为“作则宁为大雅罪人”。王世贞的这一认识，对于以“艳语”为标准论词的陈廷焯而言，应是不无影响的。

《宋史·辛弃疾传》有云：“弃疾雅善长短句，悲壮激烈。”“悲壮激烈”的辛弃疾词是否善于“工绮语”，自可讨论，但从其《贺新郎》(老大那堪说)中的“硬语盘空谁来听”七字来看，可知其所擅长者，乃为韩愈式的“横空盘硬语”(《荐士》)。这种具有阳刚之美的“盘空硬语”，从某种程度上讲，虽然成就了辛弃疾词特别是那些英雄词的“男子汉风格”，但也使之露出了诸多弊端，因而遭到众多词论家的非议与指责。如周济《介存斋论词杂著》即云：“稼轩不平之鸣，随处辄发，有英雄语，无学问语，故往往锋颖太露。”②这是认为辛词锋芒太露，不收敛。又陈廷焯《白雨斋词话》卷八有云：“稼轩求胜于东坡，豪壮或过之，而逊其清超，逊其忠厚。”这是指辛词缺少中和之美。凡此种种，均与“稼轩最不工绮语”关系密切。

---

① 王世贞：《与友人论文书》，《弇州山人词评》，《词话丛编》本，中华书局1986年版。

② 周济：《介存斋论词杂著》，《词话丛编》本，中华书局1986年版。

四、“率尔而为”，不合格律音韵

词作为一种新兴的诗体，除了与音乐具有密切的关系外，还必须讲究平仄声律，否则就会成为徒具长短句形式的诗。对辛弃疾词这方面的批评，自宋以降，虽然代有人为，但以系统、详细著称者，则当以星汉《稼轩词突破格律浅说》一文最具代表性。该文为作者向“2003 年上饶辛弃疾国际学术研讨会”提交的大会论文，并被收入《辛弃疾国际学术研讨会论文汇编》(内印本)。下面结合星文，对存在于辛弃疾词中的此类问题略作述评。

(一)违背词谱的平仄规则。词作为一种新兴的诗体，由中唐而花间，再由北宋而南宋，各种有关格律方面的规则与要求，已是精严准确，至善至美。但在辛弃疾的 620 多首词中，却存在着许许多多不符合平仄的现象。如四字句的基本句式为平平仄仄或仄仄平平两种，进行变通后即为仄平平仄、平平平仄、平仄平平三种，但辛词中却有不少与此相悖者。如“猛风暴雨”(《贺新郎》)、“未须草草”(《念奴娇》)、“怨无大小”(《沁园春》)、“已垂未落”(《水龙吟》)、“万松手种”(《永遇乐》)、“画堂劝酒”(《瑞鹤仙》)、“去人未远”(《声声慢》)、“岁云暮矣”(《汉宫春》)等，其平仄句式皆为仄平仄仄。还有如“今雨不来”(《雨中花慢》)、“移了又移”(《恋绣衾》)这样的句子，因为前者为仄仄仄平，后者为平仄仄平。至于在四字句中将入声混读为平声者，则乃比比皆是，兹不例举。此为第一种类型。

第二种类型为五字句。五字句有收平、收仄两类，其中收仄者为正格，平平平仄仄与仄仄平平仄两种为其标准格式(首字均可平可仄)。五字句在《水调歌头》中运用得比较多，而辛集中的《水调歌头》凡 35 首，其数量之多仅次于《鹧鸪天》(60 首)。《水调歌头》的首句即为五字句，其句式由平平平仄仄、仄仄平平仄两种，可演变为作仄仄仄平仄、平仄平仄仄、仄平平仄仄、平平平仄仄四式，与此不合者皆为“犯规”。

据星文所考察，在辛弃疾的35首《水调歌头》中，其五字句与此不合者竟有25首之多。如“官事未易了”“万事到白发”“酒罢且勿起”“寒食不小住”“四座且勿语”“渊明最爱菊”等，皆为“犯规”之句。此外，《水调歌头》上下两片倒数第二句，按谱应为仄仄平平仄或平仄仄平仄，且第四字必平。但辛词此调的第四字则多以仄声为之，如“毫发皆帝力”“丝竹陶写耳”“政恐不免耳”“白发宁有种”“白发还自笑”“君要花满县”“君欲计岁月”“南涧旧活计”“此事君未了”“白鸟飞不尽”“老子兴不浅”“两字君勿惜”“诗句得活法”“众鸟欣有托”等，即均属如此。而“律诗中有平平仄平仄句式，人称为准律句。《水调歌头》上下片倒数第二句无此变格，但辛词中却有两处这种句式，即‘刘郎更堪笑’、‘江湖有归雁’，离谱更远。”

第三种类型为六字句。六字句仄起者的标准格式为仄仄平平仄仄，第一、五两字可平可仄，但第三字如仄，第五字必平。六字句也是《水调歌头》的常用句式之一。辛弃疾《水调歌头》中的六字句，如“汉家组练十万”“使君千骑鼓吹”“金銮当日奏草”“长安车马道上”“春风桃李陌上”“有时三盏两盏”“何人为我舞楚”“天公一夜削出”“人间万事变灭”“池塘春草未歇”“知君勋业未了”“素琴浊酒唤客”等句，皆第五字当平而仄。第二字当平而仄者，则有“余发种种如是”“鸿鹄一再高举”“在斗一石皆醉”等句。这两种情况的六字句，与上述四字句、五字句情况的互为融合，表明了辛词于平仄的“犯规”乃是无所而不存在的。

（二）率尔而为的出格押韵。与近体诗相比，词的用韵虽然要宽泛一些，但也有诸多规则须遵守。检核辛弃疾词的用韵情况，可发现其中有许多不合规则的现象存在，综之则主要者有三。其一是前后鼻音不分。如《贺新郎》（云卧衣架冷）一词，上下二片共十二韵，具体为：冷、影、顷、晕、阵、粉、恨、品、整、愤、润、醒。其中，冷、影、顷、整、醒五韵为后鼻音，晕、阵、粉、恨、品、愤、润七韵则为前鼻音。类此者，辛词中还有《水龙吟》（倚荷看碧成朱）、《最高楼》（相思苦）、《新荷叶》（曲水流觞）、《祝英台近》（水纵横）、《江神子》（五云高处望西清)、《西江月》(八万四千偈后)、《鹧鸪天》(泉上长吟我独清)等。其二为宽韵混押。一般的宽韵是指邻韵相押，即“一东二冬”或“二冬三钟”之类，但辛词却有“越”此者，如《醉翁操》(长风)、《声声慢》(隐括渊明停云诗)、《踏莎行》(忆对中秋丹桂丛)、《鹧鸪天》(困不成眠奈夜何)等，所用韵字即皆属此类。其三即步韵而出韵。辛集中步他人之韵(和韵)与自叠其韵之词，数量之多几乎占全部词的六分之一。但在这两类词中，却存在着诸多出韵即不按原韵进行创作者。如《水调歌头》(落日塞尘起)一词，从词题“舟次扬州，和杨济翁、周显先韵脚”十三字可知，此词所步之韵，乃杨济翁、周显先二人的同调韵。杨济翁《水调歌头》(寒眼乱空阔)一词的韵脚，依次为秋、楼、愁、裘、州、头、谋，凡八字，而辛弃疾的和词前六韵和最后一韵均与之同，于第七韵则改杨词的“鸥”为“侯”。

五、关于“掉书袋”与“不协律”

在文学作品中运用典故，不仅可增强作品自身的书卷气与历史厚重感，而且还能准确表达出作者的思想与情感，一鸟二石，作用至大。因此，使事用典，便成为了词人们的一种雅好。宋词中的始用典与大量用典，均为柳永开其先河①，之后经张先、苏轼、贺铸、周邦彦等人的努力，发展为一门成熟而雅致的艺术。至南宋，陆游、辛弃疾继其后，二人各自在其词作中倾力以为，而使之成为了一种“掉书袋”的词中之弊。对此，刘克庄《跋刘叔安感秋八词》一文，已曾指出：“近岁放翁、稼轩，一扫纤艳，不事斧凿，高则高矣，但时时掉书袋，要是一癖。”②而对于辛弃疾词的这一弊端，与辛弃疾关系甚为密切的岳珂，曾当着辛弃疾之面予以指出，且为其所接受。岳珂《桯史》卷三对此有载：“稼轩以

---

① 王辉斌：《柳永乐章集用典说略》，《山东师范大学学报》2003 年第 1 期。

② 刘克庄：《跋刘叔安感秋八词》，张惠民主编《宋代词学资料汇编》，汕头大学出版社 1993 年版。

词名……特置酒召数客，使妓迭歌，益自击节，遍问客，必使摘其疵。……余时年少，勇于言，偶坐于席侧，稼轩因诵数语，顾问再四。余率然对曰：'待制词句，脱去今古轸辙……前篇豪视一世，独首尾两腔，警语差相似；新作微觉用事多耳。'于是大喜，酌酒而谓坐中曰：'夫君实中予痼。'乃味改其语，日数十易，累月犹未竟。"①其中的"新作微觉用事多耳"一句，所指即为辛词用典过多，而"夫君实中予痼"六字，是辛弃疾认为岳珂的"摘其疵"乃为事实，即指岳珂的意见提得很好。这说明，刘克庄对辛弃疾词"掉书袋"的批评，乃是甚为中的的。而事实也正是如此。如被岳珂"摘其疵"的"新作"《永遇乐》(千古江山)一词，就先后用了"孙仲谋处""寄奴曾住""金戈铁马""元嘉草草""封狼居胥""佛狸祠下""廉颇老矣"等典故。这些典故，均具有很深广的历史性，若用以阅读尚可，如果配乐传唱，恐怕只有一些文化精英类听众才能当场明其意，而一般的市民是很难听懂其所云为何的。这种情况，对于辛词的传播而言，显然是极为不利的。

与"掉书袋""用事多"相关联的，是辛词的"不协律"。辛词的"不协律"，主要表现在两个方面，一是声律，二为音律。辛词在声律方面的"不协律"，已如上述，而其音律方面的"不协律"，所指主要为其豪放词。而辛集中的豪放词，又几乎都是一些"英雄词"。辛集中的这些英雄词或者说豪放词，前引张炎《词源》认为，其乃为辛弃疾"戏弄笔墨以为长短句之诗"，而据李清照《词论》可知，"长短句之诗"在宋代是不能配乐以唱的。而值得注意的是，沈义父《乐府指迷》在引述吴文英所立"论词四标准"时，也有"盖音律欲其协，不协则成长短句之诗"的认识，而杨海明《唐宋词史》第九章在论及此时认为："这四条，自然都是'雅词'作者的心得之言和经验之谈，却又明显都是冲着上述那类'豪气词'而发的。"②杨著所说的"上述那类'豪气词'"，指的即为辛弃疾、刘

① 岳珂：《桯史》，中华书局1981年版。
② 杨海明：《唐宋词史》，天津古籍出版社1998年版。

过的豪放词。这就表明，辛弃疾的豪放词，是确有“不协律”之弊的。对此，龙榆生《苏辛词派之渊源流变》中的一段话，又可为之佐证。文章说：“大抵歌词之不协律，即在字句之未深加锻炼，致不能轻圆妥溜，适合歌喉。晚出稼轩，益复磊落，其不合律处，当较苏氏为尤多。”①辛词的“不协律”，表现了词与音乐的逐渐脱离，由“应歌”而变为阅读文本，亦即“案头文学”。

若从这一角度进行考察，整个“辛派词人”之作，是都可作如是观的。

第二节 英雄词人的变调

曾以“金戈铁马，气吞万里如虎”称许他人而又被陆游以“气如虎”相喻的辛弃疾，其于中国文学史而言，并非为一般意义上的文学家，而是一位被现当代研究者大加称道的“英雄词人”。对于这位“英雄词人”与词的关系，清人徐釚《词苑丛谈》卷四作了这样的说明：“辛弃疾当弱宋末造，负管、乐之才，不能尽展其用。一腔忠愤，无处发泄，观其与陈同父抵掌谈论，是何等人物！故其悲歌慷慨抑郁之气，一寄于词。”②这似乎表明，“英雄词人”是先为英雄，而后才为“词人”的。词人既是“英雄”，其词自然就是“英雄词”，因而也就有了“英雄之词、豪杰之词、男子汉大丈夫之词”等称谓。值得注意的是，《四库全书总目》卷一九八于《稼轩词四卷》下，针对辛弃疾的“英雄之词”，作了如是评价：“其词慷慨纵横，有不可一世之概，于倚声家为变调。而异军特起，能于剪红刻翠之外，屹然别立一宗，迄今不废。”③其中的“于倚声家为变

① 龙榆生：《苏辛词派之渊源流变》，《龙榆生词学论文集》，上海古籍出版社 1997 年版。

② 徐釚：《词苑丛谈》，上海古籍出版社 1981 年版。

③ 永瑢等：《四库全书总目》卷一九八，中华书局 1965 年版。

调”之说，所表明的是辛弃疾“英雄之词”的与众不同，因而才“屹然别立一宗”。辛弃疾“英雄之词”的与众不同究竟表现在哪些方面？因何而形成这些不同？其“变调”又是否符合词体艺术的规范？后人对“变调”的评价又是如何？凡此等等，即为本节所要讨论的主要内容。

一、对“变调”的剖析

在中国古代诗学的理论体系中，“变”与“正”是两个具有对偶意义的概念，若以河水相喻，主流为“正”，支流为“变”。所以，在近体诗的平仄谱中，乃有所谓的“正格”与“变格”之分。如律诗中的正格为仄起仄收式，变格则指仄起平收式、平起仄收式、平起平收式三种谱式。而此，也是虽然具有很强创新精神的诗人杜甫，在其近体诗中仍以仄起仄收式为主进行创作的原因之所在①。而在词体的创作与批评中，“正”与“变”之分亦甚明。如清人汪森《词综序》云：“有诗而长短句即寓焉。‘南风’之操、五子之歌是矣。周之《颂》三十一篇，长短句居十八；汉郊礼歌十篇，长短句居其五；至短箫铙十八篇，篇皆长短句；谓非词之源乎？(《词学集成》补说：“不知者谓之变，而其实诗之正也。”)迄于六代，江南《采莲》诸曲，去倚声不远，其不及变为词者，四声犹未谐畅也。自古诗变而为近体……则不得不为词。”②汪森在这里虽然谈的是词的源流问题，但实际上却涉及了“变”；而《词学集成》的“补说”，则更是“正”“变”相对，以表明二者的关系。由此不难看出，所谓“变调”，实乃为“正调”的一种，其之产生与存在，如同树枝从树干上旁逸斜出者一般。若简而言之，即“变调”非“正调”之属，其地位自然是难以与“正调”相提并论的。

那么，什么才是词体或者说宋词之“正”呢？对此，明人张綖《诗余

① 王辉斌：《杜甫研究丛稿》下卷，中国文联出版社 1999 年版。

② 汪森：《词综序》，施蛰存《词集序跋汇编》，中国社会科学出版社 1994 年版。

图谱》乃有载:“大抵词以婉约为正。”①同张綖说者,另有明人徐师曾的《文体明辨序说》,其云:“而词贵感人,要当婉约为宗,否则,虽极精工,终乖本色。”②此则表明,在词论家们心目中的“正”,就是人们常说的“婉约”,且在他们看来,只有婉约词,才能称之为“本色”词。而对于“本色”的质性,孙遹《金粟词话》的解释是:“词以艳丽为本色,要是体制使然。……竖儒则以为怪事耳。司法温公亦有《宝髻松》一阕,姜明叔力辩其非,此岂足以诬公,真赝要不可论也。”③在这段文字中,孙遹明确指出,“词以艳丽为本色”的特点,是由其体制所决定的,为词之必然,任何人都无法改变,所以,他以司马光的《宝髻松》一词为例,针对那些非“词以艳丽为本色”之难的“竖儒”们,进行了毫不留情的批评。清代另一词论家沈雄在《古今词话》下卷中,对“本色”亦持有相同之看法:“沈执升曰:顾宗梅常言,词以艳冶为正则,宁作大雅罪人,弗带经生气。”④而在徐师曾、孙遹、沈雄等人之前的南宋时期,作为“苏门六君子”之一的陈师道,在对苏轼的以诗为词进行批评时,就已经涉及了词的“本色”问题。其《后山诗话》有云:“东坡以诗为词,如教场雷大使舞,虽极天下之工,要非本色。”⑤所谓“东坡以诗为词,如教场雷大使舞”,是指苏轼采用以诗为词之法所创作的那些豪放词。苏轼的这些豪放词,在陈师道看来,其虽然“极天下之工”,即写得很好,但却不能称为本色词。此则表明,在自宋而清的词学批评历史长河里,批评家们所崇尚、所推尊的,乃是具有“本色”特质的婉约词。

综上可知,词体艺术的“正调”,是以“婉约”为其“宗”的,而“艳丽”或者“艳冶”,则又为其关键之所在。明人王又华所谓“诗庄词媚”(沈雄《古今词话》引)云云,即表明了“媚”乃为词体的审美特质。而

① 张綖:《诗余图谱》,国家图书馆藏汲古阁本。
② 徐师曾:《文体明辨序说》,人民文学出版社 1962 年版。
③ 孙遹:《金粟词话》,《词话丛编》本,中华书局 1986 年版。
④ 沈雄:《古今词话》,《词话丛编》本,中华书局 1986 年版。
⑤ 陈师道:《后山诗话》,《历代诗话》本,中华书局 1981 年版。

“媚”则是与“艳”互为关联的一对审美概念，其具体到题材内容方面，就是“剪红刻翠”，就是“儿女情长”。正因此，谢章铤《赌棋山庄词话》卷十七乃引黄鸥语说：“词体如美人含娇掩媚，秋波微转，正视之一态，旁视之又一态，近窥之一态，远窥之又一态。”①而此，即是导致词论家们喜欢以佳丽比附某人之词的重要原因。如周济《介存斋论词杂著》评温庭筠、韦庄、李煜词时，乃云：“王嫱、西施，天下美妇人也，严妆佳，淡妆亦佳，粗服乱头，不掩国色。飞卿，严妆也；端己，淡妆也；后主则粗服乱头矣。”②以美人喻词体、佳丽喻词风的审美认识，乃为词体之“正调”，且为主“艳丽”说的最好注脚。而王国维《人间词话》中的“词之为体，要眇宜修”的认识，亦正是建立在这种基础之上的。不过所要指出的是，对于“要眇宜修”四字的理解，研究者存在着两种不同的意见：一种认为，“要眇宜修”是指词人在词中对感情抒发的细腻程度；另一种则指出，“要眇宜修”是谓词体如一位窈窕的少女般美妙。如果着眼于“要眇宜修”语出楚辞《湘夫人》的角度进行考察，则显然应以后者为是，因为《湘夫人》所描写的那位湘水女神，就是一位身材窈窕的少女。由是而观，是知词体中的“变调”，是很难与“正调”同日而语的。其中原因，诚如《四库全书总目》之所言，“变调”乃是于“剪红刻翠之外”而“别立一宗”的。

二、辛词“变调”一瞥

如果用上述自宋以降词论家对“正调”与“变调”的认识，对辛弃疾《稼轩长短句》中的那些“英雄之词”进行考察，可知其既与“正调”不符，更不为“本色”词之属。

据邓广铭《稼轩词编年笺注》可知，辛弃疾现存词 626 首。其中的

---

① 谢章铤：《赌棋山庄词话》，《词话丛编》本，中华书局 1986 年版。
② 周济：《介存斋论词杂著》，《词话丛编》本，中华书局 1986 年版。

“英雄之词”，据我对《增订注释全宋词·辛弃疾词》的检索，有130首左右。这些词在内容方面，虽然也有属于戏谑词、饮酒词、寿词、登高词等范畴的，但其“主旋律”却是与“英雄”密切相关的，因此，我们仍将其以“英雄之词”待之。在这些“英雄之词”中，既有词人“男儿到死心如铁，看试手，补天裂”(《贺新郎》)，“醉里挑灯看剑，梦回吹角连营”(《破阵子》)，“渡江天马南来，几人真是经纶手”(《水龙吟》)，“袖里珍奇光五色，他年要补天西北”(《满江红》)的豪气勃发，壮志昂扬；又有词人“半夜一声长啸，悲天地，为予窄”(《霜天晓角》)，“少年横槊，气凭陵，酒圣诗豪余事”(《念奴娇》)，“把吴钩看了，栏杆拍遍，无人会，登临意”(《水龙吟》)，“壮岁旌旗拥万夫，锦襜突骑渡江初”(《鹧鸪天》)的英雄精神、英雄气概；更有词人“楼观才成人已去，旌旗未卷头先白”(《满江红》)，“凭谁问：廉颇老矣，尚能饭否”(《永遇乐》)，“不念英雄江左老，用之可以尊中国”(《满江红》)，“莫望中州叹黍离，元和盛德要君诗”(《定风波》)的悲愤与惋惜。总之，作者的乐观自信、理想抱负、进取精神、人格力量，以及其壮怀激烈的悲剧情怀等，通过这些词作都得到了充分的反映与展现。一个有“英雄之才，忠义之心，刚大之才”的辛弃疾形象，也因此而被耸立在宋词的艺苑之中而大放光芒。

除了在“英雄之词”中抒写自己的理想抱负之类的内容外，辛弃疾还因使事用典的缘故，而于这类词中描写了诸多历史上的英雄人物，以表明他对这些英雄人物的热爱与崇敬。如《永遇乐·京口北固亭怀古》中的“英雄无觅孙仲谋”“气吞万里如虎”的宋武帝刘裕、“尚能饭否”的廉颇；《满江红》(汉水东流)中的“旧时英烈”李广、“结发赋从戎”的王粲、“腰间剑，聊弹铗”的冯谖、“汉坛旌节”拜大将的韩信、“马革裹尸”的马援；《木兰花慢》(汉中开汉业)中“一战东归”的刘邦、“一编书是帝王师”的张良；《满江红》(蜀道登天)中“东北看惊诸葛表”的诸葛亮、“西南更草相如檄”的司马相如；《南乡子》(何处望神州)中“天下英雄谁敌手”的曹操与刘备等。其中，又以对李广、韩信、曹操、刘备、孙权、诸葛亮、谢安等人的称颂尤多。作者在歌颂、崇拜这些曾经在历史上建立功勋、叱咤风云的英雄人物时，不仅渴望自己也能成为一位真正的英雄，而且还希望当时的南宋社会也能英雄如云。而事实上，从《鹧鸪天》(壮岁旌旗拥万夫)一词中对“少年时事”的回忆看来，年轻时的辛弃疾就已是一位英雄了。正因为作者为英雄，其词为“英雄之词”，所以辛弃疾的这类词给读者最深刻、最直接的印象，既不是对“剪红刻翠”的描写，也不是对“儿女情长”的抒发，而是那些让人应接不暇的箭、剑、戈等冷兵器意象。

以上所述，虽较简略，但其已足可表明，辛弃疾的“英雄之词”在题材内容方面，是堪可称为两宋词坛之第一的。这就难怪刘克庄在《辛稼轩集序》中，要以“大声鞺鞳，小声铿訇，横绝六合，扫空万古，自有苍生以来所未见”①相称许的。刘克庄的这种称许，郑临川《稼轩词纵横谈》认为，其主要就是因辛词题材内容所产生的效果而导致，故该书于第四章第二节中写道：“(刘《序》)指的就是这种风格。这当然是由爱国词的具体题材内容所决定的，所以雄健风格的作品在辛词中占着主要地位……无往而来牵连着爱国思想。”②辛弃疾的这一“爱国词”的题材内容，以及其所“牵连着的爱国思想”，较之北宋柳永、张先、欧阳修、二晏、秦观、周邦彦乃至苏轼的词以论，自然都是大有区别的，也是与其“英雄词人”的身份相符合的。但尽管如此，却诚如《四库全书总目》之所言，这些“爱国词”或者“英雄之词”的题材内容，乃是与“剪红刻翠”的“艳情”宗旨相悖的，因而其只能属于“变调”而不能被列入“正调”。即是说，在《四库全书总目》的撰写者看来，上述辛弃疾的“英雄之词”或曰“爱国词”，虽然具有“慷慨纵横，有不可一世之概”的特点，但其却是难以与北宋时期如“柳七郎风味”“清真体”“易安体”等“正调”词相比拟的。其中最直接的原因，就是辛弃疾这类词的题材内容，与

---

① 刘克庄：《辛稼轩集序》，张惠民《宋代词学资料汇编》，汕头大学出版社1993年版。

② 郑临川：《稼轩词纵横谈》，巴蜀书社1987年版。

“剪红刻翠”了不相涉，因而乃无法切合“词以艳丽为本色”的审美要求与规则。

其实，除了题材内容方面的原因之外，辛弃疾“英雄之词”被称之为“变调”者，还应与其词风的“豪气”或者“豪放”或者“豪迈”关系密切。这是因为，无论是“豪气”或者“豪放”，也无论是“慷慨纵横”或者“雄健”，从词体审美的角度讲，其都属于阳刚美的范畴，而与词这种软文学所崇尚、所遵循的阴柔美相去甚远。因之，其不符合“词以婉约为正”的审美旨趣，乃是甚为明显的。此外，从“诗庄词媚”的角度以论，辛弃疾的“英雄之词”是庄有余而媚无涉，言志多而抒情少，且“锋颖太露”(《介存斋论词杂著》语)。存在于辛弃疾“英雄之词”中的这种情况，显然是为持“诗余以宛丽流畅为美”(《古今词统序》语)说者所不能接受的。而在自宋迄清的近千年历史长河中，崇尚词体的“以宛丽流畅为美”者，乃成为了一种社会潮流、一种审美时尚，因此，辛弃疾的“英雄之词”被目为“变调”，也就成为了势所必然的一种结果。

辛弃疾“英雄之词”具有“豪放”的特点，为古今论辛词者所认同。而范开《稼轩词序》、刘辰翁《辛稼轩词序》二文，又皆言其“豪放”乃与苏轼词相关，因之就又有了所谓的“苏辛词派”之说。苏轼的豪放词，在北宋不仅不受欢迎，而且还遭到了众多批评与指责，对此，拙作《论苏轼豪放词在北宋的尴尬》①一文，乃有详细论述，此不具述。而人们通常所说的辛弃疾豪放词，实际上指的就是他的“英雄之词”，这是因为，其“英雄之词”大多是以“豪放”为其特色的，如上所例举之《鹧鸪天》(壮岁旌旗拥万夫)、《永遇乐》(千古江山)、《南乡子》(何处望神州)、《破阵子》(醉里挑灯看剑)等，即皆为其代表。辛弃疾的“英雄之词”，由于具有与苏轼词相同的“豪放”特点，因此，亦遭到了众多词学批评家的非议与批评。综而言之，其主要者乃为以下诸端：(1)非为词，而为“长短句之诗”；(2)“不合律”无以唱；(3)“非词家本色”；

① 王辉斌：《论苏轼豪放词在北宋的尴尬》，《甘肃社会科学》2004年第6期。

(4)“为后世叫嚣者作俑”；(5)“时时掉书袋，要是一癖”；(6)不符合平仄声律。对于辛弃疾“英雄之词”的这些弊端，本章第一节已进行了重点论析，读者自可参看，此不具述。

上述情况表明，辛弃疾“英雄之词”是确实存在着许多问题的，这就难怪《四库全书总目》的撰写者要以“变调”相称的。因为在其看来，辛词虽然具有“慷慨纵横，有不可一世之概”的特点，但却大多与“剪红刻翠”不相关联，所以其不能归类于词体艺术“正调”的范畴，而只能是“别立一宗”。而此，也是当代一些研究者在研究唐宋词的专门性著作中，不将辛弃疾其人其词作为研究对象的关键性原因，如龙建国《唐宋词艺术精神》即属如此。而值得注意的是，该书作者在《前言》中曾这样开诚布公地写道：“词与音乐相伴而出，脱离了音乐的‘词’就不是正宗的词，只能视为‘长短句诗’，或可姑且称之为‘词余’。”①由这样看来，则辛弃疾的“英雄之词”，是又可称之为“词余”的。

三、“变调”原因试析

陆游《送辛幼安殿撰赴朝》诗云：“千篇昌谷诗满囊，万卷邺侯书插架。”这两句诗表明，作为一心希望北上抗金、收复中原失地的“英雄词人”辛弃疾，其实也是一位学识渊博的饱学之士。既然如此，其“英雄之词”为何又会出现如上所述之问题呢？寻觅其中原因，应主要与以下情况关系密切。

其一是“戏弄笔墨”的创作态度。辛弃疾一生虽然创作了600多首词，但却没有留下有关词学理论方面的文字，以致后人很难管窥其词学思想之一斑。因此，我们要了解辛弃疾对词体艺术所持的创作态度，就只能借助他人著述的记载。如上引张炎《词源》有云：“辛稼轩、刘改之作豪气词，非雅词也，于文章余暇，戏弄笔墨以为长短句之诗耳。”张

① 龙建国：《唐宋词艺术精神》，山西高校出版社1996年版。

炎距辛弃疾生活的年代非远，其言辛弃疾“戏弄笔墨以为长短句之诗”的创作态度，应是可以据而信实的。而辛弃疾于词体的创作实践，又可对此进行佐证。如其有一首《水龙吟》的小序云：“爱《李延年歌》，淳于髡语，合为词，庶几《高唐》《神女》《洛神赋》云意云。”这是把几种不同作品中的语句加以变化引用，使之组成一首词。又如另一首《水龙吟》(听兮清佩琼瑶些)，全词十个韵脚，所押全为一个“些”字，并于小序中美其名曰“用些语再题瓢泉”。再如《踏莎行》(进退存亡)一词，采用诗歌创作中的集句之法，乃“集经句”而成；而《卜算子》(一以我为牛)一词，则全系以“用庄(子)语”进行拼凑的结果。所有这一切，均属于纯粹的文字游戏，其自然就是“于文章余暇，戏弄笔墨”的产物。

其二为“以词为论”的创作方法。所谓“以词为论”，是指辛词“把古文手段寓之于词”的另一种说法，其结果导致了词的过分散文化，因此，亦有称其为“以文为词”者。辛集中如《沁园春》(杯汝来前)一词，即是这一作法的产物。对于此词，杨海明《唐宋词史》认为，其特点有四：“一是采用主客对话的‘问答体’；二是大发议论、哲理；三是好用典故；四是句式似散文。”①而这四个特点，均非词体艺术的正格，所以，刘体仁《七类堂词绎》乃批评其“非词家本色”。而其中的“好用典故”，即正是刘克庄在《跋刘叔安感秋八词》中所言辛词之弊。“好用典故”为辛词之弊，岳珂《桯史》卷三亦曾言之，兹不具举。

其三即不善于对词进行修改烹炼。辛弃疾作词，大多率尔而为，且不喜修改烹炼。对此，我们可从四个方面去进行认识。一是其词艺上的“粗豪”。如詹傅《笑笑词序》云：“所世词人，如康伯可，非不足取，然其失也诙谐。如辛稼轩，非不可喜，然其失也粗豪。”②而周济《介存斋论词杂著》则认为，“粗豪则病也”。二是不按谱填词，使其词出现诸多不符合平仄要求的现象，如上所举《水调歌头》即为其例。三是辛集中

---

① 杨海明：《唐宋词史》，天津古籍出版社 1998 年版。

② 詹傅：《笑笑词序》，张惠民《宋代词学资料汇编》，汕头大学出版社 1993 年版。

有许多“戏作”之作，如《鹧鸪天·寻菊花无有戏作》《浣溪沙·宿山寺戏作》《江神子·闻蝉蛙戏作》《玉楼春·隐湖戏作》《山花子·三山戏作》等。从写作学的角度言，“戏作”是含有不严肃、不认真的成分于其内的，尽管这种比例很小，但却是很难与唐人“推敲”的故事相提并论的。四是明知有“病”也不进行修改。据岳珂《桯史》记载，岳珂曾当着辛弃疾的面，指出其《贺新郎》(甚矣吾衰矣)、《永遇乐》(千古江山)二词中之不足处，且为辛弃疾所接受(“夫君实中予痼”)，但辛弃疾最终却未对其进行只字修改。

以上主要是着眼于接受史的角度，对辛弃疾“变调”中的“英雄之词”，所作的一番重新评价。对辛弃疾其人其词，是否应该进行重新评价，下面引澳门大学施议对教授《辛弃疾词选评·导言》中的一段文字，以为本节之结束。《导言》说：“二十世纪，辛弃疾其人其词，总是被推向至尊地位。这除了辛氏自身特殊成就外，恐怕与‘剪不断，理还乱’的民族意识颇有些牵连。因为两个命题——爱国词人与爱国词，几乎已成为另类禁区，任何人都未敢说一个‘不’字，而且，爱国与豪放，一经划上等号，也就更加甚么都不需要说了。两顶桂冠——爱国词人与豪放派领袖，皆二十世纪所创制。给忠敏公(辛死后封号)戴上，究竟合适不合适，这一问题，目前也许还无法说清，但与之相关，所出现某些具体问题，诸如只看表层，不看深层，或者只看一面，不看两面，等等问题，我以为还是应该检讨的。”①所言极是。

第三节 “稼轩体”与“稼轩风”

在两宋词人中，辛弃疾是最擅长于仿效他人之“作”的一位词人。如《稼轩长短句》中的《玉楼春》(少年才把笙歌盏)“效白乐天体”、《河

① 施议对：《辛弃疾词选评》，三秦出版社2004年版。

渎神》(芳草绿萋萋)“效花间体”、《丑奴儿近》(千峰云起)“效李易安体”，以及《念奴娇》(近来何处)“效朱希真体”等词，即皆为其所仿效的产物。而有趣的是，辛弃疾一方面在仿效他人之“作”以填词，一方面其词又为他人所仿效，如蒋捷《竹山词》中之《水龙吟·效稼轩体，招落梅之魂》一词，即为其具有代表性的一例。值得注意的是，由于蒋捷此词率先标举了“稼轩体”之说，故“稼轩体”即成为了研究者争论不休的一个话题，并由此牵涉了对“稼轩风”的认识问题。究竟应该如何去认识“稼轩体”？“稼轩风”与“稼轩体”的关系又究竟如何？本节旨在对此进行一番具体考察，并就某些认识略作辨析。

一、关于“稼轩体”

宋人无论是论诗抑或论词，大多喜以“体”进行标举，如严羽《沧浪诗话》就专立“诗体”一门，对包括南宋在内的历代诗体进行了清理与归纳。由诗及词，于是便有了“清真体”“易安体”“白石体”“梅溪体”等名目，而“稼轩体”，也因之而被蒋捷在《水龙吟》一词中所提出。宋人的这种喜好，若追根溯源，其实是受唐人的影响所致。唐人于“体”的认识，往往与“诗坛风气”“审美时尚”“诗人群体”等内容相关联，对此，许总《唐诗体派论》乃有专论，读者自可参看，此不具述。但无论是唐人还是宋人，他们对于诗词中“体”的认识，都是一种审美倾向的客观反映，都是值得肯定与称道的。所不同者，是宋词中的“体”，乃有整体与局部之分，也即泛称与专指之别，如被蒋捷在《水龙吟》中所言之“稼轩体”，即非为泛称之“体”，而是属于局部之“体”的专指。为便于讨论，本节特称前者为“泛称体”，后者为“专指体”。

宋词中的所谓“泛称体”，是指对某一词人“体”的称谓与标举，乃是综合其全部词作之艺术精神或者审美趣味等方面的内容而言，即该“体”实乃为某一词人词作的代名词，如“清真体”代指周邦彦词，“梅溪体”代指史达祖词等。辛弃疾在《丑奴儿近》(千峰云起)一词中所仿效的

“李易安体”，即为“泛称体”的典型代表。即是说，辛弃疾在《丑奴儿近》(千峰云起)一词中所说的“李易安体”，实际上就是针对漱玉词的整体艺术风貌而言的。同此者，另有侯寘《眼儿媚》(花信风高雨又收)“效易安体”一词。为便于认识，我们不妨将侯词(前者为侯词)与辛词(后者为辛词)的全文引录如下：

花信风高雨又收。风雨互迟留。无端燕子，怯寒归晚，闲损帘钩。 弹棋打马心都懒，撺掇上春愁。推书就枕，凫烟淡淡，蝶梦悠悠①。

千峰云起，骤雨一霎时价。更远树斜阳，风景怎生图画。表旗卖酒，山那畔、加紧有人间。只消山水光中，无事过这一夏。 午醉醒时，松窗竹户。万千潇洒。野鸟飞来，又是一般闲暇。即怪白鸥，觑着人、欲下未下。旧盟都在，新来莫是，别有说话②。

《增订注释全宋词》注侯寘《眼儿媚》“效易安体”之“易安体”说：“李清照，号易安居士。其词用浅俗之语，发清新之思，号‘易安体’。”这种解释，虽较简略，但所言甚是。正是因为侯寘与辛弃疾的这两首词乃是仿效“易安体”而成，故其均具有近似于李清照婉约清新的词艺风格之特点，如果将这两首词放入《漱玉词》中而不作说明，后人是很难分辨其作者为谁的。“易安体”是如此，其他如辛弃疾《玉楼春》(少年才把笙歌盏)“效白乐天体”、《河渎神》(芳草绿萋萋)“效花间体”，以及后人尊美姜夔词为“白石体”等，亦无不如此。如朱彝尊《黑蝶斋诗余序》乃有云：“词莫善于姜夔。宗之者张辑、卢祖皋、史达祖、吴文英、蒋

① 侯寘：《眼儿媚》(花信风高雨又收)，朱德才主编《增订注释全宋词》(第二册)，文化艺术出版社1997年版。

② 辛弃疾：《丑奴儿近》，朱德才主编《增订注释全宋词》(第二册)，文化艺术出版社1997年版。

捷、王沂孙、张炎、周密、陈允平、张翥、杨基，皆具夔之一体。”①所谓“皆具夔之一体”，所指即认为史达祖等人，因仿效白石词而风格皆大致与其相近。

而“专指体”，则主要是就某一词人的某一具体作品之艺术性技巧以言，而且，仿效者在对某些作品进行仿效时，还往往对其予以交代或说明，如辛弃疾《稼轩长短句》中之《最高楼》(可惜今夕月)一词，即为其例。此词有小序云：“中秋饮酒将旦，客谓前人诗词有赋待月无送月者，因用《天问》体赋。”在这里，辛弃疾不仅明确称屈原的《天问》为一种“体”，而且还以之“赋”。辛弃疾在这首词中所提出的“天问体”，置之于唐宋词史“体”的家族而言，就是一种典型的“专指体”。除“天问体”外，《稼轩长短句》中属于“专指体”者，还有“赵昌父体”，其《蓦山溪》(饭蔬饮水)一词，即是仿效此体而写成。此词的小序为：“赵昌父赋一丘一壑，格律高古，因效其体。”据此，知辛弃疾之所以依此词仿效“赵昌父体”者，主要是因其“格律高古”所致。然检《全宋词》《增订注释全宋词》所收赵昌父词，其中并无“赋一丘一壑”者，而《稼轩长短句》中则有《兰陵王·赋一丘一壑》一词，揣度之，似此词即为辛弃疾所仿效之赵词，最初编辛集者或以“附录”编入，后人不察，乃将其误认为辛词。其真实的情况是否如此，兹拈出之，以俟淹贯者。

蒋捷在《水龙吟》中所言之“稼轩体”，即与上举辛弃疾称“天问体”“赵昌父体”的情况完全等同。即是说，为当代研究者们所大加称道的“稼轩体”，实际上指的是蒋捷仿效辛弃疾集中的一首具体词作的艺术性技巧。对此，蒋捷词小序之“效稼轩体，招落梅之魂”九字，又可为之佐证。其词为：

醉兮琼瀣浮觞些，招兮遣巫阳些。君毋去此，飓风将起，天微

① 朱彝尊：《黑蝶斋诗余序》，《曝书亭集》卷四十，《四库全书》本，上海古籍出版社1987年影印版。

黄些。野马尘埃，污君楚楚，白霓裳些。驾空兮云浪，茫茫东下，流君往、他方些。 月满兮西厢些。叫云兮、笛凄凉些。归来为我，重倚蛟背，寒鳞苍些。俯视春红，浩然一笑，吐山香些。翠禽兮弄晓，招君未至，我心伤些①。

此词全篇以“兮”字构句，用“些”字做韵脚，与所仿效的辛弃疾《水龙吟·用些语再题瓢泉》词别无二致。辛词为：

听兮清佩琼瑶些，明兮镜秋毫些。君无此去，流昏涨腻，生蓬蒿些。虎豹甘人，渴而饮汝，宁猿猱些。大而流江海，覆舟如芥，君无助、狂涛些。 路险兮，山高些。愧余独处无聊些，冬槽春盎，归来为我，制松醪些。其外芬芳，团片龙凤，煮云膏些。古人兮既往，嗟余之乐，乐箪瓢些②。

这两首词若借用张炎在《词源》中批评辛弃疾的话来说，就是典型的“以游戏笔墨为长短句之诗”③。而从词“体”的角度讲，蒋捷在其小序中所言之“稼轩体”，系指其专门“效”辛弃疾《水龙吟》“用些语”进行创作，乃是极为清楚的。这就明确表明，所谓的“稼轩体”，其实就是一种专指，一种专以辛弃疾词中“兮”“些”为主体的“楚辞体”。所以，蒋捷在《水龙吟》一词中所率先标举的“稼轩体”，并非为某些研究者所言，所表现的是辛词“外在形式美”与“内在深层的曲折蕴含之美”，以及其“内在蕴含有一种潜气内转、忧思盘旋的力”，和“一种雄莽刚劲而又悲愤

---

① 蒋捷：《水龙吟·效稼轩体，招落梅之魂》，朱德才主编《增订注释全宋词》(第四册)，文化艺术出版社 1997 年版。

② 辛弃疾：《水龙吟·用些语再题瓢泉》，朱德才主编《增订注释全宋词》(第二册)，文化艺术出版社 1997 年版。

③ 张炎：《词源》，《词话丛编》本，中华书局 1986 年版。

郁勃的感情世界”①。持这种“稼轩体”认识的研究者，既不曾对唐宋词“体”的构成及其由此所产生的一些文学现象进行具体考察，又以偏概全地将“稼轩体”当成了辛词的代名词，因而使得辛弃疾其人其作的研究，被介入到无端的论争之中，此实属为辛词研究史上的一件憾事。

在南宋末期，标识“稼轩体”者，据岳珂《桯史》卷二记载，可知还有与辛弃疾交往甚密的词人刘过。该书载刘过于某次宴会上，“因效辛体《沁园春》”而作了一首《沁园春》(斗酒彘肩)词，以“寄稼轩承旨”②。其中的“辛体”，论者或以为即“稼轩体”的另一种说法，但即便如此，其也是属于唐宋词中的“专指体”而无法与“易安体”等“泛称体”并论的。更何况有论者认为，刘过的“这种官场酬应与作为审美趋崇的追宗现象实难等同”，即“倘若说，类此仿效‘辛体’即‘稼轩体’即稼轩词风，那么辛词自必易蒙粗率、粗莽之诮”③。所言虽是从维护辛词的角度出发，但认为刘过之“辛体”与辛词之“审美趋崇”不可等同认识者，则甚是。

二、关于“稼轩风”

弄清楚了蒋捷词中的“稼轩体”之所指，与之相关的“稼轩风”，又究竟当如何理解和把握呢？在进行讨论之前，我们不妨先了解一下研究者们对此问题的认识。一般而言，研究者对于“稼轩风”的理解，主要存在着两种意见。一种意见认为，“稼轩风”乃是就辛弃疾全部词作的词风而言，举凡辛词的风格、风韵、风神、风调等，即皆与其关系密切。另一种意见则认为，“稼轩风”是专就《稼轩长短句》中的豪放词而

---

① 张廷杰:《稼轩体浅论》,《辛弃疾研究论文集》，天马图书有限公司 2003 年版。

② 岳珂:《桯史》，中华书局 1981 年版。

③ 严迪昌:《“稼轩体”与“稼轩风”》,《李清照辛弃疾研究论文集》，山东大学出版社 1997 年版。

言，且因这股“豪放”之“风”的存在，而导致了南宋末期“叫嚣、粗野、拙直”等词现象的出现，并使宋词由此逐渐走向萎缩与衰落。如此等等，使得“稼轩风”成为了辛弃疾接受史上的正反两极，委实有令人莫衷一是之慨。由此看来，可知对“稼轩风”进行一番重新审视，乃是十分必要的。“稼轩风”之说，最早出自戴复古《望江南》一词：

壶山好，文字满胸中。诗律变成长庆体，歌词渐有稼轩风。最会说穷通。 中年后，虽老未成翁。儿大相传书种在，客来不放酒樽空。相对醉颜红①。

戴复古的《望江南》系组词，共 7 首，前 4 首为《望江南》(壶山好)，后 3 首为《望江南》(石屏老)。前 4 首中的第一首有小序云：“壶山宋谦父寄新刊雅词，内有《壶山好》三十阕，自说平生。仆谓犹有说未尽处，为续四曲。”宋谦父即宋自逊，今浙江金华人，尝著《渔樵笛谱》一书与《壶山好》30 首，皆已亡佚。《全宋词》收其词仅 7 首，其中《沁园春·送戴石屏》一词，纪与戴复古相交游。戴复古的这首《望江南》，由于将“长庆体”与“稼轩风”对举，因而便有论者认为是“概指稼轩词的风格”。

戴复古此词中的“稼轩风”，是否属于“概指稼轩词的风格”？要弄清楚这一问题，我们以为，还得从对戴复古的这首《望江南》进行具体考察开始。戴复古这组词的小序内容告诉我们，戴复古此词，乃是因宋自逊“《壶山好》三十阕自说平生”，认为其“犹有说未尽处”，而“为续四曲”中之一者。如此，则戴复古这首《望江南》中的“诗律变成长庆体，歌词渐有稼轩风”之所云，就可肯定是对宋自逊包括《壶山好》30 首在内的“新刊雅词”的赞美之辞。即在戴复古看来，宋自逊的这些“新刊雅

① 戴复古：《望江南》(壶山好，文字满胸中)，朱德才主编《增订注释全宋词》(第三册)，文化艺术出版社 1997 年版。

词"，在平仄声律方面可与唐代元稹、白居易等人之诗媲美，而于艺术风格方面，则是与辛弃疾的词风颇为相近的。

作为词人，辛弃疾词的题材内容多种多样，其所呈现的艺术风格也是多种多样的。如其英雄词慷慨纵横、壮怀激烈；农村词闲适恬淡、清丽自然；登高词顿挫盘郁、悲怆苍凉；咏物词物我合一、面目独具；艳情词细致婉转、缠绵悱恻等，即皆具"远近山峰各不同"的特点。以此勘之宋自逊现存的 7 首词，以及其"《壶山好》三十阕，自说平生"之载，可知其"新刊雅词"的"渐有稼轩风"，应主要是指"渐有"辛弃疾作于带湖时期的那些闲适之作的词风而言。对此，戴复古的 7 首《望江南》又可为之佐证。此 7 首中的 4 首《望江南》(壶山好)，如上引其小序所言，主要是戴复古因嫌宋自逊"《壶山好》三十阕自说平生"而"犹有说未尽处"，故乃为之续作者。由是而观，则戴复古此 4 首《望江南》在内容上，与宋自逊"《壶山好》三十阕"大抵相同或相近，乃殆无疑义。3 首《望江南》(石屏老)中的第一首，亦附有小序："仆既为宋壶山说其说未尽处，壶山必有答语，仆自嘲三解。"此则表明，这 3 首《望江南》的内容，也是与宋自逊"《壶山好》三十阕"基本一致的。如此，即可获知，宋自逊"新刊雅词"的题材内容和艺术风貌，乃是与戴复古 7 首《望江南》相去不远的。为便于认识，下面再举戴复古《望江南》两首以为例说：

壶山好，博古又通今。结屋三间藏万卷，挥毫一字直千金。四海有知音。 门外路，咫尺是湖阴。万柳堤边行处乐，百花洲上醉时吟，不负一生心①。(前四首其一)

石屏老，家住海东云。本是录常田舍子，如何呼唤作诗人。无

① 戴复古:《望江南》(壶山好，博古又通今)，朱德才主编《增订注释全宋词》(第三册)，文化艺术出版社 1997 年版。

益费精神。 千首富，不救一生贫。贾岛形模元自瘦，杜陵言语不妨村。谁解学西昆①。(后三首其一)

这两首词，是戴复古皆为之附小序者。从这两首词中不难看出，宋自逊乃是一位“隐逸者流”的人物，且又雅好诗词，喜藏书，其于“《壶山好》三十阕”中“自说平生”者，应主要是就其隐逸生活的闲适、逍遥等方面而言。而宋自逊的这种“平生”，这种生活，不仅与“终身布衣，好游历，以诗词鸣江湖间”的戴复古如出一辙，而且和当时闲居带湖的辛弃疾也极为相似。这是因为，辛弃疾前后在上饶的带湖、瓢泉居住了长达20余年之久，其生活与词作对四周士人产生明显之影响，乃是势所必然。而宋自逊的故里今浙江金华，距上饶带湖又非远，则其受辛弃疾其人其词的影响，而使“《壶山好》三十阕”等作，“诗律变成长庆体，歌词渐有稼轩风”，也就自在情理之中。所以，戴复古这两句词中的“长庆体”与“稼轩风”，均是其针对宋自逊的“《壶山好》三十阕”等作而言的。

三、“体”与“风”的启示

总体而言，戴复古在其《望江南》词中因称道友人“新刊雅词”而提出的“稼轩风”，如同蒋捷在《水龙吟》中所标识的“稼轩体”一样，其均系词人们就辛弃疾某一具体词作的特点或某一时期的词风而言，即其皆为专指而非泛称，因此，其之不能代表辛弃疾词的风格也就甚为清楚。由此可见，那些持“稼轩体”与“稼轩风”“都是用来指称稼轩词的风格”之说的论者，以及认为“稼轩风”是辛词艺术风格、审美趣味等内容的综合，或者认为“稼轩风”给南宋末期词坛带来一片“叫嚣、粗野、拙直”等不良现象的说法等，都属于没有对这两个概念的含义弄清楚

---

① 戴复古：《望江南》(石屏老，家住海东云)，朱德才主编《增订注释全宋词》(第三册)，文化艺术出版社1997年版。

所致。

在中国文学史上，许多概念的内涵是既丰富而又复杂的，假如我们不对其生成的语境等因素进行具体考察，而是一味地立足于宏观的角度对其作理性审视，则结果必将会适得其反。所以，无论是研究唐诗抑或宋词，既要细读文本，又需视野开阔。细读文本，为研究作家作品最为本质者，也是检验研究者功底如何的最好试金石。上述之“稼轩体”或者“稼轩风”，之所以多为研究者所混淆，所等同，进而认为“稼轩体”或者“稼轩风”，所指为辛弃疾词的总体艺术风格，关键就在于持说者未能细读辛词，未能在细读、精读辛词文本上下功夫。而事实上，辛词的“体”与“风”，是两种词学中的批评范畴，也即两个各具特点的词学概念，二者虽然具有一定的关联，但区别却是甚为明显的。而且，就具体词作而言，研究者若能将蒋捷《水龙吟·效稼轩体，招落梅之魂》与辛弃疾《水龙吟·用些语再题瓢泉》略作比较，则是绝对不可能作出“稼轩体”蕴含了“一种雄莽刚劲而又悲愤郁勃的感情世界”之空洞结论的。这同时也说明，论此者并没有细读、精读《稼轩长短句》。

学术研究中的视野开阔，一个重要的前提条件就要多读书，因为只有多读书，才能使得一个研究者的视野不至于局限在狭小的方寸之中，所谓“胸藏无边锦绣”者，即是就博学而言，即只有博学者才可“胸藏无边锦绣”。以辛词研究而言，不仅应细读、通读《稼轩长短句》，更要细读、通读辛弃疾的全部之作，以及与辛弃疾相关的一切著作，因为只有这样，研究者的视野才会开阔，才不至于闭门造车，才不至于在宋人的词作中只看到“稼轩体”与“稼轩风”。从文学批评史的角度言，唐人的“体”“风”认识观相较于宋人而言，乃是大有区别的，唐人言“体”言“风”，基本上是“体”“风”合一，而宋人则不然，以上所论之“稼轩体”与“稼轩风”，即是最好的例证。而这一例证所反映的，则是宋人对“体”与“风”之认识，已与唐人有着很大的不同，这是宋人“体”“风”认识观的一种转变，也是其时代进步的一种象征。

而事实上，如辛弃疾这样的非凡词人，其词体艺术的多样性，其风格特点的多样性，是完全符合于文学发展的自身规律的，所以，以单维度之“体”与单维度之“风”，去审视其全部词作的举措，显然是会走向以偏概全之死胡同的。而以上对“稼轩体”与“稼轩风”所作的个案性辨识，即雄辩地证明了这一点。此则表明，持说者对于辛词多样性风格的认识，乃是并非全面的，而于辛词文本之不曾细读，也就自可由此而推知。

第九章　回归历史：骚雅派概观

第一节　“骚雅词派”的崛起

词体艺术的发展，在经历了北宋的“婉约”“豪放”期之后，于辛弃疾“英雄之词”时代的晚期，便进入到了一个以“骚雅”为创作特色的时代，这就是历史上的南宋中晚期。这一时期约有 90 年，先后活跃着一大批卓有成就的词作家，如姜夔、史达祖、吴文英、张炎、周密、王沂孙等。而且，他们的文学主张与创作实践，大多以植根《离骚》，崇尚雅丽、讲究音律为基本宗旨，并由此形成了卓立于唐宋词史上的“骚雅词派”。“骚雅词派”的诞生，不仅是对“苏辛词派”或者说“豪放词派”在审美领域的一次历史性挑战，而且被龙榆生先生称为“词与音乐渐趋脱离”的现象①，也在当时得以彻底扭转。在发展与行进的过程中，“骚雅词派”虽然最终仍为元曲所取代，但流淌于元曲血管里的音乐血液，则是与“骚雅词派”不无关系的。这是因为，“词调与宫调有密切之关系”，有些词调甚至直接开“元曲之先声”，对此，王易《词曲史》第六章(《构律第六》)、第七章(《启变第七》)均有所载②，此不具述。而近

---

① 龙榆生：《苏辛词派之渊源流变》，《龙榆生词学论文集》，上海古籍出版社 1997 年版。

② 王易：《词曲史》，东方出版社 1996 年版。

年来所行世的各种文学史或者词史，则鲜有论及“骚雅词派”者，更不曾从音乐的角度将词与曲的“启变”关系进行考察。有鉴于此，本节特对导致“骚雅词派”诞生的历史原因，文化背景，以及其名称由来、活动年代、创作分期、艺术特质等问题，拟作一较为系统的考察与透视。

一、“骚雅词派”名称的由来

“骚雅词派”，或称“姜派”、“姜夔词派”，又称“格律词派”、“风雅词派”、“雅正词派”、“古典词派”等，其名称虽然有别，但所指实一，即其实质完全相同。“骚雅词派”既是南宋末期规模最大、作家最多的一个词学流派，又是成就卓然、理论与实践并重的一个文人群体。这个词派之所以被称为“骚雅”，是因为其中大多数词人的艺术渊源，都植根于《楚辞》特别是《离骚》之中，即是说，他们作品的艺术精神、审美趣味等，都与古老的楚文化密切相关。“骚雅词派”所表现出来的这种具有鲜明特点的艺术特质，较之“苏辛词派”或者“苏轼词派”、“稼轩词派”、“江西词派”等而言，自然是大有区别的。而此，也是导致这个词派作家众多的关键性原因之一。

从词学接受史的角度进行考察，最早对这一词派的“骚雅”特质予以关注者，是以《词源》一书著称的词作家兼词学批评家张炎。其《词源》有云：“美成词只当看他浑成处，于软媚中有气魄，采唐诗融化如自己出者，乃其所长，惜乎意趣却不高远。所以出奇之语，以白石骚雅之词润色之。”又说：“白石词如《疏影》《暗香》《扬州慢》《一萼红》《琵琶仙》《探春》《八归》《淡黄柳》等曲，不惟清空，又且骚雅，使人读之神观飞越。”①这是“骚雅”一词在词学批评史上的首次出现。其后，清季谢章铤《赌棋山庄词话》、陈廷焯《白雨斋词话》等，都对“骚雅”有所涉笔。如《赌棋山庄词话》引邓牧语云：“丽莫若周，赋情或近理；骚莫

① 张炎：《词源》，《词话丛编》本，中华书局 1986 年版。

若姜，放意或近率。”①《白雨斋词话》卷二亦有云：“姜尧章词清虚骚雅，每于伊郁中饶蕴藉，清真之劲敌，南宋一大家也。”②上述三家之所言，有着一个共同的特点，即皆是针对姜夔词所作的评价。这种情况表明，将词体艺术植根于“骚雅”者，姜夔乃开风气之先。姜夔之被后人尊为这一词派的领袖人物，此一方面的创获，不能不说为其关键之所在。

由姜夔而始，“尊骚崇雅”便成为一种创作时尚，且广为当时与后来的词人们所接受，姜夔白石词也因此而成为了众相仿学的对象，其中，又尤以史达祖、吴文英、周密、王沂孙、张炎等人最具代表性。对此，清人朱彝尊在《黑蝶斋诗余序》一文中已曾论及：“词莫善于姜夔，宗之者张辑、卢祖皋、史达祖、吴文英、蒋捷、王沂孙、张炎、周密、陈允平、张翥、杨基，皆具夔之一体。基之后，得其门者寡矣。”③其中，除张翥为元人、杨基为明人可以不论外，张辑等9人，皆属南宋末期“宗”姜夔而得其“骚雅”之精髓的词人。所以，汪森《词综序》也作了如是认为：“鄱阳姜夔出，句琢字炼，归于醇雅，于是史达祖、高观国羽翼之，张揖、吴文英师之于前，赵以夫、陈君衡、王沂孙、张炎、张翥效之于后。譬之于乐，舞箾至于九变，而词之能事毕矣。”④在这里，汪森与朱彝尊的述论，诚如谢桃坊《中国词学史》第四章之所言，已是“拟出了姜夔一派的世系”⑤。特别是汪森的《词综序》，将“骚雅词派”的阵营、门户、特征等问题，都交代得十分清楚。

而在当代研治宋词者中，正式称姜夔等人为“骚雅词派”者，似当首推詹安泰的《宋词散论》一书。该书以一种全新的析派理念，将宋词

① 谢章铤：《赌棋山庄词话》，《词话丛编》本，中华书局1986年版。

② 陈廷焯：《白雨斋词话》，人民文学出版社1959年版。

③ 朱彝尊：《黑蝶斋诗余序》，《曝书亭集》卷四十，《四库全书》，上海古籍出版社1987年影印版。

④ 汪森：《词综序》，施蛰存《词籍序跋萃编》，中国社会科学出版社1994年版。

⑤ 谢桃坊：《中国词学史》，巴蜀书社2002年版。

分为八大风格流派，具体为：以柳永为代表的真率明朗派，以苏轼为代表和高旷清雄派，以秦观、李清照为代表的婉约清新派，以张先、贺铸为代表的奇艳俊秀派，以周邦彦为代表的典丽精工派，以辛弃疾为代表的豪迈奔放派，以姜夔为代表的骚雅清劲派，以吴文英为代表的密丽险涩派①。所称虽然为"骚雅清劲派"，但已将"骚雅"作为一"派"以待之，则是值得注意的。嗣后，吴熊和《唐宋词通论》据上引朱彝尊、汪森二文之所言，又将姜夔等人称为"姜派"或"姜夔词派"。而龙建国《唐宋词艺术精神》则于该书第八章中，径直称"姜夔词派"为"骚雅派"。该章说："姜夔是南宋词坛上一位杰出的作家，甚为后代所推崇。……他的词独树一帜，人称'白石体'，为当时和后人所效仿，形成了一个以他为中心的词派——'骚雅派'。"②就这样，在不断的认识过程中，"骚雅词派"作为唐宋词史上的一个词人群体，一个流派名称，遂逐渐为人们所接受。

二、"骚雅词派"的生成语境

在中国文学史上，任何时期的任何一个文学流派的问世，都曾受到过当时社会诸多文化因子的影响，"骚雅词派"的诞生，自然也不会例外。

从政治形势的角度讲，"骚雅词派"崛起的南宋社会中晚期，主战派与主和派之间尽管仍然存在着不可调和的矛盾，但以皇帝为首的赵宋小王朝已将家国仇、民族恨渐渐淡忘，并在西湖边过着"直把杭州作汴州"的偏安生活。而在宋宁宗赵扩执政的庆元时期（公元 1195 年—公元 1200 年），本来偏安的小朝廷，却又发生了一震惊当时朝野的"庆元党禁"，使得周必大等 59 人被朝廷下诏列为"伪学逆党籍"③。这既是一

① 詹安泰：《宋词散论》，广东人民出版社 1984 年版。
② 龙建国：《唐宋词艺术精神》，山西高校出版社 1996 年版。
③ 毕沅：《续资治通鉴》卷一五四，中华书局 1957 年版。

场政治斗争，也是一场文化斗争，因为导演“庆元党禁”的赵(汝愚)、韩(侂胄)两党，在当时的维护“道学”与反对“道学”方面，都表现得相当出色。由于韩党称道学为“伪学”，以致道学的领军人物朱熹被监察御史沈继祖诬告犯有十罪，甚而还有人上书朝廷要求乞斩，使得朱熹的“门人故交，尝过其门櫄不敢入”①。而朱熹“其本不在威强而在乎德业，其备不在边境在朝廷，其具不在兵食而在乎纲纪”②的认识，在当时不仅受到了韩党的大肆攻击，而且也遭到了主战派的一致反对。原因是朱熹的这种认识，诚如陈亮在《上孝宗皇帝第一书》中之所言，乃为“举一世安于君父之仇，而方低头拱手以谈性命……皆风痹不知痛痒之人也。”③总之，政治形势与思想文化的互为关联，使得当时“怨嗟并起”，“众恶归焉”④。在这样的政治环境与社会秩序下，一方面是如辛弃疾、陈亮等高唱着“誓清中原”乐章的爱国志士，于满腔悲愤中被沦为末路英雄，最终则在寂寞绝望中结束了其人生的旅程。另一方面，乃是大批的知识精英对南宋小王朝的心灰意冷，因之他们或退隐山林，或终生不仕，而于青山绿水与蓝天白云中讨生活。

再从文学的角度看，当时的词坛呈现出明显的两极发展态势：一极是“文词的繁茂”，一极是“乐词的复兴”。所谓文词的繁茂，是指在南北两宋交替之际，因战争的原因，导致了大量的乐谱散失、乐工被俘或流散，面对当时国破家亡的现实，一批有志之士慷慨攘臂，高呼北伐，他们虽然发而为爱国词，却“谁也没有闲情逸致去按谱填词”，且也“无暇在音律上讲究”，但因此却“促成了豪放词的丰产”⑤。这类“文词”，除了在乐谱与音律方面存在着艺术上的缺憾外，在题材内容和思想性方

① 叶绍翁：《四朝闻见录·庆元党》，《四库全书》本，上海古籍出版社1987年影印版。

② 陈邦瞻：《宋史纪事本末》卷七十八，中华书局1977年版。

③ 陈亮：《上孝宗皇帝第一书》，《陈亮集》，中华书局1974年版。

④ 周密：《齐东野语》卷三，中华书局1983年版。

⑤ 郑临川：《稼轩词纵横谈》，巴蜀书社1987年版。

面，却是可与日月同辉的。而乐词的复兴，是指在偏安后的南宋小王朝里，还有少数士大夫文人“掌握着一定的乐曲专业知识”，当他们一旦获得生活上的安定后，就会凭着自己精音乐、善填词的特技，或逢迎权贵，充当帮闲；或整理乐谱，服务朝廷等。总之，他们所做的一切，或公或私，动机与目的甚或不同，但他们却均于乐词的复兴，作出了各自应有的贡献，而使得南宋中期后的朝廷之乐，也一样如北宋那样兴旺发达。

“骚雅词派”便是诞生于上述的文化语境之中。其中的姜夔、吴文英、史达祖等人，就深受这种文化语境的影响。这三人不仅皆才华横溢，终生未仕，而且于词体艺术的审美方面，都是远“文词”而近“乐词”的。同时，他们受北宋周邦彦“清真雅词”的影响，也是甚为明显的。对此，前人已多所述评与论及。如沈义父《乐府指迷》云：“梦窗深得清真之妙。”①陈廷焯《白雨斋词话》卷一云：“词至美成，乃有大宗。前收苏、秦之终，后开姜、史之始。”又先著《词诘》说：“美成《应天长慢》，空淡深远，石帚（姜夔）专得此种笔意，遂于词家另开宗派。如‘条风布腰’句，至石帚皆淘洗尽矣，然渊源相沿，是一祖一弥也。”②王易《词曲史》第五章亦认为：“美成词，诚能汇前晏、欧、秦、柳之长，而成一大派；树后此姜、史、吴之鹄，而开其大宗。”而周邦彦历来被认为是“大晟词派”的领袖人物，则姜夔等人师法清真词的举措，又表明了“骚雅词派”与“大晟词派”的渊源关系。

三、“骚雅词派”的创作分期

“骚雅词派”的创作分期，实际上与其发展的基本概况密切相关。对于“骚雅词派”的发展概况，有论者认为，其大致经历了先导期、高

---

① 沈义父：《乐府指迷》，《词话丛编》本，中华书局1986年版。
② 先著：《词诘》，《词话丛编》本，中华书局1986年版。

峰期、余波期三个阶段，并认为其中的先导期，指的就是周邦彦及大晟词派词人的创作活动年代①。持这种认识者，实际上是简单地将两个相隔百年左右的词派合而为一，所以，此说实则是有违于词史发展的历史真实的。

“骚雅词派”的形成，如上所述，虽然与周邦彦的“开南”贡献有着一定的渊源关系，但以周邦彦为首的“大晟词派”和以姜夔为首的“骚雅词派”并非为一码事，而是两个各具文学风采与艺术个性的词体流派。尽管这两个词派都具有音韵精密、格调雅洁的特点，但“骚雅词派”则是以“骚雅”为其鲜明标志的，而“大晟词派”却与“骚雅”并无关联。而且，“骚雅词派”中的大多数词作家为终身布衣，他们所追求的是一种隐逸式生活方式，这种情况，与终年生活在皇家音乐机关中的大晟词人们显然是无法并论的。更何况，“骚雅派词”作家为清一色的南方人，他们的生活阅历、文人本色、艺术喜好、审美趣味等，和以五湖四海为主体的“大晟派”词人相比，也是具有明显的差异的。即使如周邦彦与姜夔，二人之间的各自特点也是明显的。由此可见，将“大晟词派”与“骚雅词派”等同，并进而将其作为“骚雅词派”“先导期”的举措，乃是值得重新考虑的。否则，“骚雅词派”的“先导期”，就不是周邦彦时代而是柳永生活的北宋初期或者更前，因为据蔡嵩云《柯亭词论》可知：“周词渊源，全自柳出。”②而夏承焘《论姜白石的词风》一文则认为，姜夔的词风“是出入江西和晚唐”③的。若以此为据，则“骚雅词派”的“先导期”就更为复杂了。所以，仅从“渊源”的角度去界定“骚雅词派”“先导期”的作法，既是不可取的，也是无法行得通的。

考察“骚雅词派”的创作分期，首先应弄清楚的是“骚雅词派”的形成期，而要解决这一问题，就必须与姜夔的生平结合起来进行探讨。据

① 张兵：《论“骚雅词派”的发展》，《第三届唐宋诗词国际学术讨论会论文集》，中国社会出版社 2004 年版。

② 蔡嵩云：《柯亭词论》，《词话丛编》本，中华书局 1986 年版。

③ 夏承焘：《论姜白石的词风》，《月轮山论词集》，中华书局 1979 年版。

夏承焘《唐宋词人年谱·姜白石系年》①，姜夔27岁在湖南与萧德藻相识，32岁时依萧于湖州，37岁"载雪诣范成大于苏州"，42岁移家杭州，依张鉴而居，48岁"编歌曲六卷成"，67岁卒于杭州西湖。在姜夔的上述生平中，其37岁"载雪诣范成大于苏州"是值得注意的。因为在是年，姜夔于苏州"诣"范成大之未久，即创作了著名的《暗香》《疏影》二词，确立了其在当时词坛上的地位。据陆友仁《研北杂志》②卷下所载，姜夔到苏州月余后，与范成大赏梅范村，作《玉梅令》，范向其"征新声"，姜即成《暗香》《疏影》二词，成大甚喜，以青衣小红相赠。此事在当时既是一件艳事，也是一件盛事，因而被广为传播，而姜夔也因之而名声大噪，以致出现了"家白石而户玉田"的盛况。而据上引张炎《词源》可知，姜夔的这两首咏梅词，正是典型的"骚雅"之作。故其评此二词亦甚高："词之咏梅，唯姜白石《暗香》《疏影》二曲，前无古人，后无来者，自立新声，真为绝唱。"

综上所述，"骚雅词派"形成的上限期，应以姜夔苏州咏梅的宋高宗绍熙二年为宜。这一年为公元1191年，下至南宋灭国的祥兴二年即公元1279年，其间凡89年，此即"骚雅词派"的整个创作活动时间。在这近90年的时间里，若以"骚雅派"主将吴文英之卒的宋理宗景定元年(公元1260年)为分界线，则可将其分为前后两期，前期69年，后期20年。前期的重要词人有张辑、卢祖皋、姜夔、高国观、史达祖、吴文英、陆淞等，后期的重要词人则有蒋捷、赵以夫、张炎、周密、陈君衡、王沂孙、孙唯信、陈允平、刘镇、刘子寰、方岳、黄升、尹涣、黄孝迈等。后期时间虽短，但人数众多，其中如张炎、周密、王沂孙等人，无论在词作的数量上与质量上，都直逼前期的史达祖、吴文英等人。正是由于这两大阵营的前后关联、互为承续，才使得"骚雅词派"成为了唐宋词史上的一颗璀璨的明珠。

---

① 夏承焘：《唐宋词人年谱》，中华书局1979年版。
② 陆友仁：《研北杂志》，《宋元词话》本，上海书店出版社1999年版。

四、“骚雅词派”的艺术特质

“骚雅词派”在前后共90年创作与发展的时间里，不仅继辛弃疾及辛派词人之后，占据着词坛的主导地位，而且还为繁荣南宋词坛、推动雅观词艺术在当时的发展，起到了重要作用。同时，“骚雅词派”在其创作与发展的过程中，还呈现出了诸多富有创造性的艺术特征，而成为具有鲜明特色的时代标记。具体为：

其一是植根《离骚》，标举雅正。这是“骚雅词派”赖以立派而另开门户的根本，也是区别于其他词派的重要标志。所谓“骚”，就是指词要有“黍离之悲”的骚人情怀；而“雅”，则是“正”的代名词，具体指词的意趣、格调、品位等而言。“骚雅”作为一个词学审美概念，其所标举、所强调的，其实就是一种艺术精神。所以，以姜夔为代表的这批南宋词人，就特别注重于词的“骚雅”性，正因此，当时的词论家也多喜以“骚雅”去评论某一词人的具体词作，如上举张炎《词源》品评姜夔的《暗香》《疏影》等词，即为其例。《词源》评姜夔的词是如此，评其他词人之作也是这样。如陆淞有一首《瑞鹤仙》词，据陈鹄《耆旧续闻》卷十载，此词因上片首句为“脸霞红印枕”五字，而“一时盛传之，逮今为雅唱”①。张炎《词源》则评其云：“景中带情，而有骚雅。”凡具“骚雅”者，即为雅词无疑，“骚雅词派”对这种词风的提倡与崇尚，对于豪放词“粗率、直露、狂怪”（谢桃坊《中国词学史》语）等弊端的矫正，显然是起到了不可低估的作用的。

其二为句雕字琢，严于烹炼。汪森《词综序》云：“西蜀南唐而后，作者日盛。宣和君臣，转相矜尚，曲调愈多，流派因之亦别。短长互见，言情者或失之俚，使事或失之伉。鄱阳姜夔出，句琢字炼，归于醇雅。”在这里，汪森不仅指出了姜夔词的特点，而且还告诉我们，姜夔

---

① 陈鹄：《耆旧续闻》，《宋元词话》本，上海书店出版社1999年版。

“句琢字炼”的目的，主要是在于使词“归于醇雅”。或者换而言之，在姜夔看来，“句琢字炼”，就是使词“归于醇雅”的一种重要手段。在词句的锤炼方面，姜夔、史达祖、吴文英、高观国、张炎、周密、王沂孙等人的词，可以说均为其典范。如周密的《一萼红·登蓬莱阁有感》词：

步深幽，正云黄天淡，雪意未全休。鉴曲寒沙，茂林烟草，俛仰千古悠悠。岁华晚，飘零渐远，谁念我，同载五湖舟？崖阴苔老，一片清愁。 回首天涯归梦，几魂飞西浦，泪洒东州！故国山川，故园心眼，还似王粲登楼。最负他、秦鬟妆镜，好江山、何事此时游。为唤狂吟老监，共赋消忧①。

周济《宋四家词选·序论》评周密词云：“草窗镂冰刻楮，精妙绝伦。”而草窗此词，正属“镂冰刻楮”的佳例。全词语言流畅，音律和谐，不仅字炼句琢，锤炼有度，而且使事用典，如同己出，后人称其为《草窗词》的压卷之作者，实堪称的见。

其三即讲究音律，精为乐词。与其他词派相比，“骚雅词派”的另一个显著特点，就是大多数词人都精通音乐，十分讲究词体音律的精密谨严。如姜夔，不仅精通音韵乐律能自度腔，而且对乐理也有着极精深的研究，宋宁宗庆元三年(公元 1197 年)，他曾上书朝廷论乐，并进献《大乐议》《琴瑟考古图》各一卷。吴文英则是“论词四标准”的创始人，其所主张的“协律、典雅、含蓄、柔婉”，被时人与后人称为“梦窗家法”，其中“协律”居“四标准”首位者，正表明了吴文英对音乐的精通和对词与音律关系的注重。以《词源》著称的张炎，更是一位词体音律家，他早年曾师从词学家兼音乐家杨缵学习音律，因“深知音律”“持律甚严”而为杨缵所称许。正因此，其在撰《词源》时，乃先后从“五音相生”

① 周密：《一萼红·登蓬莱阁有感》，朱德才主编《增订注释全宋词》(第四册)，文化艺术出版社 1997 年版。

“四宫清声”“律生八十四调”“讴曲旨要”等九个方面，阐述了词与音乐的关系。几此种种，均是“骚雅词派”讲求音律精细谨严的有力证明。而此，也是“骚雅词派”的全部词作，皆为“乐词”而非“文词”的重要依据。这是一种历史的回归。这种回归，使得南宋中晚期的词与整个北宋的词一样，即都可以被堂堂正正地称之为音乐文学。

其四是善用比兴，托意深远。宋翔凤《乐府余论》有云：“词家之有姜石帚，犹诗家之有杜少陵，继往开来，文中关键。其流落江湖，不忘君国，皆借比兴于长短句寄之。”①其实，在“骚雅派”词人中，并非姜夔一人喜“借比兴于长短句”以进行寄托，而是众皆为之。如张炎的《高阳台·西湖春感》词：

> 接叶巢莺，平波转絮，断桥斜日归船。能几番游，看花又是明年。东风且伴蔷薇住，到蔷薇，春已堪怜。更凄然，万绿西冷，一抹荒烟。 当年燕子知何处？但苔深韦曲，草暗斜川。见说新愁，分明也到鸥边。无心再续笙歌梦，掩重门，浅醉闲眠。莫开帘，怕见飞花，怕听杜鹃②。

从表面上看，此词所写，乃为作者面对西湖暮春景象所产生的伤感情绪，而实际上则是寄托了作者对国破家亡的哀思，所以，梁令娴《蘅艺馆词选》引麦孺博语评其为“亡国之音哀以思”，而陈廷焯《白雨斋词话》则以“凄凉幽怨，郁之至，厚之至”相推许。麦、陈二人，都认为这首词有寄托，良是。另如王沂孙《高阳台》(残萼梅酸)借艳情以寄托故国之念，黄孝迈《湘春夜月》(近清明)以伤春托忧国之思等，即无不如此。词中的比兴寄托之用，既继承与发展了属于诗文范畴的比喻、寄寓、象征等表现手法，又丰富与提高了词的思想内容和艺术质量，因而乃广为

① 宋翔凤：《乐府余论》，《词话丛编》本，中华书局1986年版。

② 张炎：《高阳台·西湖春感》，朱德才主编《增订注释全宋词》(第四册)，文化艺术出版社1997年版。

骚雅派词人们所采用，并使之形成了一种独具特色的美感和风格。

第二节 晋宋人物白石词

作为“骚雅词派”的领军人物，姜夔的词不仅为当时的范成大、杨万里、辛弃疾等文坛名流大力推崇，而且亦为后人所高度称誉。如明人杨慎《词品》卷四云：“姜夔字尧章，号白石道人，南渡诗家名流。词极精妙，不减清真，其词高处有美成所不能及者。”①清人朱彝尊《词综·发凡》则认为：“世人言词，必称北宋，然词至南宋极工，至宋季始极其变。姜尧章氏最为杰出。”②清代另一位词论家宋翔凤《乐府余论》也说：“词家之有姜石帚，犹诗家之有杜少陵，继往开来，文中关键。”③这些评论表明，姜夔词在整个宋代的词坛上都是独树一帜的，所以，其又有了“白石体”之称。正因此，姜夔曾以词得妻、以妻得家、以家得号，而成为词坛佳话。

姜夔一生未仕，以布衣终生，是当时典型的清客雅士。清客雅士是南宋中后期所出现的一种特殊现象，这些雅士全都是一些文化精英，他们虽然没有专门职业，但从不投靠官府，倚仗权势，而是凭着自己的文艺才能浪迹江湖，往来于山水之间。他们的言行举止，所体现的是当时知识分子的一种文化人格，因而多为后人所称道。而姜夔，则是其中最具代表性者。清客雅士与诗家名流的气质，构成了姜夔其人其词的与众不同。这种不同，不仅在当时产生着巨大影响，而且影响所及，直至七百年后的清代。对此，薛砺若《宋词通论》已有言及：“中国词学自南宋中末期一直到清代的终了，可以说完全是‘姜夔的时期’。”④这既是一

① 杨慎：《词品》，《词话丛编》本，中华书局 1986 年版。
② 朱彝尊：《词综》，《四库全书》本，上海古籍出版社 1987 年影印版。
③ 宋翔凤：《乐府余论》，《词话丛编》本，中华书局 1986 年版。
④ 薛砺若：《宋词通论》，上海书店 1985 年版。

种文学现象，更是一种文化现象，它的存在充分表明，姜夔词的意义并不仅仅限于词学领域，而是体现出一种士大夫构建文化人格的良好愿望，或者说追求目标。从这种意义上讲，姜夔其人其词，是很值得我们去进行重新审视与认识的。

一、姜白石的文化人格

对于姜夔的集清客雅士和诗家名流气质于一身的词人形象，与姜夔同为南宋词作家的陈郁，在其《藏一话腴》中曾进行了这样的描绘："白石道人姜尧章，气貌若不胜衣，而笔力足以扛百家之鼎，家无立锥而一饭未尝无食客，图史翰墨之藏充栋汗牛，襟期洒落如晋宋间人，意到语工，不期于高远而自高远。"①在这里，陈郁以"晋宋间人"比拟姜夔，是值得注意的。所谓"晋宋间人"，指的就是西晋的孙登、竹林七贤，东晋与刘宋时期的王羲之等"兰亭逸士"，以及陶渊明、许询、戴逵等晋宋时期的各种文学艺术类人物。这些人早年曾"误入尘网"，中晚年后大多归隐山林，或啸傲任诞，或纵酒狂歌，或谈玄论禅，或清谈服食，或赏乐携妓，等等。总体而言，这些"晋宋人物"精神自由，思想解放，个性张扬，自我突出，他们在当时所追求、所体现的，是一种全新的文人型文化人格。他们不以世用撄怀，而求之于自然，他们既放荡不羁，又乐天安命，他们大踏步地走向自觉，走向独立，走向自由，并走向达观与洒脱！

很明显，"晋宋间人"的生活方式与思想行为所映现的，实际上就是一种文化内涵上的绝对精神自由。正因此，南宋的大多数士大夫文人，都特别崇尚晋宋人物。他们的崇尚，大而言之，主要表现在两个方面，其一是以"晋宋间人"比附与品评他人，其二是对"晋宋间人"的追慕与学习。先看前者。如被称为"辛派词人"的张元幹，就曾赞誉米芾

---

① 陈郁：《藏一话腴》，《宋元词话》本，上海书店出版社 1999 年版。

为“此老风流，晋宋间人物也”①；而汪藻《鲍吏部集序》一文，则称许鲍钦止为“风度凝远，如晋宋间人”②。另如李纲称秦观“萧散如晋宋间人”(《秦少游所书诗词跋尾》)，等等。这三例中的被品评者，米芾、秦观为北宋人，鲍钦止为南宋人，这说明，“晋宋间人”对于有宋一代的士大夫文人而言，是均在尊崇之列的。再看后者。在南宋特别是南宋中后期的士大夫中，名列“中兴四大诗人”之一的范成大，无论是在生活方式抑或艺术品位等方面，都是极倾心于“晋宋人物”的，对此，杨万里《范公文集序》一文乃有载。其云：“公风神英迈，意气倾倒，拔新领异之谈，登峰造极之理，萧然如晋宋间人物。”③另一位“辛派词人”中的重要作家刘过，据张世南《游宦纪闻》的记载，也与范成大不相上下，因此他曾“自谓晋宋间人物”④。以“晋宋间人物”自称，足见嵇康等人在刘过心目中所占的地位之一斑。

以上所举表明，杨万里、范成大、张元幹、李纲、刘过、汪藻、鲍钦止等人，无论是品评者还是被品评者，他们对于“晋宋间人”而言，都是十分钦慕与心仪的。这种情况在当时来说，既是一种社会风气的反映，又是一种人格精神的显现，二者的相互作用，使生活在“直把杭州作汴州”的南宋小王朝中士大夫文人的文化人格，得以重新构建。若具体以言，就是对“晋宋人物”从生活方式到精神境界等方面的大力倡行与弘扬。

在上述社会风气与文化背景下，作为一位清客雅士的姜夔，自然是深受其影响的。而事实也正是如此。综姜夔一生，风神潇洒，不滞于物，常年往来于江湖之间，徜徉在山水之中，如野云孤飞，舒卷自如，

---

① 张元幹：《跋米元章下蜀江山图》，《芦川归来集》，上海古籍出版社 1978 年版。

② 汪藻：《鲍吏部集序》，《浮溪集》，《四库全书》本，上海古籍出版社 1987 年影印版。

③ 杨万里：《范公文集序》，《诚斋集》，《四部丛刊初编》本。

④ 张世南：《游宦纪闻》，中华书局 1981 年版。

又加上他诗、词、书法、音乐等均具极高的造诣，所以，他“不期于高远而自高远”。如此的一位清客雅士，这就难怪陈郁要在《藏一话腴》中称其为“洒落如晋宋间人”的。其实，对于姜夔的风流气韵，艺术造诣，文学成就等，在当时就曾得到众多名流的推重，而非仅为陈郁一人，对此，周密《齐东野语》卷十二著录姜夔《姜尧章自叙》一文乃有详载。为便于把握与认识，兹节录如次：

某早孤不振，幸不坠先人之绪业，少日奔走，凡世之所谓名公钜儒，皆尝受其知矣。内翰梁公钜于某为乡曲，爱其诗似唐人，谓长短句妙天下。枢使郑公爱其文，使坐上为之，因击节称赏。参政范公以为翰墨人品，皆似晋宋之雅士。待制杨公以为于文无所不工，甚似陆天随，于是为忘年交。复州萧公，世所谓千岩先生者也，以为四十年作诗，始得此友。待制朱公既深爱其文，又爱其深于礼乐。丞相京公不特称其礼乐之书，又爱其骈骊之文。丞相谢公爱其乐书，使次子来谒焉。稼轩辛公，深服其长短句如二卿。孙公从之，胡氏应期，江陵杨公，南州张公，金陵吴公，及吴德夫、项平甫、徐子渊、曾幼度、商翚仲、王晦叔、易彦章之徒，皆当世俊士，不可悉数。或爱其人，或爱其诗，或爱其文，或爱其字，或折节交之。……平甫念其困踬场屋，至欲输资以拜爵，某辞谢不愿，又欲割锡山之膏腴养其山林无用之身①。

文中所述，有两点值得特别注意。其一是姜夔于诗、词、文、书法、音乐等方面所取得的成就，在当时得到了范成大、杨万里、朱熹、辛弃疾等一批文坛大家的肯定。其二是张鉴(平甫)既欲为其出资捐官，又要把锡山之地相赠，但姜夔都未接受。这两点表明，作为清客雅士的姜夔，其胸襟之高洁，风神之潇洒，是确可与“晋宋间人”并论的，而范

① 周密：《齐东野语》卷十二，《宋元词话》本，上海书店出版社1999年版。

成大称赞其“翰墨人品，皆似晋宋之雅士”云云，又足可对此佐证之。姜夔的这种“晋宋雅士”的风范情怀、高标远韵，以及其所蕴涵的文化人格与人文精神等，反映到其词作之中，就构成了一种独特的审美价值与艺术精神，进而便成为了风行长达七百年之久的“姜夔的时期”。

二、白石词的艺术精神

与宋代其他词人相比，姜夔的白石词又究竟具有怎样的艺术精神呢？要回答这个问题，我们可以明代张羽《白石道人传》为切入点进行探讨。其有云：“（姜夔）性孤僻，尝遇溪山清绝处，纵情深诣，人莫知其所入。或夜深星月满垂，朗吟独步，每寒涛朔吹凛凛迫人，夷犹自若也。”①张羽将姜夔的意趣与兴致，采用“写真”式的表现手法所进行的描述，使人很容易联想到刘义庆《世说新语·任诞》中“王子犹雪夜访戴逵”的故事。而姜夔清客雅士的词人风韵，以及其赏玩山水的雅好，也皆因此而得以充分展现。

“遇溪山清绝处”而“纵情深诣”，是人与自然相谐美的具体反映，其表现在词作之中，便构成了姜夔“白石体”一道独特的风景线。出生于江南山水之地的姜夔，不仅饱览了江南的山山水水，而且还善于通过对山水的描写以寄托其种种思绪，这便是姜夔山水词的艺术精神之所在。《增订注释全宋词》著录姜夔词88首，其中与山水相关者竟多达40余首，这一数量，是作为清客雅士的姜夔纵情山水、畅怀林泉的显证。请看其中的《角招》一词：

为春瘦。何堪更绕西湖，尽是垂柳。自看烟外岫。记得与君，湖上携手。君归未久。早乱落、香红千亩 。一叶凌波缥缈，过三

---

① 张羽：《白石道人传》，《姜白石词编年笺校·集事》，上海古籍出版社1981年版。

十六离宫，遣游人回首。　犹有。画船障袖。青楼倚扇，相映人争秀。翠翘光欲溜。爱著宫黄，而今时候。伤春似旧。荡一点，春心如酒。写入吴自奏。问谁识，曲中心、花前友①。

此词前有小序，云："甲寅春，予与俞商卿燕游西湖，观梅于孤山之西村。玉雪照映，吹香薄人。已而商卿归吴兴，予独来，则山横春烟，新柳被水，游人容与飞花中。怅然有怀，作此寄之。商卿善歌声，稍以儒雅缘饰。予每自度曲，吟洞箫，商卿则歌而和之，极有山林缥缈之思。今序离忧，商卿一行作吏，殆无复此乐矣。"词与序之所写，虽然着眼的是对友人的追忆，但词的上片所描绘的，却是一幅"现在时"绝妙的西湖春景图；而小序则有似一篇山水游记，将"甲寅春"作者携友人同游西湖之景之情进行了艺术地再现。二者的结合，不仅使"玉雪照映""香红千亩"中的西湖显得更加妖娆，而且还恰到好处地表现出了作者心境中的那份"山林缥缈之思"。又如《湘月》：

五湖旧约，问经年底事，长负清景。暝入西山，渐唤我、一叶夷犹乘兴。倦网都收，归禽时度，月上汀洲冷。中流容与，画桡不点清镜。　谁解唤起湘灵，烟鬟雾鬓，理哀弦鸿阵。玉麈谈玄，叹坐客、多少风流名胜。暗柳萧萧，飞星冉冉，夜久知秋信。鲈鱼应好，旧家乐事谁省②。

此词前亦有一篇小序。据序文，知作者在"丙午七月既望"日，与杨声伯等七人曾"大舟浮湘，放乎中流"。七月的湘江，两岸风景如画，众人泛舟其中，主客唱和，诚可谓"四美具，二难并"（王勃《滕王阁》

① 姜夔：《角招》（为春瘦），朱德才主编《增订注释全宋词》（第三册），文化艺术出版社1997年版。

② 姜夔：《湘月》（五湖旧约），朱德才主编《增订注释全宋词》（第三册），文化艺术出版社1997年版。

语），其情其景，可与当年李白、贾至、李晔等人的泛舟洞庭比美。但二者也有不同。李白等人的泛舟洞庭，所体现的是一种“豪气逸兴”式的赏玩，这从李白要“且就洞庭赊月色，将船买酒白云边”，即可获得证实。而姜夔等人的泛舟湘江，所体现的则是一种“纵情深诣”式的赏玩，所以词人“中流容与，画桡不点清镜”，唯恐宁静的自然美被人为地破坏。李白与姜夔，都是勇于热情拥抱大自然的著名文学家，但对于大自然的接纳，二人一为豪客式，一为雅士式，这就是他们所表现出的最大不同。因此之故，二人与山水相关的诗歌或词作，在表现方法，审美趣味，艺术精神等方面，以及其所体现出的文化人格，也就自然各有所别。

在白石词中，与山水词关系最为密切的是咏物词。姜夔以词咏物，梅乃居其首位，有论者曾对其进行过统计，认为“咏梅及提及梅花之作，竟达 28 首之多”①。姜夔喜好梅花，与梅花凌雪傲霜的品格，幽韵冷香的雅致，“俏也不争春”的精神，乃不无关系。这是因为：（1）梅花的品格，梅花的雅致，梅花的精神，即为词人的品格，词人的雅致与词人的精神，这从姜夔一生性情孤高，襟期洒落，即可获得明证。所以，刘熙载《艺概》卷四认为：“姜白石词幽韵冷香，令人挹之不尽，拟诸形容，在乐则琴，在花则梅也。”②（2）赏梅、吟梅、题梅，为宋代士大夫雅文化的表征与标志，这是宋诗宋词多咏梅之作的关键性原因，对此，方回《瀛奎律髓》卷二十“梅花门”收唐人咏梅诗 19 首、宋人 190 的例子，即略可帮助我们对宋人爱梅境况的认识。正是由于这两个方面的原因，才使得姜夔创作出了《暗香》《疏影》等咏梅词精品。而值得注意的是，无论是姜夔的咏梅词还是其他咏物词，都具有“诗外诗，词外词”的特点，若仅着眼于咏梅词言，即“都有一位美人的倩影闪现”（杨海明《唐宋词史》语）其中。此美人为谁？夏承焘《姜白石系年 · 白石怀人词

① 杨海明：《唐宋词史》，天津古籍出版社 1998 年版。

② 刘熙载：《艺概》，上海古籍出版社 1978 年版。

考》《姜白石词编年笺校·合肥词事考》二文，认为其所寓指者，皆乃为“怀念合肥情人”作。如此，就涉及对姜夔情爱词艺术精神的把握与认识了。

姜夔情爱词的艺术精神，主要表现在以“情爱”反映人生的忧郁与伤感方面。姜夔情词约为20首，其中所描述之“情爱”，不仅皆为词人所亲身经历，而且还表现出了少有的执着与忠诚。此外，这些情爱词的最大特点，还在于其几乎都是为了一位合肥琵琶女子而作，这就是所谓的“合肥词事”或者“合肥情事”。从艺术的角度讲，这些情爱词或以健笔写柔情，于传统的绮艳婉约中显露出一种清刚之气；或采用虚实相生的手法，将作者那刻骨铭心的相思作淋漓尽致地表达等，均给读者一种回味无穷的审美感受。如《踏莎行》：

> 燕燕轻盈，莺莺娇软，分明又向华胥见。夜长争得薄情知？春初早被相思染。　别后书辞，别时针线，离魂暗逐郎行远。淮南皓月冷千山，冥冥归去无人管①。

这是作者在“江上感梦而作”的一首情爱词，前有小序，据其中的“丁未元日”四字，知写于宋孝宗淳熙十四年（公元1187年）。这一年，作者33岁，随萧德藻离湘鄂至湖州，沿长江东下，途经金陵时遥望合肥，感梦而作。上片主要是写梦中之女：其体态如燕子般轻盈，声音如莺鸟般娇软。词人与这位女子相见时，其竟抱怨词人一去久不归。下片写作者梦醒后的心灵感受，并借用唐传奇“倩女离魂”的故事展开想象：自从别后，她的魂魄难道也一如倩女那样不远千里的暗暗伴随着我吗？既而又为之担忧，皓月当空下的淮南千山是如此的寒冷，她若孤独地归家而去，却无人为之作伴。全词写作者与这位合肥女子别后的思念之情，

---

① 姜夔：《踏莎行》（燕燕轻盈），朱德才主编《增订注释全宋词》（第三册），文化艺术出版社1997年版。

竟然是写得如此的魂牵梦绕，缠绵悱恻，而结句境界的清幽阔远，又给人以无穷的回味与咀嚼。所以，王国维在《人间词话》中说："白石之词，余所最爱者，亦仅二语：'淮南皓月千山冷，冥冥归云无人管'。"①类似之作，白石词中还有《长亭怨慢》（渐吹尽）、《鹧鸪天》（肥水东流无尽期）等。

通过绝望的爱情以抒写心灵的感受，其所透露出的，是词人对人生忧郁与伤感的一种生命体验。一般而言，姜夔的情词，是最善于对作品中主人公进行内心世界的剖白的，如上引《踏莎行》，以及其集中的《江梅引》（人间离别易多时）、《杏天花影》（绿丝低拂鸳鸯浦）等，即皆为其代表。这种剖白，其实就是对作者丰富而深沉的情感世界的自我展现，故乃皆具强烈的艺术感染力，而能使读者在心灵上产生共鸣。

三、白石词的评价问题

在唐宋词史上，白石词以"骚雅"取胜、独标高格的艺术个性，不仅发展与丰富了词体的艺术精神，而且对南宋词的"复雅"与"骚雅词派"的崛起，均作出了巨大贡献，因此而获得了后人"犹诗家之杜少陵"的称誉。但尽管如此，白石词在其接受史上，也遭到了不少非议，更有甚者，则是对其进行否定，如王国维《人间词话》即为其代表。据人民文学出版社1960年与《蕙风词话》合刊本《人间词话》，其中涉及白石词者凡八则文字（含《人间词话删稿》），所持观点几乎全是批评与指责。其具体如下：

美成《青玉案》……真能得荷之神理者。觉白石《念奴娇》《惜红衣》二词，犹有隔花看雾之恨。

咏物之词，自以东坡《水龙吟》为最工，邦卿《双双燕》次之。

---

① 王国维：《人间词话》，人民文学出版社1960年版。

白石《暗香》《疏影》，格调虽高，然无一语道着，视古人“江边一树垂暮发”等句何如耶？

白石写景之作，如“二十四桥仍在，波心荡、冷月无声”“数峰清苦，商略黄昏雨”“高树晚蝉，说西峰消息”。虽格韵高绝，然如雾里看花，终隔一层。

问“隔”与“不隔”之别……白石《翠楼吟》：“此地。宜有词仙，拥素云黄鹤，与君游戏。玉梯凝望久，叹芳草、萋萋千里。”便是不隔。至“酒祓清愁，花消英气。”则隔矣。

古今词人格调之高，无如白石。惜不于意境上用力，故觉无言外之味，弦外之响，终不能与于第一流之作者也。

南宋词人，白石有格而无情。（以上《人间词话》）

白石之词，余所最爱者，亦仅二语，曰：“淮南皓月冷千山，冥冥归去无人管。”

东坡之旷在神，白石之旷在貌。白石词如王衍口不言阿堵物，而暗中为营三窟之计，此其所以可鄙也。（以上《人间词话删稿》）

从以上的录载可以看出，王国维之于姜夔词，所采取的基本上是全盘式的否定态度，所以对其乃大加批评。王国维的批评，主要表现在五个方面，即：一是认为白石词“有隔花看雾之恨”；二是认为白石词“不隔”；三是批评白石词“不于意境上用力”；四是不注重情感表达（即所谓“无情”）；五是“如王衍……可鄙”。这五个方面之所涉，综而言之，实际上就是属于艺术范畴的用典与意境两大问题。而事实上，王国维对姜夔词的这些批评，既有其错误的一面，也有其偏颇的一面，因此很难让人服膺。

王国维评论宋词，从总体上讲，重北轻南乃其核心之所在。王国维的这种认识，与朱彝尊《词综·发凡》认为“词至南宋极工”的说法，正好相反。王国维之所以具有如此认识者，与他崇尚自然、不喜工巧的审美趣味密切相关，所以，他才在《人间词话》中，对姜夔《念奴娇》《惜红衣》《暗香》《疏影》《扬州慢》《点绛唇》等名作进行了批评，认为其“如雾里看花，终隔一层”等。所谓“隔”，所谓“雾里看花”，都是指词因用典而显得不自然不顺畅，无法读懂其意或者不甚明其意。一句话，白石词在王国维看来，太过于雕饰。工于雕饰的词是否就不是好词呢？请看汪森《词综序》的认识：“鄱阳姜夔出，句琢字炼，归于醇雅。”在汪森看来，白石词之所以“醇雅”，“句琢字炼”即雕饰乃为其关键。在词中使事用典，辛弃疾较之姜夔而言，乃是有过之而无不及的，故刘克庄《刘叔安感秋八词跋》曾讥辛词为“掉书袋”，并认为“要是一癖”。而值得注意的是，王国维于《人间词话》中虽然在大谈“隔”与“不隔”，却始终不曾及辛词用典之只字，如此，其偏袒辛词而贬责姜词的举措，就自然是有失公正了。更何况，在词中用典，诚如周振甫《诗词例话·隔与不隔》一文所言，用了典的作品不一定就“隔”，而有些作品“不用典，却写得迷离惝怳，也是隔的”①。由是而观，又知《人间词话》论词中之“隔”，乃是具有较大的片面性的。至于王氏认为白石词因“隔”而如“雾里看花”云云，其实是因其不晓白石词寄托之所在的结果。如其所举“二十四桥仍在”三例，其意不仅均甚清楚明白，而且还多有创获。如有论者专门针对这三例，作了如许的评价：

> “二十四桥仍在”，暗用杜甫“国破山河在”典，用司马光评“明无余物矣”之创意，巧妙得如同己出。“波心荡、冷月无声”分别诉诸视觉、感觉和声觉。……“数峰清苦，商略黄昏雨”，从修辞手法上说，是一种拟人手法，从美学来说，则属移情联觉。高峰无觉，谈何“清苦”，又谈何“商略”。经此二语点化，则“数峰”“黄昏雨”这些原本俗烂的意象场顿时生色，平添许多令人回味不已的滋味，可谓“化臭腐为神奇”矣！②

---

① 周振甫：《诗词例话》，中国青年出版社 1962 年版。

② 郑文焯：《大鹤山人词话》，《词话丛编》本，中华书局 1986 年版。

所析甚为精到，令人膺服。

白石词在意境与“用情”方面，也是堪值称道的。以用情言，上举《踏莎行》（燕燕轻盈）、《长亭慢怨》（渐吹尽）等词，即为其佳例。即如白石词中那些非情爱词作品，作者也是善于感情的表达的，如《永遇乐·次稼轩北固楼词韵》一词，就是这方面的一首代表作。此词的立意，与辛弃疾《永遇乐·京口北固亭怀古》大抵相同，即皆由历史人物引出对时局的感慨，其感情之强烈，乃不言而喻。所以，《人间词话》认为“白石有格而无情”的说法，其实是不符合白石词的历史真实的。白石词的题材内容，虽然不如稼轩词那样丰富广泛，但其在意境的创造方面，却是特色颇具的，如其《暗香》《疏影》二词，不仅物我互融，合而为一，而且“托喻遥深，自成馨逸”而成为历代传诵的佳品。因此，周济《介存斋论词杂著》评此二词说：“寄意题外，包蕴无穷，可与稼轩伯仲。”①其中的“寄意题外，包蕴无穷”八字，即是表明这两首词并非“无情”与“无言外之味，弦外之响”的最好回答。

总体而言，由于艺术偏见、审美趣味等主观方面的原因，王国维《人间词话》对姜夔词所作的种种批评，其实都是一些不实之辞。这是因为，其之评价，既“缺乏冷静的科学的态度”，又“完全由个人的艺术偏见所支配，因而是不公允的”②。

第三节 “梅溪体”与“梦窗体”

在南宋词人中，姜夔、史达祖、吴文英被合称为“风雅派三大导师”③，这一称谓，充分反映了三人在词史上的重要地位。三人虽然均属“骚雅词派”中的重要词人，且他们的词分别被称为“白石体”“梅溪

① 周济：《介存斋论词杂著》，《词话丛编》本，中华书局 1986 年版。
② 谢桃坊：《宋词概论》，四川文艺出版社 1992 年版。
③ 薛砺若：《宋词通论》，上海书店 1985 年版。

体”“梦窗体”，但他们的生活经历、艺术追求、审美理念，以及对于词体艺术所作的贡献，在艺术实践中所取得的创作成就等，却又是各具特点而又各有所别的。正是因此，故后人对他们的评价也各不相同。

对于姜夔及其白石词，我们在上一节已进行了讨论，所以，本节讨论的重点，主要是史达祖的“梅溪体”与吴文英的“梦窗体”。

一、史达祖与“梅溪体”

史达祖是“骚雅词派”中少有的几位北方籍词人之一。其因正史无传、野史少载之故，所以生平事迹至今仍湮晦难明。据叶绍翁《四朝闻见录》、周密《浩然斋雅谈》、黄升《中兴以来绝妙词选》、田汝成《西湖游览志余》等资料之零星记载，可知者为：史达祖为今河南开封人，字邦卿，号梅溪，终身未仕，与张镃、姜夔同时，年齿稍后，张、姜二人都曾为其《梅溪词》作过序。姜序已失，今仅存张序。大约在嘉泰二年（公元1202年），史达祖曾为当时权臣韩侂胄的堂吏，并为韩侂胄所器重，成为当时“身居要路津”的人物。宋宁宗开禧三年（公元1207年）十一月，韩侂胄因“政变”被杀，史达祖亦贬死。周密《浩然斋雅谈》卷上有云：“史达祖邦卿，开禧堂吏也。当平原用事时，尽握三省之权，一时士大夫无廉耻者皆趋其门，呼为梅溪先生。韩败，达祖亦贬死。”①《四朝闻见录》又说：“苏师旦既逐之后，堂吏史达祖、耿柽、董如璧三人随即用事，言无不行，公受贿赂，共为奸利。伏乞睿断，将三人送大理事根究。”②史达祖倚靠韩侂胄弄权被贬死事，后人多认为这是其生平中的一大污点。如陈廷焯《白雨斋词话》卷五即说：“独怪史梅溪之沈郁顿挫，温厚缠绵，似其人气节文章，可以并传不朽。而乃甘做权相裳史，致与耿柽、董如璧辈并送大理，身败名裂，其才虽佳，其人无足称

① 周密：《浩然斋雅谈》，《宋元词话》本，上海书店出版社1999年版。

② 叶绍翁：《四朝闻见录》，《四库全书》本，上海古籍出版社1987年影印版。

矣。”①类此者，还有吴衡照《莲子居词话》等。其实，陈廷焯等人的认识，是较为偏颇而不足取的。

作为词人，史达祖既被称南宋词人之“第一”②，又是当之无愧的“风雅派三大导师”之一。张镃《梅溪词序》云：“盖生之作，辞情俱到，织绡泉底，去尘眼中，妥贴轻圆，特其余事。至于夺苕艳于春景，起悲音于商素，有瑰奇警迈、清新闲婉之长，而无訑荡污淫之失。端可以分镳清真，平睨方回，而纷纷三变行辈，几不足比数。”③所谓“分镳清真，平睨方回”，是指史达祖的《梅溪词》，可与北宋周邦彦《清真词》、贺铸《东山词》鼎足而三，互为比美。姜夔的序虽全文失传，但黄升《中兴以来绝妙词选》、无名氏《百家词》等曾征引数句，如后者所引姜夔《题梅溪词》有云：“奇秀清逸，有李长吉之韵，盖能融情景于一家，会句意于两得。”④又彭孙遹《金粟词话》认为：“南宋词人如白石、梅溪、竹屋、梦窗、竹山诸家之中，当以史邦卿为第一。”⑤而王士禛《花草蒙拾》，则直接称史达祖为“南宋第一词人”。所有这些评价，均表明了史达祖不仅是南宋词坛上独树一帜的一位词人，而且在艺术特色、审美趣味方面，还与唐代诗人李贺有着某些相似之处。

史达祖现存词 112 首，其中最为人称道者，是咏物、爱情、纪行、咏节序四类词，而咏物词又居其首。咏物词经北宋而南宋，不仅特别兴旺发达，而且佳作如林，蔚为壮观。所以，谢章铤《赌棋山庄词话》卷七认为：“咏物南宋最盛，亦南宋最工。”⑥南宋词人之所以特别擅长咏

---

① 陈廷焯：《白雨斋词话》，人民文学出版社 1959 年版。

② 彭孙遹：《金粟词话》有云：“南宋词人如白石、梅溪、竹屋、梦窗、竹山诸家之中，当以史邦卿为第一。”兹录以供参考。

③ 张镃：《梅溪词序》，张惠民《宋代词学资料汇编》，汕头大学出版社 1993 年版。

④ 姜夔：《题梅溪词》，张惠民《宋代词学资料汇编》，汕头大学出版社 1993 年版。

⑤ 彭孙遹：《金粟词话》，《词话丛编》本，中华书局 1986 年版。

⑥ 谢章铤：《赌棋山庄词话》，《词话丛编》本，中华书局 1986 年版。

物词的创作，主要是因为此类词具有“借物以咏性情，凡身世之感，君国之忧，隐然蕴于其内”①的特点。史达祖的咏物词有20余首。其代表作有《双双燕》(过春社了)、《绮罗香》(做冷欺花)、《东风第一枝》(巧沁兰心)、《祝英台近》(绾流苏)、《留春令》(故人溪上)等，这些词或咏梅、或咏雪、或咏雨，所咏对象物虽然各不相同，但其大多具有物我合一，寄托遥深，追求神似等艺术特点。如其著名的《双双燕》：

> 过春社了，度帘幕中间，去年尘冷。差池欲住，试入旧巢相并。还相雕梁藻井。又软语、商量不定。飘然快拂花梢，翠尾分开红影。　芳径。芹泥雨润。爱贴地争飞，竞夸轻俊。红楼晚归，看足柳昏花暝。应自栖香正稳。便忘了、天涯芳信。愁损翠黛双蛾，日日画栏独凭②。

这是一首咏燕之作，而且所咏为双燕。此词上下两片全以咏写燕子为主，如写燕子双双筑巢、共同飞翔，写燕子呢喃而语、互为商量等，只是于下片结句作一笔点破：“愁损翠黛双娥，日日画栏独凭。”春风杨柳，画楼佳人，望眼欲穿，思妇春日何其苦！思妇的相思之苦，与双燕的自得之乐，在全词中形成了鲜明对照。这种结构，既匠心颇具，又别开生面，堪值称道。所以，上引王士禛《花草蒙拾》又说：“仆每读史邦卿咏燕词……以为咏物至此，人巧极天工矣。”③此外，这首词还表现出了另外的一大特点，就是对燕子的描写，重在刻画其内在精神，即侧重于取其神而不是形，其所体现的，是作者的一种审美特质。对此，邹祗谟《远志斋词衷》已曾慧眼相识：“咏物固不可不似，尤忌刻意太似，取

---

① 沈祥龙：《论词随笔》，《词话丛编》本，中华书局1986年版。

② 史达祖：《双双燕》(过春社了)，朱德才主编《增订注释全宋词》(第三册)，文化艺术出版社1997年版。

③ 王士禛：《花草蒙拾》，《词话丛编》本，中华书局1986年版。

形不如取神，用事不若用意。宋词至白石、梅溪始得个中妙谛。”①此词上片从“还相雕梁藻井”到“翠眼分开红影”，下片从“爱贴地争飞”到“便忘了天涯芳信”，其间所写，全为燕子的神态与品格，写得情状毕肖，神形俱似。故而贺裳《皱水轩词筌》认为：“稗史称韩干画马，人入其斋，见干身作马形，凝思之极，理或然也。作诗文亦必如此始工。如史邦卿咏燕，几于神形俱似矣。”②在贺裳看来，韩干画马与梅溪咏燕，均属“神形俱似”的佳构，因之，二者乃可相媲美。

除咏物词外，史达祖的爱情词也具有鲜明的艺术个性。就内容言，《梅溪词》对爱情的描写，不是写男女之间爱的欢乐、爱的热烈与爱的执著，而是更多地着笔于男方或者女方痛苦的追忆与相思，如《瑞鹤仙（杏烟娇湿鬓）、《过龙门》（一带古苔墙）、《祝英台近》（柳枝怨）、《桃园忆故人》（双鸳蹙月天津近）、《玉蝴蝶》（晚风未吹宫树）等，即皆属如此。其中，也有不少词是专写作者自己的，如《阮郎归》即为其例，其云：

> 旧时明月旧时身。旧时梅萼新。旧时月底似梅人。梅春人来春。　香入梦，粉成尘。情多多断魂。芙蓉孔雀夜温温。愁痕即泪痕③。

有论者据上片“似梅人”三字，认为这首词是史达祖思念其故妻的悼亡之作，并认为其妻之名可能与梅有关，是否如此，尚可讨论。但在此词中，词人对“旧时月”“旧时梅”乃至“旧时身”的追忆与思念，却是那样的情真意切，那样的依依不舍，其中的“旧时身”，所指或即其亡妻？与此词在内容、情感、意境等方面几乎完全相同者，《梅溪词》中还有

① 邹祗谟：《远志斋词衷》，《词话丛编》本，中华书局1986年版。

② 贺裳：《皱水轩词筌》，《词话丛编》本，中华书局1986年版。

③ 史达祖：《阮郎归》（旧时明月旧时身），朱德才主编《增订注释全宋词》（第三册），文化艺术出版社1997年版。

《一剪梅》一词，云：

> 秦客当楼泣凤箫。宫衣香断，不见纤腰。隔年心事又今宵。折尽冰弦，何用鸾胶。　些子轻魂几度销。兰骚蕙些，无计重招。东窗一段月华娇。也带春愁，飞上梅梢①。

这两首词的“感事”与“追感”所反映的，虽然是作者对爱情的执著，然而爱的失落也导致了他终生的痛苦，这从“情多多断魂”“隔年心事又今宵”等述写，即可获得证实。所以，词人往往又为这种“爱的失落”哀叹不已，如《凤来朝》下片，即是其此种情感的真实写照：“一梦蒲香葵冷，堕银瓶，脆丝挂井，扇底并团园影。只此是、沈郎病。”就这样，作者终年在“沈郎病”中感受着“情变”剧痛的折磨与煎熬。又如《祝英台近》一词：

> 柳枝愁，桃叶恨，前事怕重记。红药开时，新梦又溱洧。此情老去须休，春风多事。　便老去、越难回避。阻幽会。应念偷剪酴醾，柔条暗萦系。节物移人，春暮更憔悴。可堪竹院题诗，藓阶听雨，寸心外、安愁无地②。

词人因“前事怕重记”而欲“老去须休”，但因“春风多事”之故，而使得他“便老去、越难回避”了。史达祖在情感上所经受的痛苦，于此乃可见其一斑。

政治上的挫折与情感上的折磨，使得作者既心冷孤寂，又悲哀凄凉，这种遭遇与心境反映到词作之中，就构成了一种“冷”的底色，进

---

① 史达祖：《一剪梅》(秦客当楼泣凤箫)，朱德才主编《增订注释全宋词》(第三册)，文化艺术出版社 1997 年版。

② 史达祖：《祝英台近》(柳枝愁)，朱德才主编《增订注释全宋词》(第三册)，文化艺术出版社 1997 年版。

而则是语冷、情冷、境冷等语境的大量出现。而此，即为姜夔所称道的“有李长吉之韵”的关键所在。有人曾对《梅溪词》进行过统计，认为其中用“冷”字凡31次，用“寒”字凡30次，用“凉”字凡28次，此外，属于冷意象范畴的“雪”“霜”“冰”“雨”等字，使用的频率也甚高。这种现象的存在，表明史达祖是善于采用冷色调去营造艺术氛围的一位词作家，所以当人们在阅读《梅溪词》时，往往就会从中感受到一种“冷”的艺术美。而这种“冷”美的构成，又大多是由“云衣冷”“梧桐冷”“冷云积”“红棉冷”“冷眼”等意象的组合所致，其或孤寂冷峭，或凄冷哀婉，或低沉清冷。而此，即为《梅溪词》所突显出的一种鲜明而独特的艺术个性。

《梅溪词》中的纪行词，是作者又一种思想与情感的真实反映。对于史达祖纪行词所纪之行，《四库全书总目》卷一九九为《梅溪词》所撰“提要”有载：“今考集中《齐天乐》第五首注，‘中秋宿真定驿。’《满江红》第三首注，‘九月二十一出京怀古。’《龙吟曲》第三首注，‘陪节欲行，留别社友。’《鹧鸪天》第四首，‘卫县道中。’《惜黄花》一首注，‘九月七日定兴道中。’核其词意，必李壁使金之时，侂胄遣随行觇国，故有诸词。”①据此，知史达祖在为韩侂胄堂吏期间，曾经北上出使金国一次，《梅溪词》中的纪行词所纪者，即为作者此次的北上之行。李壁使金，据《续资治通鉴》卷一五七的记载，知时在开禧元年(公元1205年)八月，则《齐天乐》等词乃写于斯时前后，即可论断。出使金国，是史达祖政治生活中的一件大事，也是其“黍离悲”思想的重要反映。如《满江红》之所写：

缓辔西风，叹三宿、迟迟行客。桑梓外、锄耰渐入，柳坊花陌。双阙远腾龙凤影，九门空锁鸳鸯翼。更无人、擫笛傍宫墙，苔花碧。　天相汉，民怀国。天厌虏，臣离德。趁建瓴一举，并收鳌

① 永瑢等：《四库全书总目》卷一九九，中华书局1965年影印版。

极。老子岂无经世术，诗人不预平戎策。办一襟、风月看升平，吟春色①。

此词上片写作者的恋阙之情，实则为史达祖对都城临安的留恋。下片写此行途中所见所闻，人民普遍怀宋厌金，朝廷应顺应民心，趁机收复中原；并言及自己虽有“经世术”，却无法预“平戎策”，因而乃生感慨。作者的忧民之心、报国之志，于此可见。《缪钺说词·论史达祖词》②一文，认为此词系史达祖因罪被贬出京时所作，乃因未见《四库全书总目》之所考，故而成误。

总体而言，史达祖的梅溪词，因艺术个性鲜明，表现技巧高超，风格奇秀清逸，语言清新俊美，而成为“骚雅词派”中的一方重镇。其于词体艺术中的独树一帜，不仅使词的雅化在此一时期得以蓬勃发展，而且还将词的艺术精神引向了一个更高的境界。

二、吴文英与“梦窗体”

宋宁宗赵扩开禧三年（公元 1207 年），当史达祖因罪被贬死之时，吴文英则降生于今浙江鄞县的一户书香人家，62 年后的宋度宗咸淳五年（公元 1269 年），吴文英以“困踬”结束了其人生之旅③。据夏承焘《唐宋词人年谱·吴梦窗系年》考证，吴文英本姓翁，与词人翁逢龙、翁元龙为亲兄弟，后“出为他人后”，而改姓吴氏。与姜夔一样，吴文英也是一位清客雅士，并以布衣终身。吴文英词集原名《霜花腴词集》，在元以后散佚，明季毛晋予以重编，名之为《梦窗词》，收词 340 首，

---

① 史达祖：《满江红》（缓辔西风），朱德才主编《增订注释全宋词》（第三册），文化艺术出版社 1997 年版。

② 缪钺：《缪钺说词·论史达祖词》，上海古籍出版社 1999 年版。

③ 关于吴文英的生卒年，词学界说法种种，此从谢桃坊《词人吴文英事迹考辨》一文，该文载《词学》第五辑，华东师范大学出版社 1986 年版。

其数量之多，在唐宋词人中仅次于辛弃疾(626 首)、刘辰翁(354 首)，而名列第三。

吴文英是使词体“雅化”得以彻底完成并达到高峰的一位著名词人。宋词的雅化肇始于柳永(参见本书第四章第二、三节)，中经张先、二晏、欧阳修、苏轼、魏玩、朱淑真、秦观、周邦彦、李清照等人的努力，至“骚雅派”前期(即姜夔、史达祖、吴文英时期)发展至极致，而吴文英则是其中一位关键性的人物。吴文英对于词体雅化的贡献，与杜甫之于近体诗成为一门专门艺术所作出的努力，在文学史上具有同等重要的地位。对于杜甫于近体诗所作出的贡献，拙作《杜甫诗歌：中国古代诗歌的范本》①一文，已有较详细之探讨，此不具述。而吴文英于词体艺术雅化所作出的贡献，则主要是表现在两个方面。具体为：

其一是理论上对雅词的规范。从词学批评史的角度言，南宋词学理论的建设，虽然较北宋要丰富得多，但在吴文英以前的南宋词学批评，却并未能构成体系上的框架，对此，我们从张惠民《宋代词学资料汇编》一书所提供的资料，即可准确获知。而自吴文英始，这种情况便发生了明显的变化。与整个北宋和南宋初期的词人一样，吴文英虽然也不曾撰写过有关词学批评方面的著述，但他在这一时期讲论作词方法的举措，却在当时及其后产生了重大影响。据现有的资料记载，宋理宗淳祐三年(公元 1243 年)，吴文英曾在杭州为沈义父讲作词之法，其具体内容为：

> 盖音律欲其协，不协则成长短句之诗；下字欲其雅，不雅则近乎缠令之体；用字不可太露，露则直突无深长之味；发意不可太高，高则狂怪而失柔婉之意②。

---

① 该文原载《首都师范大学学报》1994 年 3 期，后收入《杜甫研究丛稿》，中国文联出版社 1999 年版。

② 沈义父：《乐府指迷序》，《乐府指迷》卷首附，《词话丛编》本，中华书局 1986 年版。

这就是词学史上著名的“论词四标准”，并被沈义父的《乐府指迷·序》所完整保存。吴文英的这种“论词四标准”，其实就是论的雅词的“四标准”，因为这四条“标准”的核心，是强调词的协律、典雅、含蓄、柔婉，即其皆符合雅词的要求。吴文英的这一作词之法，不仅影响着沈义父对《乐府指迷》的撰写，而且于杨缵《作词五要》与张炎的《词源》，也不无影响。而更重要的是，“四标准”对于当时词人们于雅词的创作，乃是起到了直接的指导性作用的，对此，陆辅之《词旨·序》记载张炎向其传授“吴梦窗之字面”①的事实，即为其明证。

其二是艺术实践中的独创性。吴文英向沈义父传授的“论词四标准”，其实就是他自己所遵循的四条创作原则，而可贵的是，这些原则在其创作实践中都得以体现，并由此导致了梦窗词“七宝楼台”“芬菲铿丽”的独特风格的形成。“七宝楼台”，语出张炎《词源》卷下：“吴梦窗词，如七宝楼台，眩人眼目。”②“芬菲铿丽”，为况周颐《蕙风词话》之所言：“（梦窗词）即其芬菲铿丽之作，中间隽句艳字，莫不有沉挚之思，灏瀚之气，挟之以流转，令人玩索而不能尽。”③两家之评，所指均为梦窗词的浓艳与密丽。梦窗词的这一特点，曾多为后人所称道，如周济《宋四家词选序论》即认为：“梦窗奇思壮采，腾天潜龙，返南宋之清泚，为北宋之秾挚。”④“秾挚”，就是指字面秾艳密丽，词意深厚幽远。可见，“浓艳密丽”确乃为梦窗词的艺术内核。为便于把握，下面举其《踏莎行》以为例：

润玉笼绡，檀樱倚扇。绣圈犹带脂香浅。榴心空迭舞裙红，艾

① 陆辅之：《词旨》，《词话丛编》本，中华书局1986年版。
② 张炎：《词源》，《词话丛编》本，中华书局1986年版。
③ 况周颐：《蕙风词话》，人民文学出版社1960年版。
④ 周济：《宋四家词选序论》，施蛰存《词集序跋汇编》，中国社会科学出版社1994年版。

枝应压愁鬟乱。 午梦千山，窗阴一箭。香瘢新褪红丝腕。隔江人在雨声中，晚风菰叶生秋愁①。

此词不仅“丽字”密实，如“润玉”“绣圈”“裙红”“红丝”等，色彩缤纷，而且意象也极为密集，如“笼绡”“檀樱”“榴心”“艾枝”“千山”“雨声”“晚风”“菰叶”等，使人眼乱，二者的融为一体，既将作者在端午感梦后追忆与怀念“去姬”的深深之情，和盘托出，又给人以“万花为春”“眩人眼目”的审美感受。梦窗词的这一特点，在骚雅派词人乃至整个南宋词坛上，都是有如孤峰独悬，而无人与之相及的。

梦窗词的用典也别具一格。对于梦窗词的用典，被称为晚清词学“四大家”之一的王鹏运，曾对其进行过高度赞赏：“梦窗以空灵奇幻之笔，远沉博绝丽之才，几如韩文、杜诗，无一字无来历。”②说“无一字无来历”，显系夸大之词，因为诗之用典与词之用典是颇有区别的，但梦窗词喜用典、善用典则是无须怀疑的。梦窗词的善用典，主要表现在两个方面，其一是以事典中的人物典为主，其二为喜好化用唐人诗句，而或此或彼，皆浑融无间，如同己出。请看下面的这首《八声甘州》：

渺空烟四远，是何年、青天坠长星。幻苍崖云树，名娃金屋，残霸宫城。箭径酸风射眼，腻水染花腥。时靸双鸳响，廊叶秋声。 宫里吴王沉醉，倩五湖倦客，独钓醒醒。问苍天无语，华发奈山青。水涵空、阑干高处，送乱鸦斜日落渔汀。连呼酒，上琴台去，秋与云平③。

① 吴文英：《踏莎行》（润玉笼绡），朱德才主编《增订注释全宋词》（第三册），文化艺术出版社 1997 年版。

② 王鹏运：《梦窗甲乙丙丁稿跋》，国家图书馆藏光绪二十五年刊本。

③ 吴文英：《八声甘州》（渺空烟四远），朱德才主编《增订注释全宋词》（第三册），文化艺术出版社 1997 年版。

这首词共有七处用典，其中人物典四处，依次为“名娃”“金屋”“残霸”“五湖倦客”，所指分别为西施、阿娇、夫差、范蠡；语典三处，即“酸风射眼”“腻水染花腥”“水涵空”，依序化用了李贺《金铜仙人辞汉歌》、杜牧《阿房宫赋》、温庭筠《春江花月夜》三位唐人作品。而且，这些典故的运用，既加强了作品的典雅气与历史厚重感，又浑化自然，了无痕迹，堪值称道。或有认为梦窗词“用事下语太晦”者，实属不的之辞，未可据信。要之，即诚如刘永济《微睇室说词》之所言：“不能专责备作者太艰深，必须提高自己识照的能力。”①即论者应注重于主观审美经验的提升。

注重炼字、炼句乃至炼意，是梦窗词表现在艺术方面的又一种法门。清人戈载《宋七家词选·梦窗词》有云：“以绵丽为尚，运意深远，用笔幽邃，炼字炼句，迥不犹人。”所谓“迥不犹人”，就是指梦窗词“炼字炼句”的独特性与独创性。如《风入松》一词：

> 听风听雨过清明，愁草瘗花铭。楼前绿暗分携路，一丝柳一寸柔情。料峭春寒中酒，交加晓梦啼莺。　西园日日扫林亭，依旧赏新晴。黄峰频扑秋千索，有当时纤手香凝。惆怅双鸳不到，幽阶一夜苔生②。

这首词既是《梦窗词》中“浓艳密丽”的代表作，又具有“炼字炼句”的典型性。此词字字珠玑，极见作者的锤炼功力。如词一开头，就用“听”“过”“愁”三个具有感情色彩的字进行气氛渲染，这三个字自然都是进行烹炼了的，这是因为，“听”比“看”“观”更能表现词人的自我形象，而“过”“愁”二字，也分别较“庆”“忧”要好得多。“愁草瘗花铭”五字，其含义既丰富而又深曲，因为它包含了多层内容，如残红满地，愁草深

① 刘永济：《微睇室说词》，上海古籍出版社1987年版。

② 吴文英：《风入松》(听风听雨过清明)，朱德才主编《增订注释全宋词》(第三册)，文化艺术出版社1997年版。

埋，花铭愁生等。“一丝柳一寸柔情”，不仅锤炼有度，而且浅白自然近乎口语。至于“黄峰频扑秋千索，有当时纤手香凝”十四字，则更是因作者精于烹炼的结果，而使之成为了脍炙人口的千古名句。

以上所述，即为吴文英贡献于雅词的几个主要方面。由于吴文英的不懈努力，使得雅词创作在当时成为一种时尚，一种潮流，并推动着“骚雅词派”的向前发展。也正因此，《四库全书总目》卷一九九于《梦窗词》所撰“提要”称道吴文英说：“其词则卓然南宋一大宗!”又说：“词家之有文英，亦如诗家之有李商隐也。”①所评甚是。

唐宋文人词的发展，由中唐戴叔伦《调笑令》(边草)始，至“骚雅派”后期词人止，前后为整500年之历史，其间经过了数以百计的词人们的努力，才成就了一代词文学的世界。就这500年的发展概况而言，有两条脉络是十分清晰的，一是词始终保持着音乐文学的本色，即使是在南宋辛弃疾时代出现了偏离，也很快为姜夔等人所矫正；二是词始终在“雅化”的路途中行进，其间虽有速度的不等，但却从不曾停步不前。而此，即为词体艺术在唐宋时期发展的历史真实!

三、史词与吴词之比观

史达祖与吴文英，虽然都是“骚雅词派”中的重要词人，且都在词的“雅化”方面作出了重要贡献，但由于二人的生活阅历、文化背景、美学理念等不同，因而《梅溪词》与《梦窗词》之艺术特点，表现形式，审美旨趣等，也就自然是存在着许多方面之不同。综而言之，史达祖与吴文英都名列“骚雅词派”，都不遗余力地追求词体艺术的“雅化”，都力求在词的表现技法方面精益求精、完美无憾，这是二人表现在南宋词坛上的最大相同点。这种相同点的存在，不仅拉近了梅溪词与梦窗词艺术审美方面的距离，而且也推动了南宋词的繁荣与发展。但《梅溪词》

① 永瑢等:《四库全书总目》卷一九九，中华书局1965年影印版。

与《梦窗词》之不同点，也是甚为明显的，且表现在多个方面。而这些不同点，即是构成《梅溪词》与《梦窗词》各自特色与个性的关键所在。以下主要着眼于三个方面，对此略作观照，以窥其一斑。

其一，题材方面的各自有别。史达祖现存词112首，吴文英现存词340首，这一数量所反映的是，史达祖为一位“业余词人”，吴文英则为一位“职业词人”。因此，二人的这一词人属性，也就基本上决定了梅溪词与梦窗词在题材方面的各自有别。以类别言，梅溪词大致可分为咏物、爱情、纪行、节序四类，其中，又以纪行词与咏物词最值称道。史达祖的生平，大致可分为前后两期，而入中书省任堂吏则其分界线。史达祖为堂吏后，曾随李壁使金，并于使金途中，亲睹了沦陷区“民怀国”的社会现实，因而写下了一组著名的纪行诗：《齐天乐》(西风来劝凉云云)、《满江红》(缓辔西风)、《水龙吟曲》(道人越布单衣)、《鹧鸪天》(雁足无书古塞幽)、《惜黄花》(涵秋寒渚)等。这组纪行诗，因大都具有很强的思想性与爱国情怀，而成为《梅溪词》中一个闪光的亮点。正是通过这次沿途之所见所闻，使得史达祖成为了当时一位力主抗金者。尽管史达祖后来因“韩侂胄事件”而被流放，但其使金之经历与对纪行词的创作，却为吴文英与其《梦窗词》所不及。吴文英终生未仕，与姜夔一样，是当时一位典型的“清客雅士”类词人。《梦窗词》中之登高、怀古、游宴、吊亡等，乃应有尽有，且多为佳构，如《八声甘州·陪庾幕诸公游灵岩》《莺啼序》(残寒正欺病酒)、《风入松》(听风听雨过清明)等，即皆为千古名词。但从总的方面言，由于吴文英生活的圈子甚为狭小(其一生足迹未出今江苏、浙江二省)，故题材窄狭，无关社会现实，即成为了《梦窗词》之最大的缺憾。

其二，表现手法的各自有别。史达祖词的表现手法，以其咏物词最具代表性。上引谢章铤《赌棋山庄词话》卷七云：“咏物南宋最盛，亦南宋最工。”而在南宋咏物词之“最工”者，则非史达祖莫属。咏物词的对象虽为物，即重在对物进行描写，但以写出其精神最具功力，也最为词论家所称道。而史达祖的咏物词，即属这方面的一些精品，《梅溪词》

中的《双双燕》(过春社了)、《东风第一枝》(巧沁兰心)、《祝英台近》(绾流苏)、《留春令》(故人溪上)等，不仅注重物的形似，更追求物的神似，以至于形神兼备，物我合一。如《双双燕》(过春社了)一词，于咏燕的过程中，首先采用拟人化的手法(如“又软语、商量不定”)，使燕子人格化；之后以极简练之笔墨，对燕子的外形、体态、飞姿、飞速等，进行了准确而又细微之述写，如“翠尾分开红影”“爱贴地争飞”等，并用“飘”“拂”“开”“贴”“飞”等动词，将穿梭于百花丛中燕子矫捷的身影，作了极形象之描摹；最后则由燕子而思妇，如“愁损翠黛双娥”等。全词写燕，极尽描摹、刻画之能事，所以，王士禛《花草蒙拾》认为：“咏物至此，人巧极天工矣。”而吴文英之于《梦窗词》中，主要是以密集的意象去完成其所要表达之意旨的，如上举《踏莎行》(润玉笼绡)一词，即为此方面之代表。又如《莺啼序》(残寒正饮病酒)一词，所写虽为作者之“春晚感怀”(具体参见毛晋《宋六十名家词·梦窗词》)，但全词却以对多种意象的组合，如“残寒”“绣户”“画船”“晴烟”“宫树”“轻絮”“银屏”“金缕”“斜阳”“鸥鹭”等，将作者之思、之愁、之怀、之伤等，一一写来，深婉哀戚，曲折有致，确属“空绝千古”。此则表明《梦窗词》之所以具有“七宝楼台”“芬菲铿丽”的审美效果，意象的组合即为其中之最重要者。

其三，艺术风格的各自有别。如本节开头之所言，姜夔、史达祖、吴文英虽然均为“风雅派”中的重要词人，且有“三大导师”之称，但三人之词除了“风雅”这一共同特征外，各自之风格也是颇具个性与风采的。姜夔词之风格特点，本章第二节已曾观照，这里则仅就史、吴词之风格特点略作论析。其实，关于《梅溪词》的风格特点，姜夔在《题梅溪词》一文中，已有定论，云：“奇秀清逸，有李长吉之韵，盖能融情景于一家，会句意于两得。”①以“奇秀清逸”称指《梅溪词》者，堪称的论，

---

① 姜夔：《题梅溪词》，张惠民《宋代词学资料汇编》，汕头大学出版社 1993 年版。

如其《双双燕》(过春社了)、《祝英台近》(柳枝愁)等词，即属于“奇秀清逸”的代表作。至于《梦窗词》的艺术风格，清代四库馆臣于《四库全书总目》卷一九九对《梦窗词》所撰“提要”，亦对《梦窗词》进行了具有定论性特点的品评，云：“其词则卓然南宋一大宗。……词家之有文英，亦如诗家之有李商隐也。”①所谓“词家之有文英，亦如诗家之有李商隐”者，所指应有二：一是吴文英在宋词史上的地位，应与李商隐之于唐诗史等同；二是吴文英《梦窗词》之风格特点，可与李商隐《李义山诗集》媲美。作为诗人，李商隐诗最大的特点是，情思婉转，辞藻精美，风格以新奇秾艳著称，《梦窗词》既“亦如诗家之有李商隐”，则其亦以新奇秾艳著称，也就不言而喻。

① 永瑢等：《四库全书总目》卷一九九，中华书局1965年影印版。

第十章　余论：唐宋词分派研究述评

唐宋词在中国文学史上完成了其里程碑式的历史任务后，便悄然而去，其兴盛与发展的过程，则引起了大批词学批评家的关注与倾情，而为其分派，即成为了这些批评家们的中心话语之一。唐宋词的分派，虽为词学史上的一件大事，但却与历代的“唐诗体派论”不无关系，这从唐宋词的分派论者仿效唐诗的“四期说”“五期说”等，以及在其分派的过程中“体”“派”相依之举措与作法，即可获得充分的证实。着眼于词学接受史与批评史的双重角度，对唐宋词的分派研究进行一番梳理与观照，显然是有利于人们对其“史”的认识与对当代词学理论的建立的。

第一节　宋明时期的分派简况

在中国词学批评史上，最早对唐宋词进行分派者，应推首倡“婉约”与“豪放”这一“两分法”的南宋词人王炎。其于《双溪诗余·自叙》中写道：“今之为长短句者，字字言闺阃事，故语懦而意卑，或者欲为豪壮语以矫之。夫古律诗且不以豪壮为贵，长短句命名曰曲，取其曲尽人情，唯婉转妩媚为善，豪壮语何贵焉。”①王炎与朱熹交谊甚笃，其《双溪诗余》存词 52 首，《自序》中的“婉转妩媚”与“豪壮语”，所指虽

① 王炎：《双溪诗余》，《四印斋汇刻宋元三十一家词》本。

为“今之为长短句者”的两种艺术风格，其实就是后来婉约派与豪放派的最原始说法。换言之，王炎的“婉转妩媚”与“豪壮语”之说，开后世对唐宋词分派之先河。王炎此举，实际上代表的是当时人们对唐宋词分派的看法与认识。与王炎同时的滕仲因在跋郭应祥《笑笑词》时说：“词章之派，端自有来，溯源祖流，盖可考也。昔张于湖一传而得吴敬斋，再传而得郭遁斋，源深流长，故其词或如惊涛出壑……或如净练赴海，可谓冰生于水而寒于水矣。”①滕仲因是说，乃援禅宗传代和江西诗派认祖归宗之例，具有明显的立派意识，而其论张孝祥等人为一“派”的举措，则开唐宋词析流辨派之先声，影响甚大。

待至朱明时期，词学家张綖在《诗余图谱·凡例》之“附识”中，着眼于“体”的角度，正式提出了“婉约”与“豪放”这两个概念。其云：“词体略有二：一体婉约，一体豪放。婉约者欲其词情蕴藉，豪放者欲其气象恢宏，盖亦存乎其人，如秦少游之作，多是婉约；苏子瞻之作，多是豪放。大抵词体以婉约为正。故东坡称少游为‘今之词手’，后山评东坡词‘如教坊雷大使舞，虽极天下之工，要非本色’。”②张綖字世文，于万历年间著《诗余图谱》3 卷，选录宋词 110 首，以黑、白圈标识平仄，而著为图谱。其在“附识”中，着眼于风格与审美的角度，提出的“婉约”与“豪放”之二体说，实际上就是后人所称道的婉约派与豪放派。在张綖看来，“词情蕴藉”者即为“婉约”，而“气象恢宏”者则属“豪放”，并以苏轼、秦观词为例，进行了例说，颇为后人所称道。

与张綖观点相似者，为撰著《文体明辨序说》一书的作者徐师曾。其于该书“序说·诗余”中认为：“至其论词，则有婉约者，有豪放者。婉约者欲其辞情蕴藉，豪放者欲其气象恢宏。盖虽各因其质，而词贵感人，要当以婉约为正。否则，虽极精工，终乖本色，非有识之士所取也。”③徐、张二人，不仅明确提出了“婉约”“豪放”之说，而且都认为

① 郭应祥：《笑笑词》，《彊村丛书》本，1922 年归安朱氏刻本。
② 张綖：《诗余图谱》，国家图书馆藏汲古阁本。
③ 徐师曾：《文体明辨序说》，人民文学出版社 1962 年版。

词应“以婉约为正”，这充分表明了二人乃是特别钟爱“婉约”词的。同时，二人“以婉约为正”的审美主张的提出，对后世词学家有很大影响，如清人江顺治《词学集成》①、近人蒋兆兰《词说》②等，就都赞同词“以婉约为正”的说法。

张綖与徐师曾所分别提出的“婉约”与“豪放”，虽然是立足于词的“体”而言，但其所言之“体”，实则乃为“派”的代名词。对此，清初王士禛《花草蒙拾》中的一段文字，即可获得明确之证实，其云：“张南湖(即张綖——引者注)论词派有二，一曰婉约，一曰豪放。仆谓婉约以易安为宗，豪放唯幼安称首，皆吾济南人，难乎为继矣。”③这是唐宋词分派研究史上，“体”即为“派”的一个显证。至此，唐宋词即被分为婉约与豪放两派，且后世多有称道者，以至于这种传统的“两分法”，一直影响于当代。

“婉约”与“豪放”，在美学上分属阴柔美与阳刚美的范畴。对于这两种美，清代桐城派散文家姚鼐在其《复鲁洁非书》一文中，曾进行了极为精辟的论说：“鼐闻天地之道，阳刚阴柔之发也。唯采人之言，统二气之会而弗偏……其得于阳刚之美者，其文如霆，如电，如长风出谷，如崇山峻崖，如决大川，如奔骐骥。……其得于阴柔之美者，则其文如升初日，如清风，如云，如霞，如烟，如幽涧。”④姚鼐的这一论说(实际是一连串的比喻)表明，明人如张綖、徐师曾等对于唐宋词之“婉约”与“豪放”的认识，并非如今人所认为的那样，是二者“并不是同一层次、同一角度的一对范畴”，而是两种迥然不同的美。

除了以上所述之“两分法”外，此期还有人提出了“三分法”，如生活在南宋末期的柴望于《秋堂诗余·序》中就认为：“大抵词以隽永委婉

① 江顺治：《词学集成》，《词话丛编》本，中华书局1986年版。
② 蒋兆兰：《词说》，《词话丛编》本，中华书局1986年版。
③ 王士禛：《花草蒙拾》，《词话丛编》本，中华书局1986年版。
④ 姚鼐：《惜抱轩文集》，上海古籍出版社1992年版。

为尚，组织涂泽次之，呼嗥叫啸抑末也。”①这种“三分法”虽属等次之列，但其对清代持唐宋词派为“三分法”的说者却颇具影响，故顺便在此一提。

第二节 清代分派研究的特点

清代是一个文学批评极为繁荣昌盛且成就非凡的时代。因之，这一时期的词学批评家对唐宋词分派的研究，自然就较前期要丰富得多、热闹得多。综而言之，清代的分派研究，主要表现在“两分法”与三派说、四派说等方面，且极具特点。下面分而述之。

先看“两分法”。有清一代，持“两分法”即“婉约”与“豪放”之说者，除上举之王士禛《花草蒙拾》外，尚有沈祥龙《论词随笔》、田同之《西圃词话》等。这些词学家所持之“两分法”，大多是在认可“婉约”与“豪放”的同时，还对各自的优点进行了肯定，即认为二者各有所长，不可偏废。如沈祥龙《论词随笔》说：“词有婉约、豪放，二者不可偏废，在施之名当耳。房中之事，出以豪放，则情致少缠绵。塞下之曲，行以婉约，则气象何以恢宏？”②田同之《西圃词说》也如是写道：“填词亦见其性情。情绪豪放者，强作婉约语，毕竟豪气未除。性情婉约者，强作豪放语，不觉婉约自露。故婉约自是本色，豪放亦未尝非本色也。”③

次看三派说。“三派”说是指将唐宋词分为三个词派，而其具体之分法，则既有以风格为标准者，又有以词人立论的，形式较为丰富。如以“风格”分派者，谢章铤《赌棋山庄集词话》即为其代表。其云：“宋词

---

① 柴望：《秋堂诗余》，《彊村丛书》本，1922年归安朱氏刻本。
② 沈祥龙：《论词随笔》，《词话丛编》本，中华书局1986年版。
③ 田同之：《西圃词话》，《词话丛编》本，中华书局1986年版。

三派，曰婉丽，曰豪宕，曰醇雅。”①“婉丽”与“豪宕’乃“婉约”与“豪放”的另一种说法，而“醇雅”即“清雅”的代名词。这种三派之分，其实是于“婉约”与“豪放”之外，新增了“醇雅”一派，其较之“两分法”而言，自然是更能符合唐宋词风格的实际概况的。不仅如此，谢章挺还于其所著中引了王鸣盛的“三分法”：“北宋词人原只有艳冶、豪荡两派，自姜夔、张炎、周密、王沂孙方开清空一派、五百年来，以此为正宗。”同谢章挺说者，尚有高佑祀《陈其年湖海楼词序》，其引顾咸三语有云：“宋名家词最盛，体非一格，苏(轼)、辛(弃疾)之雄放豪宕，秦(观)、柳(永)之妩媚风流，判然分途，各极其妙。而姜白石、张叔夏辈，以冲澹秀洁，得词之中正。”②主以“词人立论”说者，汪懋麟《梁清标棠林词序》则为其代表：“予尝论宋词有三派：欧(阳修)、晏(殊)正其始；秦(观)、黄(庭坚)、周(邦彦)、柳(永)、姜(夔)、史(达祖)、李清照之徒备其盛；东坡、稼轩，放乎言之矣。其余子，非无单词只句，可喜可诵，苟求其继，难矣哉!”③另持“三派”说者，尚有《四库全书总目·东坡词》之“提要”：“词自晚唐五代以来，以清切婉丽为宗。至柳永而一变，如诗家之有白居易；至轼而又一变，如诗家之有韩愈，遂开南宋辛弃疾等一派。寻源溯流，不能不谓之别格，然谓之不工则不可。故至今日，尚与《花间》一派并行而不能偏废。”④此三派之谓，实际上是指“花间”、柳永、苏辛三大派。

再看四派说。首倡“四派”说者，为词学家郭麟的《灵芬馆词话》。该书卷一云：“词之为体，大略有四：风流华美，浑然天成，如美人临妆，却扇一顾，《花间》诸人是也；晏元献、欧阳永叔诸人继之。施朱傅粉，学步习容，如宫女题红，含情幽艳，秦(观)、周(邦彦)、贺

---

① 谢章铤：《赌棋山庄词话》，《词话丛编》本，中华书局1986年版。

② 吴熊和：《唐宋词通论》，浙江古籍出版社1989年版。

③ 汪懋麟：《百尺梧桐阁集》，《四库全书》本，上海古籍出版社1987年影印版。

④ 永瑢等：《四库全书总目》，中华书局1965年影印版。

(铸)、晁(补之)诸人是也；柳七则靡曼近俗矣。姜(夔)、张(炎)诸子，一洗华靡，独标清绮，如瘦石孤花，清笙幽磬，入其境者，疑有仙灵，闻其声者，人人自远；梦窗、竹窗或扬或沿，皆有新隽，词之能事备矣。至东坡以横绝一代之才，凌厉一世之气，间作倚声，意若不屑，雄词高唱，别为一宗；辛(弃疾)、刘(过)则粗豪太甚矣。其余么弦孤韵，时亦可喜，溯其派别，不出四者。"①郭氏的"四派"说，较之"两派说"与"三派说"，显然是要高明许多的，因为其之所论所析，不仅较符合历史的真实，而且也基本上反映出了唐宋词发展的概貌。但词选家周济的"四派"说，又较郭氏的"四派"说有所不同。其于《宋四家词选序》中说："清真，集大成者。稼轩敛雄心，抗高调，变温婉，成悲凉。碧山膺心切理，言近指远，声容调度，一一可循。梦窗奇思壮采，腾天潜渊，返南宋之清批，为北宋之秾挚。是为四家，余子荦荦，以方附庸。"②这两种"四派"说，虽然均着眼于"以词人立论"，但其对于各派艺术风格的把握与评说，乃皆属中的之举，因而较直观地揭示出了唐宋词的艺术特征与美学风貌。而孙麟趾《词迳》则以"门户"为标准，将唐宋词分为高澹、婉约、艳丽、苍莽四大派，并说："欲高澹，学太白、白石。欲婉约，学清真、玉田。欲艳丽，学飞卿、梦窗。欲苍莽，学苹洲、花外。"③

除此四派说外，此期又有十四派说问世。持"十四派"说者，为《白雨斋词话》的作者陈廷焯。陈氏在该书卷八中说："唐宋名家流派不同，本源则一。论其派别，大约温飞卿为一体，皇甫子奇、南唐二主附之；韦端已为一体，牛松卿附之；冯正中为一体，唐五代诸词人以暨北宋晏(殊)、欧(阳修)、小山等附之；张子野为一体；秦淮海为一体，柳词高者附之；苏东坡为一体；贺方回为一体，毛泽民、姚具茨高者附之；周美成为一体，竹屋、草窗附之；辛稼轩为一体，张(孝祥)、陆(游)、

① 郭麟：《灵芬馆词话》，《词话丛编》本，中华书局1986年版。
② 周济：《宋四家词选》，古典文学出版社1958年版。
③ 孙麟趾：《词迳》，《词话丛编》本，中华书局1986年版。

刘(过)、蒋(捷)、陈(人杰)、杜(伯高)合者附之；姜白石为一体；史梅溪为一体；吴梦窗为一体；王碧山为一体，黄公度、陈西麓附之；张玉田为一体。”①陈廷焯所持之“十四派”说，其实仍属“以词人立论”而为，然与“四派”说相较，则分得太“细”乃为其病。如温庭药、韦庄、冯延巳诸人即可归为一 派；再如晏殊、欧阳修、张先等人，亦如是。

综观上述清代词学家们的分派之况，反映出了如下几个明显的特点：其一是此期词学家打破了“两分法”的传统格局，即跳出了“婉约”与“豪放”的圈子，而放眼于整个词坛的艺术世界与发展脉络，眼界开阔，立说细密。其二是从分派论说的角度，较为具体、真实地勾勒出了唐宋词发展的轮廓与概貌，有利于后人对唐宋词发展概况的具体认识与把握。其三是论说者大多立足于传统的词学观，因而尊格律重雅词的审美倾向较为明显，如柳永成为“一体”即一派者，只有《四库全书总目》一家言之，即为明证。其四是无论何种分派说的持说者，均未言及李清照、朱淑贞等词家，这一事实的存在，充分反映了清代词学批评界对“女性词文学”的歧视。其五是持说者不顾词人的生活年代，错列“品序”，倒置源流，违背了词派研究之“流”的规则。这些特点的存在，所反映的是有清一代词学批评家之正统的词学思想，以及其对唐宋词的一些不同观点的具体认识。

第三节　20 世纪分派研究述略

20 世纪最早介入唐宋词分派研究这一领域者，当首推胡适于 1926 年 9 月 30 日写于伦敦的《词选·自序》一文。《词选》所选为“三百多首的五代、宋词”，《自序》则将其“分作三个段落”，即：(1)歌者的词；(2)诗人的词；(3)词匠的词。并说：“苏东坡以前，是教坊乐工与娼家

---

① 陈廷焯：《白雨斋词话》，上海古籍出版社 1959 年版。

妓女歌唱的词；东坡到稼轩、后村，是词人的词；白石以后，直到宋末元初，是词匠的词。”①胡文从唐宋词流变的角度，融分派与分期于一体，打破了传统的“体派合一”的研究格局，故于当时的词学界以较大影响。而就在胡适于伦敦写《自序》的1926年，中华书局出版了胡云翼《宋词研究》②一书，该书在批评“两分法”即前人将唐宋词分为“婉约”与“豪放”的同时，则分“宋词为南北二期”，并将南宋词分为英雄词、文人词、民间词三种类型。这种分期，在当时亦是一种较为新潮的分派研究。数年后，王易撰《词曲史》③一书，专立《析派第五》一章，对两宋及金元词派进行了较为全面之论述。但“析派”虽为该书分派研究的专章，然其立足点却仍属“流变论”的范畴，故其于宋词的“析派”，着眼的乃是“北宋诸词家”与“南宋诸词家”两端。20世纪50年代初以前的分派研究，在方法与认识上大抵如是。

当历史进入20世纪60年代初期时，胡云翼又出版了《宋词选》。在该书《前言》中，作者对两宋词虽然没有进行明显的分派论述，却分别提出了“晏欧文人词派”“苏轼豪放派”“辛派”“姜派”等概念④。与其前期的论说相比，作者的这一“分派论述”，显然是有所变化的。其后不久，便是“文革十年”，唐宋词的分派研究与其他学术研究一样，被坠入了历史的谷底，因而无任何进展可言。

自20世纪80年代初至90年代末，是唐宋词分派研究的黄金期。这一时期，研究者们思想活跃，著述丰富，因而持说纷纭，热闹异常，且大多具有论说系统全面等特点。如詹安泰《宋词散论》，以一种全新的析派理念，将宋词分为八大风格流派，即：(1)以柳永为代表的真率明朗派；(2)以苏轼为代表的高旷清雄派；(3)以秦观、李清照为代表的婉约清新派；(4)以张先、贺铸为代表的奇艳俊秀派；(5)以周邦彦

① 胡适：《胡适古典文学论集》，上海古籍出版社1988年版。
② 胡云翼：《宋词研究》，中华书局1926年版。
③ 王易：《词曲史》，东方出版社1996年版。
④ 胡云翼：《宋词选》，上海古籍出版社1962年版。

为代表的典丽精工派；(6)以辛弃疾为代表的豪迈奔放派；(7)以姜夔为代表的骚雅清劲派；(8)以吴文英为代表的密丽险涩派。这八大流派的划分，较为准确地勾画出了两宋词的风采概况与发展历史，这对于全面认识与系统研究宋词，以及撰写“唐宋词流派史”与“唐宋词流变史”，显然是具有不可低估的参考价值的。而且，詹著所持的这一“八大流派”说，无论是就宋词的艺术风格抑或流变概貌言，都能使人耳目为之一新。

吴熊和《唐宋词通论·词派》，以“十二节”的篇幅，首次对唐宋词的流派作了系统的考察与论析。吴著的着眼点，是兼体、派两端而为，认为：“《花间词》，南唐词，宋代柳永、苏轼、周邦彦、李清照、辛弃疾、姜夔、吴文英诸家，以及宋亡后遗民词……分别代表唐宋词发展中的各个阶段和各个派别。”以此为基点，《词派》一章从“倚声椎轮大格——敦煌曲子词”始，翔实而系统地论析了唐宋词发展史上的“各个派别”。如在第六节的“苏轼词派”中，于苏轼词自身的特点与文学成就进行具体考察后，认为“北宋灭亡后，苏轼词派分为南北两支”，继续活跃于词坛。其中，“一派传于南，则为叶梦得、陈与义、张元幹、张孝祥、陆游、辛弃疾、陈亮等南宋词人，在南渡后的词坛一时成为主流。其中辛弃疾成就最高，遂与苏轼合称苏、辛词派”。而“一派传于北，则为蔡松年、赵秉文、元好问等金源词人。金源一代，苏学盛行。有‘金源一代一坡仙’的说法，苏词也得到过高度评价”。并认为：“苏词之派为南北两派，实旗鼓相当。”著者考源辨流，所论不仅中的，而且较精当，令人首肯。

继詹、吴二著之后，刘扬忠《唐宋词流派史》①一书，则以“史”为切入点，对唐宋词的“流派”进行了专题研究。该书为千年词学史上的第一部专门研究唐宋词流派史的著作，其之出版，不仅标志着20世纪末期的唐宋词流派研究，已达到了一个新的高度，而且也充分反映了当

① 刘扬忠：《唐宋词流派史》，福建人民出版社2000年版。

代词学界在这一领域中所获得的成就之大。全书洋洋数十万言，共由七章组成。在第一章中，作者除了提出构成一个“流派”所必须具备的三个基本条件外，还论析了唐宋词具有“原先状态”性质的三种类型的词派。这三种词派为：(1)“在相当长一段历史时期内带有普遍性和倾向性的词坛风气与审美风尚”；(2)“同一时代环境里若干趣味相投、风格相近的个体词人通过交游酬唱等社交活动而聚合起来的规模或大或小的词人群体”；(3)“某一群词人……不同程度地倾向某种题材、体式和风格，因而被后世总结和确认为一个流派”。从第二章开始，作者则具体论述了“花间”派，“南唐君臣词人群体”派，北宋江西词派，理俗词派，苏轼词派，大晟词派，徘谐词派，英雄豪杰词派，学苏派，稼轩词派，姜张词派，学清真派，宋末元初之江西词派等。在对每一词派的论述过程中，均勾画出了其“产生发展的粗略轮廓”，从而达到了作者欲“构建唐宋词流派史的基本框架”这一学术目的。此外，该书“从文化大背景切入，从时代精神和群体审美选择的角度来考察某种文学的风格流派衍化之规律”的研究方法，也是值得称道的。

除以上诸著述外，此期参与唐宋词流派研究的成果，还表现在一些单篇论文方面。如金启华《论宋词的流派》，以及杨有山《婉约与豪放：“本色”词与“诗化”词》、刘庆云《江西词派之词学观论略》、潘裕民《关于宋词的豪放与婉约问题》等。这些论文，或从宏观的角度就某一时期的词派进行了鸟瞰与剖析，或立足于某具体词派，对其特点与发展概况进行了个案探讨等，均不乏所见。如刘庆云《江西词派之词学观论略》①一文，不仅据清人厉鹗《论词绝句》其九等材料首次提出了“江西词派”这个概念，而且从地域即词人籍贯的角度，将有宋三百年间的江西籍词人进行了粗线条勾勒，全文论说透辟，启人思路。

与唐人相比，宋人更注重于群体意识，所以表现在宋代文学史上的各种流派，也较之李唐更富结社色彩，如“江西诗派”，即为此之显证。

---

① 刘庆云：《江西词派之词学观论略》，《中国韵文学刊》1993 年第 1 期。

由唐而宋的各种词派，在南宋以前，虽然尚不具备现代意义上文学流派的一些特征，但从词学接受史或接受美学的角度言，为后人所习惯称的“花间派”“晏欧派”等，则因词人们审美趣味与不断艺术实践在风格上渐趋为一“派”。故而，宋人最早的词派认识，乃是建立在“体”这一基点之上的。这是因为，在中国文学批评史上，风格即体，已在历代的批评家中形成了一种共识，因而也就有了如“陶体”“四杰体”“清真体”“易安体”这样以风格标示的诗体或词体之称谓。以上对历代唐宋词流派研究的综合观照，即充分证实了这一点。但究竟如何去把握唐宋词流派的发展与演变，从上面的“述评”看来，可知各个时期的词学家在认识上是很不一致的。然从总体上讲，不同时期的唐宋词分派研究，既体现了不同时期的词学批评与研究风貌，又是当时人们词学思想与审美观念的最佳反映。而或此或彼，对于词学理论的建构，以及新的词学发展史的撰写，都是颇具参考价值的。

本书主要引用书目

一、汉唐书目

《诗品》	钟　嵘(梁)	人民文学出版社 1980 年版
《文心雕龙》	刘　勰(梁)	人民文学出版社 1978 年版
《南史》	李延寿(唐)	中华书局 1975 年版
《晋书》	房玄龄等(唐)	中华书局 1974 年版
《李太白文集》	李　白(唐)	巴蜀书社 1985 年影宋本
《元稹集》	元　稹(唐)	中华书局 1982 年版
《唐国史补》	李　肇(唐)	上海古籍出版社 1983 年版
《杜阳杂编》	苏　鹗(唐)	中华书局 1958 年版
《教坊记》	崔令钦(唐)	中国戏剧出版社 1959 年版
《明皇杂录》	郑处晦(唐)	上海古籍出版社 1985 年版
《乐府杂录》	段安节(唐)	中国戏剧出版社 1959 年版
《云溪友议》	范　摅(唐)	古典文学出版社 1957 年版
《又玄集》	韦　庄(唐)	上海古籍出版社 1958 年版
《通典》	杜　祐(唐)	中华书局 1988 年版
《旧唐书》	刘昫等(五代)	中华书局 1975 年版
《北梦琐言》	孙光宪(五代)	三秦出版社 2003 年版

二、宋元书目

《新五代史》	欧阳修等(宋)	中华书局 1974 年版
《南唐书》	陆　游(宋)	《四库全书》本
《唐诗纪事》	计有功(宋)	上海古籍出版社 1965 年版
《太平广记》	李昉等(宋，编)	中华书局 1961 年版
《碧鸡漫志》	王　灼(宋)	中国戏剧出版社 1959 年版
《乐府诗集》	郭茂倩(宋，编)	中华书局 1979 年版
《湘山野录》	文　莹(宋)	中华书局 1984 年版
《姑溪居士文集》	李之仪(宋)	《四库全书》本
《元丰九域志》	王　存(宋)	中华书局 1984 年版
《苕溪渔隐丛话》	胡　仔(宋)	人民文学出版社 1962 年版
《对床夜话》	范晞文(宋)	《历代诗话续编》本
《杨太真外传》	乐　史(宋)	上海古籍出版社 1985 年版
《沧浪诗话》	严　羽(宋)	《历代诗话》本
《能改斋漫录》	吴　曾(宋)	上海古籍出版社 1979 年版
《渑水燕谈录》	王辟之(宋)	《四库全书》本
《瓮牖闲评》	袁　文(宋)	上海古籍出版社 1985 年版
《避署录话》	叶梦得(宋)	《丛书集成》本
《续资治通鉴长编》	李　焘(宋)	中华书局 1963 年版
《文恭集》	胡　宿(宋)	《四库全书》本
《方舆胜览》	祝　穆(宋)	上海古籍出版社 1991 年版
《扫却篇》	徐　度(宋)	《宋元词话》本
《花庵词选》	黄　升(宋)	中华书局 1958 年版
《唐宋诸贤绝妙词选》	黄　升(宋)	中华书局 1958 年版
《乐府指迷》	沈义父(宋)	《词话丛编》本
《齐东野语》	周　密(宋)	《宋元词话》本

《游宦纪闻》	张世南(宋)	中华书局 1981 年版
《范文正公集》	范仲淹(宋)	《四部丛刊》本
《诚斋集》	杨万里(宋)	《四部丛刊》本
《浮溪集》	汪　藻(宋)	《四库全书》本
《芦川归来集》	张元幹(宋)	上海古籍出版社 1978 年版
《侯靖录》	赵令畤(宋)	《宋元词话》本
《清波杂志》	周　辉(宋)	《四部丛刊》本
《贵耳集》	张端义(宋)	中华书局 1958 年版
《苏东坡全集》	苏　轼(宋)	中国书店 1986 年版
《东坡乐府》	苏　轼(宋)	上海古籍出版社 1979 年版
《东坡题跋》	苏　轼(宋)	《丛书集成初编》本
《归田录》	欧阳修(宋)	三秦出版社 2003 年版
《东轩笔录》	魏　泰(宋)	中华书局 1979 年版
《临汉隐居诗话》	魏　泰(宋)	《历代诗话》本
《后山诗话》	陈师道(宋)	《历代诗话》本
《老学庵笔记》	陆　游(宋)	中华书局 1979 年版
《吹剑录》	俞文豹(宋)	《宋元词话》本
《吹剑续录》	俞文豹(宋)	中国书店 1986 年版《说郛》本
《双溪诗余》	王　炎(宋)	上海古籍出版社 1989 年影印本
《高斋诗话》	曾　慥(宋)	《宋诗话辑佚》本
《桯史》	岳　珂(宋)	中华书局 1981 年版
《冷斋夜话》	惠　洪(宋)	《宋元词话》本
《词源》	张　炎(宋)	《词话丛编》本
《四朝闻见录》	叶绍翁(宋)	《四库全书》本
《浩然斋雅谈》	周　密(宋)	《宋元词话》本
《研北杂志》	陆友仁(宋)	《宋元词话》本
《耆旧续闻》	陈　鹄(宋)	《宋元词话》本
《陈亮集》	陈　亮(宋)	中华书局 1974 年版

《后村题跋》	刘克庄(宋)	《丛书集成初编》本
《后村大全集》	刘克庄(宋)	《四库全书》本
《直斋书录解题》	陈振孙(宋)	中华书局 1987 年版
《谈薮》	庞元英(宋)	《词话丛编》本
《蜀梼杌》	张唐英(宋)	《四库全书》本
《文献通考》	马端临(元)	中华书局 1986 年影印本
《词旨》	陆辅之(元)	《词话丛编》本
《吴礼部诗话》	吴师道(元)	《历代诗话续编》本
《滹南诗话》	王若虚(金)	《历代诗话续编》本

三、明清书目

《弇州山人四部稿》	王世贞(明)	《四部全书》本
《弇州山人词评》	王世贞(明)	《词话丛编》本
《唐音癸签》	胡震亨(明)	上海古籍出版社 1981 年版
《镇江府志》	王应麟(明)	国家图书馆藏万历刻本
《诗余图谱》	张　綖(明)	国家图书馆藏 汲古阁本
《词品》	杨　慎(明)	《词话丛编》本
《宋六十名家词》	毛　晋(明)	上海古籍出版社 1983 年影印本
《古今词话》	杨　湜(明)	《词话丛编》本
《文体明辩序说》	徐师曾(明)	人民文学出版社 1992 年版
《十国春秋》	吴任臣(清)	中华书局 1983 年版
《皱水轩词筌》	贺　裳(清)	《词话丛编》本
《金粟词话》	彭孙遹(清)	《词话丛编》本
《介存斋论词杂著》	周　济(清)	人民文学出版社 1959 年版
《宋四家词选》	周　济(清，编)	古典文学出版社 1958 年版
《声执》	陈匪石(清)	《词话丛编》本
《柯亭词论》	蔡嵩云(清)	《词话丛编》本

《藏一话腴》	陈　郁(清)	《词话丛编》本
《杜诗详注》	仇兆鳌(清)	中华书局 1979 年版
《杜诗提要》	吴瞻泰(清)	台湾大通书局 1982 年版
《词说》	蒋兆兰(清)	《词话丛编》本
《曝书亭集》	朱彝尊(清)	《四库全书》本
《词综》	朱彝尊(清)	《四库全书》本
《词坛丛话》	陈廷焯(清)	《词话丛编》本
《白雨斋词话》	陈廷焯(清)	人民文学出版社 1959 年版
《词论》	张祥龄(清)	《词话丛编》本
《海绡说词》	陈　洵(清)	《词话丛编》本
《惜抱轩文集》	姚　鼐(清)	上海古籍出版社 1992 年版
《西圃词说》	田同之(清)	《词话丛编》本
《赌棋山庄词话》	谢章铤(清)	《词话丛编》本
《词迳》	孙麟趾(清)	《词话丛编》本
《灵芬馆词话》	郭　麐(清)	《词话丛编》本
《百尺梧桐阁集》	汪懋麟(清)	《四库全书》本
《王右丞集笺注》	赵殿成(清)	上海古籍出版社 1961 年版
《李太白全集》	王琦(清，笺注)	中华书局 1979 年版
《乐府余论》	宋翔凤(清)	《词话丛编》本
《池北偶谈》	王士禛(清)	中华书局 1982 年版
《花草蒙拾》	王士禛(清)	《词话丛编》本
《曝书亭集》	朱彝尊(清)	《四库全书》本
《枣阳县志》	史策先(清)	民国十二年刻本
《四库全书总目》	永瑢等(清)	中华书局 1965 年影印本
《古今词话》	沈　雄(清)	《词话丛编》本
《钦定词谱》	王奕清等(清，编)	《四库全书》本
《莲子居词话》	吴衡照(清)	《词话丛编》本
《词苑丛谈》	徐　釚(清)	上海古籍出版社 1981 年版

《艺概》	刘载熙(清)	上海古籍出版社 1961 年版
《大鹤山人词话》	郑文焯(清)	《词话丛编》本
《论词随笔》	沈祥龙(清)	《词话丛编》本
《远志斋词衷》	邹祗谟(清)	《词话丛编》本
《填词浅说》	谢元淮(清)	《词话丛编》本
《续资治通鉴》	毕　沅(清)	中华书局 1957 年版
《宋史纪事本末》	陈邦瞻(清)	中华书局 1977 年版
《词诘》	先　著(清)	《词话丛编》本
《词学集成》	江顺诒(清)	《词话丛编》本
《全唐诗》	彭定求等(清，编)	中华书局 1960 年版

四、近当代书目

《人间词话》	王国维	人民文学出版社 1982 年版
《词史》	刘毓盘	上海书店 1985 年影印本
《词曲史》	王　易	东方出版社 1996 年版
《蕙风词话》	况周颐	人民文学出版社 1960 年版
《龙榆生词学论文集》	龙榆生	上海古籍出版社 1997 年版
《唐宋词人年谱》	夏承焘	上海古籍出版社 1979 年版
《月轮山词论集》	夏承焘	中华书局 1986 年版
《宋词通论》	薛砺若	上海书店 1989 年版
《彊村老人评词》	朱祖谋	《词话丛编》本
《词学论丛》	唐圭璋	上海古籍出版社 1986 年版
《词苑丛谈校笺》	王百里	人民文学出版社 1988 年版
《灵溪词话》	缪钺、叶嘉莹	上海古籍出版社 1988 年版
《缪钺说词》	缪　钺	上海古籍出版社 1999 年版
《唐五代词》	林大椿	商务印书馆 1933 年版
《花间集校》	李一氓	人民文学出版社 1958 年版

《花间集评注》	李冰若	人民文学出版社 1993 年版
《胡适古典文学研究论集》	胡　适	上海古籍出版社 1988 年版
《乐章集校注》	薛瑞生	上海古籍出版社 1994 年版
《柳永集详注及集评》	姚学贤、龙建国	中州古籍出版社 1991 年版
《唐宋词选释》	俞平伯	人民文学出版社 1979 年版
《周邦彦研究》	钱鸿瑛	广东人民出版社 1992 年版
《苏轼词研》	王保珍	台湾长安出版社 1979 年版
《东坡轶事汇编》	颜中其	岳麓书社 1984 年版
《清真词校注》	孙　虹	中华书局 2002 年版
《李清照集校注》	王仲闻	人民文学出版社 1999 年版
《李清照辛弃疾研究论文集》	编委会编	山东大学出版社 1997 年版
《东山词补》	夏敬观	中华书局 1986 年版
《稼轩词纵横谈》	郑临川	巴蜀书社 1987 年版
《辛弃疾研究论文集》	编委会编	香港天马图书有限公司 2003 年版
《姜白石词编年笺校》	夏存焘	上海古籍出版社 1981 年版
《唐宋词十七讲》	叶嘉莹	岳麓书社 1989 年版
《唐宋词通论》	吴熊和	浙江古籍出版社 1989 年版
《唐宋词艺术精神》	龙建国	山西高校联合出版社 1996 年版
《增订注释全宋词》	朱德才(主编)	文化艺术出版社 1997 年版
《唐宋词史》	杨海明	天津古籍出版社 1998 年版
《唐宋词流派史》	刘扬忠	福建人民出版社 2000 年版
《北宋词坛》	陶尔夫	山西人民出版社 1986 年版
《宋词通论》	薛砺若	上海书店 1985 年版
《宋人雅词原论》	赵晓兰	巴蜀书社 1999 年版
《宋词散论》	詹安泰	广东出版社 1980 年版
《宋代词学资料汇编》	张惠民	汕头大学出版社 1993 年版
《词籍序跋萃编》	施蛰存	中国社会科学出版社 1994 年版
《唐宋词集序跋汇编》	金启华	江苏教育出版社 1990 年版

《中国词学史》	谢桃坊	巴蜀书社 2002 年版
《插图本中国文学史》	郑振铎	人民文学出版社 1957 年版
《中国文学史》	袁行霈	高等教育出版社 1999 年版
《中国音乐史》	秦　序	文化艺术出版社 1998 年版
《中国娼妓史》	王书奴	岳麓书社 1998 年版
《两宋文学史》	程千帆、吴新雷	上海古籍出版社 1991 年版
《李白诗论丛》	詹　锳	人民文学出版社 1984 年版
《李白全集编年注释》	安　旗(主编)	巴蜀书社 1990 年版
《李白史迹考索》	王辉斌	湖北人民出版社 1988 年版
《李白求是录》	王辉斌	江西人民出版社 2000 版
《杜甫研究丛稿》	王辉斌	中国文联出版社 1999 年版
《杜甫研究》	萧涤非	齐鲁书社 1980 年版
《元白诗笺证稿》	陈寅恪	上海古籍出版社 1978 年版
《全唐诗语词通释》	魏耕源	中国社会科学出版社 2001 年版
《唐代诗人丛考》	傅璇琮	中华书局 1981 年版
《唐才子传校笺》	傅璇琮(主编)	中华书局 1981 年版
《唐代文史考辨录》	陈耀东	团结出版社 1990 年版
《唐人生卒年录》	王辉斌	贵州人民出版社 1989 年版
《唐代诗人婚姻研究》	王辉斌	群言出版社 2004 年版
《唐代诗人探赜》	王辉斌	贵州人民出版社 2005 年版
《王国维遗书》	王国维	上海书店 1998 年版
《微睇室说词》	刘永济	上海古籍出版社 1987 年版

附录一

温庭筠“代作”说献疑

温庭筠是晚唐时期一位著名的文学家，诗、词、文三者俱佳。其诗与李商隐齐名，词与韦庄并列，文则与李商隐、段成式三足鼎立，故后人乃有“温李”(诗)、“温韦”(词)与“三才”(文)之称。此外，从两《唐书·温庭筠传》与《全唐文·温庭筠集》中，可知温庭筠还精通音乐与书法。但就是这样的一位多才多艺的文学家，却怀才不遇，屡屡失意于科场，以致仕途困顿，潦倒终生。

作为词人，温庭筠现存的词作，《全唐诗》卷八九一“词三”著录59首，《花间集》卷一、卷二共收66首，二者去其重，计为19调68首。具体为：《南乡子》7首，《荷间杯》3首、《忆江南》2首、《蕃女怨》2首、《遐方怨》2首、《诉衷情》1首、《定西番》3首‘《思带乡》1首、《酒泉子》4首、《玉蝴蝶》1首、《女冠子》2首、《归国遥》2首、《菩萨蛮》15首、《清平乐》2首、《更漏子》6首、《河渎神》3首、《河传》3首、《木兰花》1首、《杨柳枝》8首。在这68首词中，最能代表温庭筠词的艺术成就者，为《菩萨蛮》15首。这15首《菩萨蛮》，既是奠定温庭筠词史地位的扛鼎之作，又是开“花间词派”先河的艺术佳构，故其于温庭筠为“花间鼻祖”者，亦与之密切相关。但据五代文学家孙光宪《北梦琐言》卷四的记载，温庭筠的这一组《菩萨蛮》乃系其一时一地之作。事实是否如此，请先看《北梦琐言》的记载：

> 宣宗爱唱《菩萨蛮》词，令狐相国假其新撰，密进之，戒令勿他泄，而遽言人，由是疏之。温亦有言曰：“中书堂内坐将军”，说相国无学也。

而《乐府纪闻》的记载，却又较《北梦琐言》在创作的数量上更为具体：“宣宗爱唱《菩萨蛮》，令狐绹假温庭筠手撰二十阕以进，戒勿泄，而遽言于人。”如果《乐府纪闻》的记载确切可信，就表明温庭筠的《菩萨蛮》尚有5首未能流传于世。

《北梦琐言》与《乐府纪闻》的记载，所据为何，无以考知。但这一“代作”说，由于涉及了当时的皇帝唐宣宗与宰相令狐绹，因而乃为后世著述争相转录，如计有功《唐诗纪事》、辛文房《唐才子传》等，即皆据而载之。而20世纪50年代初以来的词学界，亦莫不如此，如夏承焘《唐宋词人年谱・温飞卿系年》①、顾学颉《温庭筠行事考略》②、刘尊明《唐五代词史论稿》③等，就都一字不易地转录了上引《北梦琐言》中的这段文字。这一情况表明，在自北宋迄今的温庭筠研究界，研究者们对于《北梦琐言》中的“代作”说，均乃是信而不疑的。更有甚者，则是藉之以立论，认为其充分表现了温庭筠“耿直率露，嫉恶如仇和傲岸不羁”的性格与品行。

而事实上，“代作”说是难以令人相信而颇值得怀疑的。这主要表现在以下方面。具体为：

其一，如上所言，若这一组《菩萨蛮》乃系温庭筠“代作”的产物，就表明其乃系温庭筠作于一时一地。而实际的情况，却并非如此，即现存的15首《菩萨蛮》，并不能证明其乃系作者一时之作。这是因为，这15首《菩萨蛮》所述写的时令，既有春天，又有夏天，更有秋天。如写春者：“池上海棠，雨晴花满枝”(其四)，“杏花含露团香香，绿杨陌上

---

① 夏承焘：《唐宋词人年谱》，上海古籍出版社1979年版。

② 顾学颉：《温庭筠行事考略》，《唐代文学研究》总第四辑，1983年。

③ 刘尊明：《唐五代词史论稿》，文化艺术出版社2000年版。

多离别"(其五)，"柳丝袅娜春无力"、"花落子规啼"(其六)，"杨柳色依依，燕归君不归"(其九)，"杨柳双如就，驿桥春雨时"(其十)，"春水渡溪桥，凭栏魂欲消"(其十三)，写夏天："凤凰相对盘金楼，牡丹一夜经微雨"(其七)，"牡丹花谢莺声歌，绿柳满院中庭月"(其八)，写秋天者："雁飞残月天"(其二)，等等。时令的不同，所反映的是词的作时之异，若其为"代作"，令狐绹显然是不可能让温庭筠在如此之长的时间里为其"假手"的。也就是说，温庭筠若确曾为令狐绹"假手"，他是不可能在将近一年的时间里才为之完成20首《菩萨蛮》的，仅此即可证"假手"之说是难以成立的。

其二，据两《唐书·令狐绹传》，令狐绹为"相国"即任宰相的时间，乃在大中四年(公元850年)十月至大中十三年(公元859年)十二月期间，而唐宣宗则"驾崩"于大中十三年八月，藉此知令狐绹若确欲温庭筠代其作《菩萨蛮》以"密进之"，其时就应在令狐绹拜相的大中十年至唐宣宗之卒的大中十三年八月之际。而据《唐才子传校笺·温庭筠》①，温庭筠大中十年乃贬随县尉而离京，之后便是在襄阳节度使徐商幕府为巡官，如此，又知温庭筠的"代作"，就当在大中四年十月至大中十年的六年间。然需指出的是，《校笺》与夏承焘《温飞卿系年》于大中元年至八年内，均未载温庭筠足迹与行踪，则温庭筠斯时是否在长安尚须考察。据缪钺《杜牧年谱》，杜牧大中六年迁中书舍人，是年十一月卒，温庭筠集中有《上杜舍人启》一文，合勘之，温庭筠是年已在长安乃可遽断。即是说，从温庭筠的行踪上进行考察，其"代"令狐绹作《菩萨蛮》的时间，又只能是在大中六年至大中十年期间。但温庭筠在此前及此间，与令狐绹并无过从关系，令狐绹又如何能让温庭筠替其"代作"《菩萨蛮》呢？固然，《唐才子传》卷八《温庭筠》内有"出入令狐相国书馆中，待遇甚优"的记载，但这一记载乃全系辛文房的想象之辞，而无任何依据，故《唐才子传校笺》在笺释此事时乃指出："辛传此节，据

---

① 傅璇琮：《唐才子传校笺》第三册，中华书局1990年版。

《北梦琐言》，而又加窜改，舛误殊甚。”所言极是。

其三，若果如《北梦琐言》之所言，温庭筠即代令狐绹“新撰”《菩萨蛮》20首，其后又“遽言于人”，此一举措所表明温庭筠是一个出尔反尔的伪君子。更何况，据《北梦琐言》的记载，令狐绹在接到温庭筠的“新撰”之作后，曾对温庭筠再三叮嘱，即“戒令勿他泄”。两《唐书·温庭筠传》与《新唐书·李商隐传》，虽载温庭筠“士行尘杂”，“然薄于行，无检幅”，“俱无特操，恃才诡激”，并与贵青子弟“相与蒲饮，酣醉终日”，但温庭筠从没扮演过小人与伪君子的角色。所以，温庭筠既代令狐绹“新撰”《菩萨蛮》，就表明他在动笔之前，乃是已应允令狐绹之所托求的，如此，他又何得于事后“遽言于人”呢？而斯时，温庭筠寓居长安的目的，乃是欲通过科举应试以进入仕林，以常理论之，他是大可不必去得罪令狐绹而自阻仕途的。

其四，《全唐文》卷七八六著录温庭筠《上令狐相公启》一文，夏承焘《温飞卿系年》据其中的“敢言蛮国参军，才得荆州从事”云云，而系其于咸通三年(公元862年)，并认为温庭筠斯时乃“客江陵，旅况甚窘”。按此文乃温庭筠于大中年间在长安因干谒令狐绹而作，故其中乃有“咸托光阴，方成志业”，以及“某陋第持事囊，婴车执辔”之载。温集中与此类似之文，尚有《上裴相公启》、《上蒋侍郎启二首》等，皆系其在京呈送行卷与温卷之产物。如《上裴相公启》有云：“谨以文、赋、诗各一卷，率以抱献，缣缃俭聘，造写繁芜，干冒尊高，无任惶灼。”而《上蒋侍郎启》其二则云：“仅以新诗若干首上献，延露蚩声，皇华下调，有惭狂？不黎仁私，无任依投之至。”这些文章的存在表明，温庭筠在长安的干谒，乃是以失败而告终的，既然如此，令狐绹之不得“假手”温庭筠作《菩萨蛮》，乃甚为清楚。

其五，《北梦琐言》的作者孙光宪，虽然亦为花间词派的重要词人，但其生活时代则主要在北宋初期。所以，《四库全书总目》卷一四〇“小说家类一”于《北梦琐言》的“提要”中说：“旧以为五代人者，误矣。”据《北梦琐言》所载孙光宪自序，知该书乃为孙光宪写于他宦游江陵时期。

《序》云：“《禹贡》云‘云土梦作乂’，《传》有‘畋于江南云梦’，鄙从事于荆江之北，题曰《北梦琐言》。”孙光宪宦游“荆江”，据刘尊明《花间词人孙光宪生平事迹考论》一文①之所考，乃在公元930年前后，斯时，距温庭筠入京求仕的大中六年(公元852年)，已为80年之隔。而在这80年中，关于温庭筠代令狐绹作《菩萨蛮》之“逸事”，无任何材料予以记载，因之，孙光宪在《北梦琐言》中之所言，自然就成为了一条无法检验与被查的孤证。而孤证则为考证之大忌。换言之，仅以《北梦琐言》的记载，去认定温庭筠“代”令狐绹“新撰”《菩萨蛮》之事为确有，这在材料上也是站不住脚的。

其六，据《北梦琐言》的记载，令狐绹之所以“假手”温庭筠撰《菩萨蛮》20首，盖在唐宣宗“爱唱《菩萨蛮》”故也。但检之两《唐书·宣宗纪》，以及《全唐诗》、《全唐文》，其中均无唐宣宗喜好音乐之载。即是说，对于唐宣宗的这一喜好，在现存的各种文献中，只有孙光宪的《北梦琐言》进行了独家记载，其所据为何，则无可考知。固然，苏鹗《杜阳杂编》卷下有云：“大中初，女蛮国贡双龙犀。……其国人危金冠，璎珞被体，故谓之‘菩萨蛮’。当时倡优遂制《菩萨蛮》曲，文士亦往往声其词。”但这一记载，诚如胡适在《词的起源》②一文中之所言，乃“是乐工作曲而文士填词的一个例证”，而非能证实唐宣宗“爱唱《菩萨蛮》”乃是事实。《全唐诗》卷八八九—八九八所收唐五代词十卷，无唐宣宗词又可佐证。

其七，从孙光宪写作《北梦琐言》的地点等情况看，“代作”说也是难以令人信实的。这是因为，据《北梦琐言》序文所言，该书乃系孙光宪写于其宦游“荆江”时期，其写作目的则主要在于保存一代遗闻掌故，因之其斯时所依材料只能出自两途，即一为他本人之所记忆，二为听他人之所传说。而此二者作为纯学术研究的依据，都是不可取的。此外，

① 刘尊明：《花间词人孙光宪生平事迹考论》，《文学遗产》1989年第6期。
② 胡适：《古典文学研究论集》上册，上海古籍出版社1988年版。

我们从历代学者均将《北梦琐言》目之以“小说”的情况来看，亦可获得有力佐证。而小说家言，自然是主观记叙多于客观事实，且其记载又多难以接受材料的检验，因之，其云温庭筠《菩萨蛮》系“代作”者，未可相信也就可以肯定。

以上，我们分别从七个方面，对《北梦琐言》所载温庭筠代令狐作《菩萨蛮》说，进行了较为具体之考察，事实证明，是说乃为不可相信之辞，导致这种子虚乌有说法产生的原因，当与有关温庭筠的一些“轶闻”关系密切。如范摅《云溪友议》卷中“白马吟”条云：“平曾以凭才傲物，多犯忌讳，竟没于县曹。……后温庭筠亦以赋讥刺，少类于平、贾岛，而谪方城尉。”再如《北梦琐言》卷四有云：“宣皇好微行，遇于逆旅。温不识龙颜，傲然而诘之：‘公非司马、长史之流？’帝曰：‘非也。’又谓曰：‘得非六参薄尉之类？’帝曰：‘非也。’”对于此事，夏承焘《温飞卿系年》认为乃为误传，未可相信；《唐才子传校笺·温庭筠》则指出，其“盖小说家猎奇渲染之笔”，故为“正史所不取”。而《北梦琐言》所载之“代作”说，亦正可作如是观。

温庭筠久困场屋，在长安期间，他不仅寄迹秦楼梦馆，与歌妓舞女为伍，而且还因喜爱当时的流行音乐“燕乐”而多作“侧艳之词”，对此，无论是正史抑或野史，均有记载。如《云溪友议》卷下“温裴黜”条即云：“举子温岐(即温庭筠—笔者注)为友，好作歌曲，迄今饮席，多是其词焉。”又《旧唐书·温庭筠传》云：“然士行尘染，不算修边幅，能逐弦吹之音，为侧艳之词。”而《菩萨蛮》15 首，正是“侧艳之词”中的佳构。这 15 首词，或写少妇的独处之苦，或写闺女的怀人情思，即其或伤春、或惜别、或相思，等等，皆以女子为描写的对象，无不“侧艳”之极。这一组“侧艳”之作的存在，有助于我们更进一步认识身寓长安而未仕的温庭筠之生活、思想等多方面的内容，这对于研究温庭筠的文学创作活动，以及对词学的开创与贡献，显然是具有无以替代的作用的。若其乃为代令狐绹所作，则就“隔”了许多。因之，特撰此文乃辨之如上。

秦观词并非“少故实”

——以其《千秋岁》(水边沙外)为例

曾对北宋词坛大加批评的李清照，对素有“古之伤心人”之称的秦观的《淮海词》，自然也是不会例外的，所以，她在《词论》中乃如是写道：“后晏叔原、贺方回、秦少游、黄鲁直出，始能知之。又……秦即专主情致，而少故实，譬如贫家美女，虽极妍丽丰逸，而终乏富贵态。”在李清照看来，“少故实”而“乏富贵态”，乃是秦观词的最大弊端。事实是否如此呢？要弄清楚其中的真实情况，我们还得从“故实”二字说起。

何谓“故实”？所谓“故实”，就是刘勰在《文心雕龙·事类》中所说的“事类”或“事义”，也即今人所言之典故。刘勰在该篇中认为，“故实”在内容上，主要包括两个方面，一指“人事”与“往行”，一谓“成辞”与“前言”，这就是人们通常所说的事典和语典。刘勰在《文心雕龙》中专列《事类》一篇，表明了他对“典实”的重视，而李清照于《词论》中认为秦观词“少故实”者，亦属如此。这就是说，李清照也是提倡在词作中运用典故的一位文学家。但是，李清照对于秦观词“少故实”的批评，却并未中的，原因是秦观词中不仅运用了大量的“故实”，而且其典故之用，还具有清人谢章铤在《赌棋山庄词话》所说的“熟事能生，旧事能新”等方面的艺术特点。这里以《淮海词》中的《千秋岁》(水边沙外)一词为例，对其略作观照，即有助于收窥管见豹之效。该词云：

水边沙外，城郭春寒退。花影乱，莺声碎。飘零疏酒盏，离别宽衣带。人不见，碧云暮合空相对。　忆昔西池会，鹓鹭同飞盖。携手处，今谁在？日边清梦断，镜里朱颜改。春去也，飞红万点愁如海。

这是《淮海词》中一首脍炙人口的名作。据吴曾《能改斋漫录》卷十七《秦少游唱和千秋岁词》的记载，秦观此词“发表”后，当时词坛名流如苏东坡、黄庭坚、孔毅甫(父)等，都曾以之进行唱和。苏轼词为：“岛边天外，未老身先退。珠泪溅，丹衰碎。声摇苍王佩，色重黄金带。一万里，斜阳正与长安对。　道远谁云会，罪大天能盖。君命重，臣节在。新恩犹可觊，旧学终难改。吾已矣，乘桴且恁浮于海。”黄庭坚词曰：“苑边花外，记得同朝退。飞骑轧，鸣珂碎。齐歌云绕扇，赵舞风回带。严鼓断，杯盘狼籍犹相对。　酒旧谁能会，醉卧藤阴盖。人已去，词空在。兔园高宴悄，虎观英游改。重感慨，波涛万顷珠沈海。”孔毅甫词云：“春风湖外，红杏花初退。孤馆静，愁肠碎。泪徐痕在枕，别久香销带。新睡起，小园戏蝶飞成对。　惆怅谁人会，随处聊倾盖。情暂遣，心何在。锦书消息断，玉漏花阴改。迟日暮，仙山杳杳空云海。”此外，李之仪、晁无咎二人的词集中，亦有以之进行唱和的《千秋岁》。此词在当时的影响之大，仅此即可见其一斑。

秦观的这首《千秋岁》，写于宋哲宗赵煦绍圣二年(公元1095年)作者47岁之时的处州(今浙江丽水)。是年前的绍圣元年，临朝听政的太皇太后高氏崩，哲宗亲政，改元绍圣，并起用新党中人如章淳、吕惠卿等，于是政局发生重大变化，旧党人物大量被贬斥，如苏轼兄弟、黄庭坚、秦观、孔毅甫等，都先后被逐出京城。秦观初贬杭州通判，再谪监处州酒税。作者至处州未久，即写了此词。

词的上片所写春景，乃为由处州之春而引起对京城春日的回忆。当时在汴京时，作者每逢春日佳景，总是与一班友好如孔毅甫、苏东坡、黄庭坚等人郊游城外，纵情赏玩，可如今却只身一人，身处僻壤，终日

“飘零疏酒盏，离别宽衣带”，既孤单又孤独。由于与孔毅甫等人四散分飞，人各千里，彼此喝酒不在一处，所以各自的酒杯也因此而如人一般的疏远了。又由于离别后彼此终日相思，以致人也瘦了许多。此时此刻，旧友都身处异地，各在他乡，作者所能相对的，只有眼前这天边的碧云与暮色融为一片的凄迷黯淡的晚景。

下片首先从追想友好在京师金明池(即“西池”)快乐的聚会着笔，写众人当年一同指点江山，议论时政的豪情与快感，然后从忆念中回到现实：“携手处，今谁在?”接下来的“日边清梦断”，是说元祐旧党人在“日边”即皇帝身边的“好梦”，已经断绝；“镜里朱颜改”，则谓同好都已不再青春年少。他们经过这一次的打击后，根本不可能有东山再起的机会了。最后两句，为本词的重心所在：“春去也，飞红万点愁如海。”这里的“春”，既指大自然的春，又兼指作者的青春年华，更指政治形势方面的春。因其“去也”的缘故，才导致了“飞红万点”即大批元祐旧党人士被贬外出结局的出现。在作者看来，由于时局骤变，而使得整个元祐旧党政治集团一下子全被打垮，这种境况，就如同满树繁花霎时化作飞红片片一般。而此，即是作者“愁如海”的原因之所在。全词写得既极度悲伤又极具震撼力，因而才感动了众多词家并争相以之唱和。

以上是对这首词在内容方面所做的简要勾勒，下面重点对其“故实”的运用进行系统观照，以窥探李清照《词论》所言之为误。

据粗略统计，此词上下二阙，共有9句用典。具体以言，即其共化用了唐五代及其前的8人的8首诗词语句，其中，诗为5首，词有3篇。

“花影乱，莺声碎”。这两句化用的是晚唐诗人杜荀鹤《春宫怨》中的一联：“风暖鸟声碎，日高花影重。”这一语典的运用，由于作者去了四字(“风”“暖”“日”“高”)，改了两字(改“鸟”为“莺”，改“重”为“乱”)，且又颠倒了语序，因之较原作语言更精炼，形象更集中，更富于表现南国浓郁的春光春色。据说，范成大因此两句而建莺花亭于处州，并赋《次韵徐子礼提举莺花亭》诗5首以咏之(具体参见上海古籍出版社《范石湖集》卷十是诗之“并序”)。

“离别宽衣带”。此句源于《古诗十九》其一:“相去日已远，衣带日已缓。”“离别”取“相去日已远”之意而为，“宽衣带”则系去两字(‘旧”“已”)改一字(“缓”)的结果所致，所以，其语意更凝练，形象更鲜明。或以为此句系据柳永《凤栖梧》(独倚危楼风细细)中的“衣带渐宽终不悔”而为，可备一说。

“人不见，碧云暮合空相对”。这两句出自江淹《拟休上人怨别》诗而略作变化:“日暮碧云合，佳人殊未来”。变化后的秦词，不仅气氛更为凄迷黯淡，而且也加强了作品的悲伤深度。

“日边清梦断，镜里朱颜改”。此联的前句出自李白《行路难》其一“忽复乘舟梦日边”，后句所据则为冯延巳《蝶恋花》中的“不辞镜里朱颜瘦”。这两句的化用，既平仄协调，对仗工整，又师旧出新，别具意趣，因而很好地抒发了作者理想破灭、青春不再的深重悲愤，以及不甘失败而又无可奈何的心境。

“春去也，飞红万点愁如海”。这两句比较特殊，因为其分别变化了三位前代诗人的名作。首先是“春去也”三字，全取自刘禹锡《忆江南》词，并将刘词的起句移位于本词的结尾，从而增强了全词的情感重力。其次为“飞红万点”一语，乃系浓缩杜甫《曲江三首》其一的“一片飞花减却春，风飘万点正愁人”而成，将杜诗的十四字变化为四字，乃秦观“采唐诗融化如自己者”艺术匠心的具体体现。最后是“愁如海”一语，源于李煜《虞美人》的“问君能有几多愁，恰似一江春水向东流”，并改“江”为“海’。秦观在这一句中，由于分别熔杜甫、刘禹锡、李煜三位著名诗人的名句于一炉，使得北宋时期的一场巨大政治斗争的失败，被凝聚成一句既凄厉而又震撼人心的绝唱:“春去也，飞红万点愁如海!”作者美好的政治理想与远大的志向和抱负，皆因这“春”的“去也”，而破灭殆尽。

由以上的例说，我们不难看出，秦观在这首《千秋岁》中所用的典故，乃全为语典。而此，也是秦观词用典的一大特点。而其《踏莎行》

(郴州旅舍)6句用语典,《鹊桥仙》(纤云弄巧)5句用语典,而均无一句用事典的事实,又可对此证实之。李清照对秦观词中的这一艺术特点,不但不察,反而认为秦词“少故实”而“终乏富贵态”,实属词论史上的一桩憾事。

《千秋岁》一词中如此众多的语典之用,绝非偶然,而是秦观在其填词艺术实践中精心烹炼的结果。作者烹炼《千秋岁》典故的这种艺术实践,在北宋一代的词坛上,不仅具有“导夫先路”的开拓性贡献,而且还表现出了多个方面的艺术特点。综而言之,其主要为:

(一)了无痕迹,如同己出。这一特点的形成与存在,所表明的是《千秋岁》等词的用典,在艺术上已达到了炉火纯青、出神入化的境界,它既源于前人而又不囿于前人;既挥洒自如,了无痕迹,又随心所欲,若如已出。秦观的这种善于用典的艺术匠心,从修辞学的角度言,充分反映了他作为一位词学艺术家在词的艺术实践中,对语言的要求之高与烹炼之严,而其于“长短句”严肃认真的创作态度,亦尽寓其中。同时,它又是词人博览众家的必然结果。假如秦观既不曾涵泳书海,又没有丰富的积累,他要想在词中用典如《千秋岁》这般驱遣自由、变幻莫测而又游刃有余,是根本不可想象的,而他在《论韩愈》(《四部丛刊》本《淮海集》卷二十二)一文中,所说的“不集诸家之长,杜氏亦不能独至于斯也”云云,又可对此佐证之。

(二)熟事能生,旧事能新。对于这一特点,前引谢章铤《睹棋山庄词话》虽然已曾指出,但其却未能具体以言,不无遗憾。要而言之,秦观这一用典艺术的特点,关键就在于推陈出新,它其实也是秦观善于“套化”之法的具体反映。所谓“套化”,借用清人薛雪《一瓢诗话》的话来说,就是“用前人字句,语同而意异,则前人之字句,即吾之字句也。”对此,小说家曹雪芹在《红楼梦》第四十八回的“慕雅女雅集苦吟诗”中,借香菱学诗一节,曾进行过极形象化的笺释,读者自可参看,此不具述。“套化”的核心在于,“套”应青出于蓝而胜于蓝,即要有所创新,创新则即为“化”。上举《千秋岁》中的典故之用,就具有明显的创新特点，如"花影乱，莺声碎"两句，之于杜荀鹤《春宫怨》的"风暖鸟声碎，日高花影重"，便属如此。秦观词中的此6字，因较杜荀鹤诗句新警醒豁，更充满春天的活力，故其意境的创造，乃是杜诗所远不能及的。

(三)平易浅淡，近乎口语。秦观《千秋岁》(水边沙外)一词所有典故的化用，表现在语言方面，便形成了平易浅淡，近乎口语的特点。对于其"浅淡"的语言风貌，冯煦在《蒿庵论词》中曾用"淡语皆有味，浅语皆有致"加以评价，甚为中的。不仅《千秋岁》的语言是如此，秦观其他词作的语言也是这样。这一特点的形成，既与作者熔铸他人诗句的高妙艺术手段密切相关，又和作者表现在语言方面的审美情趣互为关联，如下片的"飞红万点"四字，虽然是对杜甫"一片飞花减却春，风飘万点正愁人"诗句的变化，实则乃作者善于遣古雅之词为平易之语的结果。因之，此四字不仅平易浅淡，极具情致，而且形象生动，比喻贴切，给人以浑然天成之感。

正是由于《千秋岁》(水边沙外)这首词的典故之用，具有以上所述之特点，且作者于其中的情感又是如此的震撼人心，因而才使其成为了《淮海词》中的一首流传千古而不衰的佳构，而此，也是苏轼、黄庭坚、孔毅甫、李之仪等人的唱和之作均难以与之比美的关键之所在。即是说，在用典艺术这一方面，苏、黄等人的词作是很难与秦观词相提并论的。这一艺术特点，其实是秦观对于中国词学的一种文学贡献。

据朱德才主编《增订注释全宋词》可知，秦观现存词整90首，对其细加验验的结果表明，这些词不仅大多非"少故实"之属，而且在典故的运用方面，乃是特重语典的。如《满庭芳》(山林徽云)、《踏莎行》(雾失楼台)、《八六子》(倚危亭)、《水龙吟》(小楼连苑横空)、《望海潮》(梅英疏淡)等，即无不如此。《淮海词》这一艺术特点的存在，不仅标志着文人词典故之用在北宋中期已趋成熟，而且对于当时的诗歌创作也不无影响。因为这些"故实"的运用于词中，与黄庭坚所提倡的"夺胎换骨"和"点铁成金"的诗学理论，都属于源出一途的艺术法门，而秦观如前所述，又与黄庭坚无论是在政治抑或文学方面都交往甚密。此外，黄庭坚亦是一位在词中运用典故的高手，杨慎在《词品》中称黄庭坚词具有“以故为新，以俗为雅”的艺术特点者，即是就其对“故实”的运用而言。由是而观，前人将秦观与黄庭坚并称为“秦七黄九”者，应与他们在词学上的相互作用与影响不无关系的。

所以，从总的方面讲，秦观词大量化用前人诗词语句的这种艺术举措，无论是就其成就抑或影响而言，都是值得文学史家们予以高度重视的，而不要因为李清照的《词论》而误入“歧途”。

附录二

破立结合为求是

——我与唐宋词研究

当我的"文学史研究打通关研究"计划确定之后，我便开始了由唐代文学研究向上下两个方面拓展的准备。在向下拓展的过程中，我首先于2001年出版了《四大奇书研究》一书，继而则推出了34万字的《唐宋词史论稿》，这两种著作的先后出版，使得我的"文学史打通关研究"计划，在短短的几年之内，乃由唐宋而明清。对于《四大奇书研究》的始与末，我将另文进行述说，这里则主要是谈一谈我对唐宋词史的研撰。从文体学的角度讲，唐宋词虽然是一个独立的研究领域，实则与唐宋诗的研究是互为关联的，我从唐代文学（诗人诗作）的研究转向唐宋词的研究，二者不仅体式相近，渊源有自，而且在年代上也是相连的。虽然如此，词学又毕竟不同于诗学，所以有朋友认为我由唐诗而宋词，乃是一种自我超越，而更多的朋友则认为是一种自我挑战。超越也好，挑战也罢，其所表明的是，唐诗与宋词之研究各有规律和特点，则为无可否认之事实。如此，则我对唐宋词的研究，自有不同于对唐宋诗的研究特点，也就不言而喻。而事实上，我之于唐宋词的研究，主要是建立在"破"与"立"的基础之上的，即其既有"破"，也有"立"，二者的有机结合，便构成了我研究唐宋词的一种总体态势，一种鲜明的特点。而其中的种种结论，种种成就，即皆因这"破"与"立"的结合而呈现，而获得。

作为一种断代文学史，《唐宋词史论稿》出版未久，即获得了学术界较为一致的肯定，这从《宋代文学研究年鉴》等所发表的几篇书评文章，即略可获知。除此之外，还有另一种形式即“书信体”的评价，如四川省社科院文学所的谢桃坊先生即为此种评价的作者之一。谢桃坊先生在收读了我所寄赠的《唐宋词史论稿》一书后，即在致我之书中这样写道：

> 先生研治唐诗三十年，成效卓著。词学研究相对难于诗学，但先生能于一年内完成词史专著，令我甚为敬佩。关于词体不起源于民间，关于中唐诗客词，关于李白词辨伪，关于花间词的始地，以及关于柳永的考证等，皆极有新意，自成一说，我甚表赞同。……总之，大著是我近年读到的一部较好的词学专书。先生学高力健，但愿再读到新著。

此外，苏州大学文学院的杨海明先生，在收到拙著后于致我之书中，亦有类似的评价。谢桃坊与杨海明两位先生，都是当今词学研究界的著名词学家，其之评价似可表明，《唐宋词史论稿》作为我因“打通关”而推出的一份词学研究成果，其所获是并不亚于我对唐代文学之研究的。

二

我由唐代文学研究而扩展到对唐宋词的研究，开始于 1993 年的 8 月下旬，其起因虽然是与“打通关”的研究关系密切，但与受王兆鹏教授邀约参加《增订注释全宋词》的研撰工作，却也甚为关联。王兆鹏教授当时任教于湖北大学文学院，其邀约我参加《增订注释全宋词》的研撰，是托我的一个学生带信转达的，所分配的研撰任务，则是以唐珪璋《全宋词》为底本，对其中“杨泽民至吴申”共 51 位词人的 381 首词进行注释，并对杨泽民等 51 位词人重新撰写小传（原有小传者补充材料，无小传者补写)。杨泽民等词人主要生活在南宋末与蒙元初之际，且大多属名不见于正史者，所以，其词作自然也就很少引起研究者的注意。正因此，我对这381首词进行注释时，可供参考的资料极为有限，但我最终还是按时完成了任务。我所“增订注释”的全部文字(含词的本文与作者小传，共约20万字)，均被排印在文化艺术出版社1997年版《增订注释全宋词》第四册，具体则为该册的第1页到第73页。这20万字的“增订注释”，即成为了我研究唐宋词(主要为宋词)的第一份成果。

在《增订注释全宋词》出版之后，我为正式研究唐宋词做了三个方面的准备，其具体为：一是集中精力系统地研读了一批唐宋词人的作品集，如赵崇祚编《花间集》、柳永《乐章集》、苏轼《东坡乐府》、秦观《淮海词》、周邦彦《清真集》、李清照《漱玉词》、陆游《放翁词》等；二是有意识地参加了几次关于词学研究的学术会议，如“上饶辛弃疾国际学术讨论会”“第三次唐宋诗词国际学术研讨会”等；三是为学生主讲了“唐宋词”“唐宋诗词”等专业选修课。在此期间，我一方面在作这三个方面的准备，一方面则撰写与发表了《秦观词并非少“故实”——以〈千秋岁〉(水边沙外)为例》《温庭筠“代作”说献》《李白词真伪证说》等文。待三个方面的准备工作全部就绪之后，我于2003年的春天，便正式开始了唐宋词的研撰。之所以将时间选定在这一年的春天，主要是因《山东师范大学学报》2003年第1期发表了我的《柳永〈乐章集〉用典说略》一文而使然。此文撰写于2002年10月初，随即投寄给华东师范大学的《词学》编辑部，10月15日，我即收到了该刊主编邓乔彬教授的来信，其中说：

> 大作贵在实证，敝刊非常欢迎。只是由于诸方面的原因，出版周期太长，常令作者失望。十四辑已在暑假发排，明年一季度大概可以出刊。大作只能放在十五辑，当在后年面世了。如嫌时间太长，不妨可投他处，若能耐心等待，即存我处。

其中的“后年”，所指为2004年，即我的这篇稿子若放在《词学》第十五辑发表，则需要等到2004年5月前后。在约两年之长的时间内发表一篇文章，这在我来说是根本不可能的，所以就选择了“不妨可投他处”，而令我感到欣慰的是，在“投他处”后不到三个月，该文即为《山东师范大学学报》2003年第1期发表。此文的快速发表，表明我的这篇词学研究论文，是确实为《词学》与《山东师范大学学报》所“非常欢迎”的。而此，即成为了我决定在当年春天开始研究唐宋词的一种助推器。

而值得一提的是，我在此期间，对李白的研究也一仍其故。因了这个原因，李白词的真伪问题，即成为了我当时给学生讲授“唐宋词”的一项重要内容。在我的记忆中，我讲李白词的真伪时，由于各项准备工作均较充分，而占用了近4个课时的时间。在此之前，我还曾用3个课时为学生讲授了词的起源，并由此涉及了中国词学史上的第一个词派问题。这7个课时的讲授内容，后来即被我整理成了多篇论文发表，如刊载于《贵州社会科学》2003年第6期的《词起源于中唐诗客论——兼论中国文学史上的第一个词派》一文，即为其例。在这篇文章中，我通过多方面的考察后认为：(1)词起源于中唐诗客；(2)戴叔伦的《调笑令》(边草)可能是现存最早的一首文人词；(3)初盛唐的词全部是一些声诗与乐歌。这就是我将讲义内容修改为《词起源于中唐诗客论》一文后所获得的结论。由讲义而论文，是我研究唐宋词的一种全新尝试，事实证明，我的这种尝试是相当成功的。正是因为这种尝试的成功，而使得我在讲授“唐宋词”或“唐宋诗词”之时与之后，更加注意备课内容的深度与广度了。久而久之，我的这两门课的讲义，便成为了一部“唐宋词”的书稿与一部“唐宋诗词”的书稿。

二

2004年7月初，我申报的一个关于“唐宋词艺术史研究”的省级项目获批，但在具体的撰写过程中，却存在着许多需要解决的问题，于是，我即将其改成了“唐宋词史研究”。“唐宋词”研究与“唐宋词史”研究，虽然只有一字之隔，但二者的区别却是十分明显的，为了不至于使所研撰的内容呈“多边“状态，我便决定以“史”为轴心，对唐宋词进行一次“破”与“立”的研究。首先是对提纲的确立与章节的安排，最初的设想，是以十五章甚至是二十章的篇幅，对唐宋词史作一次系统考察，但在撰写之初，便感到其规模有点过大，因而即将其缩减为十章。规模虽然被定下来了，但对“破”与“立”的对象安排，却一时还难以决断，而就在这时，我想到了“唐宋词”与“唐宋诗词”这两部“书稿”。经过将两部“书稿”反复比对后，我将其中涉及与“破”“立”相关的词人和词人群体，进行了逐一清理与归类，最终则确定了李白、柳永、苏轼、周邦彦、辛弃疾五位诗人，以及“花间词派”、两宋女性词人、“骚雅词派”三个词人群体为研究的对象。研究对象一旦确定，我便开始了夜以继日之写作。大约一年后，一部34万字的《唐宋词史论稿》的打印稿，便整齐地摆放在了我的书桌上，再半年后，《唐宋词史论稿》由吉林文史出版社出版。

一部34万字的《唐宋词史论稿》，我之所以能在一年左右的时间写完，这不得不归功于“唐宋词”与“唐宋诗词”这两部“书稿”，因为其中的许多内容都是移植于这两部“书稿”的。对此，我在《唐后乐府诗史》一书的《后记》中，回顾我先后三次撰写文学史的经历时，曾作了如是之述写：“2006年4月，吉林文史出版社出版了我的《唐宋词史论稿》。这是一部关于唐宋词的断代文学史，也是我第二次与文学史写作打交道的一份成果。全书34万字，包括‘导言’和‘余论’，共由十章组成。此书中关于唐宋词的描写内容，主要是建立在我给学生讲授‘唐宋词’‘唐宋诗词’的讲义之上的，即是在‘唐宋词’‘唐宋诗词’讲义上进行扩充与深入的一部文学史。这种文学史写作方法，其实就是一种‘讲义式’的文学史写作方法。”这段回顾文字表明，我之于《唐宋词史论稿》的撰写，主要采用的是“一种‘讲义式’的文学史写作方法”，所以才能在一年后杀青，又半年后出版。

我对唐宋词史的研究，既然是建立在“破”与“立”的基础之上的，则“破”与“立”贯穿全书之始终，也就不言而喻。就《唐宋词史论稿》全书十章而言，其中与“破”“立”相关者，乃比比皆是，下面兹就具有代表性者，略作陈述：

（一）关于词的起源问题。《唐宋词史论稿》第一章对此进行了“破”与“立”。对于词的起源的问题，长期以来，虽然说法种种，但最具代表性者则为“词起源于民间”说。这种说法的产生，主要是受文学“先民间后文人”的影响所致。“民间”是否为一切文学之源，本可讨论，但词体艺术却绝非起源于民间。这是因为，一首真正意义上的“词”，必须具备两个条件，其一为音乐，其二为平仄。自清末民初以来，研究者在论词的起源时，几乎都注意到了词与音乐的关系，但于词与平仄的关系却从来无人问津，而事实上，后者是更为重要的。其原因在于，词是一种按谱而填的文学，而为词人们所按之“谱”，虽有“曲调”“曲牌”等之称，其实际上就是一种平仄谱，这从《白香词谱》《钦定词谱》等词学工具书中，即可准确获知。而从平仄的发展史言，南朝时期虽然已诞生了“永明体”，且多为当时的诗人所喜爱，但其却并不成熟，且能掌握平仄的人也不多，如以《诗品》著称的钟嵘，就曾在《诗品序》中自称“至平上去入，则余病未能”。文人尚且如此，“民间”就更是难以掌握，所以，这一时期无以产生具有平仄特点的词，也就自不待言。而到了盛、中唐之际，作为近体诗中的五绝、五律、七绝、七律等样式，不仅已经被确立，而且也相当成熟，加之唐代又是一个音乐高度繁荣的国度，因此，词起源于这一时期，也就势所必然。

（二）关于李白词的真伪问题。《唐宋词史论稿》第二章以三节的篇幅，对这问题进行了专门的“破”。李白现存词 17 首，即：《桂殿秋》（2 首）、《清平调》（3 首）、《连理枝》（2 首）、《菩萨蛮》（3 首）、《忆秦娥》（1 首）、《清平乐》（5 首）、《秋风清》（1 首）。其中，以《菩萨蛮》（平林漠漠烟如织）、《忆秦娥》（箫声咽）最为著名，而被宋人称为“百代词曲之祖”。本书第一节《〈菩萨蛮〉考论》，分别从“此‘菩萨’非彼‘菩萨’”“关于《湘山野录》的记载问题”“《菩萨蛮》与李白诗句”“《菩萨蛮》非李白作余论”四个方面，对持“《菩萨蛮》为李白作”说者所依之种种理由，进行了全面辨析，认为其皆不足以证实《菩萨蛮》为李白所作。在第二节《〈忆秦娥〉质疑》中，我着眼于“关于李之仪的‘确证’问题”“对‘天宝乱后’说的质疑”“‘秦娥’与《三五七言》诗及其他”三个方面，对“《忆秦娥》为李白作”说进行了具体考察，认为此词实乃“他人托名的产物”。第三节《李白其他词辨说》，主要是对《桂殿秋》等15首词“为李白作”说，进行了逐一辩说，认为包括《菩萨蛮》(平林漠漠烟如织)、《忆秦娥》(箫声咽)在内的17首“李白词”，乃皆非李白所作。李白是诗人而非词人。

(三)关于宋词用典的开创者问题。宋词用典始于何人？传统的说法，均认为是苏轼，所以，当今许多论宋词或论苏轼词的著作，即都作如是说。对此，我在《唐宋词史论稿》第四章第二节《柳词的使事用典》中，着眼于实证研究的角度，将现存柳永词(以《乐章集》为主)的全部用典之作，分别从“事典”与“语典”两个方面进行了逐一考察，最后之所获为：《乐章集》中用事典的词有50首，典75处；用语典的词有18首，典22处，二者合计，用典之词为68首，典97处。以这一具体数据，合勘柳永生活于苏轼之前的实况，可知开宋词用典之先河与在词中大量用典的词人，并非为传统之说的苏轼，而是有“浪子词人”之称的柳永。

(四)关于苏轼豪放词的评价问题。苏轼因创作了《念奴娇·赤壁怀古》等词，而为后人大加称道，并因此出现了所谓的“豪放体”与“豪放派”之说，而苏轼也因之被称为“豪放派词人”。继之，则导致了一种词学批评现象的历史存在，即凡言“豪放词”者，必及苏轼，凡及苏轼者，必言“豪放词”，于是，苏轼与豪放词便被紧紧地捆绑在一起。针对这种状况，我在《唐宋词史论稿》第五章第二节《尴尬不已豪放词》中，从“‘自是一家词’产生的历史原因”“孤军奋战的得不偿失”“豪放词与宋人词学审美的冲突”三个方面，进行了具体而翔实的考察，认为：(1)苏轼创作豪放词的动机不纯(主要是为压倒柳永词)；(2)苏门弟子不仅无人创作豪放词，而且还对其予以指责；(3)豪放词在北宋不受人们欢迎。最后综此三者，作结论说：“苏轼的豪放词在北宋虽然对革新文风起到了一定的作用，但由于主观与客观方面的原因，而未能为当时的人们所接受。这是一个令人扼腕但又必须承认的文学史事实。它的存在，反映了当时人们对‘本色’词的喜爱，以及追求‘婉转妩媚’词风的审美时尚。而豪放词与这一时尚显然是产生了审美上的冲突的，这就注定了豪放词必定会受到人们的冷落。”结论与时下研究者大唱豪放词赞歌的举措，乃迥然有别。

以上所例举者，虽然只有四端，且“关于李白词的真伪问题”一例，只有“破”而无“立”，但从总的方面讲，这四端是颇有助于对《唐宋词史论稿》中“破”与“立”的认识的。而实际上，《唐宋词史论稿》一书类此者乃甚多，为省篇幅，这里就不一一罗列了。

三

我研究唐宋词，虽然始于对《增订注释全宋词》研撰的参与，且撰写了约 20 万字的“增订注释”文字，但真正能称之为我对唐宋词研究的成果者，则是非《唐宋词史论稿》一书莫属的。这是因为，《增订注释全宋词》虽有其价值所在，但我毕竟只是一位参撰者，故所“增订注释”的文字，而不能以个人著作目之。虽然如此，但参与《增订注释全宋词》的研撰，对我之后所发表的一系列研究唐宋词的论文，以及撰著《唐宋词史论稿》这样的一部专书，是不无启迪与影响的。换言之，如果在我的学术经历中，没有参与对《增订注释全宋词》的研撰，则我于唐宋词的研究(此指所发表的论文)与《唐宋词史论稿》之撰写，可能就会向后退数年。对于这一点，我在 2007 年所写《道是无情却有情——我与古代文学研究三十年》一文中，已曾言及：“我参与此书(指《增订注释全宋词》)的研撰，虽然系首次对词学研究的介入，但其却为我后来对唐宋词进行专门性的研究，奠定了坚实的基础。这一事实再次证明，凡付出者，是必定会有所收获的。”而事实也正是如此。

从1993年的参撰《增订注释全宋词》，到2006年《唐宋词史论稿》一书的出版，其间凡14个年头，这14个年头，就是我“打通关”研究中的一段唐宋词“研究史”。《唐宋词史论稿》作为这段“研究史”中的一份重要成果，在我个人看来，其中主要具有四个方面的特点，兹略述之如次：

其一是挑战旧说，新见迭出。这里的“新见”之“新”，主要包括两个方面，一为所切入之点，一为结论与观点。就切入点之新而言，本书最具代表性的例子，就是立足于平仄的角度对词的起源的考察，而正是因了这一新的切入点的切入，才导致了“词起源于民间”说的不能成立。再如从计量分析、数理统计的角度，对贺铸词的“驱使唐人”之论析，对宋代女性词之鸟瞰等，即无不具有这种切入点新的特点。至于结论与观点之新者，在《唐宋词史论稿》全书十章之中，可以说是比比皆是，如第一章的“词起源于中唐诗客”说、“湖州词派”说，第二章的“李白为诗人而非词人”说，第三章的“花间词肇始于长安”说，第四章的“柳永开宋词用典先河”说、“柳词化俗为雅”说，第五章的“苏轼豪放词尴尬”说、“苏轼雅好艳科词”说，第六章的“清真雅词”说，第八章的“稼轩词非议”说等，即皆为其例。这类新见新说，因皆为对传统旧说的颠覆，而构成了《唐宋词史论稿》中的一道独特的风景。

其二是考论结合，宏微互关。在《唐宋词史论稿》的《后记》之中，我曾这样写道：“本书杀青于2005年的秋九月中旬，在写作上属于我一气呵成的第二部学术著作。我第一部一气呵成的学术著作，是由甘肃人民出版社2002年出版的《孟浩然研究》，写作时间为一年左右。《唐宋词史论稿》的写作时间亦大抵如此，即其前后所用时间也只有一年左右。不独如此，这两部著作还有着诸多方面的相似之处，如二者均属章节结构等。而二者的最大不同点也是十分明显的，这就是在研究方法上，《孟浩然研究》是以考证为主的，《唐宋词史论稿》则因论析见长。所以，本书的出版，不仅表明了我在唐宋词的研究方面已获得了一份学术成果，而且还标志着我在研究方法上已开始了对‘以考为主’的转换。”《唐宋词史论稿》虽然以论见长，且不乏精妙之处，如对清真雅词的“纵横谈”，对“稼轩体与稼轩风”的辨析，对“晋宋人物白石词”的透视等。但也有不少章节是以考见长的，如第二章《是耶非耶：李白词辨伪》，第四章第一节《柳永的生平辨正》，以及附录一《温庭筠“代作”说献疑》等。考与论的结合，表明了我对唐宋词史的“论稿”，在某些方面是带有明显的问题意识的，而解决这些问题，自然就成为了《唐宋词史论稿》中的一个重点。又由于我在解决这些问题时，于考证方面是建立在“有一份材料说一份话”的基础之上的，因而对所涉问题乃是考证得相当到位的，如第二章第一节的《〈菩萨蛮〉考论》、第二节的《〈忆秦娥〉质疑》等，即皆属于在这方面具有代表性的例子。而此，即是我的这部《唐宋词史论稿》，不同于其他文学史类著作的一个重要标志。

其三是以唐论宋、唐宋比较。前面已经说过，我是因为“文学史研究打通关”而研究唐宋词的，且此前我所研究的重点是唐代文学，正因此，在《唐宋词史论稿》一书中，即有许多章节的内容是与唐人唐诗互为关联的。如第三章第二节在论析韦庄词“清”的艺术特点时，即由韦庄词风之“清”而联系到孟浩然诗风之“清”，再由孟诗之“清”与韦庄编《又玄集》的选诗标准“清词丽句”之“清”相关联，这种追根溯源式的“诗词互关”，使导致韦庄词风“清”的原因得以充分展现。又如第五章第二节在论析苏轼创作豪放词之动机时，认为其主要是为了压倒具有“柳七郎风味”的柳永词，并特地举出了唐代诗人韩愈欲以“古文运动”压倒白居易所倡导的“新乐府运动”的事例以进行比较，从而使文学史上作家们“意气用事”式的创作动机，昭然若揭。再如第九章第三节在论析姜夔赏玩自然山水之心态时，而将之与李白泛舟洞庭时的心态进行了比较，认为二人都具有无比热爱大自然的特性，但二人对于大自然的接纳，却一为豪客式(李白)，一为雅士式(姜夔)，即其大不相同。正因此，二人与山水相关的诗歌或词作，在表现方法、审美趣味、艺术精神等方面，以及其所体现出的文化人格，也就自然是各有所别的。这些例子表明，存在于《唐宋词史论稿》中的这类“唐中有宋、宋中有唐”的研究，不仅别具一格，而且特色鲜明。

第四是材料丰富、例证确切。在《唐宋词史论稿》之末，我曾以“附录”的形式，附了一份《本书主要引用书目》，于其中共开列了217种(其中重列1种，实为216种)书目，由于这217种皆为“主要引用”书目，故其并非为《唐宋词史论稿》所引用之全部书目，也就不言而喻。如果将那些“潜藏”于各章节之中的“非主要引用”书目一并算上，全书所引用的书目，至少有400种左右。在一部只有十章篇幅的词学专书中，我之所以引用了如此之多的材料，其原因主要有二：一是所有立论都要求以材料为支撑点，这其实是对“有一份材料说一份话”的学术原则的遵循；二是材料能充分保证“破”与“立”的顺利进行，并可使所得结论具有说服力。一言以蔽之，无论是考是论，都要靠材料说话，如第二章对现存李白词的辨伪，第四章对柳永“化雅为俗”说的提出，第十章对唐宋词分派研究的述评等，即皆属如此。又如在第二章第一节《〈菩萨蛮〉考论》中，对有研究者认为《湘山野录》中的“古集”所指为“咸淳本《李翰林集》”说进行考辨时，分别举出魏庆之《诗人玉屑》、詹锳《李白诗论丛》二起材料，以证“古集”为“古风集”之误。再如在此节中对“此‘菩萨’非彼‘菩萨’”的考辨，分别引用了《南史》《释氏要览》《唐书·音乐志》《乐府诗集》《唐音癸签》《词的起源》等多起材料，以证《中国各民族宗教与神话大词典》中的“天菩萨”，并非为《杜阳杂编》中“菩萨蛮”之“菩萨”，即其一为佛教人物，一为天神的代表，表明二者完全不是一回事。全书类此者不胜枚举。对材料的征引，有两点是必须注意的，一是要求具有证据价值，二是要求确切而有针对性。持“天菩萨”为“菩萨蛮”之“菩萨”说者，仅据《中国各民族宗教与神话大词典》《中国词学大辞典》《中国历史地名辞典》这类工具书而立论，其说之不能成立乃显而易见，原因是这些资料性的工具书，是根本不具备其作为证据的价值的。

自己评说自己著作的特点，虽然难免有“王婆卖瓜”之嫌，但我以为从回忆与总结的角度对其进行审视，则其并非为“自卖自夸”。以上所述之四个方面，是否如此，则只有待大雅君子之高论了。

（本文原载黄山书社 2012 版《王辉斌学记》之《甲编：治学自述录》）

初版本后记

每当我完成一部书稿后，总是要撰写一篇《自序》(或《前言》)与《后记》的，《自序》重在交代该书稿的研究对象与学术特点，《后记》则以记述该书稿的写作原委为主要内容。这部《唐宋词史论稿》自然也不会例外。本书的《自序》，早在书稿撰竣之际即已写成，《后记》则因事直至今日始动笔，而今日，又恰好是新一年冰雪的融化之始，也即2006年的1月9日。前几天，老天爷下了2005年入冬以来的第一场大雪，到处冰天雪地，今天则阳光灿烂，暖意融融，遥望窗外，心情甚为舒畅，因此才想到了要写这遍《后记》。这样看来，可知这篇《后记》在写作的时间方面，于我而言，乃是不无纪念意义的。

本书杀青于2005年的秋九月中旬，在写作上属于我一气呵成的第二部学术著作。我第一部一气呵成的学术著作，是由甘肃人民出版社2002年出版的《孟浩然研究》，写作时间为一年左右。《唐宋词史论稿》的写作时间亦大抵如此，即其前后所用时间也为一年左右。不独如此，这两部著作还有着诸多方面的相似之处，如二者均属章节结构等。而二者的最大不同点也是十分明显的，这就是在研究方法上，《孟浩然研究》是以考证为主的，《唐宋词史论稿》则因论析见长。所以，本书的出版，不仅表明了我在唐宋词的研究方面已获得了一份学术成果，而且还标志着我在研究方法上已开始了对“以考为主”的转换。正因此，我在写作《诸葛亮评传》时，即有意对《唐宋词史论稿》“以论为主”的继续。而无论是考证抑或论析，于我而言，都是将其建立在材料的基础之上的。即是说，我在《孟浩然研究》与《唐宋词史论稿》这两部著作中，所提出的各种结论与观点，都是藉材料以立论的，对此，《唐宋词史论稿》“附录二”所列之《本书主要引用书目》，即可对此进行佐证。藉材料以立论，既是我一贯的学术态度，也是我一贯的学术作风，更是我学术品格的一贯体现。

从应邀参加《增订注释全宋词》的研撰，到这本《唐宋词史论稿》的出版，可视为我自 1993 年以来研究中国词学(主要为唐宋词)所获取的一份学术成果。而当《唐宋词史论稿》完稿之后，我便计划着对两部先唐著作进行撰写，其一即上面提到的《诸葛亮评传》，其二为《先唐诗人考论》。我之所以要写作这两部书稿，主要是基于两个方面原因：(1)我现生活与工作的地方，乃是诸葛亮当年曾隐居了十余年之久的襄阳古隆中，作为一名学者，将诸葛亮进行一番研究，自然就成为我的应尽之责；(2)早在十年前，我就尝试着从学术的角度，将中国古代文学的研究“打通关”，即在先唐文学、唐宋文学、元明清文学这三大古代文学研究的热门领地中，都要有属于我自己的研究成果。而在 1993 年，我则将“打通关”予以正式确立，即自此而后，“打通关”成为了我坚定不移的一种研究方向。就唐宋文学与元明清文学言，包括《唐宋词史论稿》在内，我已先后出版了《孟浩然研究》《四大奇书研究》等整 10 种著作，若《诸葛亮评传》与《先唐诗人考论》能顺利出版，则我的这一“尝试”即可获得较圆满成功。其实，我的这种“尝试”，主要是向陈寅恪、岑仲勉两位先生学习的结果。众所周知，陈寅恪、岑仲勉两位先生均以研究唐史而闻名学界，但陈寅恪先生晚年却出版了属于清代文学范畴的巨著《柳如是别传》，而岑仲勉先生在 20 世纪 50 年代亦出版了著名的《两周文史论丛》。两位先生不拘于一域的学术视野，以及他们文史兼长的优良学术传统，都将永远是我学习的榜样。

就我个人对古代文学研究的认识而言，我认为研究古代文学，其实是在与古代作家对话。因为对话，所以我才基本上弄清楚了研究对象(作家)所处时代的文化背景，以及他们的思想个性，生存方式，家庭概况，价值取向等非文学方面的内容。而这些非文学方面的内容，对于作家作品的诠释，文学现象的把握，不同时代作品的比较等，都是作用至大的。比如，本书第九章第二节将姜夔与李白赏玩山水心态的比较，并进而对二人同类作品的涉猎，以及由此及彼的论述，即都是属于因这种“对话”而导致的结果。除了文学方面的收获外，与古代作家进行对话，还可获得双方心灵上的沟通，情感上的共鸣，精神上的慰藉等多方面之乐趣，而此，也是我数十年如一日地研究古代文学的关键所在。本书从目录上看，所对话的作家虽然只有李白、柳永、苏轼、周邦彦、辛弃疾五位，但全书所涉及的词人却是数以十计，举凡活跃在唐宋词史上的各类有影响有成就的词人，我都曾与他们进行过不同程度的对话，并从中受益匪浅。

本书原为一个省级项目，重点是对唐宋词的艺术流变进行观照，但在实际的写作过程中，却涉及了许多需要解决的具体问题，如词的起源，词的演变，早期文人词的界定，宋词用典的肇始人，以及对苏轼豪放词的重新认识，辛弃疾英雄词的重新评价等。如果对这些问题不弄清楚，或者置之不理，那么硬写出来的唐宋词的艺术流变，显然是难以令人满意的。于是，我便索性立足于接受史的角度，有选择性地对上述诸问题进行了较为全面之观照，因此才有了这本以章节结撰的《唐宋词史论稿》。而事实上，本书所涉及的唐宋词问题是极其有限的，其未涉及而又被我拈出者，来日或可以《唐宋词质疑录》的名义刊行之。然则需加说明的是，这仅是我的一个愿望而已，何日能将其变为现实，则未可得知。

王辉斌

2006 年 1 月 9 日写于古隆中冰雪融化之际

修订本后记

从 1977 年涉足李白研究以来，迄今已 40 年有余。在这 40 年有余的岁月中，我由李白研究而杜甫研究，而孟浩然研究，再由对全唐诗人的研究而向上下延伸与扩展，于是，我的“文学史研究打通关”即因此而形成。而这本《唐宋词史论稿》，即为其中之一。不仅如此，此书还成为了我“打通关”表现在文学品类上的一个方面。虽然，从宏观的角度讲，词即是诗，但词与诗毕竟是有所区别的，这就如同齐梁永明体与李唐近体诗一样，二者虽然都讲究平仄，然而却是具有很大的不同的。本书自 2006 年出版后，由于我“打通关”目标之使然，便再也不曾与词学研究打交道了，而是在戏著批评与乐府批评等方面讨生活、度余生。这次的修订，除了《修订本前言》所言及之三个方面的主要内容外，我还对全书通读一过。在通读的过程中，每当读完一章一节时，脑海里便会浮现出当年撰写时的一些情景，如或奋笔直书，或冥思苦想，或会心一笑等，均如同发生在昨日一般。但当我合书而思时，这些情景又皆弃我而去，以至于成为了一段历史，一段我学术史上的小小插曲。

王辉斌

2018 年 4 月 20 日草于求是斋